Sissi Flegel

Unterwegs im Viertelestakt

Sissi Flegel

Unterwegs im Viertelestakt

ROMAN

Silberburg-Verlag

Sissi Flegel, in Schwäbisch Hall geboren, arbeitete als Lehrerin und Lehrerausbilderin, bevor sie sich voll und ganz ihrer großen Leidenschaft widmete: dem Schreiben. Sie veröffentlichte zahlreiche Romane für Kinder und Jugendliche, wofür sie Preise und Auszeichnungen erhielt. Seit einigen Jahren schreibt sie auch Unterhaltungsliteratur für Frauen, die dem Teenager-Alter entwachsen sind. Die Autorin lebt in der Nähe von Stuttgart, ist verheiratet und hat einen erwachsenen Sohn.

1. Auflage 2013

Umschlaggestaltung: Christoph Wöhler, Tübingen.
Coverfoto: © kaisersosa67 – iStockphoto.
Druck: Gulde-Druck, Tübingen.
Printed in Germany.

ISBN 978-3-8425-1243-6

1. Kapitel

Eigentlich wünschte ich mir ein gemütliches Leben, allerdings hatte ich keine Ahnung, weshalb mir der Wunsch nicht oder nur für kurze Augenblicke gewährt wurde.

Vor einem dreiviertel Jahr geriet ich in die heftigsten Turbulenzen; mein Leben ähnelte den Sekunden, bevor ein Flugzeug wie ein Sack Steine zu Boden fällt. Mein Mann Alex, mit dem ich seit mehr als einem Vierteljahrhundert verheiratet war, geriet nämlich in die Fänge einer Dame mit zweifelhaftem Ruf, aber unzweifelhaften Motiven: Sie wollte mir den Mann rauben. Alex und ich fanden wieder zueinander ... oder doch so gut wie. Jedenfalls haben wir uns vor kurzem auf einen gemeinsamen Urlaub geeinigt; es war unser erster seit jenen grässlichen Wochen.

Wir packten die Skier ins Auto und fuhren nach Flims. Die Schweiz ist nicht gerade ein Billigparadies, aber ich liebte das altmodische Hotel und die Schweizer Küche. Die meisten Pisten waren breit, rot und blau, also nicht zu schwer; die schwarzen, die gefährlichen, musste man ja nicht fahren, außerdem war Alex seit seinem Motorradunfall nicht mehr so scharf darauf, eine enge, senkrechte Rinne hinunterzuwedeln. Das kam mir entgegen; ich fuhr zwar auch ziemlich rasant, aber mein Leben war mir lieb. Vor allem das mit meinem Alex.

Dass er, ein knapp über sechzigjähriger Rentner, zur Seite sprang, habe ich mit einiger Mühe verdaut. Die Frage, die sich mir aber zunehmend stellte, lautete: Bedauert er die Rückkehr an den heimischen Herd? Er hatte garantiert keinen Kontakt mehr zu Marie, so hieß das Luder, aber es gab so Momente ...

Wie gerade eben. Wir fuhren mit Gondel, Sessellift und Bügel, also mit allem, was die Alpen an Transportmitteln bieten, von Flims hoch bis zum Vorab, dem Gletscher. Die Sonne strahlte von einem märchenhaft blauen Himmel, die Zacken der schneebedeckten Berge glänzten tatsächlich so, als wären sie mit Zuckerguss überzogen, der Schnee und die Pisten hätten nicht besser sein können, und alle, die neben uns die Aussicht bewunderten, hatten glückliche Gesichter. Nur nicht mein Alex. Der bewunderte nichts, der starrte versonnen vor sich hin.

Da kam ich ins Grübeln. Fast bedauerte ich es, mich auf einen gemeinsamen Urlaub eingelassen zu haben. Aber dann biss ich die Zähne zusammen und nahm mir vor, der Sache energisch auf den Grund zu gehen; wie ich es anstellen würde, musste ich natürlich noch überlegen. Vorerst würde ich mir die Tage aber nicht vermiesen lassen. Also rief ich ihm zu: »Auf! Pack mer's!«, stieß mich ab und wedelte den Hang hinunter. Ein einziges Mal hielt ich an, dann war ich, nach tausendsiebenhundert Höhenmetern, wieder unten in Flims. Sekunden später spritzte mir Schnee ins Gesicht, als Alex neben mir hielt.

»Das war nicht übel«, sagte er. Der versonnene Ausdruck war aus seinem Gesicht verschwunden.

Meinen Entschluss vergaß ich nicht. Viele Monate hatte Alex nun Zeit gehabt, mit sich ins Reine zu kommen, aber falls er der unheiligen Marie noch immer nachtrauerte, würde ich die Sache beenden. Das stand fest.

Kaum waren wir wieder zu Hause in Winnenden, hatten die Skier im Keller verstaut und das Auto ausgeladen, fuhr Alex gleich aufs Stückle, um zu sehen, ob die Bäume, die Sträucher, das Gras und die Rosenstöcke sowie die Dipladenia sundae seine Abwesenheit gut überstanden hatten: Seitdem er in Rente war, bedeutete ihm das Stückle Birkmannsweiler zu viel. Sehr viel sogar. Er pflanzte Gemüse und Kartoffeln und legte im vergangenen Frühjahr sogar ein Hochbeet an, das wir mit einer Grillparty für die gesamte Großfamilie einweihten. Die bestand aus meinem Sohn Felix und seiner Freundin Mitzi, meiner Schwiegermutter Ida, Besitzerin von Haus und Stückle, aus ihrem Lebensgefährten Alois, den sie von ihrer verstorbenen Freundin Anneliese übernommen hatte, aus ihrer Tochter, meiner Schwägerin Ursel also, Rektorin einer Schule in einem Nachbarort, mit Ehemann Eberhard Hufnagel, Oberstudienrat im Ruhestand, sowie den Söhnen der beiden, Ulrich und Hartmut. Suse, meine Schwester und Vertraute, kam auch mit ihrem Mann Matti, der aus Hohenlohe stammte und beim Daimler schaffte. Suses und Mattis Tochter Penelope, Penny, war auch da. Penny war ein tolles Mädchen; nachdem sie das Abitur in der Tasche, aber noch keine Idee hatte, was und ob sie überhaupt studieren wollte, kellnerte sie zuerst in einer Bar in der Stuttgarter Theodor-Heuss-Straße. Im Herbst hatte sie sich an der Kunstakademie beworben; sie wurde abgelehnt, wollte es aber wieder versuchen und jobbte gerade bei einem Restaurator, dessen Werkstatt sich ganz in unserer Nähe befand. Was genau sie da machte, war uns allen ein Rätsel, aber es gefiel ihr. Und so, wie sie aussah, war sie nicht unglücklich dabei. An ebendiese Großfamilie dachte ich, als ich die Kaffeemaschine in Gang setzte, die mitgebrachte Bündner Nusstorte aufschnitt und Ida und Mitzi sich an den Tisch setzten.

»Gibt's was Neues?«

»Bei mir und Felix nicht«, sagte Mitzi sofort und zwinkerte mir dabei zu.

Das machte mich stutzig. »Also hat sich bei dir etwas getan, Ida.«

Obwohl nicht mehr ganz so rüstig wie früher, war meine Schwiegermutter mit ihren dreiundachtzig Jahren noch im Vollbesitz ihrer geistigen Kräfte. »Na ja«, sagte sie. »Getan hat sich eigentlich nix, nur dass halt der Alois zu mir gezogen ist.« Sie rührte energisch in ihrer Kaffeetasse.

Mir blieb die Spucke weg. »Für ganz? Du liebe Güte! Er hat doch ein eigenes Haus!«

»Aber keine Kinder, die sich um ihn kümmern könnten«, antwortete Ida prompt. »Das Haus konnte er endlich verkaufen. Wenn er stirbt, erbe ich sein Geld, und wenn ich mal nicht mehr bin, erbt ihr sowieso alles.«

Schlagartig war mir der Appetit auf die gute Nusstorte vergangen. »Was erbt er, wenn du vor ihm stirbst?«, erkundigte ich mich entsetzt. »Etwa das Haus hier? Mit allem Drum und Dran?«

»Falsche Frage«, meinte Ida genüsslich. »Er erbt nichts. Ihr erbt ihn!«

Ich schnappte nach Luft. »Das heißt, wir müssten für ihn sorgen?«

»Solange er nicht bettlägerig wird«, bestätigte Ida. »Aber dafür bekommt ihr auch einen Batzen Geld. Vergiss das nicht, Nina. Ich würde mir an eurer Stelle aber keine unnötigen Gedanken machen; Alois stirbt garantiert vor mir.«

»Hast du einen Vertrag mit dem lieben Gott geschlossen, Ida?« Ich schnaubte. »Und Geld! Wir haben, was wir brauchen. Aber sag mal, seit wann ist dir Geld so wichtig geworden?«

»Seit wann bist du so bissig geworden?«, konterte sie. »Alois und ich verstehen uns immer besser. Wir wollen die letzten Monate oder Jahre eben zusammen genießen. Das ist alles. Akzeptier's und mach das Beste daraus.«

»Verdammt!« Jetzt war ich wirklich wütend. »Wie? Wir sollen deinen Alois einfach so akzeptieren? Wo du doch alles getan hast, damit ich den Kampf gegen Alex' Geliebte aufnehme!«

»Das war das Beste für uns alle«, verteidigte sie sich.

Bei diesen Worten erinnerte ich mich an die Momente, in denen Alex geistesabwesend zu Boden starrte. »So? War es das? Da bin ich mir nicht sicher, Ida.«

Mitzi stand auf. »Ich glaube, jetzt ist's Zeit für ein Schnäpschen.« Wenn sogar Mitzi, die in einem Stuttgarter Health-and-Beautypool arbeitete, nach der Schnapsflasche griff, war nichts mehr in Ordnung. Wir warteten, bis die Gläser randvoll vor uns standen, prosteten uns zu und kippten gleich ein zweites.

»So«, meinte Ida zufrieden. »Das hat gutgetan. Und jetzt sag, was mit euch los ist. Hattet ihr Streit?«

»Nein. Ich habe aber den Eindruck, dass Alex noch immer der Marie nachtrauert. Oder vielleicht auch der Möglichkeit, mit sechzig noch mal etwas ganz Neues beginnen zu können«, meinte ich bedrückt.

»Der alte Grasdackel«, rief Ida und machte eine abfällige Handbewegung.

Aber Mitzi nickte. »Mir ist auch aufgefallen, dass er mit seinen Gedanken nicht bei uns ist. Darf ich?« Sie deutete auf den Kuchen und nahm sich ein zweites Stück. »Hast du schon mal überlegt, ob eine Eheberatung sinnvoll wäre?«, erkundigte sie sich vorsichtig. »Ich meine, bevor er oder du etwas Unüberlegtes tut, wäre das doch eine Möglichkeit ...«

»Auch das noch!« Ida streckte die Hand nach der Schnapsflasche aus.

Mitzi stellte sie schnell unter den Tisch. »Später«, sagte sie und fuhr fort: »Frag doch mal deine Freundin Kathrin, die in der Praxis ihres Mannes arbeitet. Sie kennt bestimmt eine geeignete Person, die herausfindet, was das Beste für euch ist.«

»Du meinst, ich solle Kathrins Arnd um Rat fragen?«, hakte ich nach.

Mitzi nickte.

»Schaden wird's nicht«, meinte Ida. »Und wenn's was nützt, ist es ja gut. Darauf kippen wir noch ein Gläschen!«

»Denk an deine Leber«, warnte sie Mitzi.

»Meine Leber?« Ida lachte. »Das absolut Schöne am Alter ist, dass man ohne Rücksicht auf die Zukunft sündigen darf. Auf euer Wohl! Und du, Nina, weißt jetzt, was du zu tun hast. Ruf den Arnd an. Gleich morgen. Vergiss es nicht.«

»Mal sehen.« Um das Thema zu wechseln, erkundigte ich mich nach Idas Alois und meinem Sohn Felix. »Wo sind die beiden?«

»Felix ist beim Geldverdienen«, sagte Ida. Gleichzeitig rief Mitzi: »Sie entrümpeln Alois' Haus.«

»Was stimmt denn nun? Und wieso verdient Felix jetzt Geld? Er hat doch nicht das Studium aufgegeben, und ich weiß nichts davon?«

»Er macht gerade beides: studieren und Geld verdienen«, beruhigte mich Ida.

Meine Schwiegermutter war nicht zu schlagen: Da Alois sein Haus natürlich ausräumen musste, hatte sie ihn so weit gebracht, dass er alles, was er nicht mehr brauchen würde, Felix und Mitzi überließ. Dies im Gegenzug dafür, dass sie das Haus vollständig entrümpelten und »besenrein« dem Makler übergaben.

Die beiden hatten sich die Möbel, das Geschirr und überhaupt alles angesehen, berichteten Mitzi und Ida weiter. Hatten einiges auf *eBay* verscherbelt, für den viel größeren Rest allerdings ihre Freundinnen und Freunde mobilisiert und einen Stand auf dem Stuttgarter Floh- und Antiquitätenmarkt gemietet. Noch hatten sie nicht alles verkauft, aber Mitzi fand, sie hätten »echt viel Kohle« gemacht und würden sehr hoffnungsfroh in die finanzielle Zukunft blicken.

»Penny ist auch dabei«, sagte sie schließlich. »Sie hat ein unglaubliches Verkaufstalent. Würde man ja nicht vermuten, aber es ist so.«

»Das kapiere ich jetzt nicht«, sagte ich. »Eure Freunde helfen euch, und ihr sackt das Geld ein?«

Mitzi war empört. »Nina, was du nur denkst! Die Einnahmen werden je nach Dauer und Art der Hilfe gerecht aufgeteilt – ist doch klar, oder?«

»Trotzdem lohnt es sich für euch?«

»Aber sicher«, bestätigte sie. »Alois hatte ein 24-teiliges Silberbesteck und tolle Leinenwäsche. Beides haben wir natürlich ohne fremde Hilfe abtransportiert und verkauft, und der Erlös hat schon mal unsere Sommerferien gesichert. Er hatte auch ein paar Möbel, die jetzt oben in unserer Wohnung stehen.«

»Der Dielenschrank, der Esstisch samt Stühle und ein Tischchen aus Kirschholz? Das sind Annelieses Erbstücke«, fiel mir ein.

»Und eine Kommode, die uns ein Händler sofort aus den Fingern reißen wollte. Haben wir alles Ida zu verdanken.« Sie lächelte meine Schwiegermutter zärtlich an. »Penny hat auch zugeschlagen.«

»Lass mich raten«, sagte ich. »Den Schreibtisch und …«

»… das ganze Schlafzimmer sowie die Garderobe, die ich, ehrlich gesagt, absolut scheußlich finde. Aber Penny meinte, sie würde alles mit der Hilfe ihres Restaurators aufmöbeln. Ach ja, sie hat auch so gut wie alle Bilder mitgenommen. Allein die grässlichen Rahmen seien heute wieder gefragt, hat ihr der Typ gesagt, bei dem sie gerade arbeitet. Vielleicht macht sie ein Antiquitätengeschäft auf.«

Das brachte mich zum Lachen. Ein Antiquitätengeschäft traute ich meiner Nichte sofort zu; sie hatte Fantasie, war mutig, erfinderisch und keineswegs arbeitsscheu, und von nichts und niemandem zu bremsen, wenn sie sich für etwas begeisterte. »Also will sie nicht mehr studieren?«

»Im Augenblick hat sie andere Pläne«, vertraute mir Mitzi an, die sich mit Penny bestens verstand. »Sag das aber nicht deiner Schwester!«

»Ich schweige wie ein Grab«, versicherte ich ihr. »Hängen die Pläne mit dem Restaurator zusammen?«

Beide, Ida und Mitzi, schüttelten die Köpfe. »Der ist uralt. Fünfzig plus, schätzt Penny. Nicht verheiratet, ein Einzelgänger und ein bisschen schrullig. Aber er kann was, und sie kommt gut mit ihm aus. Jedenfalls betatscht er sie nicht.«

»Das ist allerdings ein Qualitätsmerkmal«, sagte ich und grinste. Penny war ein richtiger Hingucker; ihr Problem war es nicht, Freunde zu finden, sondern sie auf Distanz zu halten.

»Finde ich auch«, bestätigte Mitzi ernsthaft. »Sie kommt nachher noch vorbei.«

»Warum denn das?«

»Es hängt mit dem Job und dem Restaurator zusammen.« Mitzi runzelte die Stirn. »Genaues hat sie nicht gesagt.«

»Es wird sich«, stellte Ida fest und kippte ihren dritten Schnaps, »um eine ihrer verrückten Ideen handeln. Nina, es ist gut, dass du wieder zuhause bist und die Fäden der Familie fest in die Hand nimmst.«

»Ach ja?«

Wie gesagt, ich hatte es gerne gemütlich. Wenn man auf die Fünfzig zugeht, ist das verständlich, fand ich. Das Dumme war nur, dass meine Familie das ganz anders sah.

2. Kapitel

Vor wenigen Wochen hatten sich zwei Studenten der Kunstakademie über einen Aushang am Schwarzen Brett mokiert. *Restaurator sucht Hilfe auf Stundenbasis.* »Wir sind Künstler und keine Handwerker«, sagte der eine verächtlich, worauf der andere noch eins draufsetzte: »Weißt du, wie ein Restaurator arbeitet? Der schraubt die Beine von einem Tisch an einen anderen und verkauft das Ganze als Original. Nee du, für Pfusch geben wir uns nicht her.« Sie saßen in der Bar in der Theodor-Heuss-Straße, in der Penny jobbte; zufällig hatte sie neben ihnen eine Bestellung aufgenommen und das Gespräch mit angehört. Da sie die Nachtarbeit leid war, stand sie gleich am nächsten Vormittag am Eingang der Kunstakademie, marschierte schnurstracks aufs Schwarze Brett zu, tippte Adresse und Telefonnummer von Schorsch Epple in ihr Handy, speicherte alles und drückte sofort auf die WÄHLEN-Taste.

Es dauerte, bis sich Schorsch Epple meldete. Ohne Kommentar hörte er sich Pennys Bewerbung an: dass ihre Aufnahme in die Akademie abgelehnt worden sei, sie aber nicht aufgeben würde und zur Überbrückung bis zum zweiten Versuch einen Job suche.

Ob sie körperlich arbeiten könne: abbeizen, schmirgeln, schrauben, sägen und so weiter, wollte Epple wissen, und als Penny versicherte, sie freue sich auf diese Tätigkeiten, lachte er kurz und schlug vor, sie solle ihn doch mal besuchen.

Schorsch Epple wohnte seit Jahrzehnten in einem ehemaligen Wengerterhäusle zwischen Untertürkheim und Korb. In der Scheune war seine Werkstatt. Dort traf Penny den Epple und fand, er entspreche so ziemlich ihren Vorstellungen: groß und grauhaarig und mit einem roten Weinzinken zwischen den buschigen Augenbrauen, was hinsichtlich der Lage seines Häusles samt Scheuer zu erwarten und verständlich war. Beide musterten sich und fanden Gefallen aneinander.

Epple drückte Penny Schmirgelpapier in die Hand und deutete auf einen Schrank aus Kiefernholz, der abgebeizt war. Nachdem Penny eine gute Stunde etliche Reste der braunen Farbe beseitigt hatte, nickte er zufrieden und nannte seinen Stundenlohn. Liebenswürdig, aber hartnäckig handelte sie den Betrag um drei Euro fünfzig pro Stunde in die Höhe, was ihr Epples Anerkennung eintrug. Sie einigten sich schließlich auf fünf Stunden täglich zu einem Gesamtbetrag.

Nach zwei Wochen war Penny überzeugt, mit dem Verlegenheitsjob einen Treffer gelandet zu haben. Sie kam gut mit Epple aus; er war ein Bruddler, handelte nach dem Motto *Nix gschwätzt isch globt gnug,* was ihr als Schwäbin nicht unbekannt war, aber die Arbeit machte ihr wirklich Spaß. Nun hatte ihr Epple sogar eine Truhe anvertraut, deren Bemalung aufgefrischt werden musste, und sie spielte ernsthaft mit dem Gedanken, eine Ausbildung als Restauratorin zu beginnen. Sie hatte sich im Internet informiert und gelesen, dass sie, um zugelassen zu werden, ein ein- oder mehrjähriges Praktikum in einer Restaurierungswerkstatt benötigte. Dass sie den Job bekommen hatte, war für sie eine schicksalhafte Fügung; umgehend beschloss sie, sich Ende des Monats um eine Praktikantenstelle bei Epple zu bewerben. Das bedeutete zwar weniger Geld, doch dank ihrer Eltern war sie gut versorgt. Genau das wollte sie am heutigen Nachmittag mit Mitzi besprechen. Vielleicht auch mit ihrer Tante Nina, das kam ganz darauf an, ob die Zeit hatte. Mal sehen …

Sie wusch einen Pinsel aus und sah zu Epple hinüber, der vor kurzem einen Auftrag erhalten hatte, um den er ein großes Geheimnis machte. Gerade blätterte er in einem dicken Fachbuch zu Fresken und Wandbemalungen und knurrte unwillig, als das Telefon klingelte. Er griff zum Hörer, meldete sich und hörte eine ganze Weile lang zu. Kurz angebunden sagte er dann: »Ja, das genügt mir. Ich rufe morgen zurück. Spätestens übermorgen.«

Minutenlang starrte er zu Boden. Schließlich pfiff er vor sich hin, stand auf, steckte die Hände in die Taschen seiner ausgebeulten Cordhose und schlenderte zu Penny rüber. Noch immer pfeifend griff er nach einem Pinsel und besserte konzentriert eine grüne Ranke aus. »Nicht übel, Penelope«, sagte er.

Penny grinste. »Danke!« Da sie zu schnellen Entschlüssen neigte und die Gunst der Stunde gekommen sah, platzte sie heraus: »Ich muss mit Ihnen reden, Herr Epple.«

Alarmiert hob er die Augenbrauen. »Hast genug von der Arbeit?«

»Genau!«, antwortete Penny spitzbübisch. »Ich kündige den Job.«

»Ausgerechnet jetzt, wo …«

»Moment mal«, unterbrach ihn Penny. »Ich kündige den Job, weil ich gerne eine Stelle als Praktikantin bei Ihnen hätte.«

Epples Augenbrauen wanderten noch höher. »So was.«

Er drehte sich um. Die Frühlingssonne fiel durchs offenstehende Scheunentor. Epple lehnte sich an den Pfosten, fingerte seine Pfeife aus der Tasche seines Arbeitsmantels, stopfte sie konzentriert, hielt ein Feuerzeug dran, paffte und fragte: »Ist das ein spontaner Entschluss?«

Penny überlegte. »Ja und nein«, entgegnete sie. »Nein, weil ich nicht wusste, was ich studieren sollte. Und ja, weil ich es endlich weiß. Dafür brauche ich das Praktikum, Herr Epple. Wenn ich es bei Ihnen machen könnte, wäre das super.«

»So was«, wiederholte Epple. Er rückte zwei Stühle in die Sonne. »Kannst uns Kaffee kochen, Penelope. Und dann hockst dich zu mir in die Sonne.«

Nach einer grundsätzlichen Absage klang das nicht, also setzte Penny die Maschine in Gang, goss den Kaffee in zwei Becher, nahm neben Epple Platz, streckte die Beine in den löchrigen Jeans aus und hielt das Gesicht in die Wärme.

Drängen durfte man den Epple nicht, das machte ihn grantig. Also wartete sie geduldig und ließ den Blick über die Weinstöcke schweifen, die jetzt im Frühling schon dicke Knospen zeigten. Manche Apfelbäume auf der nahen Streuobstwiese allerdings blühten bereits. Schön sah das aus, und manchmal wehte ihr der schwache Wind den Geruch nach Veilchen in die Nase.

»Übliche Arbeitszeiten, übliche Bezahlung«, sagte er endlich. »Die Jobwochen rechne ich dir an. Vorausgesetzt, du stehst morgen um sieben in der Werkstatt. Muss dir noch was beibringen, bevor wir uns an den großen Auftrag machen.«

Penny überlegte kurz, ob sie die übliche Bezahlung nicht etwas aufbessern sollte, entschied sich jedoch dagegen. Zum einen, weil sie Epple wirklich dankbar war, zum anderen, weil sie vor Neugierde fast platzte. »Was ist das für ein Auftrag?«

»Der Kaffee ist viel zu heiß«, wich er aus und holte seinen Trollinger. Nachdem er das erste Glas geleert und etliche Schlucke aus dem zweiten genommen hatte, informierte er Penny über den Auftrag. »Und? Kommst mit, Penelope?«

»Na klar!«

»Was sagt dein Freund, wenn er dich die Woche über nicht treffen kann, weil die Entfernung zu groß ist?«

»Ich habe keinen Freund«, gestand Penny. »Jedenfalls im Augenblick nicht.« Das entsprach nicht ganz den Tatsachen; Penny hatte einen Freund, Bruno, mit dem sie seit Tagen schon Schluss machen wollte. Bruno war ein Langweiler und für ihre Begriffe viel zu besitzergreifend.

Jetzt, wo sie die Praktikantenstelle so gut wie sicher in der Tasche hatte, war der Zeitpunkt gekommen, der faden Beziehung ein Ende zu bereiten. »Ehrlich, ich habe gerade keinen Freund«, wiederholte sie und lachte Epple an. »Mensch, das ist heute mein Glückstag! Kann ich ausnahmsweise schon Schluss machen? Meine Familie fällt in Ohnmacht, wenn sie die Neuigkeiten erfährt!«

3. Kapitel

Mitzi, Ida und ich saßen noch beim Kaffee, als Alois und Felix zurückkamen.

»Es wird Tage und Wochen dauern, bis wir den Keller und die Bühne entrümpelt haben. Du glaubst ja nicht«, stöhnte mein Sohn nach der Begrüßung, »was Alois über die Jahre alles gehortet hat!«

»Anneliese konnte nichts wegwerfen«, erklärte Alois sofort und nahm sich unaufgefordert ein Stück Bündner Nusstorte.

Ida lachte ihn aus. »Das stimmt nicht, mein Lieber. Wenn du eine Hose nicht mehr ins Büro anziehen konntest, wurde sie deine Gartenhose. Und selbst, wenn du die nicht mal mehr beim Umgraben tragen konntest, hast du Lumpen daraus gemacht. Zeitlebens hat sich Anneliese über dich beschwert.«

»Hat sie das?« Kritik erreichte Alois nicht; sie glitt an ihm ab wie Wasser an einer Teflonpfanne.

Felix erkundigte sich gerade nach den Schneeverhältnissen, als wir hörten, wie jemand in die Einfahrt fuhr.

»Das ist Pennys Motorroller«, stellte Felix sofort fest.

Mitzi schüttelte den Kopf. »So früh kommt sie nicht.«

Doch es war Penny. Sie stürmte die Treppe hoch und platzte in meine Küche. »Super, dass ihr alle da seid!«, rief sie gleich an der Tür. »Hmmm. Bündner Nusstorte. Und Kaffee!«

Wenn man wie ich mit einer Großfamilie gesegnet war, deren Mitglieder erfreulicherweise von Essstörungen, egal welcher Art, noch nicht mal den Namen kannten, besorgte man nicht nur eine Torte. Ich holte die zweite aus dem Kühlschrank und stellte auch gleich zwei Gedecke auf den Tisch.

»He!«, rief Penny, »so verfressen bin ich nun auch wieder nicht, Nina!«

»Ich schätze«, erklärte Felix, »das zweite Gedeck ist für meinen Vater. Hast du Neuigkeiten, Penny?«

»Heute ist mein absoluter Glückstag – sieht man auch daran, dass mein Lieblingskuchen auf dem Tisch steht.«

Wir alle waren schon immer der Meinung, dass Penelope mit einer Glückshaut geboren war. Ida hatte das als Erste festgestellt, als sie Penny in den Arm nehmen durfte. Meine Schwester Suse hatte ganz bescheiden »Ich weiß« gesagt. Beide sollten Recht behalten. Penny fiel alles in den Schoß: gute Noten, nette Lehrer, Freundinnen und Freunde. Sie war nicht eingebildet und wurde nicht überheblich. Penny nahm alles, wie es kam, und weil sie ausgeglichen und fröhlich war und eine ausgeprägt soziale Ader hatte, war sie überall beliebt. Vor allem bei den Männern natürlich. Nur Ursel, meine Schwägerin, war nicht gut auf sie zu sprechen. Sie fand sie eitel und affektiert, was aber nichts anderes war als blanker Neid, denn Penny war zu allem Überfluss nicht nur sehr hübsch, sie kleidete sich auch ausgesprochen unkonventionell. Ich fand aber, dass sie selbst die verrücktesten Stücke mit Grazie zu tragen wusste. Heute allerdings fiel sie in den löchrigen Jeans und dem knallroten Hemd völlig aus der Rolle.

»Mensch, ich muss euch unbedingt – wisst ihr, ob Alex bald kommt? Ich will nicht alles zweimal erzählen müssen!«

»Was willst du nicht zweimal erzählen, Penelope?« Da stand mein Mann. Selbst jetzt noch, nach mehr als einem Vierteljahrhundert, machte mein Herz einen Sprung, wenn er plötzlich auftauchte, und ich wusste – nein, ich war mir absolut sicher, dass ich ihn nicht verlieren wollte. Einerseits.

Andererseits war ein erzwungenes Festhalten so ziemlich das Mieseste, was man einem anderen antun konnte. Erzwingen, auch das wusste ich, würde ich nichts. Ich seufzte; nur mit Mühe konzentrierte ich mich auf Pennys Bericht.

»Ich habe drei wahnsinnig tolle Neuigkeiten! Erstens: Ich werde Restauratorin. Zweitens: Schorsch Epple hat mir eine Praktikantenstelle gegeben. Drittens: Er hat einen Auftrag erhalten – ihr ahnt ja nicht, dass es so was gibt! Jemand hat eine heruntergekommene Burg im Hohenlohischen gekauft. Bei den Renovierungsarbeiten wurden Wandbemalungen entdeckt; die wird Epple auffrischen und bei Bedarf ergänzen. Und wisst ihr was? Er nimmt mich mit! Na ja«, dämpfte sie ihre Begeisterung, »so wie es im Augenblick aussieht, darf ich ihm die Pinsel reichen und Farbe anrühren. Aber trotzdem! Ich werde wochenlang auf einer Burg hausen! Das hat was, findet ihr nicht?«

Als wir schwiegen, setzte sie hinzu: »Hallo! Ich warte auf eure Gratulationen!«

»Ich bin platt«, meinte Mitzi. »Wo genau befindet sich die Burg? Kann ich dich besuchen? Und mal bei dir übernachten?«

»Was ist mit mir?« Felix tat so, als sei er tief beleidigt. »Meine Lieblingsbase bewegt sich in adligen Kreisen, lädt mich nicht ein, und meine Lieblingsfreundin nimmt mich auch nicht mit? Kann es sein, dass ich nicht würdig bin, Brot und Butter mit euch zu teilen?«

Bevor die beiden antworten konnten, stellte Alois fest: »Sei bloß froh, dass der Auftrag dem Epple nicht im Spätherbst auf den Tisch geflattert ist. Ne Burgruine, in der es durch alle Löcher zieht – nein danke!« Er schüttelte den Kopf. »Die Kälte, die in einem so alten Gemäuer hockt, kriecht dir in den letzten Knochen; du wirst schlottern wie ein nasser Hund, Penny. Auf jeden Fall nimmst du wollene Unterwäsche mit.«

»Pfff! Alois, du alter Schwarzseher«, wischte meine Nichte den Rat beiseite. »Ich hab nicht gesagt, dass die Burg eine Ruine ist; ich sagte, sie sei längere Zeit unbewohnt gewesen. Denk doch mal nach, Alois: In einer Ruine findest du keine Bemalungen. Stimmt's?«

»Aus dem Stuttgarter Nachtleben direkt aufs Land, wo sich nicht beschwipste Partybesucher, sondern Fuchs und Has ein gut's Nächtle wünschen«, sagte Alex. »Ist das vernünftig? Hast du den Entschluss nicht etwas übereilt getroffen?«

»Wissen deine Eltern davon?«, setzte ich hinzu.

Nun wurde Penny ernstlich böse. »Ihr habt aber auch an allem etwas auszusetzen! Da bekomme ich den tollsten Job des Jahrhunderts, und was tut ihr? Anstatt mich zu beglückwünschen, sucht ihr nur Haare in der Suppe! Ich sag euch was: Man kann sich auch absichtlich überm Suppenteller kämmen!«

»Stimmt«, bestätigte meine Schwiegermutter. »Lass dich nicht kirre machen, Mädchen. Tu, was du für richtig hältst. Manchmal führt erst ein Umweg ans Ziel.«

»Es ist kein Umweg«, begehrte Penny auf. »Ich geh jetzt lieber; ihr habt mich sehr enttäuscht – ich dachte, ihr freut euch mit mir.« Beleidigt griff sie nach ihrem bunten Beutel und stapfte zur Tür.

»Wart mal!« Mitzi rannte ihr hinterher.

Schweigend sahen wir den beiden nach.

»Sie war schon immer ein verrücktes Huhn«, stellte Alex schließlich fest. »Nur gut, dass nicht wir ihre Eltern sind.«

»Wo steht eigentlich die kaputte Burg?«, wollte Alois wissen. »Hat sie das gesagt?«

»Was tut das zur Sache?«, fuhr Ida ihn an. »Lasst doch das Mädchen tun, was es für richtig hält. Wer jung ist, darf Fehler machen.«

Der Satz ging mir zwei Tage lang nicht aus dem Kopf: Wer jung ist, darf Fehler machen. Klar, weil ein junger Mensch Zeit hatte, sie zu korrigieren. Im Alter sah das ganz anders aus; im Alter blieb für eine Korrektur nicht mehr viel Zeit. Was bedeutete, dass man Fehler tunlichst vermeiden sollte. Oder, wenn man dummerweise einen begangen hatte, ihn schnellstmöglich aus dem Weg räumen musste, bevor der Rest des Lebens im Schlamassel versank. Was, so schien mir, mit meinem und Alex' Leben gerade geschah.

Zwar hatte ich die Ursache aus dem Weg geräumt, doch offensichtlich trauerte Alex der Marie noch immer nach. Vermutete ich jedenfalls, denn immer wieder ertappte ich ihn dabei, wie er geistesabwesend in eine Ecke starrte. Er hatte seinen

Schwung verloren, der Appetit ließ zu wünschen übrig, nur der Durst nahm zu: Abends trank er nicht wie sonst ein Viertele Roten. Er leerte eine ganze Flasche. Mindestens. Und, was mich besonders ärgerte: Danach sank er wie ein Toter ins Bett.

Also packte ich den Stier bei den Hörnern.

Ich arbeitete als Biologin im botanisch-zoologischen Garten Stuttgarts, wo ich auch Führungen zu bestimmten Themen anbot. An diesem Tag begleitete ich Erstklässler durchs Affenkinder-Haus, was gerade ein besonderes Highlight war, weil wir zwei Affenbabys aufzogen, die von ihren Müttern nicht angenommen worden waren.

Normalerweise war ich mit Leib und Seele bei der Sache; an diesem Tag lachte ich jedoch nicht mal über die Beobachtungen und Bemerkungen der Kinder.

Jedenfalls setzte ich mich gleich nach dem Ende der Führung in meinen Golf und fuhr zu Kathrin und Arnd in die Praxis.

Es war ein herrlicher Vorfrühlingstag; die Sonne schien von einem blauen Himmel, es war so warm, dass ich das Verdeck öffnete, die Vögel zwitscherten wie verrückt, und als ich Richtung Untertürkheim kurzzeitig im Stau stand, fiel mir auf, dass die Wiesen das triste Wintergrau verloren hatten. In früheren Jahren hätte ich mich über das frische Grün gefreut ...

Ich setzte mich ins Wartezimmer und kam, nachdem mich die Sprechstundenhilfe aufgerufen hatte, sofort zur Sache. »Ich brauche die Adresse eines kompetenten Eheberaters. Kannst du mir weiterhelfen?«

Einen Augenblick war Arnd völlig verdutzt. »Rächst du dich gerade für Alex' Seitensprung mit einer heißen Affäre, Nina?«

Ich stutzte. »Daran habe ich mit keinem Gedanken gedacht«, versicherte ich ihm. »Aber das wäre eigentlich keine schlechte Idee. Empfiehlst du mir jemand, mit dem es sich lohnen würde?«

»Nimm mich!«, antwortete er prompt und mit blitzenden Augen.

»Ich überlege es mir. Vielleicht komme ich ja auf dein Angebot zurück. Aber im Ernst, Arnd. Alex ist nicht mehr der Alte. Ich fürchte, er bedauert es zutiefst, dass er im vergangenen Jahr nicht noch einmal durchgestartet ist. Letzte Ausfahrt zur totalen Lebensänderung verpasst, weißt du.«

»Was glaubst du«, brach es aus Arnd heraus, »wie sehr ich mir die Möglichkeit eines neuen Starts manchmal wünsche! Schnupfen, Husten, Ischias. Krampfadern und Besenreiser. Hier ein Schlägle, dort ein Infarkt. Wohingegen du in deiner Wilhelma mit dem Wolf tanzt. Möchtest du nicht mit mir tauschen, Nina?«

Ich dachte an die Patienten im Wartezimmer und schüttelte den Kopf. »Lieber nicht. Aber weißt du, meine Aufgabe ist auch kein Honigschlecken: Entweder bringe ich Alex dazu, seine Tage zufrieden im Schoß der Großfamilie zu verbringen, oder ich jage ihn endgültig aus den vier Wänden. Also, hast du mir nun einen anständigen Eheberater oder nicht?«

»Willst ihm nicht noch etwas Zeit geben?« Arnd kramte in der Schublade herum und reichte mir schließlich eine Visitenkarte. »Hier. Ob er anständig ist, entzieht sich meiner Kenntnis. Ich weiß nur, dass er gut ist. Vielleicht sogar gut im Bett.« Er grinste mich vielsagend an. »Falls du nicht doch mit mir vorliebnehmen möchtest.«

»Hört bei euch Männern der biologische Frühling eigentlich nie auf?«

»Natürlich hört er mal auf«, versicherte er ernsthaft. »Wenn wir im Sarg liegen. Aber selbst da wünschen wir uns nichts sehnlicher als hübsche Mädchen, mit denen wir auf paradiesischen Wiesen spielen können.«

»Was ist, wenn's euch in die Hölle verschlägt?«, entgegnete ich spitz.

»Oh, das ist natürlich noch besser. Es geht nämlich nichts über teuflische Gespielinnen mit höllischen Tricks!«

»Du lüsterner Esel!«

»Wo du recht hast, hast du recht.«

Wenn ich nicht gewusst hätte, dass Arnds lose Sprüche nur Schau und Wunschdenken waren, hätte ich Kathrin bedauert. So aber umarmte ich ihn und fuhr sofort nach Stuttgart, wo Hanno Bäuerle, Ehe- und Paarberater, in der Schwabstraße seine Praxis hatte, die ich mir erst mal anschauen wollte.

Der Empfangsbereich, die gut aussehende Frau mittleren Alters am PC und das Wartezimmer gefielen mir. Alles sah schwäbisch schlicht, aber nicht karg aus, ordentlich, aber nicht steril, und sachlich, ohne fantasielos zu wirken. Am besten gefiel mir die lebensgroße Nachbildung einer bunten, fröhlich tanzenden Nana von Niki de Saint Phalle, die gleich neben dem Tresen stand. Ich schilderte der Sprechstundenhilfe mein Anliegen und meinte dann: »Eine Sitzung müsste genügen.«

»Das wird Dr. Bäuerle entscheiden«, entgegnete sie freundlich und reichte mir einen Zettel. »Sie haben Glück.«

Ich sah aufs Datum und rechnete. »Aber das ist ja erst in drei Wochen! Geht es nicht früher?«

Es ging früher. Aber nur, weil während unseres Hin und Hers das Telefon klingelte und ich dem Gespräch entnahm, dass jemand seinen Termin aus Krankheitsgründen absagte.

Triumphierend zog ich ab und war mir sicher, dass ich meinen Alex in einer Woche so weit hatte, dass er an meiner Seite zu Dr. Bäuerle wandern würde.

4. Kapitel

Alex von der Notwendigkeit einer Ehe- und Paarberatung zu überzeugen, stellte sich als weit schwieriger heraus, als ich dachte. Dass er »Was hast du? Es ist doch alles in Ordnung!« sagen würde, hatte ich vorausgesehen. Aber damit, dass er komplett dichtmachte, hatte ich wirklich nicht gerechnet. Ich ließ das Thema erst mal ruhen, beobachtete ihn und klagte Ida mein Leid.

Zum ersten Mal in all den Jahren, in denen wir unter einem Dach hausten, wollte sie mich nicht verstehen. »Nina, du spinnst. Man soll schlafende Hunde nicht wecken – und genau das tust du! Du stupfst und bohrst und wenn du nicht aufpasst, hast du Alex aus dem Haus gejagt. Es kann ja sein, dass ihn der Hafer noch ein bisschen sticht. Aber was bedeutet das schon! Das Biest ist weggezogen. Warte einfach ab. Spätestens im Sommer hat Alex die ganze Geschichte vergessen.«

Unzufrieden, weil Ida mich nicht überzeugt hatte, legte ich den so mühevoll ergatterten Termin beiseite, aber ich musste nur einen weiteren Tag warten. Da rief sie mich völlig aufgelöst in der Wilhelma an und schrie ins Telefon: »Nina, ich entschuldige mich, du hattest recht! Alex ist völlig verrückt geworden! Wir müssen was unternehmen! Komm so schnell du kannst!«

Herr Kümmerle, einer unserer ehrenamtlichen Mitarbeiter, stand zufällig neben mir, und weil Ida vor Entsetzen in den Hörer brüllte, konnte er dem Gespräch ohne Schwierigkeiten folgen. »Schlechte Nachrichte von drhoim?«, erkundigte er sich mitfühlend. »Soll i fir Se eischbringe? I tu's gern, wirklich.«

Besorgt runzelte ich die Stirn. »Das wäre nett von Ihnen. Herr Kümmerle, ich hab keine Ahnung, was passiert ist.«

»No pressiert's«, stellte er fest. »Los, ganget Se ond schdandet Se net no ohnehdig rom.«

Auf dem schnellsten Weg fuhr ich nach Winnenden, preschte in die Einfahrt – und wurde schon von meinen Lieben erwartet: von Ida und Alois. Mit verschwörerischen Mienen nahmen sie mich in die Mitte.

»Er spricht nicht mehr mit uns«, flüsterte Ida.

»So schlimm?«, fragte ich.

»Nein, nein«, beruhigte mich Ida. »Er ist nicht krank. Er sitzt nur in seinem Arbeitszimmer vor dem Computer.«

Ich verstand die Welt nicht mehr. »Und deshalb muss ich nach Hause kommen?«

»Ja«, bestätigte Alois, »weil er etwas völlig Verrücktes vorhat. Er will abhauen, hat er gesagt.«

»Abhauen? Wann? Wohin denn?« Ich raste die Treppe in den ersten Stock hoch. »Wieso wisst ihr davon und ich nicht?«, rief ich über die Schulter zu den anderen zurück, wartete die Antwort aber nicht ab, sondern platzte in Alex' Arbeitszimmer.

Er saß vor dem PC. Der Kopierer spuckte ein Blatt aus, ein, zwei Blätter lagen schon auf dem Boden. Mit verträumtem Blick drehte sich Alex um. »Nina! Du bist schon hier?«

»A...ausnahmsweise«, stotterte ich. »Du bist nicht auf dem Stückle?«

»Nein.«

»Es ist Pflanzwetter.«

»Ja.«

So kam ich nicht weiter. »Alex, was hast du vor?«

Er rieb sich die Augen. Zum ersten Mal fiel mir auf, dass mein Mann alt geworden war. Nein, nicht richtig alt. Älter eben. Müder. Und irgendwie wirkte er verloren. »Was ist los, Alex?«

»Nichts. Das ist es ja, Nina. Nichts ist los. Nichts hat Bedeutung. Ob ich Kartoffeln stecke oder Erbsen säe – was soll's? Kartoffeln und Erbsen können wir in einem Bauernladen kaufen. Oder bei *Edeka.* Oder dem *Rewe.* Ich habe keine Aufgabe. Mein Leben ist nutzlos. Leer. Ohne Sinn.«

Mir wurde ganz kalt. »Wir brauchen dich, Alex. Vor allem ich brauche dich.«

Er lächelte. »Wozu? Das Haus ist auch dein Haus. Und wenn ich nicht mehr bin, bekommst du eine nette Rente, von der du sorgenfrei leben kannst. Außerdem hast du deine Wilhelma. Löwen und Tiger und jetzt auch noch zwei Affenbabys. Dein Leben ist voller Abwechslungen. Ganz im Gegensatz zu meinem. Deshalb ...«

»Ja?«

»Deshalb werde ich mich auf die Suche machen, was meinem Leben jetzt noch Sinn geben könnte. Falls es überhaupt noch einen Sinn hat.«

Oje. Jetzt wusste ich endlich, weshalb mein Mann in die Ecken starrte! Fast wünschte ich mir, ich könnte eine Person aus Fleisch und Blut bekämpfen. »Wie«, ich räusperte mich, »willst du das anfangen? Die Sinnsuche, meine ich.«

Er hob die Blätter vom Boden auf und hielt sie mir hin. *Warum pilgern?* las ich und kapierte nichts. »Pilgern? Wohin denn? Du bist evangelisch, Alex!«

»Wenn man den Jakobsweg geht, ist es egal, welcher Konfession man angehört.«

»Den Jakobsweg ... Den Jakobsweg? Wie Hape Kerkeling? Alex, du spinnst!«

»Langsam, Nina, langsam!« Er nahm mir die Blätter aus der Hand und las vor: *»Es scheint eine uralte Sehnsucht der Menschen zu sein: aufzubrechen, Bekanntes hinter sich zu lassen und neue Wege zu suchen ... Pilgern kann wichtige Impulse für die eigene Lebensgestaltung geben.«* Siehst du, Nina, genau das will ich: Impulse finden für die Gestaltung meines restlichen Lebens.«

»In dem ich nicht mehr vorkomme? Alex, du sprichst immer nur von dir, von deiner Sinnsuche, von deinem Leben. Was ist mit mir?«

»Du brauchst mich nicht.«

Ich starrte ihn fassungslos an. »Das redest du dir ein.«

Er schwieg.

Ich schwieg.

Dann ging ich aus dem Zimmer. Ich glaube, so niedergeschlagen war ich nicht mal, als ich von der Schwarzhaarigen erfuhr.

Natürlich warteten Ida und Alois auf mich. »Will er immer noch abhauen?«

»Er will pilgern«, sagte ich. »Den Jakobsweg auf Knien entlangrutschen. Um den Sinn seines restlichen Lebens zu finden.«

»Mein lieber Schwan!«, rief Ida. »Wer hat ihm denn diese Laus in den Pelz gesetzt? Etwa das schwarzhaarige Luder? Na, dem werde ich den Marsch blasen!«

Ich hielt meine Schwiegermutter zurück. »Tu das nicht. Das Pilgern ist keine fixe Idee; ich glaube, Alex steckt wirklich in einer Krise.«

»Genau«, pflichtete Mitzi mir bei, die gerade hereinkam. »Wir haben uns nicht umsonst Sorgen um ihn gemacht. Nina, du musst behutsam vorgehen.«

»Wie denn, wenn er nichts von mir wissen will? Wenn er sagt, ich brauche ihn nicht?«

»Mein lieber Schwan«, wiederholte Ida. Dann, nach einer ganzen Weile, sagte sie leise: »Kleine Kinder, kleine Sorgen. Große Kinder, große Sorgen. Eines ist sicher, Nina: Ihr müsst zur Beratung. Und wir«, sie funkelte Alois an, »müssen besonders nett zu ihm sein. Sonst zieht er am Ende noch eine härene Kutte an, bindet sich ein Seil um den Bauch, rasiert sich den Kopf und wandert mit dem Bettelstab und einem Opferbüchsle durch Winnenden. Womöglich noch barfüßig! Das fehlt gerade noch«, meinte sie energisch. »Bevor das passiert, setz ich ihm den Kopf zurecht!«

Sprach's und rauschte die Treppe hoch. Wir hörten noch, wie die Tür von Alex' Arbeitszimmer zuschlug, dann war Stille.

5. Kapitel

Immer hatte ich meinen Mann mit einem Tiger verglichen, der stets unerwartet und aus dem Hinterhalt zuschlägt. Aber früher war Alex temperamentvoll vorgegangen; sein Schwung und Elan waren kaum zu bremsen gewesen, und über den Wunsch, den Sinn seines Lebens zu suchen, hätte er nur gelacht.

Was waren die Ursachen für die Veränderung? Die frühe Pensionierung nach seinem Motorradunfall auf der Alb? Die unerwartete Verliebtheit in das schwarzhaarige Luder und das für ihn so plötzliche und niederschmetternde Ende? Beides zusammen? Keine Ahnung; es brachte nichts, darüber zu spekulieren. Am meisten beunruhigte mich, dass er meinte, ich könne – und wolle! – ohne ihn leben. Wie kam er nur auf die Idee?

Eines wurde mir allerdings klar: Ein so aktiver Mann wie er brauchte eine Aufgabe, die ihn ausfüllte. Sich mit knapp über sechzig nur mit dem Stückle zu beschäftigen, war einfach zu wenig, war keine Herausforderung für ihn. Und »nur« hin und wieder eine Reise zu machen und im Übrigen Erbsen zu säen und sich um die Familie zu kümmern, konnte seine Tage nicht ausfüllen. So gesehen verstand ich den Wunsch, den Jakobsweg unter die Füße zu nehmen und zu hoffen, das Pilgern schenke ihm eine Erleuchtung. Was in seinem Fall wohl bedeutete: Was kann ich mit dem Rest meines Lebens anfangen, ohne nur ergeben auf den finalen Knall zu warten?

Wo wollte er denn loswandern? In Frankreich? Diesseits oder jenseits der Pyrenäen? Irgendwo mitten in Spanien? Wie lange wollte er eigentlich unterwegs sein? Einen Monat? Ein halbes Jahr? Ein ganzes? Ich hatte keine Ahnung …

Plötzlich kam mir ein glorreicher Gedanke: Ich würde Alex einen Handel vorschlagen. Vorausgesetzt, würde ich zu ihm sagen, wir gehen zuerst zum Ehe- und Paarberater; danach, wenn der keine zündende Idee hat, lasse ich dich ziehen.

Genau das schlug ich Alex am nächsten Abend vor. Natürlich nahm ich an, er würde mich mit tausend Gegenvorschlägen bombardieren, doch o Wunder – er ging auf den Handel ein. Zwar schluckte er mühsam, als er feststellte, dass wir bereits in der kommenden Woche bei Herrn Bäuerle sitzen würden, doch als ich ihm sagte, gegebenenfalls könne er ja dann sofort losmarschieren, nickte er ergeben.

Ich weiß nicht, wer von uns beiden an diesem schicksalsträchtigen Tag aufgeregter war; Tatsache ist, dass ich mir vorkam wie eine Kuh, die am Strick zur Schlachtbank gezerrt wird. Verdammt, wie kam ich dazu, einem Unbekannten mein familiäres Glück oder Unglück anzuvertrauen? Was, wenn Bäuerle sofort und ohne Wenn oder Aber auf Alex' Wunsch eingehen würde? Nach dem Motto: Männer halten immer zusammen?

Eines war sicher – klein beigeben würde ich nicht. Unter keinen Umständen.

Dann kam doch alles ganz anders.

Herr Bäuerle war nicht mehr der Jüngste. Er saß hinter seinem Schreibtisch, die Frühlingssonne schien durchs Fenster und auf sein ergrautes Haupt, die Gläser seiner Brille hätten eine Reinigung nötig gehabt, und zuerst dachte ich: »Falsche Person. Wie kann uns ein so müder Kerl helfen?«

Aber nach dem ersten Satz: »Was führt Sie zu mir?«, war er hellwach und ich beruhigte mich. Nachdem Alex seinen Jakobsweg-Wunsch vorgebracht hatte, schilderte ich die Episode, die die unselige Marie in unserem Leben gespielt hatte, und erklärte, dass Alex nach seiner Frühpensionierung keine richtige Aufgabe hatte, was ich als Ursache allen Übels ansah.

Worauf Bäuerle verständnisvoll nickte und fragte, ob wir denn zusammenbleiben wollten.

»Aber sicher!«, rief Alex prompt.

»Und Sie, Frau Kick?«

Ich zögerte. »Nur, wenn mein Mann dieser Marie nicht mehr nachtrauert und ich ihm wieder voll und ganz vertrauen kann.« Neben mir schnappte Alex nach Luft, aber ich fuhr erbarmungslos fort: »Und wenn er eine Beschäftigung, eine Aufgabe findet, die ihn so ausfüllt, dass er mich und die Familie erträgt.«

»Das ist viel auf einmal«, stellte Bäuerle trocken fest.

Ich stimmte ihm zu. »Auf weniger lasse ich mich nicht ein.«

»Dann empfehle ich Ihnen, etwas gemeinsam zu unternehmen. Etwas, das Sie so noch nie gemacht haben. Was einen neuen frischen Blick auf den Partner werfen, ihn in einem anderen Licht erscheinen lässt. Danach«, er wandte sich an Alex, »können Sie immer noch auf dem Pfad der Erleuchtung wandeln. Zuerst jedoch sollte das gemeinsame Erleben stehen.«

»Woran denken Sie?«, erkundigte sich Alex reichlich verblüfft. »An eine Reise?«

»Vielleicht. Zum Beispiel.«

»Wie lange soll die dauern?«

Bäuerle lachte. »Das richtet sich ganz nach Ihnen.«

Konkreter wurde er nicht, was Alex ziemlich erboste. »Wir sind hier, um ...«

Bäuerle hob die Hände. »Es ist Ihr Leben.«

Das war's. Die Beratung war zu Ende.

Ein aufregender Tag in der Wilhelma war nicht so erschöpfend wie diese eine Stunde. Wir fuhren ins *Breuninger*-Parkhaus und setzten uns, weil sich die Sonne hinter dicke Wolken verzogen hatte und ein sehr kühler Wind aufgekommen war, ins *Flo.* Alex bestellte ein Viertele, ich einen Kaffee. Dann schwiegen wir uns an.

»Die Ausgabe hätten wir uns sparen können«, knurrte Alex schließlich. »Eine genaue Anleitung, wie es beispielsweise ein *Dr. Oetker*-Backrezept bietet, wäre mir sehr willkommen gewesen: Zuerst machen Sie das, dann das, danach ist alles wieder paletti.«

Ich schielte auf die Speisekarte; die Anspannung ließ nach, jetzt kam der Hunger. »Er will, dass wir selbst darauf kommen, was uns guttut.«

Ein Stück Obsttorte mit Sahne oder eine Schwarzwälder Kirsch? Oder lieber nur eine Butterbrezel, der Kalorien wegen?

»Du hast doch nicht etwa Hunger, Nina?«, erkundigte sich Alex.

»Doch. Habe ich.«

»Zuerst der unnütze Bäuerle, jetzt noch eine Ausgabe ... Nina, du bist unersättlich.« Zum ersten Mal seit Wochen – was sage ich: seit Monaten! – lachte Alex wieder so vergnügt wie früher. Er gab dem Kellner ein Zeichen, und nachdem ich mich für einen Käsekuchen mit Aprikosen entschieden hatte, bestellte er sich einen Wurstsalat. Mein Magen machte einen Purzelbaum und ich änderte meine Meinung zugunsten des Wurstsalats. Plus einem Schorle weiß-sauer.

»Erinnerst du dich, wann wir das letzte Mal gemeinsam im *Flo* gesessen haben? Einfach so, unter der Woche?«, fragte ich dann.

»Weiß ich nicht.«

»Eben. Du weißt es nicht, und ich weiß es auch nicht. Gemeinsame Unternehmungen sind bei uns so gut wie nicht mehr vorgekommen.«

»Stimmt nicht«, widersprach Alex sofort. »Denk nur an unsere Grillpartys auf dem Stückle, Nina.«

»Ha! Allein zu zweit waren wir da aber nicht.«

»Stimmt. Aber wir waren Ski fahren.«

In diesem Augenblick wurden die Teller mit dem Wurstsalat gebracht, wir warteten, bis der Kellner verschwunden war, dann beugte sich Alex plötzlich über den Tisch und sagte, ganz der Manager, der er früher gewesen war: »Also, Nina. Wie gehen wir vor?«

Verblüfft ließ ich die Gabel sinken.

»Wie siehst du denn aus, Nina! Hat dir dein Mann soeben ein unsittliches Angebot gemacht?«

Wir drehten uns um. »Suse! Was machst du hier?«

Ich musterte meine Schwester, die links und rechts etliche Tüten schleppte.

»Einkaufen. Was denn sonst? Ist der noch frei?«, fragte sie, ließ prompt die Tüten auf den Boden und sich auf den Stuhl fallen. »Meine Tochter raubt mir noch den letzten Nerv! Das da ...«, sie deutete auf die Tüten, »braucht sie alles für den neuen Job. Aber, um ehrlich zu sein, bewundere ich es, wie sie sich ins Abenteuer stürzt. Ist der Meinung, endlich den Beruf ihres Lebens gefunden zu haben, bekommt ein Praktikum auf dem Silberteller serviert und greift bedenkenlos zu. Unglaublich!« Suse schüttelte den Kopf. »Und? Was macht ihr hier?«

»Wir planen eine Reise und überlegen uns, wohin es gehen soll«, erwiderte Alex.

»Ihr wollt reisen? Einfach so? Ihr Glücklichen! Wenn nur mein Matti auch mal auf eine so geniale Idee käme.«

»Warte, bis er pensioniert ist.« Alex lächelte sie an. »Da wird alles anders. Glaub mir, ich weiß, wovon ich rede.«

»So, wie du es sagst, scheint es keine Änderung zum Guten zu sein. Alex, du machst mir Angst.« Suse verzog das Gesicht. »Spendiert ihr mir ein Gläschen Prosecco?«

»Ein Wasser käme uns billiger.« Alex winkte dem Kellner.

Nachdem Suse am Prosecco genippt hatte, bohrte sie weiter. »Jetzt mal im Ernst; warum wollt ihr so plötzlich auf und davon, wo ihr doch gerade erst vom Skifahren kommt?«

Alex und ich sahen uns an. Suse war meine Schwester und engste Vertraute, dennoch war das belebte *Flo* nicht der richtige Ort, ihr die neueste Entwicklung in unserer Beziehung zu erläutern.

»Wir möchten etwas Ungewöhnliches unternehmen, etwas, das wir bisher noch nie gemacht haben«, wich ich aus.

»Eine Fahrt mit dem Orient-Express zum Beispiel?«

»Gute Idee«, lobte Alex. »Oder noch besser: Eine Fahrt von Moskau bis Peking.«

Suse kam in Fahrt. »Oder ein Segeltörn im Mittelmeer! Von Insel zu Insel – und das im Frühling!«

»Besser wäre etwas mit viel Bewegung. Der Weitwanderweg von Innsbruck über die Alpen bis zum Gardasee. Anschließend eine Woche Faulenzen in einem Sechs-Sterne-Hotel am Wasser. Wie findest du das, Nina?«, fragte Alex.

Ich war entsetzt. »Um ehrlich zu sein – eure Vorschläge sind grauenhaft! Wisst ihr, was so ein Segeltörn bedeutet? Eine Unterbringung auf maximal zwei Quadratmetern. Mit keiner Ausweichmöglichkeit, falls wir uns auf die Nerven fallen, es sei denn, man nächtigt auf einer Luftmatratze an Deck!« Meine Empörung wuchs mit jedem Wort. »Bei einer Fahrt im Orientexpress gilt dasselbe – tagelang sitzt man nur nebeneinander. Nach ein paar Stunden geht einem der Gesprächsstoff aus, meine Lieben! Und was erwartet einen bei einem Weitwanderweg? Versiffte Hütten, nächtliches Schnarchen der Mitschläfer auf hartem Matratzenlager, mieses Essen, Eis und Schnee. Und das im Frühling! Ehrlich – eure Vorschläge sind zum Davonlaufen.«

»Eben«, sagte Suse vergnügt. »Genau das wollt ihr ja. Davonlaufen.«

»Ja!«, bestätigte ich erbittert. »Aber vergesst nicht, dass ich, im Gegensatz zu Alex, noch berufstätig bin. Ich müsste Urlaub nehmen für etwas, das ich gar nicht will. Wo ich mir mehr als eine Woche gerade überhaupt nicht leisten kann. Und noch etwas. Bei einer Wanderung über die Alpen könnten ich oder Alex den perfekten Mord begehen. Ein kleiner Schubs in den Abgrund, und das Problem ist gelöst.«

»Vorausgesetzt, du schubst Alex so vorsichtig, dass bei der anstehenden Obduktion kein Hämatom feststellbar ist.« Suse grinste.

»Du kennst dich aus?«, erkundigte sich Alex interessiert.

»Ich will's mal so sagen: Wer von uns Frauen hat sich über die Beseitigung eines Hindernisses nicht schon mal Gedanken gemacht?«, erklärte Suse schnippisch. »So, ihr Lieben. Ich überlasse euch euren Problemen, danke für den Prosecco und bin dann mal weg.« Sie griff nach den Tüten.

»Siehst du, Nina!«, rief Alex. »Auch Suse denkt an den Jakobsweg!«

Suse sank wieder auf den Stuhl. »Wie kommst du denn darauf, Alex?«

»Weil du *Ich bin dann mal weg!* sagtest!«

Meine Schwester runzelte die Stirn. »Na und? Das ist doch nur der Titel eines Buches, das so ein Typ vom Fernsehen geschrieben hat.«

»Der den Jakobsweg gegangen ist. Mit positivem Ergebnis für sich und seine Lebensziele. Nina, wir könnten uns doch gemeinsam auf den Weg machen!«

Ich lachte. »In einer Woche von den Pyrenäen bis nach Santiago? Alex, du spinnst!«

6. Kapitel

Zu Hause empfing uns Ida mit der Frage: »Na, was hat euch Bäuerle geraten?«

»Eine gemeinsame Unternehmung«, knurrte ich und wünschte den Berater in den tiefsten Schlund der Hölle.

»Da Nina nichts von einer Fahrt mit dem Orient-Express hält, dachte ich an den Jakobsweg«, sagte Alex genüsslich. »Weil sie aber nicht wochenlang Urlaub nehmen kann, fällt das Pilgern flach.«

»Aber wieso denn?« Ida stand auf und zündete spöttisch lächelnd ein Duftkerzchen an. »Geht es da nicht um innere Einkehr, um Erleuchtung, was immer das sein soll?« Sie deutete auf die Kerze, die in einem schiefen Eierbecher steckte, den Felix ihr in der Grundschule getöpfert hatte. »Gut. Könnt ihr haben.«

»Wie bitte?«

»Der Jakobsweg liegt direkt vor unserer Haustür«, erklärte meine Schwiegermutter. »Oder wollt ihr etwa behaupten, ihr hättet die gelbe Muschel auf blauem Grund noch nie an den Laternenstangen am Weg von Höfen nach Winnenden gesehen? Oder in der Fußgängerzone an der Dachrinne gegenüber der Bäckerei *Maurer?*«

Alex und ich sahen uns an. »Nein.«

»Dann seid ihr mit Blindheit geschlagen. Falls ihr also nicht den neuen Remstal-Höhenweg gehen wollt, empfehle ich euch den schwäbischen Jakobsweg.«

»Du nimmst uns auf den Arm, Ida.«

»Von wegen! Beim letzten Seniorentreff hat eine Stadtführerin einen interessanten Vortrag gehalten. Ausgerechnet in Winnenden befindet sich nämlich ein berühmter Jakobs-Altar … Moment mal.« Ida kruschtelte in ihrer Schreibtischschublade. »Hier. Hört mal zu: *Er*, der Altar nämlich, *zeigt zwei für den deutschen Sprachraum wichtige Spuren des Apostelkultes. In der Mitte des Altarbildes sitzt der heilige Jakobus und krönt zwei Pilger,* und so weiter und so weiter, *der Pilgerpatron Jakobus bietet Hilfe in der Not und Lohn für die Mühen der Pilgerfahrt.* Das ist es doch, was ihr wollt und braucht: Hilfe in der Not und Lohn für eure Mühen.« Ida sah triumphierend auf. »Seht«, zitierte sie dann, »warum in die Ferne schweifen, wenn das Gute direkt vor der Nase liegt? Wenn es euch um ein gemeinsames Erlebnis geht, müsst ihr wirklich nicht bis ans Ende der Welt pilgern. Und überhaupt! Schon Martin Luther hatte bezüglich des Ziels seine Zweifel. Er sagte nämlich, in Santiago de Compostela wisse man nicht, *ob sant Jacob oder ain todter hund oder ein todts roß da liegt, … laß raisen wer da will, bleib du dahaim.*

Ich lachte schallend. »Bleib daheim, denn möglicherweise liegt in Santiago der Hund begraben! Alex, Luther trifft den Nagel auf den Kopf.«

»Es geht um den Weg als solchen«, brauste er auf.

»Dann schreitet doch den Limesweg ab. Oder, wenn der euch zu gradlinig verläuft, den Höhenweg. Nein«, verbesserte sich Ida, »das ist zu nah, da würdet ihr abends immer nach Hause kommen. Also pilgert in Gottes Namen eben auf dem Jakobsweg. Er soll gut ausgeschildert sein, Unterkünfte findet man im Internet, hat die Stadtführerin erklärt, und nicht zu vergessen: Die Landschaft ist an Schönheit nicht zu überbieten.«

»Wer sagt das?«, wollte Alex wissen.

»Die erwähnte Stadtführerin. Sie ist den Weg selbst gelaufen. In einer Woche von Rothenburg ob der Tauber bis Winnenden. Mitten durch Hohenlohe. Und das im Frühling! Mein lieber Schwan, Alex, so gesehen lockt der Weg sogar mich!«

»Von Rothenburg bis Winnenden. In einer Woche«, wiederholte ich. »Alex, damit wäre ich einverstanden. Du kannst ja dann in Spanien immer noch vorm toten Hund oder Ross in die Knie gehen.«

Ida holte mal wieder die Schnapsflasche aus dem Schrank und stellt drei Gläschen auf den Tisch. »Man muss praktisch denken«, meinte sie. »Ihr seid auch nicht mehr die Jüngsten. Wenn ihr im Ländle bleibt, müsst ihr keine Krankheiten befürchten. Oder euch gegen weiß der Teufel was impfen lassen. Eure Mägen müssen sich nicht auf fremde Kost einstellen, ihr könnt euch gefahrlos mit Hahnenwasser die Zähne putzen, ihr könnt es sogar trinken, ohne Dünnpfiff zu bekommen. Einen Sonnenstich bekommt ihr auch nicht, im Frühling sind noch keine Schnaken unterwegs, die Fliegen fallen euch noch nicht lästig, und nicht zu vergessen: Ihr seid nicht auf verlauste Pilgerunterkünfte angewiesen. Wenn ihr mich fragt …«

»Tun wir aber nicht«, unterbrach Alex seine Mutter.

»Moment mal.« Ich legte meinem Mann die Hand auf den Arm. »Hohenlohe, Alex! Weißt du, was das bedeutet?«

»Ne!«

»Dann sag ich's dir! Hohenlohe bedeutet: gemütliche Gasthöfe mit Biergärten, wo wir unter blühenden Kastanien wunderbare Schnitzel vom Hällischen Landschwein essen und dazu beste Weine trinken werden. Oder selbstgebrautes Bier. In Hall, ich nehme an, der Weg führt uns nach Schwäbisch Hall, besuchen wir das *Würth-Museum* oder die Johanniterkirche, in der die Schutzmantelmadonna hängt, das teuerste mittelalterliche Gemälde in Deutschland. Wir können unsere wunden Füße im Wasser der Jagst oder des Kochers kühlen. Wir wandern durch malerische Ortschaften und verwunschene Gehölze, und das Beste von allem – abends kehren wir bei Sterneköchen ein, die es dort fast wie Sand am Meer gibt. Das natürlich nur, wenn es keinen zu großen Umweg bedeutet. Aber wer behauptet denn, wir dürften nicht flexibel sein? Sag, Alex, wie gefällt dir das?«

»Ich habe mir etwas Schlichtes vorgestellt.«

»Der Weg ist das Ziel«, verkündete Ida und schenkte sich das nächste Gläschen ein. »Betrachte den Weg einfach als Zubringer zum richtigen Jakobsweg. Als Kostprobe sozusagen. Als Test, ob dir das Pilgern überhaupt zusagt. Denk einfach an das Wichtigste, mein Lieber – es ist etwas, was ihr so noch nie gemacht habt. Und …«, sie schwenkte begeistert die Flasche, »Endstation ist Winnenden und der heimische Herd. Was willst du mehr?«

Alex gab natürlich nicht sofort klein bei. »Na ja … Eine Woche. Nur als kurzer Testlauf … Nina, würdest du mitwandern?«

»Nicht, wenn du nur an deine eigene Erleuchtung denkst, Alex. Es geht um uns, um unser gemeinsames Leben.«

»Das nicht ich, sondern du in Frage stellst«, warf er mir an den Kopf.

»Aus gutem Grund!«

»Quatsch. Das bildest du dir ein, Nina.« Alex stöhnte. »Immer musst du das letzte Wort haben.«

»Das wie lautet?« Ich lächelte ihn an. *»Jawohl, Liebling!«*

7. Kapitel

Schorsch Epple schob Pinsel und Farbdosen, Spachtel und Schmirgelpapier beiseite und breitete die Landkarte auf dem Tisch in der Werkstatt aus. Mit dem Zeigefinger fuhr er von Stuttgart über Untertürkheim und Winnenden nach Schwäbisch Hall, dann bewegte er ihn etwas nach rechts, dann nach links, dann nach unten, murmelte: »Hab schon wieder die Brille verlegt« und fragte dann: »Hier, Penny. Was liest du?«

»Gaildorf.«

»Und da?«

»Jakobsberg.«

»Nein, den Berg meine ich nicht.« Sein Finger glitt jetzt wieder etwas nach oben, über Schwäbisch Hall hinaus. »Was steht da?«

»Dorneck.«

Epple richtete sich auf. »Das ist unser Ziel. Burg Dorneck. Die Sippe der Dornecker lässt sich bis über den Dreißigjährigen Krieg hinaus zurückverfolgen. Warum das eine Seltenheit ist, erkläre ich dir später. Jedenfalls wurde die Burg in der zweiten Hälfte des fünfzehnten Jahrhunderts erbaut und von den Dorneckern bis Ende des neunzehnten Jahrhunderts bewohnt. Da verarmte die Sippe, und der damalige Dornecker verkaufte die Burg. Zuerst ging sie in Privatbesitz über, dann war's ein Armen- und Waisenhaus, dann Kornspeicher, dann wurden Flüchtlinge aus dem Osten einquartiert, dann trafen sich dort Anhänger einer Sekte, dann war's dies und das, und in jüngster Zeit war's ein Asylbewerberwohnheim, bis es das Land an einen reichen Privatmann verkauft hat, der Burgherr spielen will. Was unser Glück ist, Penelope.«

Epple zog an der Pfeife. »Das Komische ist, dass der neue Besitzer Dornecker heißt. Allerdings ist er in den USA geboren.«

»Wirklich? Und er ist nicht verwandt mit den alten Dorneckern?«

Epple hob die Schultern. »Weiß ich's?«

»Ist ja egal. Hauptsache, er hat die Knete«, meinte sie. »Waren Sie schon dort? Haben Sie sich die Burg angesehen?«

»Mädchen, ich nehme doch nicht unbesehen ein Angebot an, das mich mindestens zwei, vielleicht sogar drei Monate meines Lebens kosten wird. Natürlich war ich schon dort.«

»Und?«, drängte Penny. »Wie sieht die Burg aus?«

»Wie wohl. Runtergekommen eben. Der Hof vollgestellt mit Containern fürs Gerümpel, wurmstichige Balken, morsche Bretter, zerbrochene Fenster. Kostbarkeiten darfst du keine erwarten.«

»Schade.« Penny hatte sich schon die schönsten Möbel ausgemalt und sogar gehofft, sie könne ein Tischchen erwerben. Oder einen mottenzerfressenen Gobelin, den sie auf *eBay* versteigern und mit dem Erlös ihren mageren Praktikantenlohn aufbessern könnte. »Schade«, wiederholte sie. »Aber die Bemalungen auszubessern lohnt sich?«

»Zumindest sind sie interessant.«

»Sind es Szenen aus der griechischen Mythologie?«

Epple schnaubte. »Was erwartest du im tiefsten Schwaben? Einen Tiepolo vielleicht? Üppige Frauen von Rubens, die sich mit lüsternen Satyrn herumbalgen? Weit gefehlt. Es sind lediglich Ranken, Blätter, Blumen und Früchte. Nichts Spektakuläres also, aber doch nett. Sehr nett sogar.«

Schorsch Epple faltete die Karte wieder zusammen. »Sonntag fahre ich zur Burg. Kommst du mit?«

»Unbedingt!«, rief Penny. »Aber warum fahren wir an einem Sonntag?«

»Weil wir allein sein wollen. Ungestört eben. Um acht Uhr geht's los. Sei pünktlich.« Er schlurfte zu einem Regal voller Bildbände. »Hast du eigentlich einen Führerschein?«

»Klar doch«, entgegnete Penny erstaunt. »Für den Roller und fürs Auto.«

»Na dann ...«

Penny ließ nichts anbrennen. Am Abend traf sie sich mit ihrem derzeitigen Freund, Bruno, im *Deli* am Hans-im-Glück-Brunnen. Nachdem sie ihre Bestellung aufgegeben hatten, überraschte sie ihn mit ihrem Berufsziel und der Praktikumsstelle und sagte: »Na ja, bei uns lief's in der letzten Zeit ja nicht besonders. Und da ich jetzt mindestens ein Vierteljahr« – hier übertrieb sie ein wenig – »aufs Land verschwinde, sehe ich keinen Sinn, unsere Freundschaft aufrechtzuerhalten. Da stimmst du mir doch zu, oder?«

Bruno fiel aus allen Wolken. »Hör mal! Das ist doch kompletter Blödsinn, was du da sagst! Zwischen uns könnt's nicht besser laufen, finde ich. Warum willst du Schluss machen? Nur weil du ein paar Wochen nicht in Stuttgart bist? Ich hab ein Auto. Ich werde dich besuchen; jedes Wochenende werde ich bei dir aufkreuzen. Dass das mal klar ist!«

»Mensch, Bruno! Kapier es doch: Ich habe mich entliebt.«

Bruno war sichtbar blass geworden. »Das glaube ich jetzt nicht. Ich jedenfalls habe mich nicht entliebt. Und du kannst dich wieder in mich verlieben.«

»Nie im Leben!«, schrie Penny, warf die Serviette auf den Tisch, schnappte sich ihren bunten Beutel, rannte los, kehrte zurück, brüllte: »Du bezahlst!«, und verschwand aus Brunos Leben. Endgültig und für immer, wie sie hoffte.

Als sie am Sonntagmorgen ihr Handy anstellte, hatte ihr Bruno unzählige SMS geschickt. Sie löschte alle ungelesen, schwang sich auf den Roller und fuhr zu Epple. Der staunte nicht schlecht, denn an diesem Tag war sie erstens pünktlich, zweitens trug sie praktische Jeans ohne Löcher, ein tomatenrotes T-Shirt und darüber ein langes Hemd in Pink sowie giftgrüne Sneakers. Im Rucksack ihres Vaters Matti ruhten etliche Flaschen Mineralwasser und ordentlich Proviant: Belegte Brote, Äpfel, zwei Bananen und eine *Ritter-Sport*-Schokolade der Sorte Vollmilch mit ganzen Haselnüssen. Sie wusste nämlich, dass Epple einen geschlagenen Tag ohne Essen auskam, während sie mürrisch und ungenießbar wurde, wenn ihr Magen knurrte. Also sorgte sie vor. Außerdem hatte sie natürlich ihr Handy und ein Notizbuch eingesteckt, um die Malereien zu dokumentieren. Die Burg natürlich auch. Und Funde, soweit vorhanden.

So gerüstet setzte sie sich in den alten Kombi.

Epple hatte etwas gegen ihren iPod, der alte Karren verfügte nur über ein rauschendes Radio. Musik hören ging also nicht, und weil Epple unentwegt an seiner Pfeife zog, kurbelte sie die Scheibe herunter, ließ sich den Fahrtwind um die Nase wehen und schaute sich die Landschaft an, bis sich ihr Handy meldete: Bruno!

Innerhalb der folgenden Stunde klingelte es im Abstand von jeweils zehn Minuten.

»Kannst das Ding nicht stumm schalten?«, knurrte Epple. »Wer nervt denn da?«

»Mein Ex.« Sie schaltete das Handy aus.

»Soso. Dein Ex.« Epple stieß eine übelriechende Rauchwolke aus. »Wann hast denn Schluss gemacht?«

»Gestern Abend.«

»Oje. Und er kapiert nicht, dass es dir ernst ist?«

»Sieht so aus.«

»So was dauert«, meinte Epple gleichmütig. Er warf ihr einen Blick zu. »Blöd ist der Kerl ja nicht. Er weiß, dass nichts Besseres nachkommt.«

Penny grinste. »War das ein Kompliment?«

»Vielleicht.«

Autobahnen mochte Epple auch nicht. Er zuckelte auf der B 29 nach Schorndorf, bog ab nach Haubersbronn, und als sie Richtung Welzheim fuhren, gab er ein paar Infos von sich, die Römer und den Limes betreffend. Er bummelte weiter, die Straße wurde zunehmend kurvenreicher, führte sie mal raus

aus dem Wald und hoch auf eine Ebene mit einem grandiosen Ausblick auf die geschwungenen Hügel des Schwäbisch-Fränkischen Walds. Gleich danach ging's aber schon wieder runter in eine Schlucht oder Klinge, und immer wieder fuhren sie an einem Wegweiser vorbei, der auf ein abgelegenes Gehöft hinwies, dessen rotes Dach zwischen hohen Bäumen hervorlugte.

Sie erreichten Gschwend, dann Unterrot und Gaildorf. Dort musste Epple tanken. Bei dieser Gelegenheit erkundigte er sich nach dem schnellsten Weg Richtung Talheim.

»Ich denke, Sie waren schon mal hier?«, wunderte sich Penny.

»Ja, aber Dornecker hat die Autobahn nach Schwäbisch Hall genommen«, knurrte er.

»Müssen Sie sich eben ein Navi anschaffen«, empfahl Penny. »Oder ein neues Handy.«

»Geht auch ohne.« Epple warf ihr einen Zettel in den Schoß, auf dem er die Ortschaften notiert hatte.

Penny dirigierte ihn zuerst nach Bühlertann, dann nach Ober- und Untersontheim. Wieder hatte sich die Landschaft geändert, war weiter und nicht mehr ganz so waldreich.

Sie folgten einem schmalen Landsträßchen. »Rechts siehst du Vellberg, da vorne links die Stöckenburg«, erklärte Epple.

»Das ist unsere Burg?«

Epple schnaubte. »Das ist eine Kirche.« Er bremste. »Die schauen wir uns irgendwann mal an. Ist nämlich etwas Besonderes.« Er legte die Pfeife auf die Ablage. »So, jetzt wird's interessant. Der Weg zur Burg ist nämlich nicht ausgeschildert, aber ich glaube, ich kann mich erinnern, wie der Dornecker gefahren ist.«

Vom mittelalterlichen Vellberg ging es steil in das kleine Talheim runter. In der Ortsmitte gabelte sich die Straße; Epple hielt mitten in der Kreuzung, kurbelte das Fenster herunter und brüllte einen Jungen an: »Welche Richtung nach Dorneck?«

Der Junge kratzte sich am Kopf und hob die Schultern.

Epple wurde ungeduldig, ließ den Wagen ein paar Meter rollen, weil er zwei alte Frauen sah, die neugierig stehen geblieben waren. Die wussten den Weg. »Ha, emmer gradaus«, sagte die eine.

Die andere fügte hinzu: »Bis zom zweite Parkblatz em Wald.«

Epple bedankte sich und fuhr an. Das Sträßchen schraubte sich in engen Kehren bergauf. »Erster Parkplatz«, sagte Penny und anderthalb Kilometer danach: »Zweiter Parkplatz. Und jetzt? Links oder rechts?«

»Versuchen wir's mal mit rechts«, sagte Epple. Nach gut hundert Metern ging ein sehr schmaler Fahrweg wieder rechts ab und führte durch einen dichten Wald. Epple knurrte: »Das ist es.« Er erreichte die Kuppe, bremste und stellte den Motor ab.

»Benzin alle?«, erkundigte sich Penny alarmiert.

Epple lächelte. »Aussteigen, Penny. Komm mit.«

Minuten später blickten sie in ein enges Tal und, eingebettet zwischen Tannen und noch kahlen Laubbäumen, auf die Dächer zweier Türme.

»Burg Dorneck«, sagte Epple fast andächtig. Und dann: »Woran denkst du, Penny?«

»An Grimms Märchen«, antwortete sie spontan. »An Dornröschen. Mensch, Herr Epple, noch nie habe ich etwas so Romantisches gesehen.«

Er nickte zufrieden. »So musst du Dorneck zum ersten Mal sehen, dann verstehst du, weshalb Dornecker, Mike Dornecker, die heruntergekommene Anlage gekauft hat. Für den Betrag, den er da reinstecken muss, könnte er sich die schönste Villa an der Côte d'Azur leisten und hätte immer noch einen Sack Geld übrig. Na ja, er hat genug von dem Zeug. Geld, meine ich. Übrigens«, er wandte sich Penny zu, »lässt er tatsächlich prüfen, ob seine Vorfahren einstmals die Burg besessen haben. Ich wette, das waren räuberische Gesellen, die alle überfielen und einen Kopf kürzer machten, wenn sie mit einem Korb am Arm oder einem Packen auf dem Rücken des Wegs kamen.« Er drehte sich um und zeigte mit dem ausgestreckten Arm nach Norden. »Das Räubern lohnte sich durchaus.«

Penny schnaubte. »Hier in der Wildnis? Herr Epple, das nehme ich Ihnen nicht ab.«

»So? Dann sag ich dir, dass nicht weit von hier die Handelsstraße von Rothenburg ob der Tauber über Schwäbisch Hall und Heilbronn bis nach Straßburg verlief, von wo aus sie nördlich den Rhein entlang bis in die Niederlande und südlich über Basel und das Rheintal über die Pässe in den Süden weiterführte. Würzburg und Nürnberg waren natürlich auch nicht weit entfernt. Wusstest du, dass die Stadt neben Augsburg Hauptstapelplatz der Waren aus dem Orient war? Nein, wusstest du natürlich nicht, Penelope. Jedenfalls lag die Gegend, die so unschuldig und verwunschen und weltentrückt aussieht, sehr günstig, wenn man selbst Handel trieb. Oder, wie gesagt, am Fernhandel durch Räubern mitverdienen wollte.«

»Was hat Dornecker davon«, fragte Penny, als sie neben Epple zum Auto ging, »wenn er tatsächlich herausfindet, dass er die Burg seiner Vorfahren zurückgekauft hat?«

»Reine Sentimentalität«, entgegnete Epple kurz angebunden. »Was hätte ich davon, wenn ich mich Graf Epple nennen könnte? Nichts hätte ich davon. Hinter meinem Rücken würden sich die Leute krumm und schief lachen und mir den Vogel zeigen. Das ist Graf Rotz, würden sie sagen. Soviel ich allerdings weiß, hängen sich die Adligen gerne das Schild *Geschlossene Gesellschaft* übers Eingangstor.«

»Weshalb die Klatschreporter durchs Schlüsselloch linsen«, meinte Penny.

Epple lachte. »Es ist wie im Märchen, wenn der Prinz seiner Prinzessin einen zentnerschweren Schlüsselbund in die Hand drückt und sagt: ›Das sind die Schlüssel zu allen Türen des Schlosses. Jeden einzelnen davon darfst du benützen. Nur das klitzekleine verrostete Schlüsselchen hier ist tabu. Das hat überhaupt nichts zu bedeuten; im Kämmerchen hinter der Tür befindet sich nämlich rein gar nichts.‹ Glaubt das die schöne junge Prinzessin?«

»Von wegen!«, rief Penny lachend. »Natürlich benutzt sie den Schlüssel – würde ich ja auch, weil alles Geheimnisvolle, Unerklärliche, auch Verbotene, besonders verlockend ist.«

»Eben«, bestätigte Epple. »Wie gesagt, Dornecker vermutet eine Verbindung zwischen seinem und dem Namen der Burg und will ihr nachgehen. Will wissen, woher er kommt. Wo und in welchem Boden die Wurzeln seines Stammbaums Wasser saugen. Also grinse nicht frech, wenn er dir vorschwärmt, wie er sich sein Wappen vorstellt.«

»Sein Wappen? Hat er eines? Oder plant er eines?«

Epple hob die Schultern. »Es wird eine Kombination aus beidem sein. Überm Tor habe ich ein in Stein gemeißeltes Wappen gesehen; allerdings ist es so verwittert, dass kein Mensch sagen kann, wie es ursprünglich ausgesehen hat. Na, vielleicht taucht ja noch eine Urkunde auf, die das vollständige Wappen zeigt.« Er schaute Penny eindringlich an. »Dornecker ist unser Auftraggeber. Vergiss das nicht. Also lach nicht über seinen Traum, sonst ist mein Verdienst im Eimer. Ich will nicht am Hungertuch nagen, Penelope. Wir leben von seinem Traum.«

»Und ich will meine Praktikantenstelle nicht verlieren«, entgegnete sie.

»Dann verstehen wir uns ja.« Epple ließ den Kombi den steilen Hang hinunterrollen.

»Klar verstehen wir uns«, bestätigte Penny. »Warum sagen Sie mir extra, wie ich mich zu benehmen habe? Bin ich blöd? Oder ist Dornecker ein schwieriger Mensch?«

»Das wohl nicht«, antwortete Epple knapp. »Aber ich will nicht, dass sich meine Praktikantin in die Nesseln setzt.«

Penny schnaubte. »Sie sind eben ein fürsorglicher Mensch, Herr Epple.«

8. Kapitel

Mein Mann war Geschäftsführer einer erfolgreichen mittelständischen Firma für Saftmaschinen gewesen. Seit etwa anderthalb Jahren war er nun im Ruhestand, und während der letzten Monate war ihm die alte Energie abhandengekommen. Von hundert auf null abgebremst zu werden, musste man erst mal verkraften, vor allem wenn man in diesem Alter noch mitten im Leben stand. Allein: Mein Alex sah sich auf dem Abstellgleis. Er lechzte nach einer Aufgabe, bei der er sagen konnte, wo es langzugehen hatte.

Kaum hatten wir also den Jakobsweg ins Auge gefasst, stürzte er sich in die Planung und Vorbereitung, fuhr nach Stuttgart, brachte einen geschlagenen Tag in der neuen Stadtbibliothek zu, lieh sich einen Stapel Bücher aus mit Titeln wie *Wol auf sant Jakobs straßen* oder *Unterwegs auf Jakobuswegen,* besorgte Karten und druckte eine Liste von Unterkünften entlang der Strecke aus. Glücklicherweise nahm er von einem Pilgerausweis Abstand. Jedenfalls hatte er sich innerhalb einer Woche in die Materie eingearbeitet und wollte keinesfalls bis Mai warten, sondern gleich nach Ostern loswandern. Da das Wetter im April naturgemäß unbeständig ist, besorgte er für uns in der Sportabteilung vom *Breuninger* wasserdichte Überhosen.

Wohl oder übel stimmte ich seinen Überlegungen zu, denn je eher er wieder mit sich im Reinen war, desto besser war es für ihn. Für mich natürlich auch.

Der Plan sah folgendermaßen aus: Felix würde uns nach Rothenburg fahren, dann würden wir die Rucksäcke mit allem, was wir für eine Woche an Kleidungsstücken brauchten, mit Waschzeug, Kamera, einer großen Tube Gehwol sowie einem Packen Pflästerchen für die zu erwartenden Blasen schultern und loswandern. Dies, ohne zu wissen, wann und wo wir abends unser Haupt zur Ruhe betten würden. Das war die Bedingung, die Alex stellte. »Ein bisschen Pilgerfeeling muss sein«, darauf beharrte er hartnäckig. Dank des Internets hatte er die Liste der Hotels, Gasthäuser und Privatunterkünfte im Rucksack. Da hieß es zum Beispiel:

Haus Waldblick – Zwei Betten nur für Pilger.

Oder ganz wie in England: b&b. Herrliche Aussicht ins Jagsttal.

Oder: Übernachtungslager im Heu für authentisches Pilgerfeeling!

Mir grauste. Ich hoffte, dass so früh im Jahr der Run auf die spärlichen Übernachtungsmöglichkeiten noch gering war. Meine Begeisterung fürs authentische Pilgerfeeling hielt sich doch sehr in Grenzen, und im Freien zu übernachten hatte ich überhaupt keine Lust.

Je näher die Pilgerwoche durchs Schwäbische rückte, desto heftiger fluchte ich auf das unwillkommene Abenteuer.

Als dann auch noch am letzten Abend fast die gesamte Mischpoke wie ein Heuschreckenschwarm ins Haus einfiel, hatte ich die Nase endgültig voll. Ohne unser Wissen hatte Ida nämlich Alex' Schwester Ursel samt Eberhardt sowie Suse mit Matti eingeladen, und weil unsere Freunde Linda, Rob, Kathrin und Arnd zur erweiterten Großfamilie zählten, erschienen sie auch. Mit zwei Blechen Hohenloher Salzkuchen und etlichen Flaschen Frankenwein.

»Zur Einstimmung«, erklärte Arnd süffisant. »Du wirst dir Mut antrinken müssen, Nina.«

Das fand ich auch. »Ach! Deshalb seid ihr gekommen?«, wollte ich wissen. »Um mir Mut zu machen?«

»Um dir unsere Bewunderung kundzutun«, stellte Rob richtig. »Was du wegen deines Mannes auf dich nimmst, geht weit übers normale Maß hinaus.« Er wandte sich an Alex. »Du weißt das hoffentlich zu schätzen, mein Lieber.«

»Was soll ich schätzen?«, entgegnete mein Mann. »Dass ich Nina zu einer Erfahrung verhelfe, die sie ohne mich nie machen würde?« Er boxte Rob in die Rippen. »Andersrum wird ein Schuh daraus: Meine Frau sollte mir dankbar sein!«

»Das ist jetzt nicht dein Ernst«, fuhr ihn meine Schwester an.

»O doch«, versicherte Alex.

»Dann, mein Lieber, wäre es besser, wenn ...«

»Hier fehlt etwas«, unterbrach Linda sie eilig und deutete auf die Salzkuchen.

Suse kochte. »Alex, du überschätzt dich maßlos«, wütete sie. »Ich bewundere die Geduld meiner Schwester. Wärest du mein Mann, hätte ich dich schon längst zum Teufel gejagt. Du hast ja keine Ahnung ...«

Linda legte ihr die Hand auf den Arm. »Schon gut, Suse. Was ich sagen wollte: Ich vermisse den köstlichen Nudelsalat. Ursel, warum hast du ihn nicht mitgebracht?«

»Weil Matti beim letzten Fest gesagt hat, mein Nudelsalat sei schlimmer als Toast Hawaii mit Fliegenpilzeiern; allein sein Anblick würde ihm die schönsten Erinnerungen an seine wilde Jugend versauen«, klagte sie und fuhr höhnisch fort: »Jetzt tritt ja deine Tochter Penelope in deine Fußstapfen, was, Matti? Na, da wird euch beiden noch Hören und Sehen vergehen!«

»Wie meinst du das?«, fragte Suse mit gefährlich leiser Stimme.

»Man sagt«, Ursel kreuzte die Arme vor der Brust, »sie treibe sich mit einem verlotterten Künstler oder Restaurator herum, der älter sei als ihr Vater. Sie schafft nix, zum Studieren reicht's nicht, aber herumvagabundieren mit einem Anarchisten – das kann sie. Wie das enden wird, ist ja wohl klar.«

Damit war der Abend natürlich vollends im Eimer.

»Ich hab schon immer gewusst, dass du ein böses Weib bist«, schrie ich Alex' Schwester an, »aber jetzt haben es garantiert alle kapiert!«

Ida, meine wunderbare Schwiegermutter, nahm gegen ihre eigene Tochter Partei. »Ursel, auf der Stelle entschuldigst du dich bei Suse und Matti!«

»Wofür?«, schnauzte sie und rauschte mit ihrem Eberhardt im Schlepptau von dannen. An der Tür drehte der sich noch einmal um. »So ist sie nur, wenn sie einen schweren Tag hinter sich hat«, entschuldigte er seine Frau.

»Wie bitte? Sie macht uns ungebremst nieder, und du erwartest auch noch, dass wir auf ihr empfindliches Seelenleben Rücksicht nehmen? Du bist ja bekloppt, Eberhardt!«, schrie Matti ihm hinterher.

Und dann goss auch noch Alois Öl ins Feuer. »Ein alter Sack und ein junges Mädchen in einer zugigen Ruine, also ich weiß nicht, ob das gutgeht. Die müssen nachts ja aneinanderschlupfen, um nicht zu erfrieren.«

»Halt du dich raus!«, fuhr Ida ihn an.

»Ich meine ja nur ...«

»Deine Meinung interessiert niemand!«

»Ja wenn es so ist ... Ich geh dann mal ins Bett. Kommst du mit, Ida?«

»Darauf kannst du warten, bis du schwarz wirst«, fauchte sie.

Alois warf ihr einen waidwunden Blick zu und verschwand.

»Die Laus namens Alois hast du dir freiwillig in den Pelz gesetzt, Ida«, stellte Alex genüsslich fest und deutete auf die Salzkuchen. »Greift zu, Leute.«

Natürlich war uns allen der Appetit gründlich vergangen; wir hielten uns an den Wein. Der war so süffig, dass selbst Matti und Suse nach dem zweiten oder dritten Viertele die heitere Seite des Abends sahen: »Wenigstens den Nudelsalat sind wir jetzt los.«

»Und Alois wird auch mal das Zeitliche segnen«, setzte mein Mann hinzu. »Arnd, wie ist deine Meinung als Arzt? Macht er es noch lange?«

Flugs füllte Arnd Idas Glas und wich einer Antwort diplomatisch aus: »Schwer zu sagen ... Aber Kathrin und ich haben vor, ein Stück mit euch zu pilgern.«

»Wirklich?«, rief Linda. »Rob und ich wollen euch auch einen Tag lang begleiten!«

Meine Schwester zwinkerte mir zu. »Gegen Ende eurer Pilgerwoche besuchen wir Penny und den alten Sack in der Ruine. Ob das Gemäuer direkt am Jakobsweg liegt, wissen wir natürlich nicht, aber ein Kontrollbesuch plus Besichtigung wäre doch einen Umweg wert, findet ihr nicht?«

»Wir besorgen euch zwei Luftmatratzen, damit ihr mal standesgemäß übernachten könnt«, setzte Matti boshaft hinzu. »Und das auch noch kostenlos, Alex!«

Der zog gerade den Korken aus einer neuen Flasche. »Wir planen keinen Familienurlaub. Wir machen uns auf die Suche«, erklärte er mit vor Anstrengung rotem Kopf. »Verdammt! Wieso sitzt der Korken so fest?«

Rob beugte sich vor. »Lass mich mal ... Da! Jetzt ist er raus.« Er füllte die Gläser. »Wofür sind Freunde da? Doch dass sie einander unterstützen. Genau das wollen wir: Wir helfen euch bei der Suche nach eurem wahren Ich.«

9. Kapitel

Am Sonntagmorgen fuhr Felix zum Bäcker und besorgte Brezeln, Laugen- und normale Wecken, während Mitzi und Ida den Tisch deckten, Eier kochten und Orangen auspressten.

»Alles für euch, damit ihr kraftvoll ausschreiten könnt«, erklärte Mitzi lachend. »Wir wollen ja nicht, dass ihr schon nach einer Stunde schlappmacht.«

Alex spottete über die Henkersmahlzeit und wäre am liebsten sofort losgefahren. »Die Sonne lacht. Nina, beeil dich«, drängelte er ungeduldig und nahm wieder mal keine Rücksicht darauf, dass ich morgens Zeit brauche. Für mich muss der Tag geruhsam angehen.

»Wo ist Alois?«, erkundigte ich mich. »Ist er noch sauer, Ida?«

»Er ist wach geworden, als ich ins Bett gegangen bin. Und weil er gleich wieder davon anfing, dass es in einer Ruine zieht und Penny garantiert mit Rheuma, Ischias und Hexenschuss zurückkommt, hab ich ihm gründlich den Kopf gewaschen; der Mann muss lernen, sich aus unseren Familienangelegenheiten rauszuhalten«, erklärte meine Schwiegermutter. »Aber in einen alten Kopf geht das nicht so leicht hinein; ich musste energisch werden. Na ja, da ist er dann mit dem Kopfkissen und der Decke aufs Sofa umgezogen.« Sie hob unbehaglich die Schultern. »Ich muss sagen, das Pilgern setzt einiges in Gang. Nicht nur bei euch beiden. Auch bei mir. Und das ...«, Ida knallte ein Glas mit Träublesgsälz auf den Tisch, »obwohl ich mich nicht auf den Jakobsweg begebe. In meinem Alter beeilt man sich mit dem Wandeln auf dem Pfad der Erkenntnis nicht unbedingt, da stehen die Heiligen nämlich schon am Himmelstor und winken einem zu. Allerdings ...« Sie runzelte die

Stirn und schob eine graue Haarsträhne hinters Ohr, »würde mir ein bisschen Wandern auch ganz guttun. Beim Gehen lüftet das Hirn aus.«

»Hast du das nötig?«

»Vielleicht«, wich sie aus. »Auf keinen Fall will ich die Burg Dorneck verpassen. Wahrscheinlich frage ich Suse und Matti, ob ich mitfahren kann, wenn sie Penny besuchen. In meiner Jugend ...« Sie nestelte schon wieder an ihren Haaren herum, was völlig untypisch für sie war.

»In deiner Jugend ...?«, wiederholte ich. »Kennst du die Burg? Warst du mal auf Dorneck, als du jung warst, Ida?«

»Nicht direkt«, sagte sie vage.

»Nicht direkt? Hör mal, das gibt es genauso wenig, wie ein bisschen schwanger zu sein«, protestierte Alex. »Entweder warst du dort oder du warst nicht dort. Ja oder nein.«

»Wenn ich sage, ich war nicht direkt dort, dann war ich nicht direkt dort!«, widersprach Ida und wurde dabei sogar ein bisschen rot.

Das wunderte mich. »Das heißt, du hast die Burg vermutlich nur aus der Ferne gesehen?«

»Na ja ... ja, so könnte man sagen.«

»Ida! Du hast ein Geheimnis!«, rief Mitzi. »Wie romantisch! Hattest du einen adligen Liebhaber? Er, der Fürst, und du, das Mädchen aus dem Volk? Und ihr beide konntet zusammen nicht kommen? Wegen der Standesunterschiede?«

»Mitzi, was du dir nur denkst!« Ida schüttelte den Kopf. »Wir leben doch nicht mehr im Mittelalter. Gott sei Dank aber auch.«

»Sag schon, Ida!«

Ida köpfte das Ei. »Ich sag gar nichts. Basta.«

»Ups!« Mitzi fuhr sich durch die dunklen Locken. »Dann handelt es sich wohl um das, was in den romantischen Familienstorys »ein dunkles Geheimnis« genannt wird. Wer hätte das gedacht! Da leben wir friedlich in unserem kleinen Winnenden vor uns hin – und dann das: Ida ist eine verhinderte Prinzessin.«

Ida trat die Flucht nach vorn an. »Ich bin eine königliche Hoheit, meine Liebe. Wenn schon, denn schon.« Sie grinste.

Mitzi legte die angebissene Brezel auf den Teller. Stand auf, versank in einem tiefen Knicks und hauchte: »Küss die Hand, Gnädigste!«

»So ist's recht«, sagte Ida zufrieden. »Wie ist's? Habt ihr schon gepackt?«

»Alles bereit: Hut, Wanderstab und Rucksack«, antwortete Alex prompt.

»Ich brauche noch eine Minute. Können auch zwei werden. Aber das macht ja nichts, wir müssen nicht auf den Zug«, sagte ich und hasste meinen Mann, der an diesem Morgen nicht mal einen Blick in die Zeitung warf, so wichtig war's ihm mit der Selbstfindung auf dem Pilgerpfad. »Aber angezogen bin ich schon.« Ich deutete auf die alte Wanderhose, die bequemen Schuhe, die rotkarierte Bluse aus schnelltrocknendem Material, die ich mir gestern im Sportshop gekauft hatte. Plus einer zweiten, blaukarierten, zum Wechseln. Beide waren so langweilig praktisch, dass mir schon beim Anschauen die Augen zufielen.

Betont langsam aß ich noch einen Joghurt, aber dann konnte ich den Aufbruch nicht mehr länger hinauszögern. Als ich mein Waschzeug und den warmen Pulli in den Rucksack stopfte, fluchte ich auf Herrn Bäuerle. Menschenskinder, in einer verfahrenen Situation holt man doch eine zweite Meinung ein! Aber ich Schussel hatte mich mit dem erstbesten Rat zufriedengegeben – wer sagt denn, dass ein anderer Eheberater nicht eine viel bessere Idee gehabt hätte?! Vielleicht hätte er meinen Alex in ein kanadisches Holzfällercamp geschickt? Ein paar Wochen unter harten Männern, mit deftigem Essen plus körperlicher Anstrengung in gesunder Luft, und die Flausen wären ihm wie nichts aus dem Hirn geflogen! Der Mann hätte vom heimatlichen Fernsehsessel geträumt und wäre vor Sehnsucht nach mir und seinen Lieben immer hibbeliger geworden ...

Selbst schuld, Nina, sagte ich mir und zurrte den Rucksack zu. Mach eben das Beste aus der Wanderwoche.

Nur: Was war das Beste?

Ich sank aufs Bett und verstand mich selbst nicht.

Nachdem die Abschiedsküsse überstanden waren, rutschte Alex ganz selbstverständlich auf den Fahrersitz.

»Ich denke, ich soll euch fahren«, sagte Felix verblüfft.

»Du übernimmst das Auto in Rothenburg und chauffierst es sicher nach Hause«, erklärte Alex vergnügt.

»Das ist jetzt nicht dein Ernst«, protestierte Felix. »Wenn es so ist, hättet ihr euch ein Taxi nehmen können. Oder gleich mit dem Zug fahren.«

Alex ließ den Finger auf der Hupe, winkte und lenkte den Daimler durchs Tor. »Wie? Denk doch an die Kosten, mein Sohn! Ich spare, damit du mal ein sattes Erbe einstreichen kannst.«

»O nein!«, stöhnte unser Sohn. »Weißt du, was du bist, Pa? Ein knickriger Spießer.«

Alex ließ sich die gute Laune nicht verderben und bog am Ortsende in die B 14 Richtung Backnang ein.

»Wieso fährst du nicht bei Ludwigsburg auf die Autobahn?«, wollte Felix wissen.

»Weil ich nicht rasen will. Ich will entschleunigen. Ent-schleu-ni-gen. Langsam tun. Zu mir kommen. Der Hast und Hektik Ade sagen.«

»Das heißt, dass du über Landstraßen nach Rothenburg zuckeln willst?«, erkundigte ich mich. »Das hättest du mir sagen sollen. Ich will nicht, dass du alle Entscheidungen nach Gutsherrenart fällst. Du bist nicht Graf Rotz, Alex.«

»Will ich auch gar nicht sein. Aber der Mann deines Herzens bin ich, Nina. Oder?«

»Heilix Blechle«, murmelte ich. Immer wenn mein Mann poetisch wurde, schrillten bei mir alle Alarmglocken. Alle. »Dann kommen wir ja erst am Nachmittag in Rothenburg an.«

»Das ist gut so, denn am ersten Tag sollte man sich kräftemäßig nicht übernehmen. Oder willst du morgen mit Blasen an den Füßen marschieren?«

»Das nicht, aber ich bin davon ausgegangen, dass wir es bis Schrozberg schaffen. Wo übernachten wir?«, erkundigte ich mich und hörte selbst, wie hysterisch meine Stimme klang. Mein lieber Scholli, das würde heute eine schöne Zitterpartie werden.

»Mach dir keine Sorgen, Nina. Irgendwo werden wir schon einen leeren Heuschober finden.«

Felix hustete. »Pa, du spinnst. Du kannst doch nicht einfach ins Blaue marschieren. Ma ist nicht mehr die Jüngste; einen Heuschober kannst du ihr nicht zumuten.«

»Eben«, sagte ich und schaute aus dem Fenster. »Schon gar nicht, wenn das Wetter so ungewiss ist. Und überhaupt – wir haben erst April. Da sind die Nächte noch kalt.«

»Ich wärme dich.« Alex machte sein Ich-bin-ein-unartiger-kleiner-Junge-Gesicht.

»Pa, du bist einfach nur peinlich.« Felix legte mir die Hand auf die Schulter. »Hast dein Handy dabei, Ma? Wenn er dir auf den Wecker geht, ruf mich an. In einer Stunde bin ich bei dir und bringe dich in Sicherheit.«

»Den Teufel wirst du tun, Nina! Wir ziehen die Sache gemeinsam durch. Wie geplant. Und wenn wir ein paar Tage anhängen müssen. Was soll's?«

»Aha. Was ist mit meinem Job? Ich kann nicht einfach die Arbeit schwänzen.«

»Du kannst kündigen. Dann sind wir beide frei und können tun, was uns Spaß macht.«

Ich stutzte. »Willst du wirklich ein Mitglied der Spaßgesellschaft werden?«

»Warum nicht?«

»So ein Quatsch. Ich bin zu jung, um jetzt schon in Rente zu gehen«, sagte ich entschieden. »Ich würde mich langweilen. Genau wie du, Alex. Du langweilst dich ja auch.«

Felix lachte. »Wenn Ma nichts mehr verdient, liegt sie dir auf der Tasche, lieber Papa. Was bedeutet, dass sich das Erbe nicht so vermehrt, wie du es dir vorstellst. Und ich es mir natürlich erträume«, setzte unser Sohn hinzu und grinste ganz unverschämt.

Alex tat so, als sei er beleidigt. »Ich meine es ja nur gut.«

»Na klar …«

Es war weiß Gott eine langsame Fahrt, aber schließlich und endlich tauchte das gelbe Ortsschild dann doch auf: Rothenburg ob der Tauber.

Alex fuhr bis zum Beginn der Fußgängerzone, hielt und legte mir die Hand aufs Knie. »Nina, bist du bereit?«

»Ach, ich armes welsches Teufli …«, murmelte ich. »Ja, Alex. In Gottes Namen. Ich bin bereit.«

Wir stiegen aus. Felix öffnete den Kofferraum und half mir, den Rucksack aufzusetzen. »Arme Mama«, flüsterte er mitleidig. »Hast du auch ganz bestimmt meine Handynummer?«

Ich nickte.

Alex stieß den Wanderstock aufs Pflaster. »Bitte verzichtet auf einen tränenreichen Abschied.«

Felix reichte ihm den grauen Wanderhut. Alex setzte ihn sorgfältig aufs Haupt, besah sich in einem Schaufenster, rückte ihn noch etwas kesser übers linke Ohr und sagte energisch: »Auf geht's, Nina.«

Felix pfiff durch die Zähne und sagte, als wäre er Ida: »Ach du mein lieber Herr Gesangsverein!«

»Was ist? Gefällt dir der Hut nicht?«

»Den meine ich nicht. Ich meine … die Leute! Die Fußgängerzone ist ja ein einziges Wimmelbild!«

Es war kurz vor elf Uhr am Morgen eines Sonntags im April. Ostern war vorüber, die Feriensaison lag in weiter Ferne. Dennoch zählte ich auf den von mir rund zwanzig überschaubaren Metern der Fußgängerzone vier Personen, die bunte Regenschirme in die Luft hielten und von Touristen aus Japan, China und/oder Korea umringt waren – so genau kannte ich die regionalen Unterschiede nicht – von denen so gut wie jeder eine Kamera oder einen Filmapparat vor die Augen hielt.

Natürlich war Rothenburg bekannt wie ein bunter Hund; aber dass es locker dem Taj Mahal und sogar dem Platz vor dem Petersdom, wenn der Papst seinen Segen »urbi et orbi« spendet, den Rang ablief, das war an mir vorbeigegangen. Du liebe Güte aber auch!

»Wo geht denn euer Jakobsweg los?«, fragte Felix mitleidig. »Ich an eurer Stelle würde die Stadt auslassen und schnellstens ins Grüne ausweichen. Oder gleich hier übernachten.« Er streckte die Hand aus. »Da! Es tröpfelt schon!«

»Junge, du bist mir ein schönes Weichei.« Wieder stieß Alex den Stock aufs Pflaster. »Der Weg beginnt und endet in der Kirche. Wie es sich gehört für Jakobspilger.«

Felix verdrehte die Augen. »Pa, du bist scheinheilig.« Er beugte sich zu mir herunter und drückte mir einen Kuss auf die Backe. »Ich bin dann mal weg, Leute.«

»Und ich brauche erst mal einen Kaffee«, verkündete ich. »Zur Stärkung.«

Alex gab seinem Hut noch einen Schubs, sah dem Daimler hinterher und meinte ungewohnt fügsam: »Einverstanden. Dann nehme ich ein Bier.«

Wir schoben uns durch die Massen – es waren Massen, wirklich! Von den Auslagen in den Geschäften war nichts zu sehen, aber ich wollte meinen Kaffee, brauchte ihn dringend, also zog ich Alex am Ärmel nach rechts, raus aus dem Gewühl und bis vor eine Bäckerei, in der ich ein paar Stehtische entdeckte.

»Da gibt's kein Bier.«

Recht hatte mein Mann, also schoben wir uns weiter den Berg hoch. Da deutete Alex auf ein Wirtshausschild, das über den Köpfen der Touristen hing. Leider befand sich die Kneipe auf der anderen Straßenseite, und bis wir dort ankamen, war mir klar, was es bedeutete, wenn man gegen den Strom schwimmen und Menschen ausweichen musste, die wie in Trance ihrem Führer und seinem bunten Regenschirm folgten.

Die Wirtshausstube war auf romantisch-verklärtes Mittelalter getrimmt: Butzenscheiben, niedere Holzdecke. Geweihe. Ein Fuchs, Auge in Auge mit einem Vogel, beide ausgestopft. Maßkrüge mit Deckel, Zinnteller sowie eine Laute zierten die Wände. In einer Ecke prangte ein Spinnrad samt Korb mit allerlei Wollknäuel, und fast erwartete ich eine holde Maid oder einen festlich gewandeten Knappen. War aber nicht so: Der Kellner trug Schwarz.

10. Kapitel

Zum Glück saßen in der Wirtschaft nur ein Mann am Fenster sowie ein paar Stammtischbrüder an einem runden Tisch. Sie drehten sich zu uns und hörten gebannt zu, als der Kellner zu uns kam und wir Kaffee und Bier und vier Paar Weißwürste mit süßem Senf und Brezeln bestellten, weil es die richtige Zeit für ein Vesper war. Danach drehten sie sich schweigend wieder um, hoben wie auf Kommando ihre Gläser, nahmen tüchtige Schlucke, legten die Arme auf den runden Tisch und setzten ihr Schweigen fort.

Während wir warteten, holte Alex ein Büchlein aus der Außentasche seines Rucksacks.

Der Jakobsweg von Rothenburg ob der Tauber bis Rottenburg am Neckar las ich. »Dafür gibt's sogar eine eigene Literatur?«, fragte ich verdutzt. »Ich dachte, eine Wanderkarte genügt.«

»Das ist eine Wanderkarte. Nur eben in Tagesabschnitte eingeteilt. Vergiss nicht: Wir sind Pilger.«

»Du vielleicht. Ich begnüge mich mit einfachem Wandern.« Ich zog das Büchlein zu mir heran, schlug es auf und las:

»Buen Camino – einen guten Weg wünschen sich die Wanderer auf ›St. Jakobs Straß‹. Die Motive mögen verschieden sein, die Gründe vielfältig, dass Menschen unterwegs sind auf diesem Weg … Innere Einkehr … Zeit, um nachzudenken über das Ziel des eigenen Lebens – wer auf diesem Weg eine längere Strecke gegangen ist, wird mit neuen Erfahrungen nach Hause zurückkehren.«

»Mensch, Alex! Warum hast du mir das nicht schon zu Hause gezeigt?«

»Du hast dich nicht dafür interessiert.«

Mir blieb die Spucke weg. »Das stimmt nicht! Ich hatte keine Ahnung, dass es so was wie einen Führer gibt! Ich dachte, wir wandern einfach von A nach B. Überhaupt – wieso fängt der Weg in Rothenburg und nicht ganz woanders an?«

Alex überflog eine Seite und erklärte: »In unserer Gegend gibt es keinen historisch belegten Jakobsweg; jeder, der pilgern wollte, ging eben von zu Hause aus los. Es war aber unausweichlich, dass man sich in einigen Städten begegnete und seine Erfahrungen austauschte. Deshalb wählte eine kleine Gruppe von Winnender Pilgerfreunden als Ausgangsort für den schwäbischen Jakobsweg Rothenburg ob der Tauber, weil hier die Wege von Würzburg und Nürnberg zusammentrafen. Er geht dann weiter über Schwäbisch Hall, Murrhardt, Oppenweiler, Winnenden, Esslingen und Tübingen bis nach Rottenburg am Neckar – das südwestliche Ende des schwäbischen Pilgerwegs. Von dort aus führt ein markierter Weg nach Horb und durch das Kinzigtal weiter nach Frankreich.«

»Wahnsinn. Das bedeutet, dass wir von hier bis Santiago in Spanien pilgern könnten?«

»Richtig. Vielleicht unternehmen wir ja genau das, Nina.«

Die Weißwürste kamen. »Nur über meine Leiche.« Ich blätterte weiter, las ein paar Sätze zur Markierung: *gelbe Jakobsmuschel auf blauem Grund*, über Ausrüstung: *Ein Pilgerfreund weiß, was er* nicht *benötigt,* über Verpflegung: *Auf den meisten Strecken kann man unterwegs einkaufen oder einkehren, allerdings nicht überall*, über Wanderkarten und Verkehrsanbindung, über Unterkünfte: *Es gibt auch die Möglichkeit, bei Privatpersonen oder in Räumen der Kirchengemeinden zu übernachten* (das war garantiert nichts für mich!), und schließlich las ich noch den kurzen Text: *Was bedeutet Pilgern? Das Reduzieren auf das Wichtigste und vieles mehr.«*

Vieles mehr – genau das bedeutete es für Alex und mich ...

»Darf ich mich zu Ihnen setzen?«

Ich hob den Kopf. Groß und drahtig. Braune Haare. Graue Schläfen. Augen grünbraun. Gebräuntes Gesicht. Kariertes Flanellhemd. Kniebundhose im Nachkriegslook. Dicke rote Kniestrümpfe aus Wolle. Rippenmuster. Handgestrickt.

Lederstiefel, ebenfalls Nachkriegsmodell. Trotzdem – alles in allem nicht unattraktiv: Es war der Mann, der am Fenster gesessen hatte.

Alex zog gerade einer Weißwurst die Haut ab. »Bitte sehr.«

»Jakob Schätzle.« Das Schätzle zog den Stuhl ran, setzte sich und deutete aufs Büchle *Der Jakobsweg*. »Sie starten heute?«

»Ja. Sie auch?« Alex stieß mich unterm Tisch ans Schienbein, weil ich kicherte: Jakob! Schätzle!

Der Pilger schüttelte den Kopf. »Ich bin in Würzburg losgewandert.«

»Und pilgern wie weit?« Alex, ganz der sparsame Schwabe, schabte das letzte Fitzelchen Wurst von der Haut.

Herr Schätzle beobachtete das fasziniert. Er schluckte. »Voraussichtlich bis an den Bodensee. Vielleicht sogar noch ein Stück weiter durch Frankreich. Hängt ganz davon ab, wann mich der Ruf ereilt.«

Aha. Der Ruf. »Vom heiligen Jakobus?«, erkundigte ich mich.

Jakob Schätzle legte den Kopf in den Nacken und lachte. »Nein! Von ... von meinem Auftraggeber.«

So wie der Mann aussah, war er kaum über sechzig. »Sie arbeiten noch?« Schon wieder trat mich Alex ans Schienbein. »Wenn du so weitermachst, bin ich schon vor der Wanderung fußlahm und fahre heim«, erklärte ich mit süßer Stimme. »Was gar nicht mal so übel wäre.«

Alex funkelte mich an. »Nina!«

»Da würde Ihnen aber viel Schönes entgehen«, meinte Herr Schätzle. »Allerdings – nur halbherzig zu pilgern macht keinen Sinn.«

»Ich will ja auch nur wandern«, stellte ich richtig.

Da verlor Alex die Beherrschung. »Du willst weder in den Orientexpress noch in den Zug von Wladiwostok nach Peking sitzen. Eine Kreuzfahrt ist dir ein Gräuel, Paris und London locken dich nicht, vor dem Weitwanderweg über die Alpen bis an den Comer See hast du Angst – ja um Himmels willen! Ich lege dir die Welt zu Füßen, und du schüttelst nur den Kopf. Was willst du eigentlich, Nina?«

»Tja, Alex. Genau da haben wir das Problem: Was du willst, nämlich Zerstreuung und vielleicht auch Abenteuer, das will ich nicht. Und du willst nicht, was ich mir ersehne: dass du die irre Vorstellung aufgibst, wir bräuchten dich nicht. Ich will, dass du dich wieder zu mir und zu unserer Familie bekennst. Oder aber endlich weißt, wie du das letzte Drittel deines Lebens zubringen wirst: mit mir – oder in Gottes Namen auch ohne mich.«

Alex war zu perplex, um mir wieder eins ans Schienbein zu hauen. Er starrte mich an. Ich starrte zurück. Und gewann: Er senkte als Erster den Blick.

Ein Stuhl scharrte über den Holzboden.

»Man muss wie Pilger wandeln,
frei, bloß und wahrlich leer.
Viel sammeln, halten, handeln
Macht unsern Gang nur schwer.«

Sprach Jakob Schätzle, griff nach dem Pilgerstab und verließ die Kneipe.

Die Stammtischbrüder setzten behutsam ihre Krüge ab. »So isch's no aa widder«, sagte einer, und die anderen nickten weise.

Die Weißwürste waren kalt geworden. Die Brezeln waren vom Vortag und nicht mal aufgebacken, beim Senf hatte ich den Verdacht, dass er mit Wasser verdünnt wurde, und der Kaffee war dank meiner üppigen Zuckergabe pappsüß.

»Schmeckt das Bier?«

»Geht so. Ist nur ein bisschen warm. Nina, was ist eigentlich in dich gefahren? Vor einem Fremden breitet man doch nicht intime Einzelheiten aus! Der Mann wusste ja nicht, wie ihm geschah! Und was ist, wenn wir ihn beim Pilgern einholen? Das wäre für uns alle peinlich …« Alex schnaufte. »Überhaupt – du unterstellst mir …«

Die Gardinenpredigt machte mich noch wütender, als ich eh schon war. »Du hast selbst gesagt …«

»Ich weiß selbst, was ich gesagt habe. Nämlich, dass ich dich nicht verlieren will. Unter keinen Umständen«, unterbrach er mich grob. »Auf deinen Wunsch hin sind wir zu Herrn Bäuerle gegangen. Die Pilgerwoche haben wir einvernehmlich beschlossen, weil nichts anderes dich gereizt hat. Und jetzt sitzt du da und tust so, als würde nichts nach deinem Kopf gehen.« Er wischte die Krümel vom Tisch. »Kann es sein, dass die Probleme nicht bei mir, sondern bei dir liegen?«

Ich sagte, was ich am Morgen gedacht hatte: »Alex, ich verstehe mich selbst nicht. Du hast ja recht mit deinen Vorwürfen, aber ich hab auch recht. Unser Verhältnis ist nämlich seit … seit … du weißt schon, nicht mehr das, was es früher war. Ich bin unglücklich und unsicher und überhaupt ganz unzufrieden …«

»Oje«, sagte einer der Stammtischbrüder laut, »wenn bloß alle so wäre, wie i sei sodd.«

Das brachte uns zum Lachen. Versöhnlich legte Alex seine Hand auf meine. »Es bringt doch nichts, wenn wir uns gegenseitig Vorwürfe machen. Weißt du was, Nina? Lass uns einfach die Wanderwoche genießen. Danach sehen wir weiter. Einverstanden?«

Mein Mann war ja so vernünftig! Wieder mal hatte er die Situation entschärft, indem er flugs die lange Bank anstrebte und mich nicht ernst nahm. Dachte, meine Sorgen seien Hirngespinste, die sich schon irgendwie in Nichts auflösen würden – im jetzigen Fall eben durch wandern. Meinetwegen auch pilgern. Wozu ich ja gesagt hatte.

»Einverstanden. Aber nur für diese eine Woche, Alex.«

»Ja.« Er lächelte mich an und ich wusste so sicher, als hätte er ausgesprochen, was er dachte: Nach dieser Woche hat sie ihre Flausen vergessen.

Laut sagte ich: »Wenn du dich da mal nicht täuschst, Alex.«

Er stutzte. »Abwarten.«

11. Kapitel

Epple fuhr in gemächlichem Tempo noch ein, zwei Kilometer durch die Hohenloher Landschaft, bis schließlich zur Rechten eine graue Mauer auftauchte, über die das Dach eines sechseckigen Türmchens ragte. »Das ehemalige Torwärterhäuschen«, erklärte er, bog rechts ab und stellte sein Auto unter einem Holunderbusch ab.

Penny ließ den Blick über den Vorhof schweifen. Klar, da standen etliche Container, gefüllt mit Balken, durchgetretenen Dielen und allerlei Gerümpel. Mit Schutt, zerbrochenen Ziegelsteinen und Mauerbrocken. Aber selbst die verdarben nicht den Anblick auf den quadratischen Turm und die daran angebaute rechteckige Wohnburg mit ihren drei steinernen Stockwerken, auf denen wie ein keckes Hütchen ein zweistöckiges Fachwerkhaus mit einem steilen Dach thronte.

Schorsch Epple deutete auf die Wohnburg. »Siehst du, dass die Fenstergröße von unten nach oben abnimmt?«

Penny nickte. »Klar seh ich das. Ich seh auch, dass nur die Fenster im Fachwerkbau Läden mit einem Streifenmuster in Rot-Weiß haben. Aber wo ist der Eingang?«

Sie hängte sich den bunten Beutel über die Schulter. »Ist wirklich niemand hier? Keine Handwerker? Nicht mal der Besitzer?«

»Es ist Sonntag«, antwortete Epple trocken und blieb vor einem zweiflügligen Tor stehen. »Wir wollten uns doch das Ganze mal allein und in Ruhe anschauen.«

»Haben Sie überhaupt einen Schlüssel?«, wollte Penny wissen. Epple stieß einen der beiden Flügel auf und trat in den Innenhof. Penny legte die Handfläche auf das rissige, ausgebleichte Holz des Tors und blieb stehen. »Dieser Hof! Voll der Wahnsinn!«

»Nicht wahr?« Epple stellte sich neben sie. In der Mitte des Innenhofs stand ein runder Brunnen, den eine Wassernymphe krönte. »Eine hübsche Steinmetzarbeit«, meinte er. »Es lohnt sich, ihn sorgfältig restaurieren zu lassen. Aber ob die alten Rosenstöcke an der Mauer noch zu retten sind, bezweifle ich. Komm jetzt, Penelope.«

»Können Sie nicht einfach Penny zu mir sagen?«

»Bei Penny denke ich an Geld und den Discounter. Bei Penelope an Homer und die Frau von Odysseus. Penelope war, wie du sicher weißt, die treueste Ehefrau aller Zeiten. Zwanzig Jahre auf den Mann zu warten ist eine Leistung.«

»Die«, ergänzte Penny spöttisch, »kein Mann hingekriegt hätte – ich meine, seiner Frau zwanzig lange Jahre treu zu sein.«

»Da hast du auch wieder recht«, stimmte Epple ihr zu. »Ich bleibe bei Penelope, wenn du nichts dagegen hast.«

Genau in der Mitte der Längsseite der Burg führten sieben breite Stufen zum Eingangsportal. Penny grinste, als Epple einen riesigen Schlüssel aus seiner Werkzeugtasche fischte und aufschloss.

»Ich komme mir vor wie in einem Kitschroman«, sagte sie lachend.

Als er die Tür aufstieß, schoss ein Vögelchen aus dem Inneren und haarscharf über ihre Köpfe weg. »Huch!«

»Das war das Schlossgespenst«, meinte Epple grinsend. »Bei Tag nimmt es Vogelgestalt an. Bist erschrocken, Penelope?«

»Und wie! Stimmt das? Wird tatsächlich behauptet, hier hause ein Gespenst? Wie gruselig – ich dachte, nur in England würd's so was geben.«

»Glaubst du das im Ernst, Penelope? Du enttäuschst mich. Weshalb sollten sich sämtliche Gespenster der Welt auf eine einzige Insel als Wohnsitz geeinigt haben?«

»So habe ich das noch nie gesehen.« Sie blieb stehen. »Aber es ist doch eine Tatsache, dass alle Gespenstergeschichten in England spielen, oder?«

»Das weiß ich nicht, weil ich kein Literaturwissenschaftler bin. Ich vermute aber, dass die Ursache fürs Fehlen schwäbischer Gruselgeschichten bei unseren furztrockenen Pietisten zu suchen ist. Für die ist doch alles, was nicht in ihren bigotten Sturschädel passt, das reinste Teufelszeug.«

Schon ein paar Mal hatte Penny bemerkt, dass Schorsch Epple nicht gut auf die Pietisten zu sprechen war. Ob er mit seiner Einschätzung richtig lag, war ihr gleichgültig; sie interessierte sich für die Burg.

Der Fußboden der düsteren Eingangshalle war mit rechteckigen, ausgetretenen Sandsteinplatten belegt. »Einladend sieht es hier aber nicht gerade aus«, stellte sie fest und ging etlichen Behältern mit Bauschutt aus dem Weg.

»So bedeutend waren die Dornecker nicht, dass sie viel repräsentieren mussten. Sie waren auf Sicherheit aus und dachten praktisch: In der Halle und im ersten Obergeschoss wurden Waffen, Rüstungen und auch Vorräte aufbewahrt«, erklärte Epple und wies auf die Treppe. »Erst die oberen Stockwerke sind für uns wichtig.«

Auch die Steinstufen der Treppe waren ausgetreten. »Werden die ersetzt?«, erkundigte sich Penny.

»Wo denkst du hin!«, schnaubte Epple. »Für unseren Auftraggeber sind solche Spuren des Alters geradezu anbetungswürdig, vor allem dann, wenn sie eventuell von seinen Vorfahren stammen.«

Inzwischen waren sie im dritten Stock angekommen. Da sahen sie die schäbigen Reste einer zusammengestückelten Küche: einen billigen und sehr ramponierten Gasherd, der verloren in einem riesigen offenen Kamin stand, zwei gammlige Büfetts, ein offenes windschiefes Regal, ein paar Bretter mit leeren Flaschen und etlichen Marmeladengläsern. An einer Seite befand sich eine Spüle aus Stein mit einem einzigen Hahn – fürs Kaltwasser.

Der Küchenraum selbst hatte für heutige Verhältnisse geradezu gigantische Ausmaße, und auch die Speisekammer, die sich daran anschloss, war alles andere als klein. »Was, um alles in der

Welt, macht man mit so viel Platz?«, fragte Penny. Dann stutzte sie. »Herr Epple, hier hat sich ein Penner eingenistet. Gucken Sie doch: In der Ecke liegt seine aufgeblasene Luftmatratze samt Schlafsack.«

Neben der Schlafstätte lagen sogar noch Jeans, T-Shirts, ein blauer Pulli aus dicker Wolle, ein Waschbeutel, aus dem eine Zahnbürste und ein Kamm herausstanden, ein zusammengeknülltes Handtuch, ein Holzbrettchen, ein Messer mit rötlichen Spuren, eine Tüte mit einem halben altbackenen Wecken, ein kleiner Wasserkocher, ein Glas *Nescafé* und ein weißer Becher, der mit der Fahne Amerikas dekoriert und offenbar benutzt worden war, sowie vier leere Bierflaschen der Sorte *Haller Löwenbräu*.

Epple beäugte die Gegenstände mit offensichtlichem Missfallen.

»Melden Sie das der Polizei?«, wollte Penny wissen.

Epple kratzte sich am Kopf. »Muss ich wohl ... das heißt, ich warte mal, bis der alte Dornecker aufkreuzt. Ist schließlich sein Häuschen, oder? Also muss er sich um seine Gäste kümmern.«

Penny lachte und wiederholte, während sie Epple in den nächsten Stock folgte: »Was macht man heute mit so viel Platz?«

»Keine Ahnung. Ich muss hier ja nicht kochen.« Auf der letzten Stufe wartete er auf sie. »Mach dich auf was gefasst, Penelope«, warnte er, und öffnete erst dann die breite Tür.

Überrascht blieb sie stehen. »Voll der Wahnsinn, was?«, wiederholte sie. »Mann, das ist ja schwer beeindruckend.« Sie blickte sich in dem Saal um. An drei Wänden befanden sich vor den hohen Doppelfenstern Sitznischen, an der vierten Wand sah sie einen Kamin von solchen Ausmaßen, dass sie sich bequem hineinstellen und nicht mal mit ausgestreckten Armen und Händen die Seiten berühren konnte.

Epple wies auf die Flächen links und rechts des Kamins. »Deswegen sind wir hier. Siehst du? Auf die Wände wurde eine Kalkputzschicht aufgetragen, und darauf ...«

»... hat jemand was gemalt.« Penny stellte sich neben Epple. »Ranken, Blätter und Blüten. Sollen das Rosen sein? Und Hagebutten?«

Epple nickte.

»Schade, dass vom Putz schon so viel abgeblättert ist.« Enttäuscht drehte sie sich um. »Da ist so viel kaputt. Lohnt es sich überhaupt, die Reste zu restaurieren? Und was machen wir mit den fehlenden Stellen? Erfinden wir da was?«

»Ich bin dagegen«, sagte Epple entschieden. »Das Denkmalamt auch.«

»Aha.« Penny runzelte die Stirn. »So, wie Sie das sagen, ist unser Auftraggeber anderer Meinung, was?«

»Richtig. Aber das ist sein Bier.«

»Wie meinen Sie das?«

Epple grinste. »Er muss sich mit dem Denkmalamt auseinandersetzen; wir nicht, wir sind nur die Ausführenden.«

Während sich Epple am Putz zu schaffen machte, setzte sich Penny auf den steinernen Sitz in einer Fensternische und ließ den Raum auf sich wirken. So groß wie ein Loft ist der, dachte sie. Wie würde ich ihn einrichten? Würde ich Mauern einziehen? Wohl kaum ...«

Weil die Kälte des Steins durch ihre Jeans drang, stellte sie sich auf den Sitz und schaute aus dem Fenster, das, durch eine schmale steinerne Säule getrennt, eigentlich aus zweien bestand. Überrascht hielt sie den Atem an.

Jetzt erst erkannte sie, dass die Burg mit dem Rücken am steilen Hang auf einem kleinen Vorsprung stand. Jenseits der Mauer fiel dieser senkrecht ins Tal ab, wo Penny ein mäandrierendes Flüsschen und die roten Dächer eines Dörfchens oder Weilers erblickte. Auf der gegenüberliegenden Seite des Tals floss das Wasser, so schien ihr, um einen kegelförmigen Hügel herum, auf dessen Spitze sie zwischen frühlingsgrünen Bäumen einen klobigen Kirchturm und einige Dächer ausmachte.

»Das ist die Stöckenburg, und die«, meinte Epple andächtig, »ist was ganz Besonderes. Der Platz auf dem Berg war nämlich schon in der Jungsteinzeit besiedelt; später errichteten dort die Kelten eine Fliehburg – einen durch Mauern geschützten Bereich also, innerhalb dessen sie in Kriegszeiten Schutz suchen konnten. Zweifellos befand sich dort auch eine heilige Stätte, aber wie die aussah, können die Archäologen nicht mehr sagen. Tatsache ist, dass christianisierte Franken gegen Ende des sechsten Jahrhunderts genau da, wo früher die Kelten ihre Götter verehrten, ein erstes und garantiert sehr schlichtes Gotteshaus hinstellten. Das war ziemlich praktisch gedacht: Der Inhalt der Lehre änderte sich zwar, aber der Platz blieb gleich – die Leute pilgerten einfach weiter dahin, wo sie schon immer zum Beten hingegangen waren. Trotzdem«, fuhr Epple fort, »wurde die Urkirche deshalb so bedeutend, weil von hier die ersten Missionare ins Schwäbische ausschwärmten, um die armen heidnischen Bauern zum Christentum zu bekehren.« Er schwieg ein paar Sekunden. »Jedenfalls: Die Kirche, die du auf dem Bergstock – daher der Name Stöckenburg – siehst, wurde 1435 gebaut, und weil sie durch die Bühler und das Wasser eines kleinen Baches zusätzlich so schön geschützt wird, fanden dort die Leute, die hier in der Gegend wohnten, in schweren Zeiten Schutz.«

»Genau wie vor ihnen die Kelten, stimmt's?«, warf Penny ein.

»Richtig. In der Kirche wurden aber auch die Bücher aufbewahrt, in denen Geburten und Sterbefälle, Taufen und Hochzeiten aufgeschrieben wurden. Ich sag dir eins, Penelope«, meinte Epple abschließend, »die Stöckenburg ist wirklich etwas Besonderes. Aber jetzt gehen wir erst mal nach oben.«

Im nächsten Stockwerk befanden sich zwei große luftige Räume und ein kleineres Gemach. »Hier will Dornecker die Schlafzimmer und ein Bad einbauen lassen«, erklärte Schorsch und stieg dann die letzte Treppe hoch. »Und hier die Gäste- oder Kinderzimmer?«, fragte Penny.

»Vermutlich.«

»Hat Dornecker eigentlich eine Familie?«

Epple runzelte die Stirn. »Bisher kenne ich nur ihn und weiß, dass er verheiratet ist und einen Sohn hat, der in Deutschland studiert. Mehr weiß ich nicht. Geht mich auch nichts an.«

»Würden Sie hier wohnen wollen?«

Epple zögerte. »Ich mag das alte Gemäuer; aber wohnen? Nee. Nicht für alles Geld der Welt. Ich mag's gern schlicht und übersichtlich.«

Penny dachte an seine Werkstatt, die alles andere als übersichtlich war.

»Wie steht's mit dir, Penelope?«

»Man braucht jede Menge Personal. Und dann – die Heizkosten! Du lieber Himmel! Und wissen Sie was? Mir fehlt ein Balkon. Wenn ich mich sonnen will, aber für jedes Glas Sprudel all die vielen Stockwerke hoch- und wieder heruntergehen muss, ist mir das zu umständlich.«

»Du hättest die Burg also nicht gekauft?«

»Ich bin kein Altertumsfreak.«

Epple lachte. »Eine Villa an der Côte d'Azur wäre dir lieber, was?«

»Sicher. Aber wenn die Burg meiner Familie gehören würde, würde ich wahrscheinlich anders darüber denken. Auf jeden Fall würde ich was daraus machen; ein Hotel zum Beispiel.«

»Das geht nicht. Das Burggespenst würde die Gäste vergraulen.«

»Herr Epple! Das sagen Sie doch nur, um mir Angst einzujagen. Wo schlafen wir eigentlich, wenn wir hier arbeiten?«

Epple deutete mit dem Daumen nach oben. »Kannst dir's aussuchen. Platz ist ausreichend vorhanden. Du musst nur eine Luftmatratze und einen Schlafsack mitbringen.«

»Wie?! Das ist nicht Ihr Ernst! Wir hätten ja nicht mal warmes Wasser! Und wo würden wir Kaffee kochen? Und essen?«

Epple grinste und drückte ihr den Autoschlüssel in die Hand. »Du klapperst die Dörfer ab und suchst uns zwei billige Zimmer in einer Pension, während ich mich um den Putz in der

Halle kümmere. Aber pass auf: Ich mag's schlicht. Nur das Essen muss gut sein, hörst du?«

»Soll ich probeessen?«

»Wenn's sein muss? Aber sag endlich Schorsch zu mir.«

»Du Schorsch?«, fragte Penny verdutzt.

»Das Sie bleibt. Aber jetzt verzieh dich endlich; ich hab zu tun.«

Penny schaute auf ihre Armbanduhr. »Wann soll ich zurück sein? Jetzt ist es zwei vorbei.«

Schorsch war mit den Gedanken längst bei den Wandmalereien. »Wenn du die Zimmer für uns gefunden hast«, antwortete er und fuhr mit der Hand behutsam über den Verputz.

12. Kapitel

Während ich am späten Sonntagmorgen an der Seite meines Mannes der Jakobskirche zupilgerte, hielt er mir einen Vortrag. »Hier in der Stadt kreuzen sich vier Jakobswege – der von Würzburg, der von Nürnberg, von Ulm und der, den wir nehmen werden: den in Richtung Stuttgart, Tübingen, Rottenburg, von wo aus …«

»… wir locker bis nach Spanien pilgern könnten«, unterbrach ich seine Aufzählung. »Aber das haben wir ja nicht vor. Sag mal, Alex, kennst du die Geschichte des Heiligen? Wie kam er eigentlich nach Spanien?«

Alex blieb stehen. »Genau das wollte ich noch recherchieren«, meinte er und sprang hastig beiseite, weil sich ein Führer mit hochgehaltenem Stock samt einer Meute von Touristen näherte.

»Mir gefällt es hier nicht. Es hat zu viele Fremde«, klagte ich. »Müssen wir wirklich noch in die Kirche?«

»Wir starten unseren Pilgerweg an der St. Jakobs-Kirche«, las mein Mann aus dem Büchlein vor. *»Schon an der Südfassade erkennen wir ganz deutlich einen lebensgroßen Jakobus.«*

»Ach nee! Der Steinmetz aus dem Mittelalter wusste also, wie der Jakob aussah? Erstaunlich.«

»Motz nicht, Nina«, wies mich Alex zurecht und las weiter. *»Nehmen wir uns vor dem eigentlichen Start noch etwas Zeit für eine Besinnung und die lohnende Besichtigung dieser Kirche.«*

Pflichtgemäß sahen wir uns also die Stadtpfarrkirche an. *»Bauzeit 1311 bis 1485«*, las Alex vor, mit einem Heilig-Blut-Altar von Tilman Riemenschneider, dessen Schönheit meine schlechte Laune beträchtlich hob. Allerdings sank sie wieder, als ich beim Rausgehen noch eine Kerze anzünden wollte. Dabei handelte es sich um eine Art Teelicht mit einem kaum wahrnehmbaren Hauch von Wachs. »Wie soll der Jakob uns beschützen, wenn die Flamme höchstens eine Minute für ihn brennt?«, schimpfte ich. »So ein Geiz! Das ist doch eine Beleidigung für den Heiligen, Alex!«

Zum Glück widersprach er mir nicht; er nahm meinen Ellbogen, zog mich aus der Kirche und öffnete das Büchlein. *»Da innerhalb der Stadtmauern keine Wegmarkierungen angebracht werden dürfen, müssen wir unseren Weg ... bis zum Burgtor hinaus selbst finden«*, las er. Ein paar Tropfen fielen aufs Papier.

»Schlechter Service«, murmelte ich, deutete zuerst zum Himmel hinauf und dann auf zwei Männer mit Rucksack und Pilgerstab. »Ihnen nach, Alex.«

Wir folgten ihnen in die Klostergasse und ins Trompetergässchen und gelangten tatsächlich zum Burgtor, wo sich auf einer Wiese mit großen Bäumen die Touristen wieder mal beim Fotografieren auf die Füße traten.

Aber ein paar Meter weiter im Burggarten waren wir, abgesehen von den zwei Mitpilgern vor uns, allein. Der Ausblick ins Taubertal und, als ich mich umdrehte, auf Rothenburg mit der Stadtmauer und den vielen Türmen und Türmchen war so romantisch wie die Illustration in meinem zerfledderten Märchenbuch zur Wanderung der tierischen Stadtmusikanten nach Bremen, das sie, wie man weiß, nie erreichten. Nicht erreichen mussten, weil sie in der Nacht die Räuber mit ihrem Wahnsinnsgeschrei aus dem Haus und in die Flucht trieben.

Übrigens orientierte sich die Fantasie der Schurken an ihren Erfahrungen: Als sie tags darauf das Haus leer wähnten, meinte der Räuberhauptmann, man hätte sich doch nicht ins Bockshorn jagen lassen dürfen und schickte einen seiner Mannen zum Auskundschaften los. Der, voll des schlechten Gewissens wegen begangenen Unrechts, sah in der Katze eine Hexe, im Hund einen mit einem Messer bewaffneten Mann, im Esel ein schwarzes Ungetüm, und im krähenden Hahn einen Richter, der »Bringt mir den Schelm her!« kreischte. Er berichtete das angeblich Erlebte seinem Chef, worauf sich die Räuber nie mehr in ihr Haus trauten.

Als ich so stand und mich beim Blick auf Rothenburg an das Märchen erinnerte, fragte ich mich zum ersten Mal überhaupt, ob in der Sache mit Alex – der zweifellos im vergangenen Sommer dem losen Vogel namens Marie auf den Leim gegangen war – meine Fantasie nicht auch mir einen Streich spielte und ich nun auf Grund der Erfahrung in meinem Mann ein in der Wolle gefärbtes Ungeheuer sah. Was er zweifellos nicht war; er hatte sich an einem kritischen Punkt in seinem Leben zwecks Selbstbestätigung gerne erobern lassen.

Tat ich Alex Unrecht? Vielleicht ging er ja deshalb auf Pilgertour, weil er sich meiner nicht mehr sicher war und einen neuen Halt in seinem Leben suchte? Bisher hatte ich die Grenzen ganz klar gezogen: Auf der einen Seite stand mein treuloser Ehebrecher, auf der anderen ich, die ehrenwerte und rechtschaffene Schwäbin, die sich selbstlos um Haus und Hof kümmerte.

Während ich noch immer auf die Mauern und Türme von Rothenburg starrte, drängte sich mir noch ein Bild auf: die auch von Bauten aus dem Mittelalter geprägte Silhouette Nürnbergs. Die Stadt der sturen, verknöcherten Biedermänner-Meistersinger, die von einem jungen genialen Hitzkopf aus ihrem selbstgefälligen Aber-das-haben-wir-doch-schon-immer-so-gemacht-Denken geschubst wurden. War ich etwa auch eine spießbürgerliche Sängerin, die bei jeder Änderung und allem Neuen ausflippte, weil sie eine Bedrohung darin sah? Und Alex ein flotter Hans Sachs, der sich noch was traute?

Mein lieber Herr Gesangsverein – dann wäre ja ich das Scheusal!

»Kommst du, Nina?«

Ich schrak zusammen und nahm mir vor, der Sache auf den Grund zu gehen. Auf jeden Fall wollte ich weniger mürrisch und netter zu meinem Mann sein.

Als ich dann die erste Wegmarkierung, die gelbe Muschel auf blauem Grund, sah, freute ich mich zum ersten Mal an diesem grauen regnerischen Morgen. Obwohl – kurz vor ein Uhr war der Morgen eigentlich schon vorüber.

Ich schubste meinen Rucksack, sodass er bequemer am Rücken anlag, und »nahm den Weg unter die Füße«.

Der ging zuerst an einer Kapelle und danach erfreulicherweise an Gärten vorbei, in denen Osterglocken blühten, und dann steil abwärts ins Tal. Als wir auf der Tauberbrücke standen und laut Führer den Blick auf die Stadt bewundern sollten, holte ich die Überhose aus dem Rucksack.

»Die paar Tropfen!«, meinte Alex verächtlich.

»Macht doch keinen Sinn, sie erst dann anzuziehen, wenn ich schon nass bin«, verteidigte ich mich und zog die Reißverschlüsse hoch. »Weiter geht's, Alex!«

Zuerst an einem Brückenpfeiler, dann an einem Baum sahen wir die gelbe Muschel und folgten ihr auf dem Weg, der gemütlich ansteigend uns zuerst durch ein Wäldchen, dann, an einem ehemaligen Steinbruch vorbei, zu einem Grillplatz führte. Inzwischen war aus den paar Tropfen ein satter Landregen geworden; ich liebe es, im Sommer bei offener Terrassentür auf dem Sofa zu liegen und dem gleichmäßigen Rauschen zuzuhören – möglichst mit einem Kaffee, ein paar Pralinen und einem spannenden Schmöker in Reichweite. Obwohl der Regen für die erwachende Natur natürlich ein Segen war, verfluchte ich ihn an dem kalten Apriltag. Mein Magen grummelte, auf mich wartete die Tagesetappe samt ungewisser Herberge, aber mein Mann stapfte, noch immer ohne schützende Überhose, einfach weiter. Es war wirklich schwer, das Pilgern gut gelaunt zu genießen.

Später blieb Alex vor einer Tafel stehen. *Taubertaler Sprungschanze*, las ich und wollte es nicht glauben. »Haben die hier so viel Schnee?«

»Muss wohl so sein«, meinte er und las aus dem Büchlein vor: *»Der Schanzenrekord liegt bei siebenunddreißig Metern.«*

»Keine Ahnung, ob das viel oder wenig ist – eher wenig, gemessen an den Schanzen in den Alpen, was?«

»Wie? Nina, mach doch die Augen auf – die Schanze ist eigentlich nur eine Rutsche«, schnauzte er mich an. »Von hier aus sollte man eigentlich die schönste Aussicht auf die Stadt haben. Und die erste Rast einlegen. Willst du rasten?«

»Wozu? Ist doch alles nur nass und grau in grau.«

Wir blieben auf dem Weg, pilgerten an einem Denkmal für Bismarck vorbei, dem die Tränen übers steinerne Gesicht rannen, und marschierten einfach weiter und weiter. Bis der Weg an einer dichten Hecke endete. Beim Durchschlüpfen blieb ich erstens an einer gemeinen Brombeerranke hängen, zweitens kam mir sogleich der alte Briest in den Sinn, denn vor uns breitete sich ein Acker mit zentimeterkurzen grünen Hälmchen aus. »Ach Luise, das ist ein weites Feld …«

»Bin ich Luise?«, knurrte Alex.

»He! Du bist doch sonst nicht so humorlos, Alex-Luise!«

Wir schritten den ganzen Acker ab, aber nirgendwo war eine Muschel zu entdecken. »Haben wir uns verlaufen, Alex? Schau doch mal im Führer nach. Und wieso hast du eigentlich noch immer nicht die Überhose an?«

»Weil sie nichts mehr bringt, weil ich eh schon bis auf die Haut nass bin.« Alex zog das Büchlein aus der Anoraktasche: *»Am Bismarckdenkmal weisen die Markierungen nach links.«*

Wir kehrten um. An einer Tanne nahe dem Denkmal sahen wir dann die Muschel, die auf den Pfad durch den Wald wies. Ich blickte auf die Armbanduhr. »Schon vier vorbei. Sag mal, wo übernachten wir heute?«

»Keine Ahnung. Nach Schrozberg sind's mindestens noch zehn Kilometer«, meinte mein Mann.

»Was gute zwei Stunden bedeutet. Bist du wahnsinnig, Alex? Dann ist es so spät, dass wir kein Zimmer mehr bekommen!«

»Na und? Pilgern ist nun mal kein Spaziergang.«

»Ich pilgere nicht, ich wandere. Und ich will anständig übernachten. Ich drehe um.«

»Das ist nicht dein Ernst, Nina!«

»Und ob!« Ich stapfte auf den Weg zurück und Richtung Rothenburg. »See you tomorrow in Schrozberg!«

An der Sprungschanze hatte Alex mich eingeholt. »So geht das nicht, Nina. Wir haben uns geeinigt, dass wir gemeinsam den Jakobsweg pilgern und …«

»Wir sind nicht im heißen Spanien«, fuhr ich meinen Mann an. »Wir sind im Fränkischen. Es ist April, nass und saukalt. Glaubst du wirklich, du könntest mich in einen gottverlassenen Heustadel mit undichtem Dach locken? Wo mir der Regen ins Gesicht tropft und sich die Mäuse in unsere Rucksäcke wühlen, um an die Energieriegel zu kommen?«

»Ich hab mir das auch anders vorgestellt«, gestand Alex.

Hör endlich auf, das Scheusal zu spielen, sagte ich mir. »Nimm's einfach sportlich, Alex. Das ist unser erster Tag; wir betrachten ihn als Übung für den Ernstfall, für's richtige Wandern.«

»Pilgern, wolltest du sagen.«

Ich seufzte. Vielleicht musste ich ja wirklich pilgern, um zu einer anderen Sicht der Dinge zu gelangen. »Okay. Wir pilgern«, wiederholte ich sanftmütig.

13. Kapitel

Gegen halb sechs standen wir dann wieder vorm Rothenburger Stadttor. »Und jetzt?«

»Gute Frage. Bei den vielen Touristen wird es nicht leicht sein, ein Doppelbett zu finden.«

Ich grinste meinen Mann an. »Mit zwei Einzelbetten bin ich zur Not auch zufrieden.«

»Ich nicht. Wenn schon – denn schon.« Vorsichtig zog Alex ein feuchtes Blatt aus der Tasche seines Anoraks. »Im Herrenschlösschen kostet das Doppelzimmer mit Bad rund zweihundert Euro pro Nacht. Zweihundert Euro! Ist das nicht ein bisschen teuer, Nina?«

Nach einigem Hin und Her einigten wir uns auf die *Traube,* ein Hotel samt Weingut, das uns wegen des guten Frankenweins lockte und wo das Doppelzimmer halb so viel kostete. Außerdem lag es fast an unserem Weg, was für den kommenden Tag ein Bonus war. »Wie viele Zimmer hat's denn?«

»Zwanzig«, antwortete Alex einsilbig.

»Eines wird ja wohl für uns frei sein«, munterte ich ihn auf.

Als wir vor der *Traube* standen, *historische Atmosphäre, hauseigene Weine und Sekte, fränkische Küche,* trocknete ich das Gesicht mit dem Taschentuch. »Fragst du, oder soll ich es tun?«

»Du bist nicht so nass wie ich und siehst, alles in allem, respektabler aus, Nina.«

»Aha. Du kneifst mal wieder!« Als Bittsteller trat mein Mann ungern auf, also reichte ich ihm den Rucksack, schüttelte mich wie ein nasser Hund, ging ins Hotel und zur Rezeption.

Die junge Dame musterte mich diskret. »Nass geworden beim Pilgern auf dem Jakobsweg?«

»Woher wissen Sie das?«

»Ich seh's doch an Ihrem Outfit. Möchten Sie bei uns übernachten?«

Ich nickte. Die Sache ließ sich gut an. »Wenn möglich in Ihrem besten Zimmer.«

»Wir haben nur beste Zimmer«, antwortete sie erwartungsgemäß. »Aber leider sind wir ausgebucht.« Sie schaute auf den Ehering an meiner rechten Hand. »Allerdings wäre die Hochzeitssuite noch frei.«

Ich musste nehmen, wie's kam – die Suite oder den absoluten Härtefall, der eintreten würde, wenn ich in einem Heuschober oder im Saal eines evangelischen Gemeindehauses nächtigen müsste. »Eine Suite?! Das ist genau das Richtige für uns! Moment mal, ich hole meinen Mann.«

Der stand schon in der Halle und besah sich das historische Ambiente. »Die Hochzeitssuite wäre noch frei, Alex. Die nehmen wir; wenn schon – denn schon, hast du gesagt.« Im nächsten Augenblick hätte ich die Worte dann doch gerne wieder zurückgenommen. Mein Mann war nämlich mit dem Luder auch in einer Suite abgestiegen, am Bodensee war das gewesen. Ob das Erinnerungen weckte?

Ich dachte an den Kundschafter, den der Räuberhauptmann ausschickte, und der dann im krähenden Hahn seinen Richter wähnte. Nina, sagte ich mir, du machst dich noch ganz kirre. Wo bleibt deine Selbstsicherheit? Nimm dich gefälligst zusammen. Sieh nicht überall Gespenster, wo's keine gibt!

»Wir nehmen die Suite«, sagte Alex gerade.

»Dann«, die nette junge Dame lächelte, »müssen wir Sie bitten, ein paar Minuten an der Bar Platz zu nehmen. Oder im Lokal einen Kaffee zu trinken, damit wir die Suite angemessen ausstatten können. Dauert wirklich nicht lange.«

Alex drehte sich zu mir um. »Nina, was ist dir lieber? Bier oder Kaffee?«

»Mir ist kalt. Ehrlich gesagt hätte ich gerne einen Schnaps zum Aufwärmen.«

»Also die Bar.«

Während ich an meinem Zwetschgenschnaps nippte, tigerte Alex, das Bierglas in der Hand, durch die Gaststube. Er war durch und durch nass, wollte sich nicht setzen, fror und war ungeduldig.

Es dauerte allerdings nicht lange, bis uns die junge Dame von der Rezeption abholte und uns zwei Stockwerke hoch zur Hochzeitssuite führte. Sie blieb demonstrativ vor der Tür stehen, blickte uns fast mitleidig an – weiß so ein altes Paar überhaupt noch, wofür ein Hochzeitsbett gedacht ist? – und ließ uns den Vortritt.

Mir blieb die Luft weg, weil mir zuerst intensiver Rosenduft in die Nase stieg. Die Vorhänge waren zugezogen. Der Raum wurde lediglich von unzähligen Kerzen und Teelichtern in rosa Gläschen erhellt, auf dem Tischchen vorm Sofa stand ein Sektkübel mit Flasche, dazu zwei Gläser plus einen Strauß roter Rosen. Wo ließen die sich so schnell auftreiben?, fragte ich mich und sah erst dann das überbreite Doppelbett, komplett mit Spitzenhimmel, Bettwäsche mit Rüschen und, das war der Clou, bestreut mit Rosenblättern. Die allerdings waren aus Stoff.

»Nina, das musst du sehen!«, rief Alex. Er stand im Bad und wies auf die mit brennenden Kerzen umstellte Wanne. Darin dampfte das Wasser, und auf ihm schwammen ebenfalls rote Blütenblättchen.

»Ist doch besser als ein undichter Heuschober, was?«

Die junge Dame lachte. »Wenn Sie noch etwas brauchen …« Sie wies aufs Telefon.

»Brauchen wir etwas, Alex? Vielleicht eine Anleitung …« Ich zeigte aufs Bett. »Oder weißt du noch, wie's geht?«

»Du wirst mir helfen müssen, Nina.« Er schob die kichernde junge Dame – warum müssen ältere Leute eigentlich immer so peinlich sein? – aus dem Zimmer und drehte den Schlüssel um. »So, Nina. Jetzt geht's zur Sache.« Flugs schälte er sich aus den nassen Kleidungsstücken, stieg in die Wanne, ließ sich ins warme Wasser gleiten, schloss genussvoll die Augen und streckte die Arme aus. »Wo bleibst du denn?«

»Muss nur noch die Socken ausziehen!«

»Mach schnell! Und bring den Sekt mit!«

»Wonach steht dir eigentlich der Sinn? Willst du eine nackte Frau oder das Sprudelwässerchen?«

»Beides will ich. Zuerst das eine, dann das andere. Oder zuerst das andere, dann das eine. Ich bin da flexibel.«

In der Tat: Mein Mann wechselte ganz locker und völlig flexibel vom einen zum anderen.

Es ging schon auf neun Uhr zu, als wir in unserer Ersatzwanderkleidung und somit ziemlich underdressed das Restaurant betraten und uns vom Kellner zum einzigen noch freien Tisch führen ließen.

»Weißt du eigentlich, dass wir seit der laschen Weißwurst nichts mehr gegessen haben?« Alex griff nach der Speisekarte. »Ich habe Lust auf einen Zwiebelrostbraten mit Spätzle und Soße. Traust du der Küche zu, dass die ihn ordentlich hinkriegt?«

»Bin ich Hellseher? Alex, wie soll ich das wissen!«

»Zwiebelrostbraten ist die Spezialität des Hauses.« Die Stimme kam vom Nebentisch. Wir drehten uns um. »Jakob Schätzle!«, rief ich. »Was für eine Überraschung, Sie hier zu treffen. Sind Sie wegen des Regens nicht weitergepilgert?«

»Moment mal«, bremste mich Alex. »Sie sagen, der Rostbraten …«

»… ist absolut zu empfehlen. Und nein, heute habe ich mir das Museum, den Wehrgang und die Franziskanerkirche angesehen. Aber morgen geht es weiter.«

Ich hätte Herrn Schätzle ja gerne zu uns gebeten; er saß so verloren an dem weißgedeckten Tisch und hatte nur die eine Nelke im Väsle zur Gesellschaft. Obendrein war er Mitpilger. Wer wusste schon, ob wir nicht mal auf seine Hilfe angewiesen waren? Oder er auf unsere?

»Nina, was nimmst du?«, wollte Alex wissen.

»Ich … ich nehme die Forelle. Und einen Nachtisch. Den suche ich aber später aus.«

Bei den Weinen ließ Alex sich vom Kellner beraten, aber dann, nach dem ersten Glas, wurde er zugänglicher.

»Sag mal, Alex, willst du den Pilgerfreund nicht fragen, ob er sich zu uns setzen möchte? So allein sein Viertele zu süffeln ist doch kein Vergnügen.«

Mein Mann kniff ein Auge zu. Und dann, ich hätte es wissen müssen, sagte er, der ehemalige Manager, nicht: Bitte setzen Sie sich doch zu uns, Herr Schätzle. O nein. Damit eine mögliche Ablehnung nicht auf sein Konto ging, formulierte er meinen menschenfreundlichen Vorschlag flugs um. »Meine Frau lässt mich fragen, ob Sie Lust hätten, uns Gesellschaft zu leisten.«

Das Schätzle durchschaute meinen Mann im Nu. Lachte und wollte seinerseits wissen: »Ist es Ihnen denn recht?«

Wie diplomatisch: Ihnen! Was im Singular meinen Mann allein, im Plural uns beide betraf. Wunderbar.

Jedenfalls – Jakob Schätzle setzte sich zu uns, und noch bevor das Essen serviert wurde, stellte ich die Frage, die mich schon seit dem Morgen beschäftigte. »Der heilige Jakobus ist mir ein Rätsel. Wie ich noch aus dem Konfirmandenunterricht weiß, war er einer der zwölf Jünger. Wie kommt es aber, dass er in Spanien begraben wurde? Wissen Sie das zufällig?«

Das Schätzle schmunzelte. »Wenn der Vater Pfarrer war, weiß man das.«

»Ah!«, machte Alex. »Daher der Name Jakob!«

»Mein älterer Bruder heißt Matthäus, mein jüngerer Lukas«, ergänzte Schätzle. »Nun aber zu Jakobus, oder Jakob. Er und sein Bruder Johannes waren Fischer am See Genezareth und gehörten zu den Ersten, die Jesus folgten und die, weil es wohl richtige Hitzköpfe waren, Donnersöhne genannt wurden. Nach seinem Tod verkündete er als Wanderprediger oder Missionar, ganz wie Sie wollen, die neue Lehre. Der Aufwiegler zog sich den Zorn von Herodes Agrippa zu, der ihn kurzerhand mit dem Schwert enthaupten ließ, was damals eine ziemlich gnädige Todesart war. So weit die Tatsachen.«

»Ah, hier kommt das Essen«, meinte Alex erfreut. Den Männern wurde Zwiebelrostbraten, mir der Fisch serviert. »Ist ja allerhand, dass Jakob als Wanderprediger bis nach Spanien kam«, stellte Alex fest und fügte hinzu: »Das Fleisch ist tatsächlich auf den Punkt gebraten. Die Spatzen handgeschabt, die Soße genau richtig. Das war eine gute Empfehlung, Herr Schätzle.«

Dem schmeckte es auch; das sah ich daran, dass er jeden Bissen mit Genuss kaute. »Dass Jakob als Wanderprediger bis nach Spanien gekommen sein soll, ist eine Legende. In einer Quelle aus dem siebten Jahrhundert wird nämlich nur festgestellt, er habe in Spanien und an westlichen Orten, wo immer die sich befunden haben mögen, gepredigt. Aber das brachte die Sache ins Laufen: Im späten achten Jahrhundert gilt Jakobus schon als Patron und Beschützer Spaniens. Hundert Jahre später wird die Legende mit der Behauptung, das Grab befinde sich in Spanien, ausgeschmückt. Was aber völlig unglaubwürdig ist, denn während all der Jahrhunderte zuvor war von einem Begräbnis des Apostels in Spanien nie die Rede.«

Der Kellner schenkte Wein nach. Ich zupfte eine Gräte aus der Forelle und schob sie an den Tellerrand.

»Es gibt noch eine Legende«, fuhr Jakob Schätzle fort. »Ihr zufolge sollen die Jünger Jakobs Leichnam in ein Schiffchen ohne jegliche Besatzung gelegt haben, das irgendwann mal am Ende der Welt in Galizien, dem Norden Spaniens also, anlandete. Ein Stück weiter im Landesinneren wurden die Gebeine begraben, dann vergessen, im neunten Jahrhundert erstaunlicherweise aber wiederentdeckt. Über die Stelle wurde dann zuerst eine Kapelle, dann eine Kirche und schließlich die Kathedrale errichtet; sie mauserte sich im Laufe der Zeit zum Pilgerort Santiago de Compostela.«

Vorsichtig hob ich das Bäckchen aus dem Forellenkopf. »Ein kluger Mensch sagte: Lass dorthin reisen, wer da will. Bleib du daheim.«

Jakob Schätzle hob den Kopf. »Wie bitte?«

»Wissen Sie das nicht? Der kluge Mann soll Luther gewesen sein und gesagt haben: Lass die Gebeine da liegen und geh bloß nicht dahin, denn man weiß nicht, ob Sankt Jakob oder ein toter Hund oder ein totes Pferd da liegt.« Ich lächelte zuerst meinen Mann, dann Herrn Schätzle an. »Deshalb sag ich ja auch immer, ich pilgere nicht; ich wandere. Was tun Sie, Herr Schätzle? Pilgern Sie? Oder wandern Sie bloß?«

»Was bedeutet pilgern?«, stellte er die Gegenfrage und beantwortete sie gleich selbst. »Beim Pilgern gehe ich auf ein frommes Ziel zu und hoffe auf dem Weg Antwort auf eine Frage, mein Leben betreffend, zu finden. Manche hoffen auch, eine spirituelle Erfahrung zu machen ...«

Alex hob eine Augenbraue. »Dass ihnen Jakob erscheint und sie tröstet: Komm schon! Was sind die paar Blasen an deinen Füßen im Vergleich dazu, dass man mich einen Kopf kürzer machte?«

»Alex!«, rief ich empört. »Von uns beiden bist du der Pilger – und ausgerechnet du spottest über Spiritualität?«

»Nun sei doch nicht so humorlos, Nina! Das war ein Späßle, mehr nicht.«

Jakob Schätzle hatte uns interessiert beobachtet. »Beim Wandern will ich mich an der frischen Luft sportlich betätigen. Ich kann ein Ziel haben, den Gipfel eines Berges beispielsweise. Das ist aber nicht zwingend; auf jeden Fall hat es keinen Bezug zu einem Heiligen. Aber in beiden Fällen bewege ich mich auf meinen Beinen vorwärts. Mit einem Auto wandert oder pilgert man nicht.«

»Wenn ich durch den Fränkischen Wald wandere, kann ich doch auch ohne Hilfe eines Heiligen Spiritualität finden«, wandte ich ein.

»Absolut«, stimmte Schätzle mir zu.

»Manchen gibt's der Herr im Schlaf«, spottete Alex wieder. »Oder sogar beim Autowaschen. Um meine Beine in frischer Luft zu bewegen, kann ich auch nur einen Spaziergang machen.«

»Der ist aber kürzer als eine Wanderung, die sogar eine gewisse Vorbereitung erfordert«, entgegnete Schätzle. »Und was eine Pilgerreise betrifft, sollte sie mindestens ein paar Tage dauern und mit Unbequemlichkeiten verbunden sein, die den Pilger aus dem Alltag katapultieren.«

Ich verzog das Gesicht und griff nach der Nachtischkarte.

»Zum Beispiel, dass er oder sie bei Regen und Kälte in einem Heustadel übernachten muss.« Ich schlug die Karte auf. »Will jemand was Süßes?«

Die Männer winkten ab.

Plötzlich hatte ich keine Lust mehr auf einen Nachtisch. »Also ich bleibe dabei: Ich wandere«, sagte ich entschieden.

»Solange du mir als Pilger Gesellschaft leistet, hab ich nichts dagegen«, erwiderte Alex und leerte sein Glas. »Komm jetzt, Nina. Morgen müssen wir ausgeschlafen sein!«

Verdammt! Warum pfiff mich mein Mann immer an seine Seite, als wäre ich sein Hundle? Und: Warum machte mir das plötzlich etwas aus?

14. Kapitel

Ich ärgerte mich, dass ich Alex' Absicht, das Pilgern auf die harte Tour durchzuführen, auf die leichte Schulter genommen hatte. Man soll sich nie in Abhängigkeiten begeben, sagte ich mir und ging am nächsten Morgen, als er sich noch rasierte, zur Rezeption. Dort fragte ich die junge Dame, die uns am Vortag vor der Hochzeitssuite so mitleidig angesehen hatte, nach Übernachtungsmöglichkeiten in Schrozberg. Und ob sie sich gleich erkundigen könne, wo ein nicht zu schlichtes Zimmer frei sei.

Sie nickte verständnisvoll. »Das mache ich gerne. Soll ich Sie gleich anmelden?«

Jetzt nickte ich. »Unbedingt. Notieren Sie bitte Namen und Adresse, ich hole den Zettel selbst ab.« Na ja, wenn uns was dazwischenkommt, kann ich das Zimmer immer noch stornieren, dachte ich und ging erleichtert in den Speiseraum.

Nach dem Frühstück kauften wir in einer Bäckerei vier Brezeln und zwei Flaschen Wasser, dann marschierten wir los. Ernstlich. Runter ins Taubertal, über die Brücke, rein in den Wald. Von Jakob Schätzle war nichts zu sehen, von der Sonne leider auch nicht. Der Himmel war bedeckt, wieder war es kalt, aber wenigstens regnete es nicht. Und das Wichtigste: Die Übernachtung war gesichert. Nicht in Schrozberg selbst, sondern in einem nahegelegenen Dorf und da im *Gasthof Engel.*

»Die Blick- und Gehrichtung ist in Richtung Westen, das ist neben der Süd- und Südwestorientierung das allgemein Typische der Jakobswege«, las Alex vor und auch, dass wir in kilometerweiter Entfernung noch immer die Kirchtürme von Rothenburg sehen würden. Das stimmte.

Der Weg war topfeben und ging im Wesentlichen immer geradeaus. Einmal kamen wir an Windrädern vorbei, zweimal sahen wir verlassene Gehöfte mit eingefallenen Dächern und zerbrochenen Fensterscheiben. Dann kamen wir in ein Dorf, über dem ein durchdringender Geruch hing. Wir hörten eine merkwürdige Art von Gackern und schauten in einen langgestreckten Stall, wo uns unzählige Puten mit kalten, uninteressierten Augen musterten – es war ein Mastbetrieb.

Nach einem Weiler namens Schöngras marschierten wir gegen Mittag durch ein kleines Wäldchen. An seinem Ende sahen wir schon von weitem neben dem Weg einen groben Tisch mit zwei Bänkchen, auf denen vier Frauen saßen. Die winkten uns zu und deuteten auf die freien Plätze neben ihnen.

»Zeit für ein Vesper«, sagte ich zu Alex.

Die Frauen waren so um die vierzig und ausgesprochen fröhlich. Als Alex die Tüte mit den Brezeln aus dem Rucksack zog, warf ihm die, die ihm gegenübersaß und ungewöhnlich schöne schwarze Locken hatte, einen Apfel zu, worauf die anderen in Gelächter ausbrachen.

»Willst einen neuen Adam?«, fragte eine zweite, die breitbeinig auf der Bank saß und die Haare straff nach hinten und zu einem Pferdeschwanz zusammengebunden hatte, wodurch sie sehr resolut aussah. Die wollte dann auch wissen, ob wir pilgern oder lediglich wandern würden.

»Beides«, antwortete Alex diplomatisch. »Und Sie?«

Wieder lachten sie vergnügt. »Keins von beidem.«

»Dann machen Sie einen Ausflug?« Ich schob Alex die Wasserflasche übern Tisch.

»Auch nicht!« Jetzt zog die Apfelfrau eine Flasche Wein und einen Korkenzieher aus dem Rucksack, öffnete sie mit geübten Griffen, setzte sie an die Lippen und gab sie dann an die Nächste weiter.

Alex schaute begehrlich auf die Flasche. »Morgen besorgen wir uns auch einen Wein«, sagte er und fügte so laut, dass die Frauen es garantiert hörten, hinzu: »Ob wir wohl einen Schluck abbekommen?«

»Typisch Mann«, sagte die Dritte. Sie saß neben mir und war eine Dünne mit spitzer Nase und mausbrauner Krause. »Hat was Gutes, ist nicht zufrieden damit und will immer was anderes.«

»Genau. Dem geht's auch um Abwechslung. Eben typisch.«

Die vierte auf der Bank, die eine Trainingshose mit seitlichen Streifen trug und ziemlich korpulent war, öffnete eine hellgrüne Tupperschüssel. »Ob er auch was von unserem Wurstsalat will?« Sie reichte ihren Freundinnen Gabeln aus Plastik. »Haut rein!«

Die Frauen weckten meine Neugier; sie wanderten nicht, pilgerten nicht, sie machten keinen Ausflug, kannten sich offensichtlich gut, lachten viel – aber irgendwas stimmte nicht. Die Fröhlichkeit wirkte aufgesetzt. Und – sie redeten sehr gemäßigtes Hohenloherisch.

»Lene, du weckst seinen Appetit!«, rief die Dünne. »Pass auf, dass er nicht zugreift!«

»Ob dann seine Frau auch abhaut?«

»Willst's darauf ankommen lassen, Helga?«

Helga, es war die mit dem Pferdeschwanz, zeigte mit dem Finger auf mich. »Sind Sie verheiratet?«

Ich nickte.

»Mit dem Mann, der neben Ihnen sitzt?«

Ich nickte wieder. Wurde zunehmend neugieriger. »Warum fragen Sie das?«

»Sie könnten ja auch seine Geliebte sein, oder?«

»Komm schon, Helga!« Die mit den schönen schwarzen Locken stieß sie in die Seite. »Mit einer Geliebten spaziert man doch nicht über die Hohenloher Ebene. Mit der geht man ins Bett!«

»Sonja, es war kein normales Bett – es war ein Lotterbett!«, rief Lene.

Die Flasche und die Tupperdose mit dem Wurstsalat wanderten zwischen den Frauen hin und her. Ich biss in meine butterlose Brezel. Inzwischen fand ich das Geplänkel mit den zweideutigen Anspielungen ziemlich albern, nervig und überdreht. Ungewöhnlich und fast schon hysterisch. Abgesehen davon machten die Frauen aber einen völlig normalen, bodenständigen und sympathischen Eindruck; sie erinnerten mich an die Landfrauen von der Alb, wenn sie einen Ausflug in die Wilhelma machten. Was war los mit den vieren?

Ich packte den Stier bei den Hörnern. »Sie kennen sich mit Lotterbetten aus? Machen Sie einen kleinen Ausflug? Raus aus dem Puff und rein ins Grüne?«

Die vier rissen die Augen auf. »Wir?«, rief Helga empört. »Wir doch nicht!«

Ich musste fast lachen – keinen Augenblick hatte ich angenommen, dass sie die Zutaten zu ihrem Wurstsalat in einem anrüchigen Etablissement verdienten. Aber Helga hatte WIR DOCH NICHT gesagt. Wenn nicht sie, wer dann, fragte ich mich – und da dämmerte es mir. »Ihre Männer etwa?«

»Nina, das geht dich nichts an!«, rügte mich mein Mann.

Sonja, die hübsche Schwarzhaarige, schüttelte die Flasche. »Nichts mehr drin. Schade.«

Die dicke Trainingshosenfrau, Lene, zog die nächste aus dem Rucksack.

»Mensch, wenn ich das gewusst hätte, hätte ich mich nicht so zurückgehalten«, beschwerte sich Sonja. »Hast vielleicht noch eine dritte?«

Lene nickte. »Aber dann ist Schluss.«

Tief hing der graue Himmel über der Hohenloher Ebene, auf der sich links und rechts Felder mit den kleinen grünen Hälmchen der Wintersaat bis zum nächsten Waldstück erstreckten. Kein Vogel schwebte über uns, kein Haus, kein Gehöft, kein Mensch waren zu sehen, kein Traktor tuckerte über ein Feld. Einsam war es, friedlich und voll tiefer Ruhe.

Alex und ich bekamen die zweite Flasche geschenkt. Helga, die Energische, öffnete gerade die dritte. »Wir sind abgehauen.«

»Halt die Gosch!«, rief Karin, die Dünne.

»Warum? Die beiden kennen uns doch nicht!«, verteidigte sich Helga. »Uns ist nämlich was passiert …«

Jetzt lachten die vier wieder. Nicht fröhlich oder hysterisch, sondern eindeutig verlegen.

Dann kam's: »Mein Mann ist der Bürgermeister in … da, wo wir wohnen. Neulich musste er zu … na ja, zu einer Schulung – wo, ist ja egal. Und die Männer von denen«, sie deutete auf die drei, »haben ihn begleitet. Als sie wieder daheim waren, hat er in der Gemeinderatssitzung von der Schulung berichtet. Hat seinen PC dabei gehabt, Powerpoint, Sie wissen schon.«

Sonja nahm ihr die Flasche aus der Hand. »Aus Versehen hat er auf eine falsche Taste gedrückt. Und was sahen die Herren Gemeinderäte?« Sie konnte die Wut in ihrer Stimme nicht unterdrücken. »Unsere Männer haben sich nachts nicht einfach ins Hotelbett gelegt. Sie mussten die Sau rauslassen, die Deppen!«

»Und haben sogar Fotos gemacht. Drei Stück: eins vom Haus, eins von einem Zimmer, eins von ihren Maadlich! Herrschaftssechser – die mussten sogar noch angeben mit ihrer Heldentat, die Grasdackel!«

»Halbdackel«, verbesserte Lene.

Alex und ich sahen uns an: Nicht Dackel, sondern Halbdackel ist wirklich eines der schlimmsten schwäbischen Schimpfwörter.

»Sie haben die Sau rausgelassen?«, wiederholte ich. »Wo denn? Wie denn?«

»Nina!«, rief mein Alex. »Frag nicht so blöd!«

»Wenn sie's doch nicht weiß«, meinte die dicke Lene gutmütig. »Sie sind zu den Nutten gegangen. Alle viere. Der ganze Ort weiß das jetzt und lacht über uns: Die Armen kommen zu Hause nicht auf ihre Kosten. Ja, das soche die Leut halt sou.«

»Sie sind also wegen der Leute weggegangen?«, hakte ich nach.

»Nicht nur.« Karin schnaubte. »Wie wir das von dem Powerpoint-Unfall erfahren haben, haben wir uns gesagt: Wir streiken. Unsere Alten lassen wir nicht mehr an uns ran.«

»Ja«, ergänzte Lene, »wir haben in der Zeitung gelesen, dass das spanische Frauen mal gemacht haben sollen. Mit Erfolg sogar.«

»Aber«, schaltete sich Sonja ein, »das ist gar nicht so einfach.«

Ich glaubte ihr aufs Wort.

»Weil«, fuhr sie fort, »das halt eine eingespielte Sache ist.«

»Genau«, sagte Helga. »Aber Strafe muss sein. Wir haben uns zusammengetan und die nächste Gemeinderatssitzung abgewartet. Die war vor drei Tagen.«

Alex konnte das Lachen kaum unterdrücken. »Und haben was getan?«

»Was wohl?«, fuhr Karin ihn an. »Das sehen Sie doch!«

»Sie haben den Rucksack gepackt und sind abgehauen?«, fragte ich. »Sie haben doch sicher Kinder. Was ist mit ihnen? Wissen die, was passiert ist?«

»Das hat man doch überall rumgetratscht! Auf dem Schulhof hat man's ihnen gesteckt!« Karin schnappte nach Luft, so erbost war sie noch immer. »Um die Kinder kümmern sich die Großeltern und die Nachbarn; für die ist gesorgt. Aber unsere Männer stehen jetzt blöd da. Geschieht ihnen recht.«

Alex lachte schallend. »Wie lange wollen Sie auf die Walz gehen? Bis Ihr Geld alle ist?«

»Oh, das!« Sonja machte eine großzügige Handbewegung. »Mit Geld haben wir uns zuerst versorgt.«

»Wie geht es also weiter?«

Die vier lachten. »Es ist doch so: Je länger wir verschwunden sind, desto mehr spottet man über unsere Männer. Also werden sie schon was unternehmen, um uns zu finden.« Sonja klopfte auf den Rucksack. »Wir sind ja nicht blöd; damit man uns nicht orten kann, haben wir sogar unsere Handys zu Hause gelassen. Allerdings ...«, die Frauen lächelten stolz, »kann man sich ja ein neues kaufen und eine geheime Nummer geben lassen. Auf eine Ausgabe mehr oder weniger kommt's in einem solchen Fall dann auch nicht mehr an.«

Mein lieber Herr Gesangsverein! Das waren tüchtige Frauen. Die ließen sich das Fell nicht so einfach mir nichts, dir nichts über die Ohren ziehen. Die planten und handelten solidarisch. Was, wie man weiß, eine Seltenheit ist. Trotzdem …

»Sie sind aber doch aus der Gegend. Sie müssen sich mit Vorräten versorgen, Sie müssen übernachten. Fürchten Sie nicht, dass Sie gesucht werden oder ein Wirt Sie verraten könnte?«

»Wir sind ja nicht blöd«, wiederholte Sonja. »Natürlich sind wir aus der Gegend. Das ist ja das Gute, wir kennen uns aus, kennen jeden Heustadel«, bei dem Wort verzog ich das Gesicht, »kennen jedes leerstehende Gehöft, jedes Gartenhäuschen. Wir haben an strategisch gelegenen Unterkünften frische Wäsche deponiert. Und alles andere auch, was man als Frau eben so braucht. Wir wissen, wo wir abends schlafen werden, aber es dauert eine Weile, bis unsere Männer alle Möglichkeiten abgeklappert haben!«

Lene lehnte sich gemütlich zurück und streichelte ihren Bauch. »Wir sorgen für uns. Wenn wir vier was planen, machen wir keine Fehler. Ganz im Gegensatz zu unseren Halbdackeln.«

Wurde Alex da nicht ein bisschen rot? Genüsslich lehnte ich mich zurück. »Ja«, bestätigte ich. »Frauen sind anders. Wenn's bei ihnen ums Ganze geht, verteidigen sie ihr Revier mit Zähnen und Klauen.«

»Ach«, unterbrach mich Sonja. »Sie haben auch schon Ihre Erfahrungen gemacht? Mit dem da?« Mit einer Kopfbewegung deutete sie auf meinen Mann. »Sind Sie deshalb auf dem Jakobsweg? Um Ihre Ehe zu kitten?«

»Wir wandern in den Frühling hinein«, verkündete Alex, kreuzte dabei die Arme vor der Brust und schaute mich warnend an: Fremden bindet man nichts Privates auf die Nase!

Ich schluckte. »Mein Mann ist im Ruhestand.«

»Was?«, rief Karin. »So jung, wie er noch ist? Das glaube ich jetzt nicht; kein Wunder, den sticht noch der Hafer.«

Mir blieb die Spucke weg. Stand das Haferstechen meinem Mann auf der Stirn geschrieben? Oder war das nur eine Lebenserfahrung, von der ich mal geglaubt hatte, sie würde mich nicht betreffen?

Die vier lächelten vielsagend. »Geht uns nichts an«, stellte Lene, die Dicke, Gemütliche, fest und legte meinem Alex eine Patschhand auf den Arm. »Aber eins geb ich Ihnen mit auf den Weg: Nach spätestens einem Jahr ist die aufregende Neue auch 'ne Alte. Hat mein Schwiegervater immer gesagt …«

»Der's wissen musste – bei seinen Erfahrungen!«, setzte Sonja hinzu, griff in ihre Anoraktasche und hielt ein Handy ans Ohr. »Was gibt's?«

Die drei beobachteten sie gespannt. »Könnt nicht besser laufen«, erklärte Sonja dann genüsslich und schaltete das Handy aus. »Unsere Männer suchen uns in der Crailsheimer Gegend.«

Die drei klatschten.

»Sie haben also doch Kontakt mit jemandem aus Ihrem Ort?«, wollte Alex wissen.

»Die Person ist absolut vertrauenswürdig, und wie gesagt, das Handy ist neu und hat eine Nummer, die niemand außer dieser einen Person kennt. Da passen wir auf, weil …«, Karin wies mit einer Kopfbewegung auf Lene, »… ihr Mann Polizist ist.«

Ich hatte die Brezeln gegessen, und der Wein hatte mich angenehm entspannt. Bis zum Abend hätte ich auf dem Bänkchen sitzen bleiben und mit den Frauen ratschen können. Leider stand Alex jetzt auf. »Nina, der Weg ruft.«

Ich steckte die Wasserflasche in den Rucksack. »Ich würde gerne wissen, wie Ihr Abenteuer ausgeht.«

»Könnt ja sein, wir treffen uns wieder«, meinte Lene, die Gemütliche.

»Das ist unwahrscheinlich.« Wir bedankten uns für den Wein, verabschiedeten uns und gingen auf den Weg zurück. »Sag niemals nie!«, rief uns Sonja hinterher.

Kaum waren wir außer Hörweite, knurrte Alex: »Was für verrückte Hühner. Wegen eines einzigen Besuchs in einem ländlichen Puff veranstalten die einen solchen Wirbel. Ist es das wert?«

Sofort kochte die Wut in mir hoch. Ich öffnete den Mund – und machte ihn wieder zu. Schnaufte durch. Wurde wieder ruhig. »Der Besuch ist nichts. Die Folgen sind's, die die Frauen in Rage bringen.«

»Die wären?«

»Alex! Die Frage ist jetzt nicht dein Ernst!«

»Mir ist es ernst, Nina. Überleg mal: Ein halbes Stündchen mit einer Nutte ist doch keine ehegefährdende Beziehung mit einer interessanten Frau!«

Ich wich einer Pfütze aus. Der Weg war matschig, und jetzt nieselte es auch wieder. Ein Bussard kreiste über dem Feld. »Das stimmt vermutlich. Aber wie ich sagte: Es geht um die Folgen. Stell dir doch vor, wie es wäre, wenn du jedes Mal, wenn ich in die Wilhelma fahre, befürchten müsstest, ich würde mal kurz einen Boxenstopp einlegen. Du würdest dich fragen: Geht sie wirklich zur Arbeit? Oder belügt sie mich wieder?« Ich blieb stehen. »Kein Mensch will belogen werden, Alex.«

»Klar, aber ...«

»Man muss immer die Zukunft im Blick haben: Ist mir das gegenseitige Vertrauen wichtiger als ein kurzes Vergnügen?«

»Als ob man in seinem Leben immer rational denken würde.« Alex sagte das sehr leise.

»Das sollte man wohl, wenn man nicht das Glück seiner Familie gefährden will«, entgegnete ich – und glaubte es felsenfest in diesem Augenblick.

»Natürlich.« Alex ging eine ganze Weile schweigend neben mir her. Dann sagte er so leise wie zuvor: »Das Dumme ist nur, dass das Leben passiert, während man damit beschäftigt ist, Pläne zu schmieden.«

»Wie bitte?«

»Klingt gut, was? Ist aber nicht auf meinem Mist gewachsen«, erklärte Alex mit schiefem Lächeln. »Lennon, du weißt schon. John Lennon soll das so gesagt haben. Nina, der Mann wusste, wovon er sprach: Ob du's wahrhaben willst oder nicht – das Leben passiert. Auch ohne dein Dazutun.«

Oje … Im Rhythmus meiner Schritte hämmerte es in meinem Kopf: Leben passiert … Leben passiert … Du planst das eine, doch das andere tritt ein. Weil Leben eben passiert. Aber bedeutete das, dass ich die Hände in den Schoß legen durfte? Ich schielte zu Alex hinüber und sagte grimmig: »Nur über meine Leiche!«

So herzhaft hatte Alex schon lange nicht mehr gelacht. Als er sich wieder beruhigt hatte, zwang er mich zum Stehenbleiben und tippte mir auf die Nasenspitze. »Hochmut, liebe Nina, kommt vor dem Fall.«

»Du mit deinen klugen Sprüchen!«

»Ich hab noch einen.«

»Der wie lautet?«

»Der Mensch denkt, Gott lenkt. Du kannst dein Leben bis in alle nur denkbaren Einzelheiten planen. Aber plötzlich – patsch! – tut's einen Schlag, du stehst da und weißt nicht mehr, wo vorn und hinten ist. Deshalb sage ich ja: Hochmut kommt …«

»Hab's schon gehört. Musst es nicht nochmal wiederholen, Alex.«

An einer Kreuzung folgten wir der gelben Muschel nach links in den Wald hinein. Der Weg lag schnurgerade vor uns; das leichte Nieseln war nicht unangenehm, die Vögel zwitscherten, und plötzlich hoppelte ein Häschen vor uns über den Weg.

Ich blieb stehen. »Du bist doch ein scheinheiliger Schwätzer. Du weißt, dass Hochmut vorm Fall kommt? Und bist trotzdem so hochmütig wie nur was? Nimmst es sogar mit dem Regen auf, obwohl jeder Mensch weiß, dass das, was vom Himmel fällt, Wasser ist. Welches gar nicht anders kann, als dich nass zu machen.«

»Dass ich die Überhose nicht rechtzeitig angezogen habe, war blöd von mir. Geb ich ja zu«, sagte er hitzig. »Aber dabei handelte es sich vielleicht um Faulheit, Trägheit oder Trotz, weil du sie schon bei den ersten Tropfen aus dem Rucksack gezogen hast. Aber bitteschön! Hochmut war das nicht!«

»In meinen Augen schon.«

»Nein.«

»Doch.«

»Dann erklär mir das, Nina.«

»Ein hochmütiger Mensch glaubt, er habe alles im Griff und könne daher aufs vorausschauende Denken verzichten. Versteh mich richtig, Alex. Gegen einen Tsunami bist du machtlos. Aber wenn du bei einer Skitour trotz Lawinenwarnung ins Gelände gehst und erwartungsgemäß unterm Schnee begraben wirst, bist du ein Opfer deines hochmütigen Denkens: Mir passiert schon nichts. Mensch, Alex! In der Sache mit Marie hast du einfach nur an dein Vergnügen gedacht. Genau das nehme ich dir übel.« So. Das musste gesagt sein; endlich war's aus mir raus. Ich schnaufte und stapfte wütend weiter.

Alex blieb zurück; dann eilte er mir nach. »Du bist doch die größte, fieseste und selbstgefälligste Spießerin, die man sich vorstellen kann. Und ausgerechnet mit einer solchen bin ich verheiratet – ist das zu fassen?«

»Ich soll eine Spießerin sein?« Mir wurde ganz kalt. Sprach mein Mann nicht genau das aus, was mir früher am Tag durch den Kopf gegangen war?

»O ja. Das bist du«, bestätigte er wütend. »Nur ja auf der Stelle treten! Nur ja kein Fenster öffnen und frischen Wind in die Stube lassen – man könnte ja einen Schnupfen kriegen. Nina! Ich sag dir noch was: Wer niemals den Mut aufbringt, sich auf den Rücken eines Pferdes zu schwingen, kann sich nicht vergaloppieren. Das ist richtig. Richtig ist aber auch, dass er immer nur die miefige Luft des Stalls atmet.«

»Stimmt nicht. Wer nicht reitet, kann gehen.«

»Und kommt längst nicht so weit wie mit dem Pferd.«

Mein lieber Freund und Kupferstecher! Noch nie, niemals während unserer langjährigen Ehe hatten wir uns so gefetzt. Und das, wo wir gestern die Hochzeitssuite gebucht hatten! »Wolltest du deshalb pilgern, damit du mir endlich mal alles unter die Nase reiben kannst, was dir an mir nicht passt? Das hättest du einfacher haben können; ein kleiner Spaziergang hätte es auch getan, Alex.«

Er schwieg.

15. Kapitel

Mir schien, als würde uns der Weg direkt ins Nirgendwo führen. Man muss sich das mal vorstellen: gemischter Wald auf der linken Seite, gemischter Wald auf der rechten Seite. Ab und zu unterbrochen durch kleine Aufforstungen, wo die Stämmchen noch dünn und zart waren und schüttere Kronen trugen. An Frühlingsblühern mal da und dort eine Schlüsselblume; die Anemonen waren des Regens wegen geschlossen und zählten nicht. Unter den Füßen ein schnurgerader Weg. Über den Köpfen und zwischen den Wipfeln ein schnurgerader Spalt grauen Himmels. Neben mir der Mann, in dessen Augen ich die größte Spießerin aller Zeiten war. In mir Wut, Verzweiflung. Und das Gefühl völliger Hilflosigkeit.

Also, wenn das eine Folge des Pilgerns war, musste ich dem Unsinn ein Ende setzen. Im nächsten Dorf ein Taxi rufen. Reinsitzen und nach Hause fahren. Ein heißes Bad nehmen, ein kleines Schnäpsle kippen. Mich von Ida und Mitzi trösten lassen. Zwei oder drei geröstete Maultaschen mit schlonzigem Kartoffelsalat futtern und dann ab ins Bett. Nichts mehr denken. Schlafen. Den Schlamassel ausblenden. Totales Vergessen anstreben. So.

Während ich das dachte, war ich, nur auf meine Schuhspitzen starrend, immer schneller gegangen. Blieb an einer Gabelung des Wegs stehen. Blickte mich nach der gelben Muschel um. Sah einen Mann, der am Stamm einer Tanne lehnte und ein Brot aß. »Jakob Schätzle! Wo kommen Sie denn her?«, platzte ich heraus.

Er stieß sich ab. »Allein unterwegs?«

»Nein. Mein Mann kommt irgendwo dahinten.«

»Ach je. Haben Sie Streit?«

Ich hob die Schultern. »Vielleicht.«

Er kratzte sich am Kinn. »Das gibt sich wieder.«

»Vielleicht«, wiederholte ich.

Er zeigte auf die Muschel. Wir bogen nach rechts ab. »Ich hab einen Schlenker nach Leuzendorf gemacht«, informierte er mich.

»Leuzendorf? Wo liegt das?«

»Zwischen Rothenburg und Schrozberg, etwas abseits vom Jakobsweg.«

»Haben Sie da eine schöne Kirche oder ein Schloss besichtigt?«

Er schüttelte den Kopf, zog ein Heft aus dem Anorak und schlug es auf. »Weder noch. Leuzendorf hat im Dreißigjährigen Krieg schwer gelitten. Die Äcker konnten nicht bestellt werden, die Soldaten plünderten die letzten Vorräte. Die Menschen wurden krank und hatten *Viel unmenschlich sach essen müssen, weil ihnen des brodt von den soldaten genommen, da man nicht ein sicher eckelein auf dem landt gehabt, sondern alle hülflos ohne labung gelassen worden*«, las er dann noch vor.

»Ach je! Was für ein Jammer. Da kam ja alles zusammen: Krieg, geschwinde Krankheiten ...«

»Die eine Folge davon waren. Das Saatgut fehlte, die Bauern konnten die Felder nicht bestellen, die sowieso verwüstet waren. Da kam dann eins zum anderen. Aber so ist's ja immer.«

»Ja.« Eins kam zum anderen, dachte ich grimmig. Zuerst Alex' Motorradunfall, dann die Frühpensionierung, dann die Langeweile, dann das Luder ... und als Folge von allem das bescheuerte Pilgern.

Jakob Schätzle riss mich aus meinen Gedanken. »In einer anderen Chronik ist zu lesen, dass die geschundenen Bauern mancherorts zur Selbsthilfe griffen. In Wallhausen zum Beispiel passten sie marodierende Soldaten ab, erschlugen sie und warfen die Leichen in eine Wolfsgrube. Um die vierzig Spanier und Italiener sollen es gewesen sein.«

»Wenn der Mensch in die Enge getrieben wird, verteidigt er sein *sicher eckelein* eben mit Zähnen und Klauen.«

»So er dazu noch in der Lage ist«, ergänzte Schätzle grimmig. »Im Gerabronner Kirchenbuch wird aus jener Zeit berichtet, dass ein fünfzehnjähriger Junge gehenkt wurde, weil er aus Hunger etwas zu essen gestohlen hatte. Er verteidigte sich folgendermaßen ...« Schätzle blätterte eine Seite zurück. *»Nun muss ich schon sterben und bin noch so jung und bin mein Lebtag noch nicht satt gewesen.«*

»Was für ein schreckliches Schicksal.«

Schätzle nickte. »Dem man einfach ausgeliefert war. Heute spricht man ständig von vorausschauendem Denken und Handeln. Wie unbesonnen das ist; wohin hätte der Junge zum Beispiel denn gehen können? Er wäre nicht weit gekommen. Überall trieben sich die Soldaten herum. Die Pest wütete. Die noch Lebenden waren gezwungen, *viel unmenschlich sach* zu essen ... Geht es Ihnen nicht gut, Nina?«

»Natürlich geht es mir gut«, sagte ich matt und rieb mir die Augen. »Ich musste nur gerade an etwas denken.« Handelte es sich bei meinem gelobten vorausschauenden Denken und Handeln etwa doch um Hochmut meinerseits?

»Sollen wir auf Ihren Mann warten?«, wollte er wissen.

»Er wird schon sehen, an welchem Baum die Muschel klebt«, sagte ich leise. »Hier geht's lang!«

16. Kapitel

Es war noch am späten Sonntagnachmittag, als Penny den Rucksack und die Straßenkarte auf den Beifahrersitz warf, den Zündschlüssel ins Schloss warf und den alten Kombi startete. Der Motor gurgelte, ratterte und knatterte, dann erst erwachte er zum Leben. Sie schaltete das Radio ein. Es rauschte. Passend zum antiken Auto dudelte ein Schlager aus den goldenen Jahren des letzten Jahrhunderts. *Wenn bei Capri die Sonne im Meer versinkt* ... Penny verzog angewidert das Gesicht. »Muss man sich ja nicht antun.«

Sie legte den Rückwärtsgang ein, wendete und lenkte den Kombi vorsichtig aus der Einfahrt und aufs Sträßchen hinaus. Dort testete sie die Bremsen. Aha, die schienen in Ordnung zu sein.

Langsam, weil sie das Auto erst kennenlernen wollte, fuhr sie nach Talheim. Kein Mensch war dort auf der Straße, also ging es hoch nach Vellberg, wo sie auf einem Hügel eine leuchtend weiße Burg mit einem ungewöhnlich gestaffelten Turm sah. Sie lenkte den Kombi durchs Tor in der Stadtmauer, staunte über einen kleinen Marktplatz, der von Fachwerkhäusern umstanden war, erspähte einen Parkplatz und stellte den Wagen erleichtert ab – sie war einfach ein Glückspilz!

Die Zimmer im Gasthaus aus dem sechzehnten Jahrhundert waren wegen einer Hochzeit ausgebucht; im Schloss hätten sie unterkommen können, aber weil Schorsch es ja schlicht und einfach wünschte, fragte sie an der Rezeption nach einer Pension.

»Gibt's hier nicht!«

Sie verschob die Besichtigung des kleinen malerischen Städtchens auf später, klapperte die Dörfer in der Umgebung ab und wurde immer mutloser. In Schwäbisch Hall würde es schon

Zimmer geben, wurde ihr gesagt, aber die Stadt schien ihr doch etwas zu weit von Dorneck entfernt.

Sie holte den letzten Schokoriegel aus dem Rucksack, kaute und studierte die Straßenkarte.

Es war kurz vor fünf Uhr, sie musste sich beeilen.

Kurz entschlossen steuerte sie den Kombi, ohne zu wissen warum, nicht nach Oberfischach, sondern in entgegengesetzter Richtung nach Frankenhardt und Hellmannshofen. Und da, kurz vor Markertshofen, sah sie einen Wegweiser.

Haghof – Ferien auf dem Reiterhof

»Wusst ich's doch!«, murmelte sie, bedankte sich bei ihrem Instinkt und fuhr dem Schild nach. Das schmale Sträßchen führte sie durch dichten Wald, aber nach einer kleinen Erhebung, auf der sich ein Wanderparkplatz befand, lag eine ausgedehnte freie Fläche vor ihr. Da sah sie das Gehöft samt Pferdekoppel, Obstbaumwiesen und Feldern. Sie fuhr noch einmal gute hundert Meter, dann hielt sie an, weil sie meinte, schon mal hier gewesen zu sein. Aber das war ganz ausgeschlossen. War einfach unmöglich. Wie auch – eine so gottverlassene Gegend hätte nicht mal ihren Vater gereizt, der zwar ständig von Hohenlohe schwärmte, aber aus Hall stammte.

Doch wie von Schorsch gewünscht sah das Ganze schlicht und einfach aus. Nicht kleinkariert, und auf keinen Fall heruntergekommen: Links befand sich ein Pferdestall mit Halbtüren. An einer davon zeigte sich ein Pferdekopf. Rechts sah sie die langgestreckte Scheune mit einem parkenden Traktor davor. In der Mitte, zwischen Scheune und Stall, lag ein Gebäude, klein wie ein Hexenhäusle mit einem Kamin. Ob das ein Backhäusle war? Hatte ein großer Hof tatsächlich ein eigenes Backhaus, fragte sich Penny und ließ den Blick weiterwandern zum Hauptgebäude: Vor jedem Fenster hingen Blumenkästen. Ohne Geranien, aber mit Tannenzweigen und Stiefmütterchen in Gelb und Blau – klar, es war ja erst April. Links neben der Eingangstür eine Bank sowie ein Tisch plus etliche angelehnte Klappstühle. Rechts eine Hundehütte ohne Hund, aber mit einem Napf davor und einer schlafenden Katze. Und einem roten Laufrädchen.

Penny stieg aus, schmetterte die Tür jedoch nicht zu, weil sie einen pflichtbesessenen Wachhund vermutete und sich rechtzeitig in Sicherheit bringen wollte.

Langsam ging sie aufs Haus zu.

»Kann ich Ihnen helfen? Haben Sie sich verirrt?«

Penny drehte sich um und musterte die rundliche Frau, die sie auf gute dreißig schätzte.

»Verirrt habe ich mich nicht. Ich bin auf der Suche nach zwei Gästezimmern.«

»So früh im Jahr wollen Sie Ferien machen?«, erkundigte sich die Frau, zog die perfekt sitzenden Jeans hoch und einen grünen Pulli mit Lederflicken an den Ärmeln runter. Shetlandwolle, gute Qualität, klassischer Stil, stellte Penny fest. Vermutlich englisches Produkt ...

»Ferien machen wir gerade nicht. Wir arbeiten in der Nähe, daher ...«

»Wir?«, unterbrach sie die Frau. »Ich sehe nur eine Person.«

Penny verwünschte den Nieselregen. Wäre es sonnig gewesen, hätte sie sich mit der Frau auf die Bank gesetzt. »Es ist ein bisschen kompliziert ...«

»Oje. Dann kommen Sie am besten in meine Küche.« Die Frau streckte die Hand aus. »Margarete Lampert.«

»Penelope Mögle. Penny«, setzte sie hinzu, als sie sah, wie Margarete Lampert die Augenbrauen hob.

Die ging voran. Einen niedrigen kalten Flur entlang, in dem es säuerlich nach Most und altem Gemäuer roch. Frau Lampert stieß die Tür zur Küche auf und deutete auf die Eckbank samt quadratischem Tisch, über dem eine Lampe aus grünem Glas mit einer Borte, an der Schnüre aus winzigen weißen Glasperlen hingen. Penny lächelte, ohne es zu wollen. »Das sieht aber super aus!«

»Danke«, sagte Frau Lampert sachlich. »Hätten Sie Lust auf ein Glas Most?«

Ohne die Antwort abzuwarten stellte sie zwei blaugraue Becher aus Steingut auf den Tisch und holte einen Krug aus dem Kühlschrank. Sie setzte sich, schenkte ein und lehnte sich zurück. »Also?«

Penny kam sofort zur Sache. »Kennen Sie Burg Dorneck?«

»Vom Sehen«, antwortete Frau Lampert trocken.

»Sie ist jetzt in Privatbesitz. Der neue Eigentümer lässt die Burg wieder herrichten, weil er selbst darin wohnen möchte. Bei den Renovierungsarbeiten wurden im Wohngeschoss Wandmalereien freigelegt …« Sie zögerte, weil sie nicht wusste, ob Frau Lampert damit etwas anfangen konnte.

»Wandmalereien«, wiederholte diese. »Gut. Und weiter?«

»Der Besitzer hat meinen Chef kontaktiert – Schorsch Epple. Er ist Restaurator.«

»Der Name sagt mir etwas. Sie arbeiten also bei Epple?«

»Ich mache bei ihm ein Praktikum. Jedenfalls – wir beide werden in den kommenden zwei oder drei Monaten auf Dorneck zu tun haben. Auf der Suche nach einer Unterkunft bin ich hier gelandet.«

»Hat uns jemand empfohlen?«

»Nein. Ich hab's in den Dörfern rund um Vellberg versucht. Ohne Erfolg. Dann bin ich aufs Geratewohl weitergefahren, habe zufällig den Wegweiser an der Straße im Wald gesehen und sitze nun hier in Ihrer Küche. Haben Sie zwei Zimmer für uns? Herr Epple liebt es schlicht.«

»Aha. Sie nicht?« Beide Frauen lachten.

»Ehrlich gesagt wäre mir Hall lieber. Da könnte ich abends ab und zu in eine Kneipe oder ins Kino gehen.«

»Trotzdem würden Sie es zur Not auch bei uns aushalten? Obwohl hier garantiert kein Bär brummt, sondern höchstens mal ein Pferd wiehert?«

»Für den Job bringe ich das Opfer. Und drei Monate sind absehbar.« Penny leerte den Becher. »Uiii, der Most hat's aber in sich«, stellte sie fest und schüttelte den Kopf, weil Frau Lampert nachschenken wollte. »Danke. Ich trinke nichts mehr; ich muss fahren. Wie viel Prozent hat er denn?«

Auf dem Flur bellte ein Hund. »Mehr als genug«, erklärte Frau Lampert und stand auf. »Moment mal, ich muss mich um unseren Hektor kümmern.«

Penny schaute sich in der Küche um: Keine Einbaumöbel aus einem Katalog, eher selbst entworfen und von einem Schreiner nach Maß angefertigt, stellte sie fest. Das Holz? Nicht Kiefer, nicht Fichte – was dann? Das würde sie Schorsch fragen, der würde es ihr sagen können. Jedenfalls war das weder eine edle Landhausküche nach französischer Art noch ein blödsinnig altertümelnder Kitsch mit Butzenscheiben. Und schon gar kein Hightech-Labor.

An den Wänden hingen gelbstichige Fotografien in schlichten schwarzen Rahmen. Keine Vorhänge an den Fenstern – wozu auch, wenn höchstens mal ein Vogel durch die Scheiben blicken würde. Der Fußboden war uneben – Penny lugte unter den Tisch und sah, dass der an zwei Stellen unterlegt war. Die Bank übrigens auch. Waren das tatsächlich alte Fliesen? Original aus … aus welchem Jahrhundert? Auch das würde Schorsch wissen.

Unterm Fenster eine Playmobil-Burg. Legosteine und Malstifte. Penny fiel das Laufrädchen im Hof ein – es gab also auch Kinder, und vermutlich einen Mann. Gab es heutzutage noch Knechte und Mägde? Wenn ja – wie lautete die korrekte Anrede?

Jetzt goss sie sich doch noch etwas Most in den Becher: Die Küche war zum Verlieben. War so, wie sie sich eine für sich selbst erträumte. Schlicht, aber nicht steril. Gemütlich, aber nicht heimelig-bieder. Wenn die Zimmer auch so waren, hatte sie einen Treffer gelandet.

Als sie den Becher an die Lippen setzte, tappte ein Schäferhund steifbeinig in die Küche und steuerte auf sie zu.

Das Tier war alt. Es roch. Sein Fell war nicht mehr das schönste. Mit trüben Augen schaute der Hund zu ihr auf, stupste sie mit der Nase ans Knie, wedelte schwach mit dem Schwanz, stakste zum Herd und legte sich langsam auf eine zusammengefaltete dunkle Decke, wobei er leise jaulte.

»Das ist unser Hektor. Wir hängen sehr an ihm«, erklärte Margarete Lampert und kniete sich neben den Hund. »Ich hoffe, Sie stören sich nicht an seinem Geruch, aber wir bringen's einfach nicht übers Herz ...« Sie ließ den Satz in der Luft hängen. Hektor schloss die Augen und legte den Kopf auf die Pfoten.

»Kommen Sie! Sie wollen doch sicher die Zimmer sehen!« So elastisch, als würde sie täglich in einem Fitnessstudio trainieren, stand sie auf. »Ich gehe voraus.«

Im Flur wies sie nach rechts. »Durch die Tür am Ende geht's zum Gemüsegarten. Die Erbsen keimen schon, und der Ackersalat schmeckt noch fabelhaft. Verstehen Sie etwas vom Gärtnern?«

»Null. Niente«, sagte Penny sofort.

»Klar. Dazu sind Sie zu jung. Sie wohnen in der Stadt?«

»Wenn Sie damit Stuttgart meinen – ja. Aber mein Vater kommt von hier. Er ist in Hall geboren.«

»Wohl im Diak. Abgesehen von Hausgeburten kommen im Haller Krankenhaus die Kinder aus der ganzen Gegend zur Welt.« Margarete Lampert ging zur Eingangstür zurück. Dort führte eine einfache Holztreppe zur Diele im ersten Stock, wo Pennys Blick zuerst auf einen bemalten Schrank, dann auf die daneben stehende Truhe und zuletzt auf eine breite Tür fiel, die sich der Treppe gegenüber befand.

Sie deutete auf die Tür und sagte, ohne zu wissen, dass sie es sagte: »Da geht's zum Saal.«

»Jetzt schlägt's dreizehn! Sie waren also doch schon mal bei uns!«

Penny erschrak über sich selbst. »Garantiert nicht!«

»Vielleicht als Kind? Reiten Sie?«

Penny schüttelte den Kopf.

»Aber wenn Ihr Vater doch aus der Gegend kommt ...«

»Nein.«

Margarete Lampert hatte die halblangen braunen Haare auf dem Hinterkopf mit einer Spange zusammengefasst. Jetzt löste sie die Spange, schüttelte die Haare aus, steckte die Spange in die Tasche ihrer Jeans und öffnete schließlich die Tür zum Saal. »Wir haben ihn wieder so hergerichtet, wie er ursprünglich mal war. Die Möbel hatten wir noch. Unser Haghof war nämlich mal ein Gasthaus. Ein sehr bekanntes sogar, weil ganz in der Nähe eine Fernhandelsstraße vorbeiging.«

»Ich weiß«, flüsterte Penny und schüttelte den Kopf. Was red ich denn für einen Unsinn? Bin ich meschugge oder was? Ich war noch nie hier ... Sie trat in den Raum, sah die weiß verputzten Wände mit dem grünen Fries aus Blättern und Ranken in Schulterhöhe, die kleinen rechteckigen Fenster, davor die Bänke mit den hohen Lehnen, die einfachen langen Tische, die schlichten Stühle ganz ohne Polster, den Ofen mit den grünlasierten Kacheln.

»Da stand immer der Weidenkorb fürs Holz«, sagte sie plötzlich. »Den gibt's wohl nicht mehr, was?«

»Im Laufe der Zeit hat er sich aufgelöst.« Margarete Lampert sah ihre Besucherin misstrauisch an. »Sie WAREN schon hier.«

Penny schüttelte energisch den Kopf. »Ich muss wohl mal ein Foto von einem Raum gesehen haben, der diesem Saal ähnelt. Vielleicht in einem Album meines Vaters.«

»Möglich. Ja. So wird's wohl sein. Kommen Sie. Ich zeige Ihnen jetzt die Zimmer.«

In der Diele zweigte links und rechts des Saals je ein Flur ab. Penny ging sofort nach links, wo sie vor der ersten Tür stehen blieb. »Hier?«

»Ja.«

Das Zimmer, dachte sie nach dem ersten Blick, würde Schorsch gefallen: Ein schmales Bett, ein Schrank, ein Nachttisch. Vor dem Fenster ein Tisch, davor ein Stuhl. Ein bunter Flickenteppich auf dem Riemenboden. »Schön! Das andere Zimmer sieht genauso aus?«

Frau Lampert nickte. »Klo und Bad befinden sich ...«

»... am Ende des Flurs. Ich weiß.«

Plötzlich stellte sich Frau Lampert vor den Tisch am Fenster. »Was würden Sie sehen, wenn Sie durchs Fenster gucken würden?«

»Den Gemüsegarten«, antwortete Penny, ohne nachzudenken. »Dahinter ein Feld, das an einem Waldstück endet.« Sie schloss die Augen. »Dazwischen, zwischen Feld und Wald, ist die Straße. Und ein Teich. Aber der ist verlandet. Früher konnte man dort baden. Da war der Grund immer sumpfig, deshalb steht der Hof nicht direkt an der Straße.« Sie öffnete die Augen. »Ich glaube, ich spinne. Das ist mir noch nie passiert, Frau Lampert!«

»Was?«

»Ich war noch nie hier, und doch meine ich, mich auszukennen. Ich muss meinen Vater fragen ...«

»Tun Sie das.«

Penny wunderte sich. Sie selbst fand sich völlig durchgeknallt – warum blieb Frau Lampert so gelassen? Sie rieb sich die Augen und schüttelte den Kopf, als wäre sie benommen. War sie aber nicht; sie fühlte sich so fit wie immer. Weshalb also – plötzlich schlug sie sich mit der flachen Hand an die Stirn. »Ich hab's! Als kleines Kind, ich ging noch in den Kindergarten, war ich in den Ferien oft bei meinen Großeltern. Wir haben Ausflüge unternommen, und einmal waren wir bei einer Hochzeit, die in einem großen Saal gefeiert wurde. Das muss hier gewesen sein«, erklärte Penny und fühlte sich ungeheuer erleichtert. Sie war also doch nicht meschugge.

Margarete Lampert lächelte sie an. »Wie alt sind Sie, Penny? Achtzehn?«

»Fast neunzehn.«

»Wir haben den Saal erst vor drei Jahren renovieren lassen. Früher war das einfach nur eine große Rumpelkammer. Aber«, sie legte Penny die Hand auf den Arm, »machen Sie sich keine Sorgen. Meine Großmutter hatte auch das zweite Gesicht.«

Penny starrte sie an. »Das glaube ich jetzt nicht. Ihre Großmutter hatte ...? Und Sie meinen, ich hätte auch das, was Sie das zweite Gesicht nennen? So ein Quatsch!«

»Meine Großmutter war auch nicht gerade glücklich darüber«, entgegnete Margarete Lampert trocken. »Sie werden sich daran gewöhnen müssen. Aber fragen Sie doch Ihre Großeltern, vielleicht waren Sie mit ihnen hier und erinnern sich nicht mehr daran. Das wäre doch die natürlichste Erklärung.«

»Mein Großvater lebt nicht mehr; meine Großmutter ist in einem Heim. Sie ist vergesslich geworden. Aber ich besuche sie. Kann ja sein, dass sie sich doch noch an einen Ausflug erinnert.«

Frau Lampert nickte. »Tun Sie das. Aber nun kommen Sie, wir gehen wieder nach unten.«

In der Küche nannte sie Penny den Preis und dass sie Frühstück und, wenn gewünscht, auch ein einfaches Abendessen, ein Vesper, bekommen könnten. Penny versprach, sie anzurufen, nachdem Schorsch sich einverstanden erklärt hatte, verabschiedete sich, stieg in den alten Karren und zuckelte vom Hof.

Als sie den Wald erreicht hatte, parkte sie den Kombi und holte ihr Handy aus dem bunten Beutel. Zehn SMS von Bruno! Wieder löschte sie die Nachrichten ungelesen, stieg aus, und ging zur Lichtung zurück, bis dahin, von wo aus sie den Haghof wieder sehen konnte. Jetzt lagen Nebelschwaden über den Feldern, die Koppel ragte wie eine grau-schwarze Insel daraus hervor. »Ich fass es nicht«, murmelte sie. »Entweder war ich doch schon mal hier und hab's vergessen, oder ich bin echt plemplem.«

17. Kapitel

Schnurgerade lag der Weg am Montagnachmittag vor uns. Laubwald mit hier und da einer Tanne zur linken Seite, Laubwald mit hier und da einer Tanne zur rechten Seite. Das monotone Gehen dämpfte den Aufruhr in meinem Inneren; ich war für Schätzles Schweigen dankbar. Verdammt, ich war doch keine engstirnige Spießerin! Kapierte Alex denn nicht den Unterschied zwischen einer solchen und meiner Überzeugung, dass man einer Versuchung nicht einfach nachgeben durfte? Was wäre, wenn man jede sich bietende Gelegenheit beim Schopf ergreifen würde? Was würde er sagen, wenn ich …

»Sind Sie verheiratet?«, platzte ich heraus.

Jakob Schätzle blieb stehen. »Ich bin Witwer.«

Fast hätte ich »Sie Glücklicher!« gesagt. »Schon lange?«

»Seit sechs Jahren.«

»Kein Ersatz in Sicht?«

Schätzle lachte. »So einfach ist das nicht. Ich war glücklich mit meiner Frau, aber ehrlich gesagt gefällt mir das Leben als Witwer auch.«

»Das kann ich nachvollziehen; es erspart Ihnen eine Menge Probleme.«

Er kickte ein Steinchen beiseite. »Steht es so schlimm mit Ihnen?«

»Mein Mann hält mich für eine Spießerin.«

»Oje! Gibt es dafür Gründe?«

Ich nickte. »Ich bin einfach zu bieder und müsste mal so richtig über die Stränge schlagen. Vielleicht würde er dann seine Meinung ändern.«

Er lachte schallend. »Probieren Sie's doch aus!«

»Wie denn?«, fuhr ich ihn an. »Ich kann schließlich keinen Mann aus der Kapuze meines Anoraks zaubern, oder?«

Wieder lachte er. »Das wohl nicht. Aber Sie können Ausschau halten. Obwohl …«

»Obwohl einem ein geeignetes Exemplar nicht auf dem silbernen Teller präsentiert wird. Schon gar nicht auf Befehl.«

Unsere Blicke trafen sich; wir lachten uns an.

»Stimmt«, bestätigte er. »Und wissen Sie was? Wenn ich mal in Versuchung gerate, mir aber nicht sicher bin, ob ich mir damit nicht den Teufel ins Haus hole, denke ich immer an's Sprüchle meine Großmutter:

Hendadroi reit's oin,
hendadroi keit's oin,
hendadroi isch's z'schbät.«

»Was beweist, dass vorausschauendes Denken und Handeln doch nicht verkehrt sind. Was außer Pilgern tun Sie denn, Jakob Schätzle?«

»Sehen Sie das nicht? Ich genieße das Leben, Frau Kick.«

»Aha. Und wie schafft man das?«

»Es ist, wie Sie am Wort ›schaffen‹ erkennen, keine leichte Aufgabe. Ich arbeite daran, dass ich immer was zu schaffen habe.«

Der Mann hatte Humor. »Also führen Sie kein Faulenzerleben?«

»Dabei würde ich mich langweilen. Langeweile führt zu Unzufriedenheit, Unzufriedenheit zum Alkohol oder in Depressionen. Ich vermeide das Faulenzen wie die Pest.«

»Stattdessen also tun Sie was?«

»Zum Beispiel Spätzle schaben am Schwarzen Meer.«

Ich blieb stehen. »Blödsinn! Sie nehmen mich auf den Arm, Jakob Schätzle!«

»Sicher nicht. Moment mal … wo geht es denn weiter?«

Zwei Wege kreuzten sich; wir sahen die gelbe Muschel, wandten uns nach links und lasen auf einem weißen Wegweiser: *Schrozberg. 30 Minuten.* Von Alex war nichts zu sehen.

»Berichten Sie, Jakob Schätzle.« Ich deutete auf den Wegweiser. »Wir haben noch eine halbe Stunde Zeit.«

»Na dann ... Unsere Familie besitzt seit über zweihundert Jahren ein Gasthaus im Hohenlohischen, Crailsheim zu. Als Zweitgeborener wurde mein Vater Pfarrer, als Erstgeborener erbte es mein Onkel, der kinderlos blieb. Trotz meines Vornamens wollte ich unter keinen Umständen Pfarrer werden; ich machte eine Ausbildung im Hotelfach, heiratete, wir bekamen einen Sohn und eine Tochter, und schließlich übernahmen wir den Gasthof von meinem Onkel. Meine Frau, sie war auch vom Fach, und ich legten uns ins Zeug und machten ein Hotel daraus. Nachdem sie bei einem Unfall ums Leben kam, führte ich es weiter, aber mir war klar, dass mein Sohn, er war damals schon über zwanzig, es nach seiner Ausbildung übernehmen wollte. Nicht irgendwann, sondern so bald wie möglich.

Vier, fünf Jahre wurstelte ich mich durch. Zuerst allein, später dann zusammen mit meinem Sohn. Ich hielt die Augen auf, weil ich wusste, dass Alt und Jung unter einem Dach selten harmonieren – vor allem dann nicht, wenn beide einen Dickschädel haben. Dazu kam, dass meine Schwiegertochter sehr ... na ja, sehr durchsetzungsfähig ist.« Er grinste. »Wir haben uns vertragen wie Feuer und Wasser – also gar nicht. Jedenfalls – während dieser Zeit hatten wir einen Gast, der in großen Abständen bei uns logierte. Er war in meinem Alter und, wie er mir eines Abends bei einem Viertele berichtete, im Senior Experten Service tätig.«

»Was ist das?«

»Es handelt sich um eine Stiftung der Deutschen Wirtschaft für internationale Zusammenarbeit. Klingt zwar großartig, aber dahinter steht ein einfacher Gedanke: Fachleute im Ruhestand leisten ehrenamtlich Hilfe zur Selbsthilfe. Schwerpunktmäßig in Europa, Asien und Afrika. Gegen Kost, Logis und eine kleine Aufwandspauschale geben wir, es hängt ganz vom erlernten Beruf ab, unsere Erfahrungen auf technischem, handwerklichem, kaufmännischem, medizinischem oder sozialem Gebiet weiter.

Das ist eine tolle Sache; man wird gebraucht, ist aber nicht mehr in einer solchen Tretmühle wie während der aktiven Zeit, denn die Dauer des Einsatzes ist begrenzt.«

»Sie wurden also Senior Experte und sind als ehemaliger Hotelier im Schwarzen Meer baden gegangen?«

»Das ist nicht die Sprache einer Spießerin!«, rief Schätzle überrascht. »Ich muss mit Ihrem Mann ein Wörtchen wechseln, Nina.«

»Nina? Wenn Sie mich beim Vornamen nennen, nenne ich Sie Jakob. Wie sagte Ihre Frau zu Ihnen?«

»Schätzle.«

»Oh …! Sorry. Das lag nahe.«

Er nickte. »Mein Sohn heißt Max. Ich wollte es einfach, und meine Frau war damit einverstanden. Nicht Maximilian, sondern nur Max. Aber wissen Sie was? Seine vornehme Frau ruft ihn Maximilian.«

So gelassen sich Jakob gab – allein der Gedanke an seine Schwiegertochter brachte ihn auf die Palme. »Sie sind also kein einziges Mal im Schwarzen Meer geschwommen?«

»Geschwommen wohl, aber nicht baden gegangen. Ich habe dort die Eröffnungsphase eines Hotels mitgestaltet. War 'ne Erfahrung der besonderen Art.«

»Weil?«

»Weil ich eine Menge Erfahrungen machen durfte. Das bringt einen gewaltig in Schwung.«

Vor uns tauchten die ersten Häuser von Schrozberg auf. »Das müssen Sie mir später näher erklären. Wo übernachten Sie?«

»Keine Ahnung. Ich pilgere los, und wenn ich müde werde, suche ich ein Hotel, ein Gasthaus, eine Pension, ein Privatzimmer. Ich nehm's, wie's kommt; zur Not schlafe ich auch in einer Scheune. Ich mag das Rumzigeunern.«

»Ich nicht.« Auf dem Zettel, den ich in Rothenburg bekommen hatte, las ich: *Gasthof Engel. 2 km außerhalb der Stadt Richtung eh. Schrozburg/Könbronn. Tel. …*

»Ich muss auf meinen Mann warten. Haben Sie eine Karte?«

Wir stellten fest, dass wir Schrozberg in nordwestlicher Richtung verlassen mussten, um zum *Engel* zu kommen.

»Wollen Sie selbst ein Zimmer suchen? Oder rufen wir an und fragen, ob Sie auch im *Engel* übernachten können?«

Jakob kratzte sich am Kinn. »Es wäre das Einfachste. Aber ...« Er zögerte. »Ihr Mann wird nicht begeistert sein.«

»Mein Mann?« Wieder kochte die Wut in mir hoch. »Der wird mich noch kennenlernen. Wissen Sie, was er gesagt hat? Wer zu feige ist, sich auf den Rücken eines Pferdes zu schwingen, wird sich nie vergaloppieren.«

»Das heißt, jetzt hechten Sie aufs Pferd?!«

»Würde ich ja, wenn ein geeigneter Gaul des Wegs kommen würde.«

Jakob lachte. »Wissen Sie was, Nina? Obwohl Sie kein ganz junges Mädchen mehr sind, scheint mir, dass Sie von uns Männern keine Ahnung haben. Oder zumindest nicht viel.«

»Wie soll ich das verstehen?«

»Wenn es hart auf hart kommt, wenn Sie es also wahrmachen, sich tatsächlich aufs Pferd setzen und losgaloppieren würden, wäre Ihr Mann der Erste, der Zeter und Mordio schreien würde.

»Ist das so?«

»Oh ja.«

»Dann, lieber Jakob Schätzle, lasse ich's mit Freuden darauf ankommen. Rufen Sie mal gleich im *Engel* an.«

Ich reichte ihm den Zettel, er tippte die Nummer in sein Handy, gab seinen Wunsch kund und nickte dann zufrieden. »Gut. In etwa einer Stunde. Bis dann!«

Erst nach guten fünfzehn Minuten kam Alex in Sicht.

Beim Anblick meines Begleiters verzog er das Gesicht.

»Schätzle! Wo kommen Sie denn her?«

»Wir haben uns schon vor einer ganzen Weile getroffen«, erklärte ich fröhlich. »Im Übrigen heißt er Jakob und übernachtet wie wir im *Engel*.«

Alex war alles andere als erfreut. »Wer sagt das?«

Ich hielt ihm den Zettel unter die Nase. »Ich sag das; die Zimmer sind bereits gebucht. Aber wenn du dir eine andere Bleibe suchen möchtest, steht dir das natürlich frei.«

Ich sah, wie er mit sich kämpfte. Mein Mann schätzte zwar eine selbstständige Frau, hielt aber dennoch gern alle Fäden in der Hand. »Der *Engel* besitzt die einzig empfehlenswerten Zimmer in der Gegend«, schob ich nach. »Ich hab mich nämlich schon in Rothenburg kundig gemacht, weil ich keinesfalls in einem Heustadel nächtigen werde. Also, wie ist's? Kommst du mit?«

Er kam mit – und überraschte mich mal wieder, weil er uns einen Vortrag über einen unglücklichen Schlossherrn von Schrozberg namens Graf Georg Friedrich von Hohenlohe hielt, der leider zweimal in entscheidenden Situationen seines Lebens aufs falsche Pferd gesetzt hatte.

»Das erste Mal«, berichtete Alex in lässigem Plauderton, »wurde er nämlich nach einer verlorenen Schlacht während des Dreißigjährigen Kriegs vom Kaiser geächtet. Beim zweiten Mal, weil er sich als Evangelischer auf die Seite Gustav Adolfs von Schweden schlug. Nach dessen Niederlage verhängte der Kaiser noch einmal die Acht über ihn. Georg Friedrich durfte sein Lebtag nicht mehr in sein Schrozberger Schloss zurück und starb gramgebeugt in Langenburg.«

»Tja«, sagte ich genüsslich. »So ist es halt auch wieder: Nur wer sich aufs Pferd setzt, kann sich vergaloppieren.«

»Was dir niemals passieren würde, weil du viel zu vorsichtig bist, um einem Pferd auch nur die Mähne zu kämmen«, meinte Alex bissig.

»Stimmt. Eher würde ich ihm die Hufe auskratzen und es frisch beschlagen lassen, damit ich auch eine ordentliche Strecke zurücklegen kann.«

»Nina!« Alex schnappte nach Luft, Jakob hielt sich ganz zurück.

In scheinbarer Einmütigkeit pilgerten wir durch den Ort und erreichten kurz vor fünf den *Engel.*

Der Gasthof, ein langgestreckter Fachwerkbau mit roten Fensterläden und einer doppelseitigen Treppe zur Haustür, lag am Sträßchen. Eine Tafel verkündete:

Sonntagsbraten
Spätzle
Soße

Eine zweite: *Montag Ruhetag.*

Alex lachte schallend. »So geht's, wenn ich meiner Frau die Organisation überlasse!«

»Moment mal.« Schon während Jakob die Stufen hinaufging, öffnete sich die Tür. Eine nicht mehr ganz junge Wirtin mit Knoten und einem geblümten Schurz stemmte lachend die Hände in die Seiten.

»Des Schild gilt net fir Jakobspilger. Fir di hemmr immer a Bett ibrig.«

Ich lächelte meinen Mann an. »So geht's, wenn du deiner Frau die Organisation überlässt!«

18. Kapitel

Als Penny am Sonntagabend zu Hause anrief, meldete sich ihr Vater.

»Hallo Kleines! Was gibt's?«

»Gut, dass du schon daheim bist! Sagt dir der Name Haghof etwas?«

»Nie gehört«, antwortete Matti spontan. »Wieso?«

»Moment mal, Pa. Ich meine den Haghof in der Nähe von Vellberg und Schwäbisch Hall. Du musst ihn kennen! Die Besitzer heißen Lampert.«

»Haghof und Lampert sagen mir nichts. Ist was passiert?« Jetzt klang ihr Vater ausgesprochen beunruhigt. »Hast mit deinem Roller eine Kuh niedergewalzt? Hat sie dich auf die Hörner genommen und auf die Miste geschleudert? Sag schon, Penny!«

»Mensch, Pa! Mir ist nicht zum Lachen; mir ist nämlich echt was passiert. Etwas Unglaubliches sogar: Ich hab das zweite Gesicht!«

Matti verschlug's die Sprache. Es dauerte, bis er sich räusperte und dann fragte: »Und was genau ist das zweite Gesicht?«

»Das ist ...« Penny schluckte nervös.

»Schön der Reihe nach, Penny. Hörst du?«

Sie nickte, obwohl Matti das nicht sehen konnte. »Klar. Der Reihe nach. Es war so: Schorsch hat mich losgeschickt, um zwei Zimmer aufzutreiben. Da ...«

»... ist er dir gefolgt und hat dich begrabscht? Der alte Lüstling, der stinkende Bock, der ...«

»Pa!« Penny stampfte mit dem Fuß auf. »Hör mir endlich zu! Mit Schorsch hat das nichts zu tun; der ist alt und jenseits von Gut und Böse – kapier das endlich!«

»Merk dir eins, Penny: Kein Mann ist jemals jenseits von Gut und Böse. Im Gegenteil: Je älter, desto …«

»Papa! Hör auf!«

»Gut. Was genau hat der Schorsch mit dem zweiten Gesicht zu tun?«

»Ich hab damit zu tun! Ich, deine Tochter Penelope!«

»Warum sagst du das nicht gleich?«

Penny ging ein paar Schritte und lehnte sich an eine Tanne. »Es war so: Der Schorsch hat mir die Autoschlüssel gegeben und mich losgeschickt, um zwei Zimmer aufzutreiben. Ich hab alle Dörfer in der Nähe von Burg Dorneck abgeklappert und nichts gefunden.«

»Wie? Nicht mal in Vellberg?«

»Ausgebucht wegen Hochzeit. Die Zimmer in der Burg kamen nicht in Frage, weil Schorsch was Schlichtes wünscht. Ich wollte schon nach Hall, bin aber anders abgebogen …«

»Lechts und rinks hast du schon immer verwechselt, Penny.«

»Papa! Unterbrich mich nicht immer! Ich bin, ohne zu wissen warum, ein kleines Sträßchen entlanggefahren, hab ein Schild gesehen, auf dem *Haghof – Reiterhof* stand, hab die Besitzerin, es ist eine Frau Lampert, wegen der Zimmer gefragt und – jetzt kommt's, Pa!«

»Was denn?!«

»Das Unglaubliche. Das Unfassbare.«

»Aha. Das wäre?«

»Ich kenne den Hof, Pa. Früher war das mal ein Gasthaus.«

»Dann warst du mit Opa und Oma dort.«

»Zuerst dachte ich das auch. Aber das stimmt nicht. Ich wusste zum Beispiel, dass sich im ersten Stock der Saal befindet. Und dass vor dem Kachelofen immer ein Weidenkorb mit Holzscheiten stand.« Penny biss sich auf die Lippe.

»Heiligs Blechle! Das nennst du das zweite Gesicht? Penny, ich sag dir eins: Kein Bauer konnte sich früher einen Architekten leisten; mithilfe der Familie hat er sein Haus mit der Hand am

Arm gebaut und sich dabei nach bewährten Mustern gerichtet. Was bedeutet, dass sich die Höfe gleichen wie ein Ei dem Gaggelich. Mag ja sein, dass in einem Fall die Küche etwas kleiner, die Schlafstub dafur etwas geräumiger ausfiel. Aber in einem Gasthaus befand sich der Saal immer im ersten Stock.«

»Sicher?«

»Ganz sicher. Vermutlich warst du mit Opa und Oma im Freilichtmuseum Wackershofen und hast Spätzle mit Soß im *Roten Ochsen* gefuttert. Genau da ist im ersten Stock ein Saal. Komplett mit unbequemen, weil hochlehnigen Holzbänken und schlichten Tischen vor den Wänden, die ein Fries schmückt.«

»Puh!« Penny schnaufte erleichtert. »Frau Lampert meinte, ich hätte das zweite Gesicht.«

»Ich schaff beim Daimler, Penny. Wenn du das zweite Gesicht hast, bin ich Carl Benz und Gottlieb Daimler in Personalunion – das ist mein voller Ernst.«

»Und ich dachte schon, ich sei meschugge, Pa.«

»Das bist du nicht, Penny«, sagte ihr Vater bestimmt. »Gibt's sonst noch was?«

»Ja. Heute Abend komme ich heim, packe meine Sachen, fahre morgen mit dem Roller zurück und wohne die kommenden Monate im Haghof.«

»Sind die Leute vertrauenswürdig?«

»Bisher kenne ich nur die Frau. Kinder gibt es, dem Spielzeug nach zu schließen, auch. Die hab ich aber noch nicht gesehen, den Mann auch nicht.«

»Hör zu, Penny. Wenn du dich da nicht wohlfühlst, ziehst du um. Notfalls stecke ich dir ein paar Euro zu, damit du dir was Anständiges leisten kannst.«

Penny lachte. »Du meinst, wenn mir nachts das Hausgespenst ins Bein zwickt?«

»Zum Beispiel. Hohenlohe ist noch ein bisschen hinter der Zeit, also pass auf dich auf, Kleines.«

»Mach ich, Pa. Bis später!«

Penny ging zum Auto zurück. Dabei fiel ihr ein, dass sie ihrem Vater nicht gesagt hatte, dass ihr nicht nur der Hof, sondern auch die Gegend nicht unbekannt war. Aber wenn es für den Saal eine so einfache Erklärung gab, dann auch dafür, dass sie sich an den Tümpel und die Straße erinnerte: Sie hatte mal mit Oma und Opa einen Ausflug gemacht.

Trotzdem ... Sie startete den Kombi und nagte an der Unterlippe. Es war sicher nicht verkehrt, ihre Oma mal wieder zu besuchen.

19. Kapitel

Am Montagabend hatten Alex, Jakob und ich einträchtig einige Scheiben vom übriggebliebenen Sonntagsbraten mit Spätzle, Soße und wunderbarem Kartoffelsalat gegessen. Der Gaststube fehlte jeder künstlich-antiker Schnickschnack; nur Pokale und gerahmte Fotografien des örtlichen Fußballvereins zierten die Wände. Der Wein war gut, die Stimmung entspannt; Jakob berichtete von seinen »Einsätzen« als Senior Experte, Alex hörte aufmerksam zu und erkundigte sich sogar nach der Adresse des Büros.

»Das liegt bei Ihnen gleich um die Ecke«, hatte Schätzle erklärt. »Von Winnenden bis Stuttgart ist's ja ein Katzensprung. Sie parken in der Friedrichsgarage und sind da: am Börsenplatz 1.«

Alex hatte die Telefonnummer aufgeschrieben, dann hatte Jakob das Jakobsweg-Büchle auf den Tisch gelegt und die Karte ausgebreitet, wir hatten über die Strecke gesprochen, die wir am kommenden Tag zurücklegen wollten, und als ich, schon leicht beduselt vom zweiten Viertele, mit dem Zeigefinger den Weg nachfuhr, war mir eine Besonderheit aufgefallen. »Hier wimmelt es ja von ehemaligen Burgen«, hatte ich gesagt und auf die Karte getippt. »Schaut mal: ehemalige Schrozburg, bei Riedbach ehemalige Burg Alt-Bartenstein. In knapp zwei Kilometern Entfernung eine namenlose ehemalige Burg. Eine ehemalige Burg bei Herrentierbach, bei Billingsbach die ehemalige Burg Hertenstein samt einer Gemarkung namens Ritterhügel. Ein Schloss bei Ludwigsruhe, und natürlich das in Langenburg, wo wir morgen übernachten werden. Von Schrozberg bis Langenburg sind es nur achtzehn Kilometer auf dem Jakobsweg. Wenn ich mir die vielen ehemaligen Burgen vorstelle und dazu die, die nur ein bisschen weiter entfernt liegen, dann frag ich mich, wie es in einem so kleinen Gebiet zu einer solchen Häufung kommen konnte. Die Burgherren sind sich ja auf die Füße getreten!«

Jakob zupfte sich am Ohrläppchen, Alex rieb sich den Ein-Tage-Bart am Kinn.

»Und da!«, ich zeigte wieder auf die Karte. »Es gibt sogar einen Residenzweg, einen Burgenweg, einen Burgenradweg und eine Burgenstraße. Zwischen Riedbach und Blaufelden gibt's eine Kaiserstraße, nahe Blaufelden lese ich Schlosswiesen, und wenn ich seh, dass zwischen Künzelsau und Schloss Langenburg noch Schloss Stetten und Schloss Tierberg liegen, muss man sich doch fragen, ob in der Gegend überhaupt noch ein paar Bürgerliche rumsprangen. Menschenskinder! Gegenüber Hohenlohe ist England, was Schlösser, Burgen und Adelshäuser betrifft, ein Waisenkind. Und doch kommen die Herz-Schmerz-Adliger-liebt-Bürgerliche-oder-andersrum-Romane mehrheitlich von der Insel. Kann mir jemand erklären, warum das so ist? Sind wir Schwaben …«

»Achtung! Das Land wird von Franken bewohnt«, warf Jakob ein.

»Von mir aus! Sind die Franken also fantasieloser oder einfach nur bescheidener als die Engländer?«

»Ich könnte mir vorstellen«, Jakob deutete auf die Wände mit den Fotos der stolzen Fußballer, »dass die Franken sehr selbstbewusst sind. Ja, sie hatten ihren Fürst, Graf oder sonstigen Herrn. Das war einfach so, damit hatte und konnte man schon leben. Was aber nicht bedeutete, dass man auch katzbuckeln und sich unterlegen oder gar minderwertig fühlte. Was mich an einen Spruch erinnert!« Schätzle lachte auf und runzelte die Stirn. »Hoffentlich bringe ich ihn zusammen. Er lautet ungefähr so: *Es ist Schicksal, Schwabe zu sein. Aber eine Gnade Gottes, als Hohenloher auf die Welt gekommen zu sein.*«

»Das hört sich tatsächlich an, als seien die Einwohner Hohenlohes mit einem gesunden Selbstwertfühl gesegnet«, stimmte ich ihm zu.

Für die vielen Schlösser und Burgen hatten weder Alex noch Jakob eine Erklärung zu bieten. Der Wirt und die Wirtin, die sich zu uns gesetzt hatten, meinten, so sei es halt schon immer gewesen, es hinge mit dem Hohenloher, mit dem Fürscht, zusammen.

»Meinen Sie?« Schätzle runzelte unzufrieden die Nase, worauf die Wirtin in einer Schublade herumkruschtelte und schließlich ein Heftchen auf den Tisch legte, in dem wir die Antwort auf unsere Frage fanden. *Erbteilung,* stand darin zu lesen, *und die Aufspaltung der Linie derer von Hohenlohe sowie das Nebeneinander von weltlichen und geistlichen Herrschaften erklären die vielen Burgen und Schlösser in der Gegend.*

Unser Zimmer war von schwäbischer Kargheit: ein Doppelbett, zwei Nachtkästchen, ein Schrank, ein Tisch samt Stuhl vorm Fenster. Gestreifte Bettwäsche, geblümte Vorhänge, ein bunter Flickenteppich. Atemberaubend war der Blick über die weiten Felder bis zum Wald, und wieder fiel mir diese absolute Ruhe, die tiefe Stille auf. Unser Winnenden war ja auch ein Landstädtchen, aber so einsam und der Welt entrückt war es bei uns bei weitem nicht, dafür lag die Landeshauptstadt einfach zu nah.

Das Doppelbett hatte, wie uns schien, ein extrabreites Gräbele, aus dem es von unten kalt heraufzog. Deshalb schlupften wir in nur einem, dem linken Bett, aneinander. Das war schön und kuschelig, und wie ich so in Alex' Armen lag, musste ich an die vier Frauen denken, denen wir an diesem Tag begegnet waren und die gesagt hatten, eheliche Abstinenz sei halt nicht so einfach, wenn man anderes gewöhnt war. Wie recht sie hatten – es gab doch kaum etwas Schöneres, als nach einem langen Marsch müde und gesättigt und begleitet von vertrauten Schnarchlauten in einem dicken warmen Federbett in tiefen Schlaf zu sinken. Mein lieber Herr Gesangverein …!

Beim Frühstück, es gab Brötchen, selbstgemachtes Träublesgsälz, Hohenloher Schinken, Butter und Käse und für jeden ein perfekt gekochtes weiches Ei, informierte uns die Wirtin, dass

Jakob schon vor zwei Stunden losgewandert sei. Sie überreichte uns zwei Vesperpäckle – »damit Sie net verhungre, weil erscht in Billingsbach die nächscht Bäckerei vorbeikummt.« Zum Abschied umarmte sie uns.

»Die Franken sind eben nicht so verklemmt wie die Schwaben«, erklärte mir Alex auf dem Weg Richtung Kälberbach. »Siehst du, Nina, die Erfahrung hättest du nicht gemacht, wenn du zu Hause geblieben wärst.«

Treuherzig wie ein bettelnder Hund schmachtete mich mein Mann an. Was blieb mir anderes übrig, als ihn zu loben?

»Ach Alex, ohne dich wäre mein Leben eben nur eine trostlose Wüste. Aber du spürst halt immer die lebensrettende Oase auf.«

Er lächelte geschmeichelt. »Ja, nicht wahr?«

Es war frisch, kühl und windig, aber weil die Sonne immer wieder zwischen den plustrigen Wolken vorblinzelte, machte das Wandern wirklich Spaß. Allerdings verliefen wir uns zunächst – wir konnten die gelbe Muschel nirgends entdecken. Uns blieb nichts anderes übrig, als zum Schrozberger Bahnhof zu gehen; da endlich sahen wir sie dann wieder.

Der Weg ging zuerst durch Felder, dann an einer Bahnlinie entlang, von der Alex behauptete, sie sei nicht stillgelegt, obwohl die winzigen Bahnwärterhäuschen leer standen. »Heute geht das mit den Zügen vollautomatisch; was du da siehst, sind Ferienhäusle. Guck doch bloß die Vorhängle an.«

Ich guckte mir die Vorhänge an, die tatsächlich, ich kannte das Muster, von *Ikea* stammten.

Nach einer kurzen Strecke durch ein Wäldchen leitete uns die Muschel zur Bahnlinie zurück – kein Zug ratterte durch die Gegend – danach mussten wir rechts abbiegen, wo unser Jakobs- in den Burgenradweg mündete.

Obwohl mir in der vergangenen Nacht die vertraute Nähe meines Mannes sehr willkommen gewesen war, fragte ich mich an diesem Morgen, weshalb mir früher sein oberlehrerhafter Ton nicht aufgefallen war. Jetzt störte er mich.

Wir überquerten die völlig autolose B 290, pilgerten durch das winzige Dörfchen namens Erpfersweiler und blieben bei einem Schild mit zwei Muscheln stehen, die in entgegengesetzte Richtungen wiesen.

»*An dieser Stelle zweigt der ebenfalls mit der Muschel markierte Jakobsweg in Richtung Speyer nach rechts ab*«, las Alex aus dem Büchle vor. »Kannst du dir das vorstellen? Die Wege überziehen halb Europa wie ein Spinnennetz, bis sie sich in Santiago treffen.«

»Wo's nicht mal sicher ist, dass ausgerechnet dort die heiligen Knochen ausgebuddelt wurden. Geschweige denn, dass es sich überhaupt um Jakobs Gebeine handelt.«

»Nina, du bist eine Ketzerin«, rügte mich mein Mann.

»Was erwartest du von einer Evangelischen?«, konterte ich.

»Über Glaubensdinge darf man sich nicht lustig machen.«

Da war er schon wieder, der Oberlehrer mit dem erhobenen Zeigefinger! »Kein Mensch und keine Obrigkeit kann mich daran hindern, mein Hirn zu gebrauchen, Alex.«

»Wissen ist nicht gleichbedeutend mit Glauben«, erklärte mein Mann in frommem Ton.

Ich blieb stehen – und merkte erst da, dass sich Alex über mich lustig machte.

»Nina, du lässt dich noch immer von mir auf die Palme jagen.« Er legte den Arm um mich. »Gefällt dir das Pilgern? Oder findest du es zu langweilig?«

»Ganz und gar nicht. Ich bin gern an der frischen Luft, allerdings ist die Gegend ja nicht gerade spektakulär.«

»Vor Langenburg wird's malerischer«, versprach er, dann deutete er geradeaus. »Was ist denn mit dem los? Hatte er einen Unfall?«

Mitten auf dem Weg saß ein Mann neben seinem Rad. Als wir näher kamen, stand er auf. »Hallo! Sie schickt der Himmel!«

»Am Ende war's sogar der heilige Jakob«, murmelte ich aufsässig. Der Mann war jung, auf Mitte zwanzig schätzte ich ihn. Er trug alte Turnschuhe und Jeans, das graue T-Shirt sah reichlich verwaschen aus. Seine strubbeligen lockigen Haare waren dunkelblond, die Augen grün, das Kinn war energisch und hatte ein Grübchen. Er war mir auf Anhieb sympathisch, vielleicht auch deshalb, weil er mich an unseren Sohn Felix erinnerte.

»Ich hab einen Platten«, erklärte er unaufgefordert. »Flickzeug ist vorhanden. Hab aber leider keine Ahnung, was ich tun muss.«

Der junge Mann sprach hochdeutsch mit einem Akzent, den ich nicht einordnen konnte. »Und«, setzte er hinzu, wobei er uns mitleidheischend anlächelte, »mein Handy hat hier keinen Empfang. Ist das zu fassen? Ich kann nicht mal ein Taxi rufen.«

»Sie brauchen also Hilfe«, stellte Alex fest. Er setzte den Rucksack ab. »Na, dann wollen wir mal ... Nina, das ist ein Notfall.«

Ich musste lachen: Mein Mann trat als Troubleshooter in Aktion, was ganz nach seinem Herzen war.

»Du schaffst, ich mach Pause. Lasst euch nur Zeit.« Ich suchte mir ein trockenes bequemes Plätzchen, breitete mein Isomättchen in Pogröße aus, holte das Vesperpäckle aus dem Rucksack und hörte, wie sich der junge Mann vorstellte. »Daniel Dornecker.«

»Sie kommen aber nicht aus der Gegend!«, rief ich ihm zu.

»Doch, meine Familie ist von hier. Aber ich bin in den USA aufgewachsen.«

»Aha. Daher der Akzent!«

»Nina, du störst«, sagte Alex. »Es ist das Hinterrad, was?« Er drehte sich um seine Achse. »Wenn man ihn mal brauchen könnte, ist er nicht da. Der Bach, meine ich.«

»Wozu brauchen Sie einen Bach?«, fragte der junge Dornecker verständnislos.

»Um festzustellen, wo genau das Loch sich befindet. Macht nichts; wir schaffen es auch ohne Wasser.« Alex montierte das Rad ab, fand das Loch, stellte fest, dass der Übeltäter ein spitzer Stein und das Gummi überhaupt ziemlich mürbe war, und machte sich ans Flicken. Daniel Dornecker schaute zu, ich verspeiste zwei mit kaltem Braten und Essiggürkchen belegte Brote. Das dritte und letzte Brot hob ich mir vorsichtshalber für später auf. Oder für den jungen Mann, falls er Appetit, aber kein Vesper hatte.

Alex erledigte die Aufgabe mit Schmackes und fragte, als er sich die Hände am Taschentuch abwischte: »Machen Sie eine Tour durchs Ländle?«

»Na ja. Es handelt sich nicht so direkt um eine einfache Radtour. Ich will meine neue alte Heimat kennenlernen und gleichzeitig … haben Sie schon mal von einer Sache gehört, die sich Jakobsweg nennt? Ich will sehen, ob sich daraus was machen lässt.«

Alex stellte das reparierte Rad zur Seite und nahm seinen Rucksack auf. »Kommen Sie. Das müssen Sie uns ausführlicher erklären.«

Die zwei setzten sich zu mir. »Hunger?« Ich reichte ihm das letzte Brot.

»Und wie!«

Alex machte seinen Rucksack auf, holte auch das Vesper heraus und seine rote Aluflasche.

»Bester Wein!«

»Mein lieber Schwan! Ist er vom Schrozberger *Engel?*«

»Natürlich«, erklärte Alex vergnügt. »Gestern haben uns die vier Frauen ausgeholfen, heute habe ich vorgesorgt. Ich bin lernfähig, Nina.«

Ich konnte es mir nicht verkneifen. »Hoffentlich nicht nur, was den Suff betrifft.«

»Du wirst dich noch wundern, Nina!«

Wie gestern die Frauen reichten wir die Flasche weiter. »Jetzt zu Ihnen, Herr Dornecker«, sagte Alex. »Meine Frau und ich sind Pilger auf dem Jakobsweg, allerdings wollen wir nicht nach Spanien, sondern nur bis nach Winnenden. Über *die*

Sache wissen wir also Bescheid. Aber was meinten Sie, als Sie sagten, Sie wollten unter Umständen etwas daraus machen?«

»Erstens«, sagte der junge Dornecker und handelte sich mit der sachlichen und knappen Aufzählung die Sympathie meines Mannes ein, »nennen Sie mich Daniel. Zweitens: Es ist eine lange Geschichte. Drittens: Haben Sie Zeit, sie anzuhören?«

Alex grinste. »Erstens: Daniel, ich bin Alex, meine Frau heißt Nina. Zweitens: Wir haben Zeit für eine lange Geschichte. Drittens: Fangen Sie endlich damit an.«

Ich hob die Augenbrauen: Wo war der Oberlehrerton geblieben? Sah ich aus Gründen, die mir nicht bewusst waren, meinen Mann zu negativ? Und mich zu ... zu nett? Oder fiel es mir deshalb mehr auf, weil wir mehr Zeit miteinander verbrachten?

Menschenskinder – ich hatte mich ausgeruht, während sich Alex mit dem Radflicken ins Zeug gelegt hatte, dabei kannten wir den jungen Mann überhaupt nicht. Das war doch wirklich anständig von Alex gewesen. Und jetzt teilte er auch noch sein Vesper mit diesem Daniel!

Der sagte gerade: »Meine Familie stammt aus dem Hohenlohischen, ist aber Ende des neunzehnten Jahrhunderts ausgewandert. Zwei Brüder ließen sich in den USA nieder, einer sogar in Australien. Die drei waren Bauern gewesen; mein Vater sagte, nach einigen Missernten hätte sie der Hunger vertrieben. Eine Schwester blieb hier; sie war verheiratet und nicht ganz so schlecht dran wie ihre Brüder, allerdings starb sie ziemlich jung. Na ja ... Die Männer machten Karriere, vor allem Fritz, mein Urgroßvater. Von der Landwirtschaft wollte er nichts mehr wissen. Er«, Daniel zupfte sich am Ohrläppchen, »hat wohl schon immer gern gekocht und gebacken. Also verkaufte er Brot und süße Stückle auf dem Markt. Das Geschäft ließ sich so gut an, dass er Teigmaschinen aus der Heimat kommen ließ und später seinen Bruder Ludwig überredete, bei ihm als Teilhaber einzusteigen. Eine Bäckerei kam zur anderen, das Ganze entwickelte sich zu einer echten Erfolgsstory made in USA«, sagte Daniel stolz. »Mein Großvater und dann mein Vater führten die Geschäfte weiter; jetzt ist mein älterer Bruder mit Geld scheffeln dran. Er macht es gut, er ist der geborene Unternehmer …«

»Was ist mit Ihnen, Daniel?«, unterbrach ihn Alex.

»Ich schlage offensichtlich meinen Vorfahren nach. Ich möchte Landwirt werden und studiere in Hohenheim. Das ist in Stuttgart. Vielleicht haben Sie schon mal davon gehört.«

»Wir wohnen ganz in der Nähe von Stuttgart«, erklärte mein Mann. »Also radeln Sie auf der Suche nach einem Hof durch die Gegend?«

Daniel schüttelte den Kopf. »Mein Vater hat immer davon gesprochen, dass er im Alter wieder in die Heimat zurückgehen würde. Meine Mutter, mein Bruder und ich hielten das für eine Schnapsidee und sagten, er solle erst mal Urlaub machen, könnt ja sein, er fände Deutschland zu eng, zu … na ja, zu wenig modern. Jedenfalls …«, Daniel grinste, »flog er letztes Jahr nach Stuttgart, ließ einen Monat nichts von sich hören, und als meine Mutter schließlich ausrastete und ihm schon nachfliegen wollte, rief er an und sagte, er habe ein schönes Stück Land mitsamt einer Burg gekauft. Das haben wir nicht ernst genommen – bis er uns Fotos mailte. Können Sie sich vorstellen, wie meine Mutter reagierte?«

Alex reichte die Aluflasche mit dem Wein weiter. »Nina, was hättest du gesagt, wenn ich dir eine Burg geschenkt hätte?«

»Das, was vermutlich Daniels Mutter gesagt hat: Mann, du spinnst!«

Daniel streckte die langen Beine aus. »Meine Mutter ist ziemlich temperamentvoll. Sofort und ohne Vorwarnung flog sie nach Stuttgart, mietete ein Auto, fuhr in das Dorf, in dessen Nähe sich die Burg befindet, und stellte meinen Vater zur Rede. Sie …«

»Woher kommen die Vorfahren Ihrer Mutter, Daniel?«

Daniel nieste. »Hatschi! Genau das war der springende Punkt: Wie mein Urgroßvater sind ihre Vorfahren etwa zur gleichen Zeit und aus denselben Gründen aus Irland ausgewandert. Zurück aufs Land ist das Letzte, was sie möchte – meine Mutter liebt die USA. Deshalb hat sie meinem Vater ein Ultimatum gestellt: Die Burg oder ich.«

»Oje! Hat sich Ihr Vater – er hat sich doch hoffentlich nicht für die Burg entschieden, oder?«, wollte ich wissen.

Daniel lehnte den Wein ab. »Der ist zu sauer für mich. Mein Vater ist ein raffinierter Taktiker. Er – was ist, Nina?«

Ich lachte und zeigte auf Alex. »Da sitzt auch so einer!«

»Nina, wie kannst du so was nur behaupten? Ich habe immer nur unser Bestes im Sinn!«

»Das sagt mein Vater auch immer«, bestätigte Daniel lachend. »Er hat es tatsächlich fertiggebracht, dass sich meine Mutter mit dem Kauf der Burg einverstanden erklärte.«

»Das bedeutet, dass Ihre Familie wieder nach Deutschland zieht?«

Daniel schüttelte den Kopf. »Ich sagte doch, dass mein Vater ein raffinierter Taktiker ist: Er machte meiner Mutter weis, dass er Grund, Boden und Burg für mich gekauft hat, damit ich Landwirt spielen und angemessen unterkommen kann. Da die Räumlichkeiten es aber hergeben, dient die Burg auch als kleines gemütliches Ferienhäuschen für die Familie, wenn sie mich besuchen kommt.«

Alex lachte schallend. »Ihren Vater würde ich gerne kennenlernen!«

»Warum nicht? Besuchen Sie uns einfach.«

»Nina, das machen wir!« Alex' Augen glänzten. »Bietet das kleine nette Ferienhäuschen auch Übernachtungsmöglichkeiten für Fremde?«

Daniel deutete mit dem Kinn aufs reparierte Fahrrad. »Genau deshalb bin ich auf Tour. Ich will sehen, was die Gegend für Touristen hergibt. Und wie das Angebot an Zimmern ist. Mir schwebt nämlich so eine Art Bed & Breakfast nach englischem Muster vor, denn ganz allein in dem alten Gemäuer – also, das ist doch nichts!«

Ich zog die Augenbrauen hoch. »Haben Sie eine Frau, die Ihr Projekt unterstützt?«

»Nee, die muss ich noch finden.«

»Klar, aber Sie sind ja noch jung.«

»Eben. Ich werde nichts überstürzen. Sagen Sie …«

Wir hörten das Tuckern eines Traktors und Stimmen, die mit Inbrunst »Hab den Wagen vollgeladen, voll mit flotten Weibern« sangen. Ich stand auf. »Alex, guck doch!«

Auf dem Anhänger saßen die Frauen, die wir gestern getroffen hatten. Sie winkten, dann hielt der Traktor, an dessen Lenkrad eine Bäuerin mit Kopftuch saß. »Noch immer auf Muschelsuche?«, rief uns Sonja zu.

»Ja! Und Sie? Noch immer auf der Flucht vor den Männern?«

»Was heißt da Flucht! Wir spielen Hase und Igel: Immer wenn sie meinen, jetzt wären sie uns auf der Spur, sind wir schon ganz woanders. Die kriegen uns nicht so schnell!«, schrie Sonja. »Sie …« Sonja deutete auf die Frau am Steuer, »hilft uns dabei!«

»Wo geht's denn heute hin?«, wollte Alex wissen.

»Nach …!« Lene, die Gemütliche, boxte Helga energisch in die Rippen.

»Halt den Mund, Helga. Männer halten immer zusammen, und das da«, sie zeigte auf Alex, »ist ganz klar ein Mann.«

Die Frau am Lenkrad drückte auf die Hupe. »Maadlich, 's goht weiter.«

Die Frauen winkten. Ihr »Als wir in die Stadt reinkamen« mischte sich unters Tuckern und verklang schließlich in der Ferne.

»Was waren denn das für schräge Vögel?«, erkundigte sich Daniel.

20. Kapitel

In der Nacht vom Montag auf den Dienstag schlief Penny zum letzten Mal für einige Wochen oder gar Monate zu Hause in ihrem Bett. Am Dienstagmorgen löschte sie wieder ungelesen Brunos zahlreiche SMS, packte Kleidung und Waschzeug zusammen und schnürte dann mit Hilfe ihres Vaters die Reisetasche auf dem Gepäckträger fest. Sie setzte den Rucksack auf, hängte ihren bunten Beutel um den Leib, schwang sich auf den Roller, ließ sich von ihren Eltern zum Abschied küssen und musste hoch und heilig versprechen, gut auf sich aufzupassen. Dann erst war es so weit: Sie düste los.

Die Route hatte sie sich genau eingeprägt; sie fuhr zuerst auf der B 29 nach Winnenden, wo sie Mitzi und Ida besuchte und zu Butterbrezeln einen Kaffee trank. »Ida, glaubst du ans zweite Gesicht?«

Mitzi machte Pfff.

Ida rührte ihren Kaffee um, sagte: »Moment mal, Penny«, und schickte Alois zum Metzger. »Ein Pfund gemischtes Hackfleisch reicht für uns«, sagte sie energisch. »Und lass dir ruhig Zeit, Alois. Wir Frauen halten einen kleinen Schwatz; da störst du uns nur.«

Dann bedauerte sie, dass es für ein Schnäpsle noch zu früh war und ließ sich die Frage erklären. »Bevor du nicht sicher bist, dass du tatsächlich noch nie auf dem Hof warst, denkst du nicht über so was wie das zweite Gesicht nach«, meinte sie dann entschieden. »Hast du eine Landkarte? Ich möchte wissen, wo genau der Hof liegt. Und Burg Dorneck, wo du arbeiten wirst.«

»Hast du nicht gesagt, du kennst die Burg?«

»Ich kenne sie VIELLEICHT«, schwächte Ida ab. »Im Hohenlohischen wuchern nämlich die Burgen und Schlösser auf den Hügeln wie's Unkraut im Salatbeet; es ist also durchaus möglich, dass es nicht nur ein Dorneck gibt.«

Penny breitete die Landkarte aus. »Hier ist Schwäbisch Hall, hier sind Vellberg und Talheim, und hier, rechts davon in dem Waldgebiet, liegt die Burg.« Sie fuhr mit dem Zeigefinger ein Stückchen nach Süden, Richtung Markertshofen zu. »Da ist die Landstraße, und da, auf der Ebene, bevor der Wald beginnt und wo ihr den winzigen blauen Fleck seht – es ist ein Tümpel – ist der Haghof.«

»Ich brauch meine Brille ... wo hab ich sie nur?«

»Ida, die musst du nicht suchen«, meinte Mitzi lachend. »Die hängt dir um den Hals.«

»Wirklich?« Ida setzte die Brille auf und beugte sich wieder über die Karte. »Also ... die Burg. Wo liegt die?«

»Hier.«

Ida zog die Karte zu sich heran. »Ach! Burg Dorneck! Die ist es? Die Gegend kenne ich.«

»Ida, raus mit der Sprache! Und mach's kurz; in einer Viertelstunde muss ich los«, sagte Mitzi.

»Ich mach's immer kurz, das weißt du doch, Mitzi!« Ida hielt ihr die Tasse zum Auffüllen über den Tisch. »Als der Krieg ausbrach, war ich noch nicht ganz zehn Jahre alt. Meine Familie lebte ja schon immer hier, und weil wir auf unserem Stückle Birkmannsweiler zu unsere Kartoffeln und das Gmüs anbauten, hatten wir auch während der schlimmen Zeit genug zu essen.

Den Stuttgartern ging's nicht so gut. Die schickten ihre Kinder aufs Land – mein Bäsle Anne verschlug's, das glaubt ihr jetzt nicht, aber es war so, auf den Haghof.« Ida runzelte die Stirn. »Ich frag mich erst jetzt, weshalb sie nicht zu uns nach Winnenden geschickt wurde, wo wir uns doch immer gut verstanden haben ... Egal. Tatsache ist, dass auf dem Haghof ein Mädchen lebte, die Hildegard, die so alt war wie Anne. Die beiden wurden Freundinnen, und Anne hat es so gut gefallen, dass sie nach dem Krieg gar nicht mehr nach Hause wollte. Meine Tante Rike köderte sie mit dem Versprechen, alle Ferien dort verbringen zu dürfen; erst dann war sie bereit, mit ihrer Mutter nach Stuttgart zurückzugehen. Anne und später dann auch ich waren also in den Schulferien auf dem Haghof. Hilde hatte fünf ältere Brüder; sie hatte nichts zu lachen, aber im Grunde genommen wurde sie mit ihnen fertig.

»Ja, und dann …« Ida rührte versonnen im Kaffee, »hab ich mich verliebt.«

»Du?« Mitzi und Penny lächelten sich an. »In einen von Hildegards Brüdern?«

»Hört mal, damals war ich noch keine alte Schachtel! Nein … Es war so: Nach dem Krieg wurden Flüchtlinge in der Burg einquartiert.«

Penny nickte, denn sie dachte sofort an die zusammengestückelte Küche. »Gab's da schon die Wasserleitung?«

Ida schüttelte den Kopf. »Im Hof stand ein Brunnen, geheizt wurde mit Holz aus den Wäldern, und aus den Wäldern stammte auch das wenige Fleisch, das auf den Tisch kam. Die Buben vom Haghof freundeten sich – gegen den Willen der Eltern – mit den Jungs aus dem Osten an. Und einer davon …« Plötzlich sah Ida so strahlend aus wie ein junges Mädchen. »Einer davon …«

»Wurde dein Freund«, beendete Mitzi den Satz. »Warum habt ihr nicht geheiratet?«

»Blöde Frage! Im Sommer 1945 war ich sechzehn Jahre alt, und der Junge …«

»Wie alt war er? Und wie hieß er? Wie sah er aus?«

»Was ihr alles wissen wollt«, protestierte Ida. Plötzlich stand sie auf. »Wartet mal.«

Sie ging in ihr Schlafzimmer und kam mit einer grauen Schachtel zurück, auf der in blauen Buchstaben »Rama« stand.

Ida nahm den Deckel ab, sagte »nicht spicken«, kruschtelte und schob schließlich ein Foto, schwarz-weiß mit gezackten Rändern, über den Tisch. »Das war Julius mit siebzehn Jahren.«

»Hm«, machten Penny und Mitzi gleichzeitig und deuteten kichernd auf die Lederhose mit den schmalen Trägern, von denen ihm einer über die Schulter gerutscht war. Der junge Mann lehnte an einem Gartenzaun, hinter ihm stand eine Sonnenblume; es sah aus, als wüchse ihm die Blüte direkt aus dem Schädel. Julius war hoch aufgeschossen und ziemlich dünn, was wahrscheinlich auf die mageren Jahre zurückzuführen war. Er hatte helle Haare, an der Seite sehr kurz, oben waren sie etwas länger, und lächelte verlegen in die Kamera.

»Na ja«, meine Mitzi zögernd. »Wenn wir uns den jungen Mann mit längeren Haaren vorstellen …«

»In Jeans und T-Shirt und mit ein paar Pfund mehr auf den Rippen«, ergänzte Penny, »dann könnte er direkt cool ausgesehen haben. Warum habt ihr euch getrennt, Ida?«

»Hab ich doch schon gesagt. Ich war erst sechzehn, und unsere Eltern waren dagegen. Seine, weil er später möglichst ein Mädchen aus der alten Heimat heiraten sollte; meine, weil er halt ein armer Flüchtling war. Aber wie gesagt – wir waren jung und verliebt.«

»Igitt – ein Flüchtlingskind! Von political correctness hielt man damals wohl nichts?«, erkundigte sich Mitzi spitz.

Ida lachte nur spöttisch.

»Weißt du, was aus ihm geworden ist?« Plötzlich tippte Penny auf das Foto. »Der Gartenzaun steht hinterm Wohnhaus. Den gibt es noch.«

Ida kramte ein zweites Foto aus der Schachtel. »Burg Dorneck.«

Penny schrie auf. »Genau! Das ist der Brunnen! Und der Holunder – der ist jetzt aber bedeutend größer geworden!«

Ida lächelte das Foto an. »Wir vom Haghof und unsere Freunde von Dorneck, die jungen Flüchtlinge also, hatten einen ›geheimen‹ Weg durch den Wald. An einer bestimmten Stelle rottete ein Schäferkarren vor sich hin; das war unser Treffpunkt und unser Unterschlupf, wenn es regnete. Die Buben haben das Dach abgedichtet, wir hatten einen Tisch, zwei Bänke und sogar einen Kanonenofen … Es war unser Paradies, kann ich euch nur sagen.

In den Jahren nach dem Krieg mussten sich die Erwachsenen persönlich und politisch mit den veränderten Umständen auseinandersetzen und sich im Leben wieder zurechtfinden. Die meisten waren ja ausgebombt oder heimatvertrieben; die Wohnungssuche und der Beruf standen an erster Stelle, für uns Jugendliche hatten sie kaum Zeit und schon gar keine Energie übrig.

Wir fanden das einfach herrlich, wir kannten es ja auch nicht anders. Mir ist jedenfalls nicht bewusst, dass wir darunter litten; wir genossen unsere Freiheit, stromerten herum, freundeten uns manchmal mit Soldaten an, die uns, wenn wir Glück hatten, Kaugummis schenkten, die wir uns teilten – die angekauten natürlich, wir waren da nicht heikel. Im Übrigen genossen wir den Sommer.«

Ida blickte auf. »Ach! Weißt du was, Penny? Auf der Burg spukt ein Gespenst herum.« Ida schaute aufs Foto und streichelte zart übers Gesicht des Flüchtlingsjungen, in den sie sich vor langer Zeit verliebt hatte. »Und die Buben haben mal ein Versteck entdeckt …« Ida lächelte Penny und Mitzi an.

»Das glaube ich jetzt nicht, Ida«, meinte Mitzi und tippte sich spöttisch an die Stirn. »Das wäre ja wie aus einer Geschichte von Enid Blyton: *Die fünf Freunde und das geheimnisvolle Versteck.* Oder *Die fünf Freunde und das heulende Burggespenst.*«

»Oder *Dichtung und Wahrheit*«, ergänzte Penny lachend. »Keine Burg ohne ein geheimes Versteck oder ihr Gespenst – aber klar doch, Ida! Falls es mir mal über den Weg läuft …«

»Darüber spottet man lieber nicht«, unterbrach sie Ida scharf und legte ein drittes Foto auf den Tisch.

»Aber hallo! Das ist ja die Bemalung an der Wand des großen Saals …«, meinte Penny verdutzt. »Ida, weißt du was? Inzwischen ist viel mehr vom Verputz mitsamt der Bemalung abgebröckelt. Kannst du mir das Bild geben? Schorsch wird begeistert sein!«

»Dein Schorsch vielleicht, aber meine Chefin ganz sicher nicht.« Mitzi sprang auf. »Ich komme zu spät! Tschüs, lass von dir hören, Penny!«

Ida zögerte. »Du kannst die Fotos haben, Penny, aber nur vorübergehend. Schorsch soll Kopien davon machen lassen, dann bringst du sie mir wieder zurück.«

Penny legte den Kopf schief. »Hat ER sie geknipst – dein Julius?«

»Kann schon sein«, wich Ida aus und legte noch vier Fotos aufs Tischtuch. »Den Fotoapparat, sein Patenonkel hat ihn ihm zur Konfirmation geschenkt, hat er auf der Flucht gehütet wie seinen Augapfel. Hier auf dem Land hat er mitgeholfen, wo sich nur die Gelegenheit bot, hat Pfennig um Pfennig auf die Seite gelegt, um einen Film kaufen zu können. Das Fotografieren war seine Leidenschaft; später hat er's ja auch zu seinem Beruf gemacht, der dumme Kerl.«

»Er wurde Fotograf?«, fragte Penny.

»Berichterstatter«, erwiderte Ida kurz.

»Und?«

»Was – UND?«

»Was ist aus ihm geworden?«

»Eine Leiche.«

»Ida! Sag schon!«

Ida stülpte den Deckel über die Unterseite der Schachtel. »Er wurde Berichterstatter im Nahen Osten. Irgendwann hat's ihn eben erwischt.«

»Spinnst du? Du sagst das so cool, als ginge es dich nichts an, dabei siehst du aus, als kämen dir gleich die Tränen. Gib's doch zu: Ihr seid in Verbindung geblieben, Ida.«

»N... nein. Die Verbindung ist abgebrochen. Dann stand mal was über ihn in der Zeitung ...«

»... wodurch du an seine Adresse gekommen bist. War's so? Cool.« Penny schob die Fotos zusammen. »Habt ihr euch wiedergetroffen? Wann denn?«

»Oh, viel später war das.«

»Warst du etwa schon verheiratet?«, fragte Penny misstrauisch.

Ida nickte.

»Er auch?«

Ida schüttelte den Kopf.

»Mann oh Mann. Das klingt ja nach einer echten Love Story, Ida.«

Ida nahm die Schachtel auf und ging in ihr Schlafzimmer. Über die Schulter gewandt sagte sie kurz: »Das war es auch, Penny.«

»Mensch, Ida!« Penny blickte der über Achtzigjährigen nach und stellte sie sich als junges verliebtes Mädchen vor. Mit Zöpfen. In einem geblümten Kleid mit Krägelchen und Puffärmeln. Mit weißen Söckchen und dunklen Sandalen.

Behutsam verstaute sie die Fotos in ihrem Geldbeutel, hängte sich wieder den Beutel um, gab Ida einen herzhaften Kuss und machte sich dann schleunigst auf den Weg, hoch nach Bürg, rüber zum Stöckenhof, wo sie auf freier Strecke anhielt, um die Aussicht zu bewundern: Die hintereinander gestaffelten, im Licht des Morgens blauschimmernden dichten Wälder vermittelten ein atemberaubendes Gefühl totaler Einsamkeit und Abgeschiedenheit. Und das nur eine gute Autostunde von der Landeshauptstadt entfernt! Penny schüttelte den Kopf und startete den Motor. Weiter ging's Richtung Althütte und Ebnisee, wo sie wieder anhielt und im Gebüsch verschwand – sie musste Idas Kaffee loswerden. Als sie schon fast in Gschwend angekommen war, trat sie auf die Bremse. Verdammt, vor lauter Julius und Idas Love Story hatte sie zu fragen vergessen, wann sie, Penny, auf dem Haghof gewesen war. Und warum. Das musste sie unbedingt nachholen. Ida wusste garantiert mehr als ihre eigene Großmutter, die eh schon ein wenig senil war.

Von Gschwend ging's nach Gaildorf. Die kurvenreiche Strecke lag größtenteils im Wald, es ging bergauf und bergab mit gelegentlichen Ausblicken auf Höfe und Weiler, die wie verwunschen an kleinen Bächen und in Tälern lagen. Total romantisch, dachte Penny und wunderte sich nicht, dass in einer solchen Gegend die Fantasie Purzelbäume schlug und vor lauter Übermut sogar Gespenstergeschichten erfand; wo denn sonst, wenn nicht hier?

Nach Gaildorf änderte sich die Landschaft, wurde weiter und ebener und weniger malerisch. Allerdings schien ihr, als könne sie nun doch freier atmen – das Kleine, Enge, fast Niedliche war verschwunden.

Mitten in Obersontheim hielt sie noch einmal an. Hatte Ida nicht gesagt, sie und ihre Freundin seien auf einem »geheimen« Weg vom Haghof zur Burg gelangt? Wieder holte sie die Karte aus dem Beutel und schätzte die Entfernung vom Hof zur Burg in direkter Linie ab. »Drei, vier Kilometer anstatt sechs oder sogar acht«, murmelte sie. »Bei den Benzinpreisen ist das doch ein Versuch wert. Wenn ich erst mal am Haghof bin, geht es einfach nach Norden.«

Kurz entschlossen lenkte sie ihren Roller Richtung Markertshofen, bog am Schild *Haghof – Ferien auf dem Reiterhof* ab, passierte die Pferdekoppel und den Hof, arbeitete sich von Feldweg zu Feldweg nach Norden vor, überquerte sogar ein Sträßchen, entdeckte einen breiteren Wanderweg, der sie aber zu weit nach Osten brachte, sodass sie umdrehte, einen anderen Pfad suchte und dann, mitten im Wald, nicht mehr weiterkam, weil er sich im Dickicht verlor.

Ihr Kilometerzähler sagte ihr, dass sie ziemlich genau die Hälfte des Wegs geschafft hatte. Das Pfadfinderspielen hatte ihr Spaß gemacht, einfach nur aufgeben und umdrehen kam nicht in Frage. Also stellte sie den Roller ab und ging zu Fuß weiter.

Das war gar nicht so einfach; das dichte Unterholz, Äste und umgestürzte Bäume machten das Weiterkommen so schwierig, dass sie zu ihrem Roller zurückging.

Von neuem schaute sie sich um und meinte dann, eine Spur zu sehen. Was heißt sehen – sie war höchstens zu ahnen, war uralt, war auch überwuchert, aber einen Versuch war es wert, fand sie.

Penny nahm eine Packung Tempotaschentücher und band, wobei sie an Hänsel und Gretel dachte, immer mal wieder ein Tuch an einen Zweig, schließlich wollte sie ja wieder zurückfinden. Die kaum wahrnehmbare Spur führte in gerader Linie nach

Norden, und plötzlich fiel ihr ein ausgebleichter und abgerissener Fetzen von einem ehemals karierten Stoff auf. Und dann noch einer, bis sie kapierte, dass die Fetzen, die oft kaum dicker waren als eine Schnur, in gewissen Abständen an den Zweigen hingen. Sie pfiff erleichtert durch die Zähne, weil sie sich jetzt sicher war: Sie hatte den »geheimen« Weg gefunden.

Penny wich einem Brombeergestrüpp aus, umging eine völlig aufgewühlte Stelle – hier hausten offensichtlich Wildschweine, was sie nicht wunderte – und bewunderte Ida, die sich damals mit ihrer Freundin durch den Wald getraut hatte, obwohl es in der Gegend bestimmt von Soldaten nur so wimmelte. Als sie am nächsten Fetzen vorbeikam, wollte sie den Knoten aufbinden, aber der Stoff war so mürbe, dass er bei der Berührung brach. Sie steckte ihn für Ida ein.

Kurz danach stand sie vor dem Schäferkarren.

Da also hatten sich die Freunde von der Burg mit denen vom Haghof getroffen. Und Ida mit Julius!

Penny war kein furchtsames Mädchen. Zuerst umrundete sie den Karren, der schief stand, weil die Räder über die Jahre in den Waldboden eingesunken waren. Das Holz war verwittert, aber an manchen Stellen sah sie noch einen Rest der grünen Farbe. Ein Ofenrohr ragte aus dem Dach, an beiden Längsseiten hingen die Läden schief in den Scharnieren, die drei Tritte zur Tür waren morsch, trugen aber ihr Gewicht, und die Tür ließ sich öffnen.

Penny stampfte auf, um unliebsame Untermieter zu warnen; hier hausten garantiert etliche Mäusefamilien, und tatsächlich war ein Rascheln zu hören. Dann war Stille. Totale Stille.

Sie machte die Tür ganz weit auf und öffnete auch die Läden vor den Luken; Fensterglas war nicht vorhanden.

Sie blickte sich um, sah, wie von Ida geschildert, den Tisch und die Bank und den Ofen, auf dem sogar noch ein kleiner verbeulter Wasserkessel stand. Er war aus Blech und hatte einen abgebrochenen schwarzen Griff.

An einer Längsseite befand sich auf halber Höhe ein Brett. Darauf lag eine Schachtel Streichhölzer, auf der ein Kerzenstummel klebte. Daneben standen drei Becher aus blauem Emaille, ebenfalls verbeult, sowie eine runde Blechbüchse, von der Penny sofort den Deckel hob. Leider war die Büchse bis auf ein paar dürre grünlichgraue Blättchen leer. Sie schnupperte und meinte, ein Hauch von Pfefferminze wahrzunehmen. Sicher war sie sich aber nicht; sie wusste allerdings, dass es kein Schwarztee war. Damals war das eine Kostbarkeit gewesen.

Das war alles. Einfach schade, dass die Jugendlichen hier gar nichts Persönliches zurückgelassen haben, dachte sie. Ein Heft mit Aufschrieben, wann und warum sie sich hier getroffen haben ... das wäre ein super Fund gewesen.

Sie schloss die Läden und wandte sich zum Gehen. Dabei streifte ihr Blick den Tisch. Keine Schublade, bedauerte sie. Der Schäferkarren mitten im dichten Wald war natürlich der ideale Treffpunkt, aber als Liebesnest war er ihr eindeutig zu karg, wenn auch die Umgebung an Romantik nicht zu überbieten war.

Sie machte noch ein paar Handyfotos, um sie am Abend Ida zu mailen, fand die Stelle, wo der Pfad in Richtung Burg aus dem Wald trat, folgte ihm ein Stück und wendete dann aber, um auf ihrem Roller nach Dorneck zu holpern.

21. Kapitel

Der Dienstagmittag ging schon auf den Nachmittag zu, als der junge Daniel Dornecker endlich auf seinem geflickten Rad davongondelte.

Alex und ich ließen uns Zeit. Der Wein hatte uns ein bisschen träge gemacht, und auf dem asphaltierten Sträßchen ließ es sich bequem wandern. Die eintönige Landschaft weckte keinerlei erhabene Gefühle in unserem Innern, so wie sie beispielweise eine dramatische Szenerie in den Bergen oder an der See hervorrufen kann. Wenn es warm und der Boden trocken gewesen wäre, hätte ich Alex zu einem Schläfchen am Waldesrand überredet ... So aber legten wir schweigend ein paar Kilometer zurück, bis es nach einem Sägewerk und einem Holzlager steil nach unten ging. Am Hang links grasten Rinder mit einem ungewöhnlich rötlichbraunen Fell, deren Rasse von den üblichen Hohenlohern abwich. Es waren Angusrinder; sie kamen aus Irland und hatten den Vorteil, die Winter im Freien zu überstehen.

Eine schmale Brücke führte über einen Bach, danach wies uns die gelbe Muschel bergauf. Daneben hing ein Schild: *Gasthaus Hertensteiner Mühle.*

Gegen ein kühles Helles und ein Kännchen Kaffee hatte die Muschel keine Chance; ohne ein Wort zu verlieren bogen wir rechts ab.

Malerisch lag das Gasthaus mit dem kleinen Fischteich davor im tannenumstandenen Tal. Hätte Ludwig Ganghofer im Hohenlohischen gelebt und geschrieben, hätte es ohne weiteres zum Schauplatz einer seiner Romane getaugt. Die Besitzer schienen fröhliche Optimisten zu sein, denn sie hatten Stühle und Tische im Freien stehen und sogar einen Sonnenschirm aufgespannt –

klar, an diesem Dienstag regnete es nicht, und ein oder zwei Sonnenstrahlen hatten sich ja tatsächlich auch schon gezeigt.

»Zu kalt für mich«, meinte Alex und strebte ins Innere.

Wir waren die einzigen Gäste, bestellten Bier und Kaffee und betrachteten den Wandschmuck, der – ich wollt's ja nicht glauben – nicht nur aus Geweihen und ausgestopften Tieren bestand, sondern auch aus gerahmten Fotografien von Pilgern, die sich auf dem schwäbischen Jakobsweg die Erleuchtung erwandert hatten.

Ich hatte gerade die erste Tasse getrunken, als die Bedienung den Kopf hob, angestrengt horchte, zur Tür hechtete und sie aufriss. Da hörten wir es auch, das Tuckern eines Traktors.

Und die Schreie. Und das Lachen, das wir schon kannten. Und dann walzten sie herein, die vier!

»Heiliger Jakobus! Da haben wir sie wieder, unsere Pilger!«, rief Sonja, die zierliche Flotte, die mit den neiderregend schwarzen Locken. Sofort setzte sie sich neben meinen Alex, legte ihm den Arm um die Schultern und meinte mit Blick aufs Bierglas: »Kein Wein heute?«

Die anderen setzten sich auch zu uns, dann kam die Bedienung an den Tisch und Lene fragte die Frau: »Alles im grünen Bereich, Käthe?«

»Alles tief dunkelgrün«, bestätigte die. »Aber dein Polizist war hier.«

»Ach!« Lene schlug auf den Tisch. »Was hast ihm gesagt?«

»Was wohl? Dass ich keine Ahnung von nichts hab. Und dass ich ihn natürlich anrufen würd, wenn ihr hier auftauchen solltet, was aber ganz unwahrscheinlich sei.«

»Hat er's geschluckt?«

»Mit Haut und Haar. Er hat sogar sein Kärtchen mit der Telefonnummer dagelassen. Wie ist es? Habt ihr Hunger? Das Essen ist fertig.«

»Was hast denn für uns?«

»Ich hab gekocht, was ihr euch gewünscht habt: Braten, Spätzle mit Soß, Kartoffel- und grünen Salat.« Käthe stellte einen Krug Wein und Mineralwasser auf den Tisch, die Frauen bedienten sich und boten Alex von ihrem Wein an. Mir nicht.

Er deutete aufs Bierglas. »Später.«

Mit Tellern und Besteck kam Käthe aus der Küche. »Ihr esst doch mit«, sagte sie zu uns und deckte den Tisch ganz selbstverständlich für sechs Personen. »Oder seid ihr Spione?«

Sonja kicherte. »Die da«, sie zeigte auf mich, »ist eine Leidensgenossin. Und der da«, jetzt klopfte sie auf Alex' Arm, »ist so ein Halbdackel wie unsere Männer. Sag mal, soll ich dich ein bisschen aufheitern?«

»Warum nicht?«, entgegnete Alex prompt.

»Aha. Die Zimmer sind oben. Aber wer kümmert sich um deine liebe Frau, wenn wir uns vergnügen?«

Sonjas Freundinnen hielten die Luft an.

Meinem Alex, das sah ich genau, war's nicht wohl in seiner Haut. »Die Gelegenheit ist ungünstig«, nuschelte er. »Wir verschieben es auf später.«

»Soso. Auf später willst's verschieben. Aber später ist's dann für uns ungünstig. Weil: Da haben wir schon was vor.«

»Dann werden wir's wohl bleiben lassen müssen.« Dem Geplänkel hatte ich mit Vergnügen zugehört, aber das Bedauern, das jetzt in Alex' Stimme mitschwang, brachte mich auf die Palme. Einmal ein Fremdgänger, immer ein Fremdgänger – so war das also!

Ohne dass ich es wollte oder etwas dagegen hätte tun oder sie gar bremsen können, kochte die Wut in mir hoch, und als ich bemerkte, dass den vieren mein finsteres Gesicht nicht verborgen geblieben war und sie mich mitleidig musterten, wurde ich erst recht wütend.

Käthe stellte die Schüsseln auf den Tisch, das Essen roch verlockend und sah auch wirklich sehr appetitlich aus, aber mir schnürte es die Kehle zu – ich stieß den Stuhl zurück, schnappte den Rucksack, ignorierte die Rufe und war dann mal weg.

Ich stürmte – immer der Muschel nach – den Berg hoch und blieb oben schnaufend stehen. Die Flucht war nun wirklich kindisch gewesen. Doch, und das war das eigentlich Schlimme, mein Misstrauen war wie eine Bestie, die beim kleinsten Anzeichen von Gefahr ausrastete.

Dabei war die Situation noch nicht mal gefährlich gewesen!

Aber wäre was passiert, wenn ich nicht mitpilgern würde? Hätte sich Alex von jeder x-beliebigen Zufallsbekanntschaft ins Bett schleppen lassen? Oder ins Heu oder wo auch immer sich die Gelegenheit bot?

Wenn das so war – wütend stieß ich einen in den Weg hängenden Zweig beiseite – wenn also mein Alex ein solch übler Typ war, gab's für uns keine gemeinsame Zukunft mehr. Das war sicher. Denn ein Leben mit ständigem Misstrauen war kein Leben ...

Nur mit Mühe zwang ich mich zur Besonnenheit. Was war nur mit mir los? Bevor Marie in unser Leben getreten war, hatte ich Eifersucht und Misstrauen nur dem Namen nach gekannt; früher hätte ich mich an dem Geplänkel beteiligt und der lockigen Sonja mit Freuden klargemacht, wo der Bartel seinen Most holt. Jetzt waren mir die hässlichen Gefühle nicht mehr fremd. Gut, sie gehörten vielleicht zu den Erfahrungen, die einem im Leben nicht erspart blieben. Aber warum bekam ich sie nicht in den Griff, verdammt nochmal?

Daran war Alex schuld, wütete ich weiter. Hätte er mich mit seinem Seitensprung nicht ins Schleudern gebracht, wäre ich noch die nette Nina von früher. Aber jetzt ... jetzt entwickelte ich mich mit Lichtgeschwindigkeit zu einer üblen Harpyie ... und war zu schwach, war einfach unfähig, die Entwicklung zu stoppen. Dabei wollte ich doch keine Harpyie sein! Niemals nie!!!

Erst als ich vor dem Schild *Langenburg 4 km* stand, konnte ich wieder einigermaßen klar denken. Nina, sagte ich mir, du hast dich schön blamiert. Hast dich benommen wie eine hysterische Gans. Warst der Situation nicht gewachsen, hast dich als

Spaßbremse geoutet, als eine Frau, mit der nicht gut Kirschen essen ist. Einem giftig keifenden Weib mit einem ganzen Büschel Haaren auf jedem Zahn. Kurz: Nicht dein Alex, sondern du hast Probleme.

Aber das Bedauern in Alex' Stimme habe ich deutlich gehört, verteidigte ich mich.

Na und?, erwiderte meine innere Stimme. Vielleicht war's ja ein gespieltes Bedauern, um Sonja nicht zu verletzen.

»Das war echt!«, schrie ich so laut ich konnte.

Fast wäre ich an der Muschel vorbeigelaufen; im letzten Moment bog ich links ab und dann rechts, dann war ich auf einem Wiesenweg, neben dem ein Bächlein einherplätscherte.

Am Waldrand musste ich wieder die Richtung ändern, dann spürte ich, dass sich ein Steinchen in meinen Wanderstiefel geschlichen hatte, ich sah mich nach einer Bank um und entdeckte eine, von der aus man garantiert eine herrliche Aussicht ins Tal hatte.

Nur: Da saß schon jemand.

Jakob Schätzle, der Witwer und Experte im Seniorendienst.

Ich setzte mich neben ihn, schlüpfte aus dem Schuh, schüttelte das Steinchen heraus, massierte die Zehen und zog den Schuh wieder an. Band ihn energisch zu und griff nach dem Rucksack.

»Wieder mal allein unterwegs?«, erkundigte sich Schätzle freundlich.

Ich nickte.

»Gut, dass das hier eine friedliche Gegend ist.«

Ich hob die Schultern. »Wie man's nimmt.«

»Keine Tiger, keine Schlangen. Keine Terroristen, die aus dem Hinterhalt auf einen zielen. Höchstens mal ein Eichhörnchen oder ein Häschen, das übern Weg hoppelt.«

»Gefahren lauern überall. Sogar hier.«

»Sind Sie einer solchen begegnet?«

»Oh ja.«

»Muss ich mich vorsehen?«

»Sie? Wohl eher nicht.«

»Aber Sie haben gesagt: Gefahren lauern überall. Also muss ich mich doch auch vorsehen, Nina.«

Ich schüttelte den Kopf. »Es ist nicht einfach, Ihnen klarzumachen, was ich meine.«

»Versuchen Sie's.«

Mir kam meine Wilhelma in den Sinn. »Man kann ziemlich ungefährdet neben einem Hai schwimmen; er nimmt erst dann von einem Notiz, wenn man verletzt ist und er das Blut riecht.«

Jakob sah einem Bussard nach, der lange überm Waldrand kreiste und schließlich mit einem Schrei abdrehte. Hätte er gesagt: Sie, Nina, sind also verletzt? Ach, das tut mir aber leid! – ich hätte mich davongemacht wie der Vogel.

Aber Jakob sagte: »Für einen Nebenher-Schwimmer gibt's nur zwei Möglichkeiten. Entweder ist er so gut, dass er dem Hai entkommt. Oder er zieht das Messer, so er eines hat, und nimmt den Kampf auf. Man darf aber nicht übersehen, dass es in beiden Fällen ums nackte Überleben geht; was bedeutet, dass man all seine Kräfte mobilisieren und eine ganze Weile die Ungewissheit aushalten muss: Schaffe ich's, oder schaffe ich's trotz aller Anstrengung nicht. Dazu ist nicht jeder Mensch fähig.«

Wow! Zu einer solchen Antwort wäre mein Alex, der schlaue Manager, nie in der Lage gewesen. Voller Hochachtung, vielleicht auch mit einer gewissen Bewunderung, sah ich zu Jakob rüber. Mit lang ausgestreckten Beinen saß er auf der Bank. Das Haar war ziemlich zerzaust, in der einen Hand hielt er eine noch nicht verwelkte Schlüsselblume, die andere hing entspannt über die Lehne. Gesicht und Hals waren braun gebrannt und wiesen bedeutend weniger Falten auf als Alex'. Unsere Blicke begegneten sich. Ich merkte, wie mir das Blut ins Gesicht schoss.

Plötzlich fühlte ich mich wieder jung wie damals, als ich eine Studentin mit Hang zu unverbindlichem und unbeschwertem Flirten war. Begehrenswert, leichtsinnig, abenteuerlustig. Jakob legte den Arm um mich, ich lächelte ihn an. Warum nicht?, fragte ich mich übermütig, beugte mich zu ihm und dachte: Mensch, Nina, in dir werden ja Gefühle lebendig, die du längst abgeschrieben hattest! Dabei sind sie nur verschüttet! Ist das nicht wunderbar?

Sehr zärtlich strich Jakob über meine Wange ... da sah ich ihn, den hellen Tropfen an seiner Nasenspitze. Ich fuhr zurück und wurde mir im selben Augenblick bewusst, dass wir unsere Jugend längst hinter uns hatten. Man kann sich was vormachen, aber so ein Rotztropfen ist einfach ein Zeichen des Alters.

Jakob stutzte. »Ist was?«

Ich kicherte. »Da – an Ihrer Nase ...«

Jakob war kein bisschen verlegen. Er zog ein kariertes Taschentuch aus der Hosentasche, schnäuzte sich und ich seufzte ein bisschen. Schade ... einen Augenblick lang hatte ich mich so jung gefühlt!

Trotzdem – wir lachten uns an und standen auf. Schulterten die Rucksäcke. Schauten uns nach der Muschel um. Folgten dem Weg in den Wald hinein. Erreichten Atzenrod, hielten bei den Putenmastanlagen den Atem an, bogen schließlich in den Kirchweg ein und blieben gleichzeitig stehen, um die Aussicht hinunter ins Jagsttal zu bewundern. Die war sehenswert.

»Nina«, sagte Schätzle leise, »denk dran: Die Hoffnung stirbt zuletzt. Warum? Weil sie stark ist. Sie kann dich beflügeln und dir ungeahnte Kräfte schenken.« Er reichte mir die nicht mehr ganz frische Schlüsselblume. »Ich habe an Sie gedacht, als ich sie gepflückt hab. Nehmen Sie sie?«

Ich setzte den Rucksack ab und holte das Mäppchen mit Führerschein und Ausweis heraus. Klappte es auf und legte die Schlüsselblume hinein. »Wie rührend. Warum haben Sie ausgerechnet an mich gedacht, als Sie sie gepflückt haben?«

Er bückte sich nach meinem Rucksack und half mir, ihn aufzusetzen. »Können Sie es sich denn nicht denken? Es gibt so viel Schönes auf der Welt, allerdings sieht man das erst, wenn man sich – im wahren Sinn des Wortes – aufmacht. Ich habe mich aufgemacht. Hoffnungsvoll natürlich. Und jetzt bin ich Ihnen begegnet. Du bist mir begegnet, Nina.«

»Na und? Sie ...«

»Du«, unterbrach er mich.

»Du? Na, wenn Sie es unbedingt so haben möchten ... Du hast dich also aufgemacht, pilgerst den Jakobsweg ...«

»In der Hoffnung, ein Stück zusammen mit dir zu pilgern.«

Kein Rotztropfen hing jetzt an seiner Nase. Gut schaute er aus, der Jakob. Männlich, durchtrainiert und durchaus attraktiv. Wieder regten sich längst verloren geglaubte Gefühle in mir. War es Alex genauso gegangen, als er der Marie begegnete? »Klar, wir können ein Stück zusammen pilgern; zumindest bis Winnenden. Du, ich und Alex.«

»Und Alex«, wiederholte er und runzelte unwillig die Stirn. »Ich dachte an nur zwei Pilger.«

»Ach? Damit meintest du wohl Alex und dich?«, zog ich ihn auf.

Er strich mir eine Haarsträhne aus der Stirn. »Das meinte ich durchaus nicht.«

»So? Dann dachtest du vielleicht, du könntest allein mit mir pilgern? Jakob, das geht nicht; das weißt du. Ich bin zwar kein Feigling, aber ... «

»Das ist ja schon mal ein guter Anfang«, unterbrach er mich flugs.

»Findest du?«

»Unbedingt.«

Obwohl der Rucksack längst an seinem Platz war, lagen Jakobs Hände noch auf meinen Schultern. Ich spürte die Wärme, die von ihm ausging, roch seinen Atem, sah die Lachfältchen um die Augen, die kleinen hellen Stoppelhaare, wo er sich nicht gründlich rasiert hatte, die Nase, an der jetzt kein helles Tröpfchen hing, und wünschte mir, Jakob wäre Alex. Alex, so, wie ich ihn kannte und liebte – nicht den Wichtigtuer mit der Lehrerstimme.

Aber ich war sauer auf meinen Mann. Und wütend. Misstrauisch. Und das Schlimmste: Ich bekam meine Gefühle für ihn nicht in den Griff, verdammt aber auch! Ich schloss die Augen und seufzte schwer. Jakob verstand das komplett falsch. Er nahm seine Hände von meinen Schultern, legte sie um mein Gesicht und zog mich an sich …

»Nina! Hab ich dich endlich eingeholt! Kannst du mir sagen, warum du einfach abgehauen bist?«

22. Kapitel

»Mädchen«, schimpfte Schorsch, als Penny am Dienstagmittag endlich auf Burg Dorneck ankam, »du hast dir aber Zeit gelassen! Warum kommst du so spät? Und wie siehst du überhaupt aus? Bist du unter die Räuber geraten?«

»Das nicht gerade. Bei der Herfahrt habe ich bei meiner Großtante einen kurzen Stopp eingelegt, dann war ich spät dran, und als ich in Obersontheim war, habe ich auf der Karte nach einer Abkürzung gesucht.« Penny hielt inne. Nein, vom Schäferkarren würde sie Schorsch nichts erzählen; der war für ihn ohne Bedeutung. »War aber eine blöde Idee«, fuhr sie fort. »Ich hab mich elend verfranzt und hab viel länger gebraucht, als wenn ich auf der Straße geblieben wäre.«

»Bist halt ein verrücktes Huhn«, knurrte Schorsch.

»Vielleicht. Aber ich hab dir etwas mitgebracht, Schorsch.« Sie nestelte ihren Beutel auf und überreichte ihm die Fotos.

»So was!« Verblüfft betrachtete er die Fotos. »Das ist ja wie ein Sechser im Lotto, Penelope! Wo hast du die denn aufgetrieben?«

»Ida hat sie mir gegeben. Du musst sie kopieren; Ida will sie wieder zurück.«

»Und wer ist diese Ida?«

»Meine Großtante.«

»Sie lebte auf Burg Dorneck?«

»Nein. Es war so ...« Penny berichtete ihm von Idas Bäsle Anne, vom Haghof, von Hildegard und deren Brüdern. »Sie haben sich mit den jungen Flüchtlingen angefreundet, die nach dem Krieg hier einquartiert wurden. Einer hatte einen Fotoapparat. Sehen Sie ...«

Penny deutete auf die Wand. »Damals war von den Malereien noch viel mehr übrig. Klar, sie waren verblasst. Aber bis auf die eine Stelle dort waren sie noch vollständig.«

Eins nach dem anderen legte Schorsch die Fotos auf das Brett, das er über zwei Holzböcke gelegt hatte und ihm als Arbeitstisch diente. »Ein Glücksfall«, sagte er. »Ein absoluter Glücksfall ist das für uns. Weißt du auch, warum, Penelope?«

»Sagen Sie's mir, Schorsch.«

»Weil«, mit einem Foto in der Hand ging er zur Wand, »weil wir jetzt fast die ganze Bemalung restaurieren dürfen – hier sind die Beweise, die das Denkmalamt dafür braucht.« Er schaute Penny mit glänzenden Augen an. »Dafür könnte ich dich umarmen, Penelope!«

»Nur zu«, meinte Penny lachend. »Was ist mit dem alten Dornecker? Wird der mich auch in den Arm nehmen?«

»Das könnte dir so passen, Penelope. Aber ...« Schorsch reichte ihr die Fotos. »Du fährst jetzt sofort nach Hall und lässt vom besten Fotografen der Stadt Vergrößerungen machen. Pro Foto erst mal fünf Stück. Und sag ihm, er soll sich gefälligst beeilen!«

»Das heißt, ich warte auf die Abzüge?«

»Wenn's sein muss. Kannst ja in der Zwischenzeit etwas essen.«

»Mensch, Schorsch! Sie sind einfach zu gütig zu mir!«, spottete Penny, verstaute die Fotos im Beutel und wandte sich zum Gehen. »Bis dann! Und vergessen Sie nicht, Schorsch: Ab heute Abend wohnen wir auf dem Haghof! Und noch was: Wer bezahlt mir's Benzin?«

»Der alte Dornecker natürlich. Und wenn du was isst, Penelope, lass dir die Quittung dafür geben, hörst du?«

Der Auftrag war ganz nach Pennys Geschmack – er war ja so gut wie ein geschenkter Tag. Sie fuhr also nach Hall, bummelte durch die Fußgängerzone, gab die Abzüge in einem kompetent erscheinenden Geschäft in Auftrag und suchte dann eine nette Kneipe, wo sie ein Apfelschorle und Bratwürste mit Kraut und

Kartoffelbrei bestellte; bei dem kühlen Aprilwetter brauchte sie was Solides, das sie von innen wärmte.

Am Spätnachmittag konnte sie die Vergrößerungen abholen. Zufrieden und gesättigt, sie hatte sich noch ein Stück Kuchen und einen Caffè Latte genehmigt, fuhr sie zurück und stellte ihren Roller wieder unterm Holunderbusch ab.

Jetzt stand da auch ein Fahrrad. Ein neues Modell war das nicht; es sah aus wie die alten Treter, die die Kunststudenten benutzten – wenn so eines geklaut wurde, ärgerte man sich nicht besonders über den Dieb. Das Rad konnte ihr also egal sein; ein Twingo mit etlichen Dellen wäre schlimmer gewesen. Insgeheim fürchtete Penny nämlich, dass sich Bruno in sein Auto setzen und zur Burg fahren könnte – dies in der Absicht, sie umzustimmen. Aber es wäre ein vergeblicher, wenn auch für sie lästiger Versuch. Bruno gehörte längst der Vergangenheit an.

Mit ihrem bunten Beutel über der Schulter sprang sie die Treppe hinauf. »Schorsch! Hier bin ich wieder!«

Keine Antwort. Im Vorbeigehen sah sie die offene Küchentür, nahm dann immer zwei Stufen auf einmal, platzte in die Wohnhalle – und stand einem jungen Mann gegenüber.

»Oh! Hallo!«, rief sie verblüfft.

Schorsch nahm die Pfeife aus dem Mund und deutete mit dem Stiel auf den jungen Mann. »Das ist der Penner, Penelope. Der, der sich in der Speisekammer das Nest gebaut hat.«

»So sieht er auch aus«, entgegnete sie schnippisch und beäugte ihn misstrauisch: sehr schmutzige Jeans und ein Sweatshirt, dem die Wäsche auch nicht geschadet hätte.

Der junge Mann grinste sie an. »Und wer sind Sie?«

»Sie stehen meiner Praktikantin gegenüber«, antwortete Schorsch flugs. »Hast die Vergrößerungen dabei, Penelope?«

»Hier sind sie.« Penny warf die Abzüge auf den Arbeitstisch. »Hat ein bisschen gedauert, aber dafür sind sie auch gut geworden. Und das sind die Quittungen.«

Schorsch blickte auf die Preise. »Ein Mittagessen UND Kaffee und Kuchen? War das nicht ein wenig üppig?«

»Ich hatte Hunger«, verteidigte sich Penny. »Außerdem haben Sie ja gesagt, der alte Dornecker habe Geld wie Heu.«

»Das er nicht zum Fenster hinauswirft«, sagte der junge Mann und grinste dabei.

»Ach!« Penny fuhr herum. »Sie kennen ihn? Das glaube ich jetzt nicht.«

»Doch, doch: Ich kenne den alten Dornecker.«

Penny hob die Augenbrauen. »Nee. Wirklich? Wer sind Sie überhaupt?«

Der junge Mann stopfte die Hände in die Hosentaschen und kostete die Antwort aus: »Der Sohn vom alten Dornecker.«

»Aber Schorsch sagte doch, Sie seien der Penner in der Speisekammer …«

»Der bin ich auch.«

»Steig mir en d' Dasch! Da hab ich ja ein sauberes Eigentor geschossen!« Nur wenn sie sehr zerknirscht war, fiel Penny ins Schwäbische. »Schorsch, warum haben Sie nicht gleich gesagt, dass der Dornecker in der Speisekammer pennt?« Sie fuhr herum, weil ihr jemand die Hand auf die Schulter gelegt hatte. »Bruno! Ich fass es nicht. Du hast mir gerade noch gefehlt …«

23. Kapitel

In scheinbarer Einmütigkeit marschierten Alex, Jakob und ich durchs Stadttor von Langenburg.

Das Zentrum des Städtchens besteht, vom Tor aus gesehen, aus einer einzigen, leicht abschüssigen Straße, die, gesäumt von Blumen- und Andenkenläden, Bäckereien – wo die berühmten Wibele in den Auslagen liegen –, Metzgereien, Gasthäusern und Pensionen, direkt aufs Schloss zuführt und dort auch endet.

An diesem Tag hatte ich für die Nacht nicht vorgesorgt; Langenburg, das wusste ich, bot genügend Übernachtungsmöglichkeiten an, die so früh im Jahr sicher noch nicht überlaufen waren.

So war es auch. Alex blieb gleich vorm *Gasthaus zur Post* stehen. »Nina, ich buche uns ein Zimmer.«

Er schaute mich grimmig an und ging hinein – mein Mann, der normalerweise mir die Zimmersuche überließ!

Jakob hob die Schultern. »Denk daran, Nina: Nur wenn er Blut riecht, wird der Hai gefährlich«, sagte er halblaut, drehte sich um und zeigte auf die gegenüberliegende Straßenseite, wo ein Schild *Gemütliche Fremdenzimmer mit Talblick* verkündete. »Ich versuch's dort.«

Während ich Jakob nachschaute, kam Alex wieder. »Alles in Ordnung. Wir haben ein Zimmer; kommst du, Nina?«

Ich folgte ihm in den ersten Stock, er steckte den Schlüssel ins Schloss, ließ mir den Vortritt, machte die Tür hinter sich zu und platzte heraus: »Sag mal, hab ich das richtig gesehen? Du hast dich von diesem Jakob küssen lassen?«

Das Zimmer war einwandfrei: Teppichboden, Doppelbett mit dicken Kissen, schön spießig in der Mitte geknickt.

»Falsch. Ich habe ihn geküsst.«

Ich weiß nicht, welche Antwort mein Mann erwartet hatte; vielleicht ein blödes Leugnen der Art: Mein Lieber, ich lasse mich doch von keinem Dahergelaufenen küssen! Jedenfalls – Alex hielt die Hand ans Ohr. »Wie bitte?«

»Du hast gehört, was ich gesagt habe.«

»Das glaube ich jetzt nicht.« Mein Mann baute sich drohend vor mir auf. »Darf ich fragen, warum du den Kerl geküsst hast?«

»Fragen darfst du.« Ich hasste Kissen mit Knick, also schüttelte ich sie auf und legte sie platt aufs Deckbett.

»Also? Warum, Nina?«

»Ich sagte: Fragen darfst du.«

»So lass doch die blöden Kissen und antworte mir!«

»Warum sollte ich?«

»Wir sind verheiratet, Nina! Du bist mir die Antwort schuldig.«

»Ach wirklich?« Ich inspizierte das Badezimmer, das vor lauter Sauberkeit nur so funkelte. »Ich kenne da jemand, der es mal mit dem Verheiratetsein nicht so genau genommen und jede Antwort verweigert hat«, entgegnete ich freundlich.

»Ach! Und das ist jetzt die Retourkutsche?«, erwiderte er höhnisch.

»Nach dem langen Weg noch ne Kutschfahrt? Ne, Alex, danach steht mir nicht der Sinn. Sag mal, sollen wir zuerst duschen und dann essen? Oder willst du lieber gleich essen und dann duschen? Wie hättest du es denn gerne?«

»Ich brauche ein Bier«, sagte er brüsk. »Oder was Stärkeres.«

In der Gaststube setzten wir uns an einen Tisch, von wo aus wir einen überwältigenden Blick ins Jagsttal hatten. Wie ein zarter grauer Schleier hing der Nebel überm Fluss; der Wald an der gegenüberliegenden Talseite verlor sich im Dunst, der alle Konturen unscharf machte.

Ich bestellte Salat und Kässpatzen und aß beides mit Genuss.

Alex attackierte seinen Zwiebelrostbraten, säbelte ein Stückchen ums andere herunter, schob es an den Tellerrand und behauptete, das Fleisch sei zäh. Zu hart gebraten und daher ungenießbar.

Ich spießte ein Stückchen auf die Gabel und probierte es; wie vermutet war das Fleisch köstlich und zart.

Später nahm Alex eine ganze Flasche Trollinger mit aufs Zimmer und leerte sie vorm Fernseher. Auf Kabel kam ein Krimi aus dem Land nördlich der Kartoffelschnitz-und Spätzle-Grenze; der Kommissar machte Späßchen, die ich nicht witzig fand, aber Alex starrte gebannt auf die Scheibe – was er dort so Faszinierendes sah, entging mir komplett.

Deshalb ließ ich Wasser und eine ordentliche Portion flüssige Seife in die Badewanne laufen und blieb darin liegen, bis meine Finger ganz weiß und schrumpelig waren. Und fragte mich, weshalb ich eigentlich Jakob geküsst hatte. Auf keinen Fall, um Alex etwas heimzuzahlen; so weit hatte ich einfach nicht gedacht. Eine spontane Reaktion, sozusagen der Dank für Jakobs Verständnis, war's auch nicht gewesen. Es war, ich bewegte die Zehen, ohne mein Zutun gekommen und mir so, in der ganzen Zeit meiner mehr als fünfundzwanzigjährigen Ehe, noch nie passiert.

Jakobs Lippen waren nicht unangenehm gewesen, erinnerte ich mich, und das Empfinden, das der leichte Kuss in mir ausgelöst hatte, schon gar nicht.

Aber deshalb nahm ich ja nun wirklich nicht die Pilgertour auf mich – nur um fremde Lippen zu küssen! Mit mir und Alex wollte ich ins Reine kommen und keine neuen Probleme schaffen ... schon gar nicht mit einem Mann, der in Kürze den Eingeborenen von Neuguinea zeigen würde, wie man Spätzle in der richtigen Dicke in den Feuertopf schabt. Oder den Inuit im ewigen Eis das Einmaleins der Reparatur ihrer Kühlschränke beibrachte.

Ich streckte ein Bein in die Luft und hörte zu, wie ein Tropfen nach dem anderen von den Zehen ins Wasser fiel: Wenn Jakob mich so sehen würde ...

Als der Mörder gefasst und der Kommissar mit seinem Kumpel die Lösung des Falls mit Currywurst und Bier feierte, hatte Alex die Flasche geleert, legte sich ungeduscht ins Bett und war innerhalb von Sekunden hinüber.

Sein Schnarchen hinderte mich am Einschlafen; ich wälzte mich eine ganze Weile hin und her, dann knipste ich, um zu lesen, die Nachttischlampe an. Alex kam zu sich, knurrte unwillig und schnauzte ruppig »Schlaf endlich!«

Ich löschte das Licht.

Es wurde elf, dann halb zwölf. Da gab ich es auf. Nahezu lautlos schlüpfte ich in Wanderhose und Pulli, nahm den Anorak vom Haken und die Schuhe in die Hand und schlich mich aus dem Zimmer. Den Schlüssel nahm ich mit.

Langenburg – das bedeutete Land, aber heutzutage schlossen die Leute ihre Haustüren auch auf dem Land zu. Doch der Zimmerschlüssel funktionierte an der Eingangstür, ich trat auf den Gehweg hinaus, schlüpfte in Schuhe und Anorak und schaute zum Himmel hinauf: keine Sterne, kein Mond. Wenigstens regnete es nicht. Aber es windete.

Der Wind trug den Geruch nach Tabak zu mir rüber. Eine Zigarette! Wenn ich nur eine einzige Zigarette hätte! In diesem Augenblick bedauerte ich es, dass ich das Rauchen längst aufgegeben hatte. Ich blickte die Straße hinunter. Kein Mensch führte seinen Köter Gassi, die Autos parkten brav auf den dafür vorgesehenen Stellplätzen, und nicht mal ein Jugendlicher knatterte auf seinem Moped durch die Nacht.

Aber der Zigarettenrauch ... wo kam der her? Angestrengt starrte ich ins Dunkel, das schwach von einigen Straßenlampen erhellt wurde, und dann, auf dem Gehweg schräg gegenüber, sah ich das Glimmen einer Zigarette. Kurz entschlossen entschied ich mich fürs Schnorren, überquerte die Straße ...

»Nina? Bist du's?«

Ich blieb stehen.

»Nina?«

»Ja.«

»Was tust du hier? Kannst du auch nicht schlafen?«

Na, wenn ich schlafen würde, stünde ich ja nicht auf dem Langenburger Trottoir. »Ich hätte gerne ... sag mal, kannst du mir eine Zigarette schenken?«

Jakob hielt mir eine Schachtel vor die Nase. »Feuer?«, fragte er unnötigerweise.

»Hmmm.«

Ich lehnte mich an die Hauswand. Die ersten Züge machten mich schwindlig, aber das verging schnell.

»Warum konntest du nicht schlafen?«, erkundigte sich Jakob leise.

»Keine Ahnung. Warum stehst du mitten in der Nacht vorm Haus?«

Er bewegte den Kopf aufwärts. »Nichtraucherzimmer. Wie ein Dieb bin ich aus dem Haus geschlichen.«

»Auch auf Socken?«

»Barfuß.«

»Früher«, flüsterte ich, »hab ich immer aus dem Fenster rausgeraucht.«

»Hab mich nicht getraut. Die Wirtin schläft bei offenem Fenster im Zimmer daneben. Und so wie sie aussieht, hätte sie mich schnurstracks aus dem Haus gejagt.«

»Feigling.«

»Unnötigen Gefahren gehe ich aus dem Weg. Noch eine Zigarette?«

»Gerne.«

Wir schwiegen. Bliesen den Rauch in den Nachthimmel und vermieden es, uns anzusehen.

Als ich die zweite Zigarette zu Ende geraucht hatte, warf ich sie in hohem Bogen auf die Straße, beobachtete das Sprühen der winzigen Funken und wartete, bis das Glimmen erloschen war. »Das mache ich tunlichst auch«, sagte ich leise.

Jakob schrak zusammen. »Was denn?«

»Einer unnötigen Gefahr aus dem Weg zu gehen.«

»Gibt es denn eine solche?«

»Sie steht direkt neben mir.«

Jakob hielt mich fest. Dann legte er die Arme um mich. Kein helles Tröpfchen hing an der Nasenspitze. Gut so. »Du hast gesagt, du wärst kein Feigling. Nina, du enttäuschst mich.«

»Warum sollte ich mutiger sein als du und mich in eine unnötige Gefahr begeben?« Ich fröstelte und kuschelte mich in seine Arme. Die Wärme tat gut. Trotzdem – plötzlich wurde mir das Absurde der Situation bewusst: Wie ein Teenager hatte ich mich aus dem Haus geschlichen, hatte Zigaretten geschnorrt und war infolge von verloren geglaubten Gefühlen, die mich ganz wirbelig machten, bereit – oder doch so gut wie – mit Jakob etwas Unbesonnenes ... Stopp, Nina!, befahl ich mir, wand mich aus seiner Umarmung und hauchte ihm einen Kuss auf die Backe. Das war als Guts-Nächtle-Kuss und als So-weit-und-nicht-weiter-Kuss gedacht. Mein Gott, ich war verheiratet, hatte einen erwachsenen Sohn, der in einer festen Beziehung lebte und seine Freundin jederzeit schwängern konnte. Und mich zur Oma machen würde.

Einerseits.

Andererseits tat es gut, sich so unverhofft wieder jung und leichtsinnig zu fühlen. Begehrt zu werden. Und dass ich Alex den Seitensprung heimzahlen konnte, war echt verlockend. Zugegeben, es wäre eine billige Retourkutsche ...

»Nina«, hauchte Jakob in mein Ohr. »Ich bin kein Mönch. Komm mit.«

»Aber deine Wirtin ...«

»Kann uns gestohlen bleiben.«

Ich zögerte. »Noch eine Zigarette, bevor ...«

»Danach, Nina.«

Ich wäre Jakob gefolgt, wenn im Nachbarhaus nicht das Licht angegangen wäre. Eine junge Frau in einem rosa Morgenrock erschien in der offenen Tür, ein Mann folgte, der die Frau flüchtig küsste, wobei er mit der linken Hand prüfte, ob der Reißverschluss seiner Jeans hochgezogen war. Er wuschelte durchs Haar der Frau, sprang die Stufen zur Straße herunter, drehte sich dort um, winkte, und eilte schließlich in Richtung Stadttor davon.

Die Frau sah ihm nach, und dabei musste ihr Blick auf uns gefallen sein, denn sie starrte angestrengt zu uns herüber und dachte gar nicht daran, ins Haus zu gehen.

Schließlich hob Jakob den Kopf und machte »gschgsch«. Das klang genauso, als würde er eine Katze aus seinem Lieblingssessel verscheuchen, doch die Frau blieb eisern in der offenen Haustür stehen. Ich kicherte.

Wir bewegten uns nicht. Das Licht fiel auf den Bürgersteig; die ungenierte Neugier der Frau dämpfte meine Gefühle so sehr, dass ich mich schließlich aus Jakobs Armen wand. »Schade, dass wir im braven Langenburg und nicht in Paris sind«, flüsterte ich. »Die Frau würde Alarm schlagen, wenn wir jetzt ins Haus deiner Vermieterin gingen.«

»Das fürchte ich auch.«

»Schade, Jakob.«

»Warte ...«

Die Frau bewegte sich nicht. »Nein. Guts Nächtle, Jakob.«

Als ich, die Schuhe und den raschelnden Anorak in der Hand, die Treppe zu unserem Zimmer hochschlich, kam ich mir vor wie ein junges Mädchen, das sich verbotenerweise mit seinem Lover getroffen hatte. Mein Herz klopfte spürbar, und dann ... dann hätte ich fast gekichert: Was würde ich sagen, wenn Alex aus seinem weinseligen Schlaf aufwachen würde?

Ich schlich weiter und legte vorsichtshalber mein Ohr an die Zimmertür. Nichts zu hören. Ich öffnete sie einen Spalt. Horchte.

Hörte rein gar nichts.

Ganz finster war es nicht; ich sah die Gestalt unter der Decke. Sie bewegte sich nicht.

Geräuschlos schloss ich die Tür, zog mich aus, kroch ins Bett ...

»Nina, hast du geraucht?«

24. Kapitel

»Penelope!« Schorsch deutete mit dem Pfeifenstiel auf den jungen Mann. »Wer ist das?«

»Ich bin«, antwortete Bruno flugs, »Pennys Freund. Mensch, Penny, ich hab dir Hunderte Mails geschickt; keine einzige hast du beantwortet!«

»Ich habe und werde keine beantworten!«, fuhr sie ihn an. »Wir haben Schluss gemacht – schon vergessen?«

»Wir?« Brunos Stimme wackelte. »Davon weiß ich nichts.«

»Junger Mann …« Schorsch stieß graue Wolken aus. »Sie haben gehört, was meine Mitarbeiterin gesagt hat: Sie gehören ihrer Vergangenheit an. Also verschwinden Sie; Sie halten Penelope von der Arbeit ab.«

»Ich halte Penny von der Arbeit ab? Dass ich nicht lache …«, kreischte Bruno und zeigte auf Daniel Dornecker. »Was tut dann der da?«

Dornecker lächelte vergnügt. »Ich wohne hier.«

»Richtig«, bestätigte Schorsch. »Es geht Sie zwar nichts an, aber Sie stehen dem Herrn der Burg gegenüber.«

»Und als solcher«, Daniel lächelte noch eine Spur gewinnender, »ersuche ich Sie, sich aus meinen Gemächern zu entfernen.«

Bruno taumelte. »Ihr verarscht mich, was? Der … der soll Schlossherr sein? Das ist ein Landstreicher!«

»Du bist ja nur peinlich, Bruno«, zischte Penny. »Kapierst du endlich? Du bist hier nicht erwünscht; also hau schleunigst ab. Zieh Leine! Mach die Fliege!«

»Penny! Kommst du mit? Nur eine Sekunde, bitte!«, flehte Bruno.

»Penelope!«, donnerte Schorsch. »An die Arbeit! Und Sie …« Er baute sich vor Bruno auf. »Sie verschwinden von hier. Mit HIER meine ich die gesamte Gegend; also kein Warten hinterm Busch, kein Ständchen unterm Fenster, kein Gegrabsche an der Tür.«

»Wie bitte?!«

Daniel stellte sich neben Schorsch. Beide Männer ballten die Fäuste. »Wird's bald?«

Bruno erstarrte – und flüchtete.

»Und keine Anrufe oder Mails!«, schrie Penny ihm nach.

Als sie hörten, wie unten der Motor ansprang, stieß Penny einen erleichterten Seufzer aus. »Danke, Schorsch!«

Der knurrte: »Was hast du nur in dem Kerl gesehen, Penelope?«

»Eigentlich war er von Anfang an eine Übergangslösung«, gestand sie. »Dass er sich zu einem hartnäckigen Dauerlover entwickeln würde, habe ich nicht vermutet. Aber jetzt bin ich ihn ja los!« Sie wirbelte herum. »Und Sie sind wirklich der Burgherr?«

»Hand aufs Herz: Der bin ich.«

»Ich dachte, es handle sich um einen älteren Herrn, der …« Penny biss sich vor lauter Verlegenheit auf die Lippe.

»Den Sie Geizkragen nennen? Das ist mein Vater.«

»Penelope, die Herrschaften haben ein schnuckliges Wochenendhäuschen mit Stil gesucht«, erklärte Schorsch. »Aber Schluss jetzt. Schauen Sie sich mal die Vergrößerungen an«, forderte er den jungen Dornecker auf. »Was sagen Sie dazu?«

Der verglich die Fotos mit den Resten der Bemalung an der Wand. »Beeindruckend. Mein Vater wird begeistert sein«, meinte er lahm.

»Sie nicht?«, wollte Penny wissen.

Er hob die Schultern. »Na ja … Ob ich da nun zwei oder drei Rosen an der Wand sehe, ist mir nicht so wichtig.«

Penny verdrehte die Augen. »Mensch, ich reiß mir die Füße aus, Schorsch gerät in Ekstase, aber Sie – Sie nehmen den Fund hin, als wär's eine faule Kartoffel. Oder zumindest wie etwas,

was einem jeden Tag auf den Schreibtisch flattern kann. Was interessiert Sie eigentlich? Warum haben Sie nicht ein gewöhnliches Haus gekauft, wenn Sie schon nichts mit Kunst anfangen können? Das wäre Sie billiger gekommen!«

»Die Ausgaben bezahlt mein Vater, und eine Burg ist ihm nun mal lieber als eine bescheidene Hütte.« Der junge Dornecker nahm die Hände aus den Hosentaschen und zeigte auf Pennys Jeans. »Sie sehen auch nicht besser aus als ein Landstreicher.«

»Genau«, bestätigte Penny. »Wissen Sie auch, warum? Ich sag's Ihnen: Weil ich wegen Ihrer ›zwei oder drei Rosen‹ fast im Wald verschüttgegangen bin. Und Sie danken mir das nicht mal!«, rief sie dramatisch aus.

Daniel Dornecker verdrehte die Augen. »Dafür werden Sie wohl bezahlt, oder?«

Penny schnappte nach Luft. »Wissen Sie was? Sie sind einfach nur ein blöder Kerl.«

Dornecker lachte. »Sie haben lange gebraucht, um das zu kapieren«, meinte er milde.

»Jetzt reicht's aber«, sagte Schorsch unwirsch. »Wann kommt Ihr Vater, Daniel?«

»Morgen. Vielleicht schon heute, er war sich nicht sicher.« Er stand noch ein bisschen herum und griff dann wieder nach einem der Fotos. »Wo haben Sie die denn aufgetrieben, Herr Epple?«

Schorsch stopfte die Pfeife, er hustete. »Penelope hat sie mitgebracht. Sie ...« Er hob den Kopf. »Da kommt jemand.«

Penny flüchtete in eine Fensternische. »Wenn das wieder der Bruno ist ...«

Es war aber der alte Dornecker, der die Stufen raufschnaufte und gleich seinen Sohn anpfiff. »Hast du nichts Rechtes anzuziehen?«

»Dad, geht das schon wieder los?«

Epple hustete und lenkte den Alten von seinem Sohn ab, indem er ein Foto in die Höhe hielt. »Herr Dornecker, ich hab da was für Sie.«

Der bedachte seinen Sohn mit einem vernichtenden Blick und beugte sich über Schorschs Arbeitstisch. »Aber das ist ja fantastisch, Epple! Jetzt kann das dämliche Denkmalamt nichts dagegen haben, wenn Sie die Wände vollständig bemalen, was?«

Epple nickte. »Ich tu, was irgend möglich ist«, wich er aus und wedelte mit einer energischen Handbewegung Penny und Daniel aus der Halle, was Penny ärgerte, weil sie den alten Dornecker gerne kennengelernt hätte. Der strahlte nämlich eine Energie aus, die mühelos bis zu ihr in die hinterste Fensternische drang. Er überragte den Schorsch um einen Kopf, hatte graumelierte Haare, durchdringend blaue Augen, buschige Brauen, eine markante Nase, ein energisches Kinn und einen Mund, den sie einfach göttlich fand. Dazu kam der durchtrainierte Körper, der in Edeljeans, einem hellblauen Hemd – gebügelt! – und einem jägergrünen Janker mit Hirschhornknöpfen steckte. Damit entsprach er sämtlichen bürgerlichen Vorstellungen eines Schlossbesitzers, dessen Ahnenreihe bis zu Rulaman, dem in Höhlen hausenden Ur-Schwaben auf der Alb, zurückreichte.

Schorsch ist ein Esel, stellte Penny fest; von einem so tollen Mann würde ich mich gerne umarmen lassen ... Sie seufzte und stieß Daniels Hand weg, der sie am Arm gepackt hatte. »Ich komm ja schon!«

Sie folgte ihm die Treppe hinunter in die Küche, wo er Wasser in einen Kocher laufen ließ. »Kaffee?«

»Was anderes haben Sie ja nicht zu bieten.«

»Leider nicht. Das Personal hat heute Ausgang.«

»Ein freier Tag für alle?« Penny grinste. »Das ist 'ne miese Organisation.«

»Wie würden Sie es denn machen?«

»Überlappend«, antwortete Penny prompt. Sie hatte sich auf den wackligen Tisch gesetzt und ließ die Beine baumeln. »Warum übernachten Sie eigentlich nicht in einem ordentlichen Hotel? Hier hält sich der Luxus in Grenzen, und ...« Sie zögerte. »Mich würd's gruseln, so allein in der leeren Burg.«

Das Wasser kochte; Daniel löffelte *Nescafé* in zwei Becher, goss Wasser auf, rührte um, sagte: »Leider hat unser Knecht die schlosseigene Kuh heute Morgen nicht gemolken, und der Transport der Zuckersäcke wurde aufgehalten.«

»Was bedeutet, dass ich den Kaffee schwarz trinken muss«, erklärte Penny grinsend und nahm den Becher entgegen. »Ich werd's überleben. Also ...«, sie blies in den Kaffee, » was tun Sie eigentlich, wenn Sie nicht gerade in der ehemaligen Speisekammer pennen?«

»Was tun Sie, wenn Sie nicht gerade einen lästigen Lover in die Wüste schicken?«, konterte er.

»Ich hab zuerst gefragt!«, protestierte Penny.

»Also muss ich zuerst antworten?«

Penny nickte. »Name, Wohnort, Familienstand, Herkunft, Beruf. Und Zukunftsaussichten«, setzte sie hinzu.

»Ist das nicht ein bisschen zu viel auf einmal?«

»Für mich nicht. Ich hab kein Spatzenhirn.«

»Ich schon, aber ich versuch's. Name: Daniel Dornecker, zweiter Sohn des Mike Dornecker und der Caithlin Dornecker. Nicht verheiratet, also Single. Erster Wohnsitz in den USA, zweiter Wohnsitz auf Burg Dorneck. Herkunft ... Was verstehen Sie unter Herkunft?«

»Ihre Vorfahren natürlich«, antwortete Penny prompt.

Daniel lachte und lehnte sich an den Ausguss aus Stein. »Die Vorfahren meiner Mutter kommen aus Irland. Die meines Vaters aus dieser Gegend, deshalb ist er ja auch hier, um seine Wurzeln auszugraben. Mal sehen, ob er überhaupt welche findet. Was war der letzte Punkt auf der Liste?«

»Ihr Beruf.«

»Noch nicht vorhanden«, sagte Daniel. »Ich will Landwirt werden und studiere in Hohenheim. Das ist ein Vorort von Stuttgart.«

»Weiß ich«, bestätigte Penny. »Warum studieren Sie hier und nicht in den USA?«

»Private Gründe«, antwortete Daniel knapp.

»Aha. Wollen Sie in Deutschland bleiben?«

»Vielleicht.« Daniel blies auch in den Kaffee. »Wahrscheinlich sogar. Mir gefällt es hier, und es ist auch nicht schlecht, wenn ich hier nach dem Rechten sehe.«

Penny hob die Augenbrauen. »Als Landwirt?«

Daniel zögerte. »Vielleicht. Warum nicht? Aber jetzt sind Sie dran. Name, Wohnort, Familienstand, Herkunft, Beruf. Ich höre.«

»Penelope Mögle, einzige Tochter des Matti und der Suse Mögle. Wohnhaft in Stuttgart.« Sie zögerte. »Berufswunsch: Restauratorin, deshalb mache ich bei Schorsch Epple ein Praktikum. Bin deshalb vorübergehend in dieser Gegend.«

»Familienstand?«

»Mensch, das wissen Sie doch!«, rief Penny. »Ich bin unbemannt und kinderlos, Sie Esel!«

»Sehr gut«, stellte Daniel unbewegt fest. »Und Sie wohnen vorübergehend wo?«

»Schorsch und ich haben Zimmer im Haghof. Der liegt ...« Sie wies mit der Hand nach rechts. »Irgendwo hier in der Nähe. Deshalb sehe ich ja auch so aus.« Sie verzog das Gesicht. »Ich hab nämlich eine Abkürzung gesucht.«

»Und haben sie gefunden?«

»Wie man's nimmt. Es gibt einen alten Trampelpfad vom Haghof zur Burg, aber für Autos ist er nicht geeignet.«

»Für ein Fahrrad aber schon?«

»Ja, wenn man bereit ist, es immer mal wieder zu schieben. Ich hab einen Roller; damit kommt man ziemlich gut durch.«

Daniel stellte den Becher ab, ging in die ehemalige Speisekammer und kam mit einer Flasche zurück. »Es ist ein Kreuz mit dem Personal; mein Butler hat leider versäumt, das Getränk vorschriftsmäßig zu kühlen. Da es heute aber ziemlich kalt ist, dürfte der Sekt trinkbar sein.«

»Sekt?« Penny lachte. »Haben Sie den für Ihren Vater besorgt?«

Daniel schüttelte den Kopf. »Ich habe«, erklärte er feierlich, löste dabei die Folie und drehte den Kork heraus, »auf eine

Gelegenheit wie diese gewartet und wollte angemessen vorbereitet sein.«

»Eine Gelegenheit wie diese?«, wiederholte Penny verständnislos. »Auf was für eine Gelegenheit haben Sie denn gewartet?«

»Darauf, dass mir eine holde Maid begegnet und mir die Einsamkeit in dem unwirtlichen Gemäuer versüßt. Haben Sie den Kaffee ausgetrunken? Die Sektkelche befinden sich bedauerlicherweise in der Spülmaschine.«

Penny lachte. »Sie sind ein Spinner, Daniel!«

»Da werden Sie Recht haben. Wissen Sie, diese alten Adelsgeschlechter haben nicht nur Genies hervorgebracht. Es ist wie im wirklichen Leben: Der eine oder andere Idiot ist darunter.«

»Ein Spinner ist etwas ganz anderes als ein Idiot«, protestierte Penny und streckte ihm den Becher entgegen. »Ich heiße Penelope, aber so nennt mich nur der Schorsch. Ich bin Penny.« Sie hob den Becher. »Auf Ihr Wohl, Daniel!«

Er zögerte. »Wie wär's, wenn wir du zueinander sagen würden?«

»Warum nicht?« Sie rutschte vom Tisch. »Auf dein Wohl als Herr auf Burg Dorneck. Weißt du, was jetzt kommen muss, Daniel? Der Verbrüderungskuss.« Den Becher in der Hand schlang sie ihren Arm in seinen und küsste ihn auf die Backe.

»Penelope!«, hörten sie Schorschs Stimme. »Du lässt aber auch gar nichts aus!«

25. Kapitel

Nachdem sich Alex am Morgen geduscht und rasiert hatte, verlangte er ein Aspirin. »Schlecht geschlafen und blöd geträumt«, erklärte er.

»Du hast zu viel getrunken, mein Lieber.« Ich drückte gleich zwei Tabletten aus der Packung, machte den Beutel mit den Pflästerchen, der guten Arnikasalbe, dem Gehwol, noch in der Packung, und der noch nicht benötigten Sonnencreme zu, steckte ihn in den Rucksack zurück und bückte mich, um die Wanderschuhe zuzuschnüren: Als ich nach Mitternacht ins Zimmer zurückgekommen war, hatte Alex einen Moment lang die Augen mühsam geöffnet und »dein Haar riecht nach Rauch« gemurmelt, aber jetzt meinte er, er habe schlecht geträumt. Gut so.

»Wir können gehen.«

Ich ließ mir das Frühstück schmecken, doch wie schon am Abend hatte Alex keinen rechten Appetit. Früher hätte ich mir Sorgen gemacht; jetzt beobachtete ich meinen Mann mit einer kühlen Distanz, die mir selbst nicht gefiel. Die Spätfolgen sind's, die einem das Leben und Lieben so richtig vergällen, nachdem man von seinem Liebsten betrogen wurde, dachte ich wieder mal. Warum sind die eigentlich so hartnäckig? Warum kann man, wenn eine blöde Affäre zu Ende ist, nicht einfach wieder zur Tagesordnung zurückkehren? Ich hatte dem Kerl verziehen, ehrlichen Herzens sogar; trotzdem stellte sich die alte Vertrautheit nicht automatisch wieder ein. Warum war das so? Verdammt! Ich war kein naives Gänschen, ich wusste, dass man in einer langjährigen Ehe schon mal mit einem Seitensprung rechnen musste – seit der vergangenen Nacht hatte ich es ja am eigenen Leib erfahren, wie leicht man der Versuchung erliegen konnte.

Jedenfalls – zwischen mir und Alex war jetzt eine Distanz, die ich einfach nicht überbrücken konnte. Sie ging ganz eindeutig von mir aus und behauptete sich sogar dann, wenn sich mein Mann wie an diesem Morgen nicht besonders wohlfühlte.

Ich ärgerte mich über mich und wünschte mir, mich zur alten Nina zurückbeamen zu können; die Nina, die sich – trotz allem – das Frühstück schmecken ließ, war mir mit ihrem kalten Herzen reichlich suspekt.

Während ich Butter auf die untere Hälfte des knusprigen Weckens schmierte und dann Honig aufträufelte, schaute ich immer wieder ins Jagsttal hinunter; von meinem Platz am Fenster hatte ich einen wunderbaren Blick. Gestern Abend hatten Nebelfetzen zwischen den Bäumen und überm Wasser gehangen; heute lachte zum ersten Mal während unserer Jakobstage die Sonne vom wolkenlos blauen Himmel, und die kahlen Bäume sahen aus, als läge schon etwas mehr als nur ein Hauch Grün über ihnen. Überm Tal zog ein Bussard seine Kreise, und plötzlich musste ich lächeln: Der Frühling hockte in den Startlöchern, Aufbruchsstimmung lag in der Luft! Mensch, Nina, sagte ich mir, vergiss den Jakob. Gib dir halt einen Ruck – das mit Alex und dir wird wieder!

»Mein Gott, Nina! Du wirst platzen, wenn du so weiterisst«, stellte Alex missmutig fest.

Gerade noch war ich guten Willens gewesen, doch diese Bemerkung brachte mich umgehend in Rage. »Erstens«, sagte ich bissig, »schmeckt es mir, und zweitens wandere ich mir nachher jedes Gramm wieder von den Rippen.« Versöhnlicher setzte ich hinzu: »Hast du wirklich keinen Hunger?«

Er schüttelte den Kopf. »Nein. Vielleicht bin ich ja krank. Weißt du was? Wir brechen die Pilgertour ab, rufen Felix an und lassen uns nach Hause fahren.«

Mir blieb die Luft weg. »Jetzt schlägt's dreizehn! Alex, das kannst du nicht machen, nicht an einem so herrlichen Frühlingstag! Überhaupt warst du es, der mir immer gepredigt hat, man müsse durchziehen, was man sich mal vorgenommen hat.«

»Wenn ich mich aber doch nicht fit fühle ...«

Ich stand auf, ging um den Tisch herum, legte meinem Mann die Hand auf die Stirn und sagte, was ich eh schon wusste: »Fieber hast du keins. Iss, dann fühlst du dich gleich besser.«

»So einfach ist das nicht, Nina.«

Ich setzte mich wieder. »Weißt du was? Du isst jetzt die Butterbrezel ...« Alex' Handy meldete sich. Angewidert schaute er auf die Brezel, richtete sich auf und nahm den Anruf an.

»Ida? Guten Morgen ... Ja, das Wetter ist fabelhaft ... Nein, wir sind noch nicht unterwegs, aber in ein paar Minuten ... Was sagst du? ... Überhaupt nicht! Uns geht es gut, Nina frisst wie ein Scheunendrescher, und mir ... Nein, der Weg ist nicht überlaufen. Hin und wieder trifft man einen Bauer auf seinem Traktor, aber das ist's dann auch schon ... Wie? Langweilig? Wo denkst du hin! ... Ja, wir sind in Langenburg, haben hier übernachtet ... Das Schloss? ... Nein, haben wir nicht vor; mir machen uns gleich auf den Weg ... Wer hat hier gewohnt? Eine Heilige? Also weißt du, Ida, wir wollen es nicht übertreiben. Wir pilgern, aber sonst haben wir mit Heiligen nichts am Hut ... Ach, es handelt sich um ein Buch, das du in deiner Jugend gelesen hast? ... Ja, Ida, mal sehen ... Nein, Ida. Grüß die anderen ... Ja ... Und Tschüss!«

»Sollte Felix uns nicht abholen kommen?«, fragte ich mit sanfter Stimme.

»Ich glaube, so schlecht geht es mir doch nicht; die Strecke werde ich heute schon schaffen.«

»Freut mich. Was wollte Ida?«

»Nichts Besonderes. Nur wissen, wie es uns geht. Und dann meinte sie noch, wir sollten wegen einer Heiligen das Schloss nicht verpassen.«

Habe ich schon erwähnt, dass mein Alex ein grandioser Schauspieler ist? Er ist nie krank, fühlt sich immer topfit, ist stets bester Laune, und seine Energie ist unerschöpflich. Kurz: Ein schwäbischer Indianer schwächelt nicht. Never. Niemals nie.

Es sei denn, er will etwas erreichen. Dann nämlich bedient er sich der Schwäche aus taktischen Gründen.

Was gerade eben der Fall war. Eindeutig. Nur: Was bezweckte er mit dem gespielten Unwohlsein? Ich legte den Kopf schief – und kapierte: Alex hatte doch mitbekommen, dass ich das Zimmer verlassen hatte, scheute sich aber vor direkten Fragen: Hallo Nina, warum hast du geraucht? Wo warst du? Etwa bei einem anderem Mann – diesem Jakob Schätzle vielleicht? Was war da los?

Damals, in der Sache mit der Marie, hatte er mir zunächst jede Antwort verweigert. Da war's ja nur klar, dass er annahm, ich würde über meinen kleinen nächtlichen Ausflug auch nichts sagen oder ihm höchstens einen Bären aufbinden. Doch Ungewissheit, man weiß das, ist schwer zu ertragen. In meinem Alex brodelte es, er wollte sich wieder sicher und geborgen fühlen und benahm sich deshalb wie ein kleines Kind: Mami, mir ist ja so schlecht!

Bedächtig aß ich die Brezel, die ich für ihn geschmiert hatte.

»Ja, so ist das eben«, sagte ich dann halblaut.

»Nina.« Er legte seine Hand auf meinen Arm. »Mach keinen Blödsinn.«

»Klar. Jetzt habe ich auch genug gegessen. Keine Sorge; ich leg mir schon keinen Wanst zu.«

»Das meine ich nicht.«

»Nein? Was dann?«, spielte ich die Ahnungslose.

»Du weißt, weshalb wir auf dem blödsinnigen Jakobsweg pilgern.«

»Ich wollte immer nur wandern, Alex.«

Da war's um seine Fassung geschehen. Er sprang auf. »Himmel nochmal«, rief er so laut, dass die Bedienung und der einzige andere Gast, wie es schien, war es ein Vertreter, alarmiert zu uns herschauten. »Ich bezahle und warte auf dich vorm Haus.«

»In Ordnung.« Gleichmütig trank ich den letzten Schluck Kaffee, hängte den Rucksack über die eine Schulter, sagte zur Bedienung: »Auf Wiedersehen« und stiefelte hoch erhobenen Hauptes ins Freie: Die Runde ging an mich.

Langenburg, das hübsche Städtchen, wachte nur zögernd auf. Bis auf die Bäckerei schräg gegenüber waren die Läden noch geschlossen, zwei Frauen schwatzten mitten auf der Straße, ein Köter strich um einen Abfalleimer, eine Katze sonnte sich auf der Motorhaube eines ramponierten VWs. Von Jakob keine Spur. Das war gut so, denn ich war mir sicher: Wäre er mir jetzt gegenübergestanden, hätte mich mein Gesicht verraten.

Aber das Schloss ... Ich erinnerte mich dunkel an einen Roman, den ich als junges Mädchen gelesen hatte. *Die Heilige und ihr Narr* war der Titel; damals hatte ich beim Lesen Tränen vergossen. War Langenburg das Schloss, in dem das Seelchen – was für ein Name! – lebte, bis es seinen Förster oder Wildhüter oder Graf oder was auch sonst der tolle Mann war, in den sie sich verliebte, heiraten und auf seine marode Burg ziehen konnte? Der Mann hatte auch einen ungewöhnlichen Namen; Hasso oder Hanno – nein, Harro. Harro hieß der Burgbesitzer.

Und – die Erinnerungen kamen zurück – die Stiefmutter erschoss die junge Frau. Warum, war mir damals nicht klar geworden ...

Auf der anderen Straßenseite sah ich eine Buchhandlung, ging rüber und tatsächlich! In der Auslage lag das Buch. Es hatte ein neues Cover – eine romantische Burg vor einer lieblichen Landschaft – aber kurz nach acht in der Früh war der Laden natürlich noch zu. Macht nichts, dachte ich, Ida hat ja das Buch.

»Was suchst du?«

Ich drehte mich um. »Alex! Ich habe das Buch entdeckt, auf das deine Mutter dich hingewiesen hat. *Die Heilige und ihr Narr*. Das Schloss, von dem in der Geschichte die Rede ist, soll Langenburg sein.«

»Das kann nicht besichtigt werden, und die Gärten sind jetzt auch noch nicht der Hit«, erklärte er sofort.

»Du hast dich kundig gemacht?«

Er nickte. »Die Wirtin wollte mir das Buch verkaufen. Infos dazu und dass der Fürst von Hohenlohe-Langenburg irgendwie mit Prinz Charles verwandt sei, hat sie gratis geliefert. Aber ohne Wibele hat sie mich nicht gehen lassen.« Alex drückte mir eine Tüte in die Hand. »Die sind für dich. Gebacken nach dem Originalrezept. Das sei wichtig, soll ich dir ausrichten.«

»Danke. Mensch, Alex, ich hab gedacht, Langenburg sei einfach nur ein Dorf, dabei ist es direkt berühmt. Ich meine nicht nur die Wibele; ich meine den Fürsten! Stell ihn dir doch nur vor: Seit an Seit mit Camilla! Das hat was, findest du nicht?«

Alex, offensichtlich hatte er sich wieder beruhigt, schob seinen Arm unter meinen. »Aus dir spricht ja nur der Neid«, verkündete er. »Wie ist es? Sollen wir uns nicht ein paar Wecken kaufen?«

»Als Wegzehrung?« Ich rümpfte die Nase. »Nur, wenn wir heute an keinem Gasthaus vorbeikommen. Was steht denn in dem klugen Büchlein?«

Alex nahm den Rucksack ab, zog den Wanderführer aus der Seitentasche, schlug ihn auf und las: »Einkaufen/Einkehren: Bächlingen, Braunsbach, Geislingen, Eltershofen, Schwäbisch Hall.«

»Das hört sich gut an. Welche Ortschaft liegt denn etwa in der Mitte der Strecke?«

Alex runzelte die Stirn. »Geislingen. Aber Braunsbach scheint etwas größer zu sein.«

»Dann gucken wir einfach, welches Gasthaus einladender aussieht.«

»Oder«, meinte Alex, »welche Speisekarte besseres Essen bietet. Auf geht's, Nina. Die Strecke heute beträgt zweiundzwanzig Kilometer; das ist kein Pappenstiel.«

Noch immer schwatzten die Frauen auf der Straße, die Katze auf dem VW blinzelte kurz, der Köter folgte uns ein paar Meter bis zu einem kahlen Bäumchen, wo er das Bein hob und pinkelte.

Kurz vorm Parkplatz vor dem Schloss sahen wir die gelbe Muschel, wir bogen links ab und folgten dem Weg ins Tal hinunter, vorbei an Gärten und ein paar in den Berg hineingebauten Häuschen bis nach Bächlingen und zur Jagst, die wir auf einer überdachten Brücke überquerten. *Historische Archenbrücke,* informierte uns ein Schild und auch, dass hier Erntewagen während eines Gewitters vor Wolkenbrüchen Schutz fänden.

Dann wies uns die Muschel bergwärts, der Weg führte durch einen Laubwald mit noch kahlen Bäumen, und weil ich mal verschnaufen wollte, drehte ich mich um und sah auf der gegenüberliegenden Höhe, direkt an der Kante, die fürstliche Fahne wehen und Schloss Langenburg in seiner ganzen Pracht.

Auch Alex, der hinter mir gegangen war, blieb stehen. »Ziemlich imposant, was?«

»Würdest du darin wohnen wollen?«, fragte ich ihn.

»Nie im Leben! Wozu auch? Mit dem Kasten hast du doch keine Ruhe; ständig muss was ausgebessert werden. Oder überhaupt erst eingebaut – Leitungen für Strom und Wasser zum Beispiel – Mensch, Nina, die Leute dachten früher ja nicht an Badezimmer!

Und wenn ich nur an die vielen Dächer denke – was das kostet, wenn man die neu decken muss! Und die Fenster! Der Schmutz, wenn man solche mit Isolierglas einbaut! Ne, ein Schloss ist nichts für mich; das ist eine lebenslange Aufgabe. Ich verstehe sowieso nicht, warum man sich früher nicht mit was Kleinerem zufriedengegeben hat. Klar, es waren wichtige Leute, aber wie ist es denn, wenn sich heute ein Millionär seine Villa bauen lässt? Der macht das diskret, der protzt nicht, der stellt nicht zur Schau, was er hat, der …«

»… hat dafür seinen Flieger, seine Yacht und eben nicht nur eine Villa«, hörten wir eine Stimme hinter uns.

»Jakob!« Ich fühlte, wie mir das Blut ins Gesicht schoss.

»Sie sind früher los und waren schneller als ich«, sagte Jakob und tat dabei ganz unbefangen. »Und Sie haben so laut geredet, dass ich hören musste, was Sie über Langenburg gesagt haben«, setzte er mit einer entschuldigenden Handbewegung hinzu. Er stellte sich neben Alex. »Tatsache ist jedenfalls, dass die Langenburger nicht protzten.«

Alex runzelte die Stirn. »Ist das so?«, meinte er und zeigte deutlich, dass er die Einmischung lästig fand.

Meiner Treu! Warum war der Kerl sofort auf hundertachtzig, wenn Jakob auftauchte? Und unhöflich bis zum Gehtnichtmehr? Mich regte das auf. »Was wissen Sie über Langenburg, Jakob?«, fragte ich und übersah geflissentlich das mürrische Gesicht meines Mannes – wenn er auf jeden Mitpilger pfiff, hätte er eben durch die Wüste Gobi wandern müssen.

Jakob zog die Wasserflasche aus der Seitentasche seines Rucksacks. »Ein so altes Gemäuer hatte natürlich ein wechselhaftes Schicksal.« Er nahm einen Schluck und behielt die Flasche in der Hand. »Im Mittelalter stand hier eine Burg; als die Feuerwaffen aufkamen, wurden die Verteidigungsanlagen ausgebaut – das war im fünfzehnten Jahrhundert – aber erst hundert Jahre später erfolgte der Umbau der mittelalterlichen Burg in das Residenzschloss. Sie wissen sicher, dass das Geschlecht der Hohenlohe der Landschaft den Namen gab ...«

Kurz angebunden unterbrach Alex Jakobs Erklärung. »Nein, das wissen wir nicht; wir werden uns in Bälde über die Geschichte der Hohenloher schlau machen. Jetzt müssen wir weiter. Komm Nina, auf geht's!«

Jakob überging Alex' Unhöflichkeit; er steckte die Trinkflasche zurück und ging neben meinem Mann weiter den Berg hoch. Um den Aufruhr in meinem Inneren in den Griff zu bekommen und Alex nicht noch misstrauischer zu machen, folgte ich den beiden in einigem Abstand und hing meinen Gedanken nach. Erfreulich waren die nicht; ich fragte mich, warum mir jetzt alles an meinem Ehemann gegen den Strich ging.

Eigentlich, gestand ich mir ein, hatte ich doch das große Los gezogen. Wir waren gesund, unser Leben war frei von finanziellen Sorgen, ich hatte einen gut geratenen Sohn mit einer Lebensgefährtin, die ich liebte, als wär's meine eigene Tochter. Meine Schwiegermutter war ein Juwel; zwischen ihr und mir gab's keine Machtkämpfe um den Sohn, sie hielt Distanz, mischte sich kaum in unser Leben ein, war unbestechlich und hatte, wie man so schön sagte, das Herz auf dem rechten Fleck. Alois, ihr schrulliger Lebensgefährte, war auch nur ein geringfügiges Ärgernis, brachte uns aber oft und zuverlässig mit seinen Kommentaren zum Lachen. Zu all dem Guten kam mein Beruf in der Wilhelma, der fast täglich für eine neue Überraschung sorgte und den ich um keinen Preis missen wollte.

Ich wusste, dass ich auf sehr hohem Niveau unzufrieden war; ich wusste auch, dass die Unzufriedenheit an mir lag, und ich wusste, dass sie letztlich unbegründet war. Alex bedauerte seinen Seitensprung ehrlichen Herzens; Ida stand hinter mir, und für unseren Felix und seine Mitzi war »der Ausrutscher« längst Schnee von gestern.

Warum, grübelte ich, wäre ich in der Nacht um ein Haar mit Jakob ins Bett gegangen? Weil ich ihn attraktiv fand? Oder weil ich Alex nicht mehr liebte? Pendelte ich deshalb zwischen Ablehnung und Annäherung hin und her?

Ich blieb stehen und gestand mir ein, dass ich nur eines wirklich wollte – von meinem Mann geliebt zu werden. Warum also konnte ich mir einfach keinen Ruck geben und sagen: Das war's, Alex. Alles ist wieder gut … Warum ging ich aber bei fast allem, was er sagte oder tat, auf die Barrikaden? Warum machte ich ihn dafür verantwortlich, dass ich mich so unzufrieden – so unglücklich – fühlte?

Auf keine der Fragen hatte ich eine Antwort; ich wusste nur, dass ich seit Alex' Seitensprung in einer Krise steckte. Die hatte einen Namen: Vertrauensverlust.

Ich blieb stehen, starrte auf den Waldboden und erinnerte mich an einen vielzitierten Ausspruch des alten Bosch: *Lieber Geld verlieren als Vertrauen*. Knapp gefasst war das die Lebenserfahrung eines schwäbischen Unternehmers, der immerhin eine Firma von Weltruhm aufgebaut hatte. Konnte man da nicht annehmen, dass er wusste, wovon er sprach?

Ich erinnerte mich aber auch an den Werbespruch, mit dem eine Bank für sich warb: *Ihr Vertrauen ist unser Kapital.*

Ha! Inzwischen wusste wohl jeder, dass man vielen ehrenwerten Bankern überhaupt nicht vertrauen durfte, weil sie leider nicht das Wohl ihrer Kunden, sondern ihre Boni im Auge hatten, was ausgesprochen schädlich für die Gutgläubigen war – und für die anständigen Kollegen der Banker auch, die mit den schwarzen Schafen in einen Pferch gesperrt wurden.

Aus meiner unfreiwillig erworbenen Erfahrung wusste ich, dass abhandengekommenes Vertrauen zu Misstrauen führte, und Misstrauen war wie eine Hydra, eine vielköpfige Schlange: Schlug man einen ihrer Köpfe ab, wuchsen ihr im Handumdrehen zwei neue.

Es war wirklich der Fluch der bösen Tat und eine schreiende Ungerechtigkeit, dass nicht der Verursacher, mein Seitenspringer also, sondern ich, die Leidtragende, mit dem Ungeheuer zu ringen hatte.

Wie konnte ich meiner Hydra beikommen? Ich brauchte ein Schwert und jemanden, der mich in meinem Kampf unterstützte; leider konnte ich beides nicht einfach wie ein Kaninchen aus dem Hut zaubern.

Eines war sicher: Auf der Stelle treten – im wörtlichen und im übertragenen Sinn – brachte mich nicht voran.

Längst waren die Männer außer Sicht; ich schob den Rucksack energisch hoch und wanderte los. Als ich die Hochfläche erreichte, sah ich sie gerade noch, bevor sie im nächsten Wäldchen verschwanden.

Dicke weiße Wolken segelten am Frühlingshimmel, der Wind blies so frisch, dass ich mich an der See wähnte, und während ich mich umschaute, entdeckte ich eine Scheune am Waldrand. Sperrangelweit stand die Tür auf, und als ich mich näherte, trat eine Frau heraus.

Sie war klein und rundlich, trug ein kariertes Hemd, einen an den Ellbogen gestopften rostroten Pulli, und über den locker sitzenden Jeans eine geblümte Schürze. Das Kopftuch, das sie im Nacken zusammengeknotet hatte, hatte ein anderes, aber ebenso fröhliches Blumenmuster. Sie winkte mir zu, ich winkte zurück und sah, dass in der Scheune zwei Biergartenbänke und ein Tisch aufgestellt waren. Ein weißes Tuch lag darüber, darauf standen Teller, Tassen, ein Korb mit Wecken und Brezeln und eine große Platte mit Schneckennudeln.

Natürlich blieb ich stehen. »Gibt's hier was zu feiern?«

Obwohl die Bäuerin so ungefähr in meinem Alter war, hatte sie außer den Lachfältchen um die Augen eine beneidenswert glatte Haut. Sie schob eine braune, mit ein paar grauen Fäden durchzogene Haarsträhne unters Tuch und schüttelte den Kopf. »Wie man's nimmt. Ich warte auf meine Freundinnen. Möchten Sie eine Tasse Kaffee, oder müssen Sie die Männer einholen, die gerade vorbeigegangen sind?«

»Das hat keine Eile; und ja, einen Kaffee würde ich gerne trinken.«

Sie schraubte den Deckel von einer großen Thermoskanne und füllte zwei Tassen. Ich nahm die Schneckennudel, die sie mir anbot, dann setzte sie sich neben mich auf die Bank und deutete zuerst auf meinen Rucksack, dann auf die an die Scheunenwand genagelte gelbe Muschel auf blauem Grund.

»Wandern oder pilgern Sie?«

»Ich wandere; mit dem Pilgern hab ich weniger am Hut.«

Wir lachten uns an. »Also laufen Sie nicht vor irgendwelchen Problemen davon«, meinte sie und reichte mir eine Zuckerdose und ein Milchkännchen.

»Wer hat keine Probleme? Ich laufe ihnen nicht davon, ich will sie in den Griff bekommen«, antwortete ich spontan.

»Geht's um die Kinder oder den Mann?«

Verblüfft schaute ich sie an.

»Na«, erklärte sie, »wenn man nicht gerade krank oder bettelarm ist, dreht sich's im Leben doch um nichts anderes. Stimmt's?«

»Manche wollen auch Karriere machen«, wich ich erst mal aus. »Haben Sie denn Schwierigkeiten mit Mann oder Kindern?«

»Ich?« Sie lachte. »Ich hab so viel zu tun, dass ich am Abend ins Bett sinke und eingeschlafen bin, bevor ich mir Sorgen machen könnte. Wissen Sie, ich denk halt immer, dass es kommt, wie's kommen wird. Man macht sich viel zu viele Gedanken, vor allem, wenn man die Zeit dazu hat. Man muss schaffen und nicht grübeln, sag ich mir immer.« Sie hob den Zeigefinger. »Nur wenn man sich langweilt, kommt man auf dumme Gedanken. Wissen Sie, wenn wir über die Oster- und Weihnachtsfeiertage gut essen, sagt mein Mann immer: ›Nichts ist schwerer zu ertragen als eine Reihe von guten Tagen.‹ Er denkt da natürlich an seinen Wanst und sein Sodbrennen, aber ich sag ihm dann, eine Reihe von guten Jahren sei noch viel schwerer zu ertragen. Weil man dann denkt, es würde immer so weitergehen. Und wenn ein Mensch das denkt, wird er übermütig und kommt auf dumme Gedanken. Das ist doch so, oder?«

Die Frau rückte das Kopftuch gerade und strich über ihren Schurz.

»Sie sprechen aus Erfahrung?«

»Wieso? Das sieht man doch überall, man muss nur die Augen aufmachen«, meinte sie temperamentvoll und stand auf. »Wo die nur bleiben?«

Ich hatte den Kaffee getrunken. »Ihnen wird's also nie langweilig?«, erkundigte ich mich und stellte die Tasse auf den Tisch.

»Wir haben einen Hof. Die Bäuerin muss ich erst noch kennenlernen, die bei der vielen Arbeit Zeit für dumme Gedanken hat«, sagte die Frau lachend. »Noch eine Schneckennudel und eine zweite Tasse Kaffee?«

»Wenn's Ihren Gästen dann noch reicht – gerne.«

»Es ist genug da. Was machen Sie, wenn ich fragen darf?«

»Ich hab einen Job in der Wilhelma.«

»Tierpflegerin?«

Die Frau erstaunte mich immer mehr. »Biologin. Mein Mann ist im Ruhestand.«

»Oh.«

Ihr Oh umfasste alles: Verständnis für den Ruheständler, der nicht mehr gebraucht wird, Mitleid mit mir, Wissen um die Folgen.

»Das ist nicht einfach. Weder für ihn noch für Sie. Da muss man schwer aufpassen, dass keiner ausschert. Und wenn's einer doch tut, fragt man sich, warum. Und wie man den Ausreißer wieder einfängt und in die Herde zurücktreibt. Falls er's überhaupt noch will.« Die Frau hatte sich um Hochdeutsch bemüht, doch je länger sie redete, desto mehr kam der Dialekt durch. Sie stand wieder auf. »Die müssten schon längst hier sein. Dene wird doch nix bassiert sei?«

»Haben Sie kein Handy?«

Sie wies nach oben, in den Himmel rauf. »Ko Empfang«, entgegnete sie lakonisch. »Welcher von denne zwaa Männer isch'n Ihrer? Der Flotte oder der, wo a bissle knappt?«

»Was denket Se?«, fragte ich zurück.

»Die hen alle zwaa nett ausgsähe, aber i mon halt, 's wär der, wo dr Fuaß nochzieht.«

»Stimmt. Warum moinet Se des?«

»Des mon hald. Und? Warum laafe Sie net nebenanander? Hen Se gschdritte?«

»Nein. Nicht direkt.«

»Oje.« Sie strich wieder über den Schurz. »War's er oder Sie, der wo nebenausgange isch?«

Ich verschluckte mich an der Schneckennudel. »Wie?«

»'s isch doch emmer 's Gleiche. Dr Mou isch's gwesa, stimmt's?«

Über ihr Hohenloher Mou – statt Mann – musste ich lachen. Dann nickte ich. »Aber es ist schon eine Weile her.«

»'s bohrt no emmer in Ehne. Was dua Se dagecha?«

Ich stieß mit der Stiefelspitze gegen meinen Rucksack und kam aus dem Staunen nicht heraus: Da saß ich neben einer Bäuerin reifen Alters auf einer Bank im tiefsten Hohenlohe, und die kam innerhalb weniger Minuten auf den Punkt. »Das ist die Frage. Wissen Sie die Antwort?«

Die kam wie aus der Pistole geschossen. »Schaffe. Was souschd?!«

Unwillkürlich musste ich lächeln. Da war es wieder, dieses Hohenloher Ou!

»Oder wissed Se was Besseres?«

Ich hob die Schultern. »Leider nein.«

»Eben. Zerschd muss mr dem Kerl d' Meinung soche, no haaßt's aushalte und durchhalte. Wisse Se, mir Fraue haltet meh aus, als d' Männer lieb isch. Des isch unser Glück. Welle Se noch a Schneckenudel? Di hob i bache, di sin guat.«

»Nein, danke, ich muss jetzt weiter. Obwohl ich mich gerne noch eine Weile mit Ihnen unterhalten hätte.«

»So? Vielleicht a anders Mal. Aber ons will i Ehne noch uf de Wech gebe: Mr sodd sich net so wichtig nemme. Ich glaube«, damit wechselte sie wieder in ihr schwäbisches Hochdeutsch, »das ist es, was der heilige Jakobus den Pilgern sagen möchte: Maß halten, auch was die eigenen Ansprüche betrifft. Alles Gute.« Sie hob den Kopf. »Horche Se – etzetle kumme se.«

Da hörte ich es auch: »Hab den Wagen vollgeladen, voll mit fetten Weibern ...«

»Ach, das hätte ich mir denken können«, rief ich. »Sie sind eine der Verbündeten?«

»I schwätz nix«, sagte sie lachend und schob mich auf den Weg.

26. Kapitel

Nach dem Weg durch den Wald gelangte ich wieder auf eine freie Hochebene, auf der ich linker Hand einen großen Hof mit einer Siloanlage sah, danach führte ein Schottersträßchen an einer kleinen Ortschaft vorbei, wo der Friedhof direkt neben dem Spielplatz lag.

Vergangenheit und Zukunft in friedlicher Koexistenz. Oder war's einfach gelebtes Wissen, dass beides zum Leben gehörte – die Toten und die Heranwachsenden? Ich blickte mich um: von den Männern keine Spur.

Offensichtlich waren sie nicht in Streit geraten, sonst, nahm ich an, hätte Alex irgendwo auf mich gewartet. Worüber sie sich wohl unterhielten? Was für tolle Hechte sie in ihrem Beruf gewesen waren? Wie viel PS unter der Haube ihrer klasse Schlitten galoppierten, und wie wenig es noch gab, was sie weltreisemäßig nächstens abhaken wollten?

Die Muschel wies mich wieder in den Wald, ich folgte dem Weg, der sich nach der nächsten Ortschaft in ein Tal senkte, kam an einer Brunnenstube vorüber, wo ein Rinnsal aus dem Gestein tröpfelte, wanderte weiter, wich überhängenden Ranken aus und genoss die Sicht, die sich mir hin und wieder durch die kahlen Bäume hindurch ins Tal bot, das der Werbung *zauberhaftes Hohenlohe* alle Ehre machte: Es war ausgesprochen malerisch.

Die Bäuerin war eine kluge Frau gewesen; es wunderte mich kein bisschen, dass sie sich mit den vier Frauen verbündet hatte, deren Männer mit dem Puffbesuch das Ende der Fahnenstange erreicht hatten und dann so richtig abgestürzt waren. Was hatte sie gesagt? Man dürfe sich nicht so wichtig nehmen. Recht hatte sie. Andererseits war's ja gar nicht so einfach, auf dem schmalen Grat zwischen Selbstbehauptung und Sich-Wichtignehmen zu balancieren, ohne mal nach rechts oder links zu rutschen. Aber das war's nicht, worüber ich mich ärgerte; mir fehlte es ja nicht am guten Willen, sondern daran, dass ich des Misstrauens nicht Herr wurde.

Klar, wenn Alex und ich einen Hof mit jeder Menge Viehzeug hätten, hätte ich vor lauter melken, Eier einsammeln, Kartoffel klauben, Träuble zupfen und Hefekranz backen keine Zeit zum Grübeln. Lag's also nur daran, dass ich zu viel Zeit und zu wenig Aufgaben hatte? Wenn's das war, war Wandern für mich das reine Gift. Die Kilometer erschöpften mich nämlich nicht, sie boten nur unendlich viel Zeit, in der ich meinen Gedanken nachhängen konnte. Zum Beispiel dem, ob ich mich mit Jakob auf ein kleines Techtelmechtel einlassen wollte.

Von wegen, etwas Neues schweißt zusammen! Der Esel von Paarberater war der Missgriff meines Lebens gewesen ...

Die ersten Häuser von Braunsbach tauchten auf, ich stiefelte aus dem Wald und auf ein Sträßchen zu, das sich in vielen Kurven bis zur Ortsmitte hinunterzog. Dort war ein Gasthaus mit einem Vorplatz, auf dem dank des schönen Wetters Tische und Stühle standen.

Da saßen Alex und Jakob beim Bier und waren so ins Gespräch vertieft, dass sie nichts und niemanden wahrnahmen.

Ich zog einen Stuhl heran.

»Hallo Nina!« Alex schob mir sein Glas zu. »Du hast dir Zeit gelassen.«

»Ich hab mir schon Sorgen um dich gemacht«, erklärte Jakob. »Aber dein Mann meinte, um dich brauche man keine Angst zu haben, du wärst ein besserer Pfadfinder als er.«

»Und wenn mich eine Wildsau angegriffen hätte?«

»Wie? Am helllichten Tag?« Alex lachte. Er war bester Laune.

»Schön, dass du dich wieder so fit fühlst«, meinte ich frostig. »Gibt es hier etwas zu essen?«

»O ja. Jakob empfiehlt die Spezialität des Hauses.« Oho, die Männer waren beim du angekommen!

»Und die wäre?«

Die Männer sahen sich an. »Lumpensupp.«

»Wie? Ist's eine aus oder für Lumpen, wie ihr welche seid?«

Alex spielte den Empörten, doch Jakob erklärte sachlich, es sei ein Salat aus kleingeschnittenem Schwartenmagen, Emmentaler und Zwiebeln, angemacht mit Essig und Öl. »Im Grunde genommen ist's ein schwäbischer Wurstsalat.«

»Hm.« Jakob reichte mir die Speisekarte, die auf dem Tisch lag. Ich blätterte und las. »Die bieten Saure Rädle mit Saiten an«, rief ich, und ehrlich, meine Begeisterung war nicht gespielt. »Das nehme ich, das habe ich schon lange nicht mehr gegessen. Und ein großes Radler.«

»Hab ich's dir nicht gesagt, Jakob? Nina hat was gegen Lumpen.« Alex zwinkerte Jakob zu. »Und sie will immer eine Extrawurst.«

»Was dagegen?«

Die Männer lachten. »Es ist charmant«, stellte Jakob galant fest. Alex hob die Augenbrauen und entgegnete nichts darauf.

Kartoffelscheiben in süßsaurer Soße ist kein raffiniertes Gericht der gehobenen Küche; eigentlich ist es ein Armeleuteessen, aber es ist köstlich, wenn die Soße perfekt abgeschmeckt ist. Im Braunsbacher Gasthof genoss ich jeden Bissen, und auch die Männer ließen sich ihre Lumpensupp schmecken, die mit einer Suppe so wenig Ähnlichkeit hatte wie mein Mann – zur Zeit wenigstens – mit einem humorvollen Liebhaber.

Dann legte Jakob Messer und Gabel auf den leergegessenen Teller. »Hier trennen sich unsere Wege. Es sei denn, ihr begleitet mich auf meinem Schlenker.«

Ich stellte mein Glas ab. »Wohin willst du denn?«

Jakob breitete die Karte auf dem Tisch aus. »Eigentlich wollte ich schon viel früher abbiegen, aber zusammen zu wandern ist schöner als allein, deshalb hab ich einen Umweg in Kauf genommen. Seht mal, wir sind hier in Braunsbach«, er fuhr mit dem Zeigefinger nach rechts, »und hier, etwa vier bis fünf Kilometer östlich, liegt Burg Morstein. Da will ich hin, aber heute Abend treffe ich euch wieder in Hall.«

»Du pilgerst auf dem Jakobsweg! Was willst du auf der Burg? Etwa ein Museum besichtigen?«, fragte Alex mit einem Grinsen, das ich merkwürdig fand.

»Nicht mal die Burg kann besichtigt werden, sie ist im Privatbesitz der Herren von Crailsheim. Aber ...«, Jakob hob die Hand, weil Alex ihn unterbrechen wollte, »es ist das Thorstein des Seelchens aus dem Roman *Die Heilige und ihr Narr,* und weil meine Mutter die Geschichte liebte ...« Er zog ein in eine Plastiktüte gehülltes Exemplar aus dem Rucksack und schlug es an einer mit einem Post-it versehenen Stelle auf, »möchte ich doch wissen, ob die Lage so romantisch und weltentrückt ist wie beschrieben. Übrigens hausen auf dem Morsteiner Gebiet seit undenklichen Zeiten riesige Reiherkolonien. Vor einigen Jahrzehnten waren die Vögel nahezu ausgerottet, aber jetzt streichen wieder einige *wie traurige und sehnsüchtige Gedanken* um die Burg. Jakob sah auf und klopfte mit dem Zeigefingerknöchel auf das Buch. »Die Geschichte beginnt so: Nach einem Brand lag die Burg in Trümmern, der alte Fürst war gestorben, der junge, Harro, kam zurück. Interessiert es euch, was er sah? Nina, die Burg wäre was für dich; allein die Lage ist traumhaft schön!«

Mein Mann leerte sein Bierglas.

Morstein ... Verschwommen erinnerte ich mich an das Seelchen, das über seinen Rahmen gebeugt mit Nadel und Faden in feines Leinen stickte, was es auf ihren Spaziergängen bezauberte: Wildrosen, Ranken, Brombeeren und Hagebutten, Halme und Käferchen. Das war mir bis heute im Gedächtnis geblieben. »Komm schon, Alex! Wegen des Buches hat dich deine Mutter heute früh angerufen!«

»Oje ... wenn ihr meint und es unbedingt sein muss: Was sah der junge Mann namens Harro? Lies vor, aber mach's kurz, Jakob.«

Der räusperte sich. *»Der Wald hat schon wieder ein wenig Besitz genommen, dort an der Mauerwand rauscht noch unversehrt der Brunnen, ein später Amselschlag hat sich darin verfan-*

gen, und er klingt und klingt, ein wilder Rosenstrauch hängt über dem Brunnen, und eine der Linden lebt auch noch ... Und es riecht nach Heimat.«

Alex fuhr sich mit beiden Händen übers Gesicht. »Kann mir jemand verraten, wie Heimat riecht?«

»Für dich als Schwabe und Nicht-Hohenloher nach Motorenöl und Auspuffgas, du Banause.«

Alex hob die Schultern.

Die Portion war üppig gewesen, trotzdem guckte ich voll Bedauern auf meinen leeren Teller. »Das war gut! Vielleicht schwamm ein Lorbeerblatt zu viel in der Soße, aber einen Streit würde ich deswegen nicht vom Zaun brechen. Sag mal, Jakob, liegt das Schloss wirklich nur eine Stunde von hier entfernt?«, hakte ich nach. »Das muss ich sehen; wenn du nichts dagegen hast, komme ich mit.«

»Nina, Morstein liegt nicht am Jakobsweg«, erinnerte mich Alex.

Schon wieder dieser Schulmeisterton! »Na und? Kein Mensch weiß, ob die ausgeschilderte Strecke tatsächlich die originale ist!«

»Zugegeben, aber ...«

»Komm mit, Alex. Ein paar Kilometer mehr machen uns doch nichts aus.«

Er schüttelte den Kopf. »Ein Schloss pro Tag reicht.«

»Sei kein Erbsenzähler, Alex! Komm doch; ihr Männer habt euch ja so gut unterhalten!«

Als er nur wieder stur den Schädel schüttelte, wurde ich endgültig sauer und nahm den Rucksack auf. »Schade.«

Auch Alex stand auf. »Wo treffen wir uns?«

Ich bemühte mich um einen sachlichen Ton. »Du wirst zuerst in Hall ankommen; ruf mich an, wenn du ein Zimmer gefunden hast.«

»Hast du das Handy im Rucksack?«

»Wo denn sonst«, konterte ich schnippisch. »Tschüs, Alex. Verlauf dich nicht!«

»Du bist es, die auf Abwege geraten kann! Pass auf dich auf, Nina.«

Ich drehte mich noch einmal um. Mit hängenden Schultern stand mein Mann neben dem Tisch, auf dem sich noch das benutzte Geschirr stapelte, und schaute mir mit einem Gesichtsausdruck hinterher, den ich nicht deuten konnte: War es Hilflosigkeit? Sorge? Oder gar Erleichterung? Etwas stimmte nicht mit ihm. Ich zögerte. »Alex! Komm doch mit!«

Er schüttelte den Kopf.

»Spielverderber!«, rief ich ihm zu. Was für ein Dickkopf! *Ein Schloss am Tag genügt*, hatte er gesagt. Aber das galt doch nicht in einer Gegend, in der jeder Maulwurfshügel von einem solchen gekrönt war!

Ohne viel Mühe fand Jakob am Ortsausgang den Weg nach Morstein, der uns zuerst eine steile Klinge hinunterführte. Ein Bach rauschte über Steine und kleine Felsen. Moosüberzogene Stämme lagen, hingeworfen wie ein paar Mikadostäbchen, in einer Bucht, die das Wasser aus dem Hang gewaschen hatte.

Wir waren schon ein gutes Stück gegangen, als Jakob stehen blieb. »War das klug, Nina?«

»Was? Dass wir ein kleines Stück gemeinsam wandern? Ich bitte dich, Jakob. Wenn sich Alex lächerlich machen möchte, kann ich ihn daran nicht hindern.«

»Er will sich nicht lächerlich machen, er will dich nicht verlieren.«

»Hat er das gesagt?«

»Männer reden doch nicht über ihre Gefühle; nein, wir haben über die Möglichkeiten gesprochen, die der Senior Service bietet. Ich habe ihm von meinen Erfahrungen berichtet und von Projekten, von denen ich weiß. Er ist daran interessiert und überlegt, ob er sich nicht zur Verfügung stellen will. Aber ...« Jakob zögerte.

»Aber?«, wiederholte ich. »Was hindert ihn daran?«

»Nicht was. *Wer* hindert ihn daran«, verbesserte Jakob. »Du bist es, die ihm Sorgen bereitet. Ich kann's nur noch mal sagen: Er will dich nicht verlieren.«

»Wenn der Esel so weitermacht, passiert genau das«, schimpfte ich. »Klammern hat noch nie etwas gebracht.«

»Wir Männer sind nun mal nicht so einfallsreich wie Frauen, und dein Alex ist auch noch Ingenieur. Da funktioniert etwas oder es funktioniert eben nicht.«

»Ist das so?«, murmelte ich und stapfte neben ihm her. »Sag mal, warum nimmst du meinen Mann in Schutz?«

»Weil ich ihn verstehe«, antwortete er, ohne zu zögern. »Wärst du meine Frau, würde ich auch alles daransetzen, dich zu halten. Du bist etwas Besonderes.«

»Blödsinn.« Trotzdem: Ohne es zu wollen, fühlte ich mich geschmeichelt. Hier war ein Mensch, der meinen Wert erkannte. Und ihn zu schätzen wusste. Ich lächelte ihn an und erwiderte, weil man in unserer Gegend mit Lob schlecht umgehen kann: »Ich bin eine stinknormale Schwäbin, Jakob.«

Er lachte. »Wenn alle Schwäbinnen spontan, begeisterungsfähig, unternehmungslustig, manchmal unangepasst, immer aber genussfreudig, fröhlich, sportlich, ausdauernd und auf vielen Gebieten beschlagen und dazu noch gepflegt und gutaussehend sind, ist das für Schwäbinnen vielleicht etwas Normales. Der Rest der Frauen verfügt leider nicht über die lange Liste positiver Eigenschaften. Im Ernst, Nina. Du bist eine tolle Frau und ein guter Kumpel dazu. Die Kombination ist ungewöhnlich. Ich kenne viele Frauen, die aufgrund ihres Äußeren und wegen des bisschen an Bildung und Wissen, das sie zu haben meinen, wahnsinnig eitel und der Meinung sind, dafür müsse der Mann ihnen täglich auf Knien danken.«

Was für ein Schmeichler ... »Aber hallo! Du hast eine Menge Erfahrung auf diesem Gebiet, was?«

Er nickte. »Leider. Ich bin Witwer. Du glaubst ja nicht, worauf eine Frau eitel sein kann.«

»Das trifft wohl auch auf die Männer zu, oder?«

»Mag sein. Wahrscheinlich.«

»Heißluftbläser und Windbeutel. Sprücheklopfer und Grasdackel. Zu welcher Sorte gehörst du, Jakob?«

»Das herauszufinden überlasse ich dir.«

»Vielleicht will ich es ja gar nicht herausfinden.«

»Komm schon! Alle Frauen sind neugierig.«

»Und kein Mann spricht über seine Gefühle«, setzte ich spöttisch hinzu.

»Du könntest«, sagte Jakob und hielt mich am Rucksack fest, »herausfinden, ob nicht die einzige Ausnahme neben dir steht.«

Ich blickte ihm in die Augen. »Warum sollte mich das interessieren?«

Er ließ den Rucksack los und legte die Arme um mich. Doch anders als in der vergangenen Nacht bettete ich meinen Kopf nicht an seinen Hals. »Weil dich die Herausforderung reizt.«

Der Mann machte es sich einfach; ich rückte von ihm ab. »Was hab ich davon?«

Er zog mich wieder an sich. »Eine neue Erfahrung vielleicht?«

Ich stupste ihn mit dem Zeigefinger auf die anorakgepolsterte Brust. »Ich hab's mir anders überlegt. Jakob, die Erfahrung reizt mich nicht.«

»Sei nicht so langweilig, Nina. Du wirst es bereuen …«, flüsterte er in mein linkes Ohr.

Was für ein Charmeur! »Könnte es sein, dass dir mein Mann egal ist?«

»Völlig egal«, hauchte er. »Was er nicht weiß …«

»Das ist ein unmoralischer Standpunkt.«

»Wen kümmert's?«

Die Sonne blinzelte durch die noch kahlen Äste der Buchen, der Wind war nicht unangenehm – aber mir war nicht nur deshalb warm, weil wir mittlerweile jenseits des Baches die Klinge wieder hochwanderten. Ich schüttelte Jakobs Arm ab. »Mein Mann«, sagte ich schwer atmend, »hat dich offenbar richtig eingeschätzt.«

»So? Wie denn?«

Ich öffnete den Reißverschluss meines Anoraks und fächelte mir Luft zu. »Du bist eine Gefahr für mich, Jakob!«

»Ach Nina, nun übertreib doch nicht so!«

»Und eine Gefahr für meine Ehe auch«, setzte ich unerbittlich hinzu und lief schneller, weil ich jetzt wieder einen ziemlich ebenen Schotterweg unter den Füßen hatte.

Mensch, Nina, schimpfte ich mit mir, da will dich ein ansehnlicher Mann verführen, und was tust du? Schwingst die Moralkeule, streckst ihn nieder und machst ihn platt mit einem Argument, das schon bei den fellbehangenen Mammutjägern, die es in den Albhöhlen des Lonetals nach fremden Frauen gelüstete, nicht mehr wirklich zog: *Ich bin eine ehrenwerte verheiratete Frau* ... Das ist wirklich das Allerletzte.

Aber das Schlimmste ist, dass du dich ausgerechnet hinter deinem Mann versteckst, wo du's ihm endlich mal so richtig heimzahlen könntest! Ist dir denn noch zu helfen?

Ich schimpfte auf mich und mit mir – und wusste doch, dass ich auf keinen Fall auf Jakobs Verlangen eingehen konnte. Nicht unbedingt aus moralischen Gründen. Und schon gar nicht, weil ich vielleicht kein Vergnügen daran gehabt hätte ... So war ich nicht. Aber bei Tageslicht besehen war Jakobs Anmache einfach abstoßend. Sie war so plump! Und so eindeutig! Und sein Gesülze so abgedroschen! Dazu kam, dass mir jetzt sein Verhalten ausgesprochen widersprüchlich schien – war er am Vormittag nicht ganz freundschaftlich mit meinem Mann durch die frühlingsschwangere Hohenloher Landschaft gepilgert? Nun, am Nachmittag, stand ihm ganz offenbar der Sinn nach erholsameren Betätigungen.

»Was bist du nur für ein falscher Jakob! Der Teufel soll dich holen!«, fluchte ich.

Er scherte sich einen Dreck um meinen Ausbruch; der Kerl lachte nur. »Die gelbe Muschel auf blauem Grund vertreibt den Teufel so sicher wie das Weihwasser im Kessel. Wusstest du das nicht? Das ist so, weil der Jakobus ein Heiliger ist, der seine Hand schützend über die Pilger hält, die auf seiner Straße wandeln.«

»Ich wandere bloß«, sagte ich bissig.

27. Kapitel

In der Nacht von Dienstag auf Mittwoch, der ersten Nacht auf dem Haghof, schlief Penny herrlich unter dem Federbett und wachte erst auf, als Schorsch mit den Fäusten gegen die Tür trommelte.

Beim Frühstück beklagte er sich über den Gockel, der ihn in aller Herrgottsfrühe aus dem Schlummer gekräht hatte, danach hielt er Penny eine Standpauke. »Man hat nichts mit seinem Arbeitgeber. Keine Melange zwischen Privatem und Beruflichem, hörst du, Penelope?«

»Der Alte bezahlt uns«, nuschelte sie, weil sie den Mund voll Hefezopf mit Butter und Träublesgsälz hatte. »Ich hatte nichts mit dem jungen Dornecker.«

»Ja, weil ich gerade noch dazwischengefahren bin.« Schorsch war grantig.

»Was hat denn der Alte zu den Vergrößerungen gesagt?«, lenkte sie ihn vom Thema ab.

»Der fährt heute nach Stuttgart aufs Denkmalamt. Will den Hornochsen dort einen netten Scheck über den staubigen Schreibtisch schieben, damit sie später die Komplettbemalung abnicken, auf die er so scharf ist.«

»Und? Wird er's schaffen?«

Schorsch hob die Schultern. »Ein Versuch ist es wert.« Er goss sich Kaffee nach. »Und weil die Burg ja nicht gerade ein Denkmal von nationaler Bedeutung und er nicht knausrig ist, könnte es ihm sogar gelingen.« Schorsch hatte morgens keinen Hunger. Er trank Kaffee und dachte nach. »Sag mal, Penelope, hat deine Großmutter noch mehr Fotos aus der Zeit, als sie auf der Burg ein und aus ging?«

»Sie ist meine Großtante«, stellte Penny richtig. »Ob sie noch mehr Fotos hat? Keine Ahnung, aber fragen kann ich sie. Schorsch«, sie runzelte die Stirn, »sie sagte, die Jungs, die auf Dorneck einquartiert waren, hätten ein Versteck entdeckt.«

»In dem ein Skelett baumelt und der Burggeist seiner Erlösung durch eine unschuldige Jungfrau harrt? Penelope, das wäre der passende Job für dich. Küss den Geist!«

Sie strahlte ihn an. »Auf jeden Fall wäre das was Neues! Aber im Ernst, Schorsch. Das Versteck ...«

»Wird keines mehr sein. Überleg doch, Penelope! Seit dem Krieg sind mehr als sechzig Jahre vergangen, und wer in dieser langen Zeit auf Dorneck gehaust hat, wird sich überall umgesehen haben. Denk auch an die Entrümpler, die den alten Kram rausgeschafft haben – denen ist so leicht nichts entgangen. Nein, da mach dir mal keine Hoffnungen.«

Schorsch trommelte mit den Fingerspitzen auf der Tischplatte herum. »Wann bist du endlich satt?«

Frau Lampert, ein Kleinkind auf dem Arm und gefolgt von Hektor, dem alten Schäferhund, kam in die Küche. »Habt ihr alles? Fehlt nix? Kaffee? Noch ein bisschen Wurst oder Käse?«

Schorsch hob entsetzt die Hände, auch Penny winkte ab.

»Das ist unser Fritz«, sagte sie und bewegte das kleine Ärmchen wie einen Pumpenschwengel auf und ab. »Sag hallo, Fritzle!«

Der hüpfte auf dem Arm der Mutter, strahlte übers ganze kleine Gesicht und sabberte schlimmer als Hektor. »Er zahnt«, erklärte Frau Lampert unnötigerweise, wischte die Spucke ab und setzte das Fritzle auf den Boden. Der robbte sofort zu Hektor und zog sich am Fell hoch, was sich der Hund gutmütig gefallen ließ. Der Kleine krähte vor Vergnügen und legte sein Köpfchen an die Schnauze. Hektor leckte ihm übers Gesicht.

»Ist das nicht gefährlich?«, fragte Penny. »Ich meine: unhygienisch?«

Frau Lampert lachte nur. »Unser Ältester, der Karl, ist ein Ausreißer. Einmal habe ich ihn im Garten mit dem

Pflanzholz im Mund gefunden. Daran hatte er so lange gelutscht, bis es porentief rein war. Und der hier«, sie zeigte auf Fritz, »hat gestern an der ersten Nacktschnecke des Jahres genuckelt.«

»Und Sie sagen, das sei ...?«

»Geschadet hat es keinem«, meinte Frau Lampert gleichmütig. »Seid ihr fertig? Dann räume ich ab.«

Im Hof wies Penny auf ihren Roller. »Es gibt eine Abkürzung durch den Wald. Mit dem Auto kommen Sie nicht durch, mit dem Roller geht's.«

»Ohne mich«, entgegnete Schorsch kurz angebunden. »Setz dich zu mir ins Auto.«

Wenn Schorsch energisch wurde, war der Spaß vorbei. Penny warf ihren bunten Beutel mit dem Vesper, das ihr Frau Lampert zugesteckt hatte, in den Fußraum, setzte sich auf den Beifahrersitz, und Schorsch ruckelte los. Da, wo nach Vellberg die Straße nach Talheim steil nach unten führte, strampelte Daniel auf seinem Rad bergauf. Schorsch bremste, kurbelte die Scheibe herunter, sein Kombi war schon eine Antiquität, und rief ihm zu: »He! Dornecker! Was haben Sie vor?«

»Ich brauch was zu essen!«

»Ich hab was!«, brüllte Penny und hielt ihren bunten Beutel hoch.

Daniels Rad wackelte gefährlich; er stieg ab und brüllte: »Nein, danke! Ich will in die Bäckerei in Vellberg! See you!«

An diesem Mittwochmorgen waren eine Menge Leute auf der Burg.

Vier kräftige Männer in blauen Latzhosen räumten die Küche bis auf die steinerne Spüle, den wackligen Tisch und die noch wackligeren Stühle aus, und im Erdgeschoss klopften zwei Maurer einen Schlitz für allerlei Leitungen.

Im großen Saal maß Schorsch die Wände aus; er rief Penny die Zahlen zu, sie schrieb und klopfte immer dann, wenn sie meinte, Schorsch achte nicht auf sie, mit dem Zeigefingerknöchel die Flächen zwischen dem Fachwerk ab; vielleicht entdeckte sie ja doch das Versteck, von dem Ida berichtet hatte.

Als Daniel mit der Brezeltüte in der Hand ankam, sah er so übernächtigt aus, dass die schwarzen Augenringe und seine bleiche Gesichtsfarbe sogar Schorsch auffielen. »Hast einen draufgemacht und ordentlich gesoffen?«, erkundigte er sich wenig mitfühlend.

Daniel winkte nur ab. »Ich suche ein Zimmer.«

»Oho!«, rief Schorsch. »Hast genug vom Schlafsack und der Luftmatratze, was?«

Daniel schüttelte den Kopf, legte die Tüte auf einen Sitz in der Fensternische, ging hinaus und kam mit einem Becher *Nescafé* wieder. »Mir ist's ernst. Ich suche ein Zimmer. Habt ihr eine Ahnung, ob's auf dem Haghof eins für mich geben könnte?«

»Wir sind die einzigen Gäste, also kannst du dir sogar eines aussuchen«, versicherte Penny. »Wie viele Nächte hast du's hier eigentlich ausgehalten?«

»Drei«, antwortete Daniel. »Nur drei. Aber die reichen mir. In der ersten Nacht war ich so fertig, dass ich sofort wegpennte, aber in der vergangenen Nacht ... Also ich würd's ja nicht glauben, wenn's mir nicht selbst passiert wäre ...«

Ungerührt maß Schorsch Fläche für Fläche aus und diktierte Penny die Zahlen. »Dir ist das Burggespenst begegnet. Stimmt's?«

»Wenn ich nicht wüsste, dass es einfach keine Gespenster gibt, würde ich Ihnen Recht geben, Herr Epple.« Daniel rieb sich die Augen. »Ehrlich, es war grauenhaft.«

Penny meinte, sich verhört zu haben. »Ein Gespenst? Das ist doch Quatsch. Obwohl ...« Sie runzelte die Stirn. Hatte Ida nicht auch ein Gespenst auf Dorneck erwähnt, das damals ihren Freunden, den Flüchtlingen, erschienen sei? Aber die hatten das nur erfunden, war ja wohl klar.

»Würd ich ja auch sagen, wenn ich nicht erlebt hätte, was ich vergangene Nacht erlebt habe. Und ich sage euch: Ich war nicht betrunken. Und ein Traum war's auch nicht.«

Penny tippte sich an die Stirn. »Nur in englischen Schlössern gibt es Gespenster.«

Schorsch schnaubte. »Blödsinn. Ich messe noch die restlichen Flächen aus, so lange könnten Sie, Daniel, für uns einen *Nescafé* aufgießen.«

»Und dann?«, fragte Penny, die den Schorsch kannte.

»Abwarten.«

Es dauerte nicht lange, bis Schorsch den Zollstock weglegte und die Pfeife stopfte. Daniel trug die Becher mit dem Kaffee zu der Fensternische, in der Penny und Schorsch Platz genommen hatten, und setzte sich auf den Steinboden. Schorsch paffte, die Pfeife zog nicht recht, dann trank er einen Schluck und fixierte Penny mit scharfem Blick. »Warum, sag mir das, Penelope, sollten Geister und Gespenster nur auf der Insel Britannien hausen? Sie können sehr wohl auch im Hohenlohischen zu Hause sein, wie ich aus sicherer Quelle erfahren habe.«

Penny machte pfff, von unten drang das Hämmern der Schlitzklopfer herauf. »Einem Freund in Crailsheim zufolge«, Schorsch hob einen Zeigefinger, »er ist wie ich Restaurator und absolut vertrauenswürdig – ging in einem Amtshaus ein Geist um. Die Geschichte hat er von einer alten Frau erfahren, deren Großmutter in ihrer Jugend Dienstmädchen bei der im Amtshaus wohnenden Familie war – also von einer Person, die es von der Betroffenen aus erster Hand gehört hatte.« Wieder hob Schorsch den Zeigefinger. »Vergesst das nicht!«

Er zog an der Pfeife und fuhr fort. »Die Bekannte berichtete ihm Folgendes: Mitte des neunzehnten Jahrhunderts gab's schlechte Jahre. Missernten mit Hungersnot führten im Hohenlohischen zu einer Auswanderungswelle, und wer doch in der Heimat blieb, schätzte sich glücklich, wenn er Arbeit fand.

So auch das junge Dienstmädchen, das als Magd im Amtshaus schaffte. Es trat die Stelle an, obwohl es wusste, dass alle ihre Vorgängerinnen trotz der miserablen Lage am Arbeitsmarkt immer sehr schnell kündigten. Im Dorf wurde gemunkelt, nix Genaues wisse man zwar nicht, aber der Amtmann strecke seine Hände wahrscheinlich nach jungem Fleisch aus, was seine Frau natürlich erboste.

Mit dem Alten werde ich schon fertig, dachte das junge Mädchen, und weil es flink war, kochen konnte und der Hausherr es in Ruhe ließ, waren alle zufrieden.

Das Mädchen war ausgesprochen glücklich – bis zu dem Tag, an dem sie mittags den Salat abschmecken wollte. Da griff sie nach der Öl- und Essigflasche auf dem Regal überm Tisch – und griff ins Leere.

Sie schaute sich um, aber alles war wie sonst auch.

Sie blickte wieder nach oben, und siehe da: Die Flaschen standen wie immer auf dem Regal.

Als sie sie herunterholte, hörte sie ein leises Lachen; es kam aus der hintersten Ecke der Küche.«

»Na und?«, sagte Penny. »Sie hat sich halt getäuscht.«

Schorsch zog an der Pfeife. »Das dachte sie auch, aber weil sie ein pfiffiges Mädchen war, beobachtete sie fortan ihre Umgebung aufmerksamer als zuvor. Und schon am nächsten Tag schwebten die Messer, Gabeln und Löffel, die sie fürs Mittagessen zurechtgelegt hatte, eins nach dem anderen nach oben, verhielten kurz in der Luft und fielen dann klirrend auf den Küchenboden. Das war jetzt wirklich etwas Ungewöhnliches, aber weil man vor einiger Zeit ein leichtes Erdbeben in der Gegend registriert hatte, schob sie es darauf, dass die Erde eben wieder mal wackelte.

Doch die unerklärlichen Vorkommnisse nahmen zu; einmal ging sie in den Keller, um einen Krug mit Wein aus dem Fass zu füllen. Sie machte den Hahn zu, stieg die Kellertreppe hoch, nur ein paar Stufen, hörte es plätschern und sah, wie Wein aus dem Hahn lief, den sie fest zugedreht hatte. Sie sprang die Stufen wieder herunter – jemand hatte den Hahn wieder geöffnet. Sie drehte ihn erneut zu – und vernahm wieder das leise Lachen, das sie schon kannte. Von da an ging sie nie mehr allein in den Keller.«

»Aber heute Nacht habe ich kein leises Lachen gehört«, sagte Daniel.

»Moment.« Schorsch hielt seine Pfeife in die Höhe. »Die Geschichte ist noch nicht zu Ende. Das Mädchen bekämpfte ihre Furcht, indem sie beim Arbeiten sang: Choräle, Volkslieder – eben alles, was sie kannte. Einmal hängte es auf der Bühne die Wäsche auf, hörte das gefürchtete leise Lachen, und der Korb glitt wie von einer unsichtbaren Hand geschubst quer über den Dielenboden bis zur Wand.

Ein anderes Mal rutschten Schüsseln unter ihrer Hand weg, einmal schaukelte die überm Tisch hängende Petroleumlampe, als würde die jemand anstoßen, und dann – das war die Höhe – spürte sie, wie die Bändel ihrer Schürze aufgezogen wurden. Und wie sie sich blitzschnell umdrehte, sah sie eine Gestalt wie aus Dampfwolken geschaffen: eine weiße Lockenperücke überm lachenden Gesicht eines jungen Mannes, gekleidet in ein enganliegendes Wams mit Spitzenbesatz am Kragen und an den Ärmeln.

Na, da hatte sie dann genug; sie kündigte. Das«, schloss Schorsch, »berichtete die Bekannte, eine ältere Frau, meinem Freund. Wie gesagt, das Dienstmädchen von damals war nämlich ihre Großmutter gewesen, und ich leg meine Hand ins Feuer, dass kein Wort davon gelogen ist.«

»Aber ich glaub Ihnen die Story einfach nicht, Schorsch«, widersprach Penny. »Wie ist es denn heute? Hält sich der Geist des jungen Mannes noch immer in dem Haus auf?«

Schorsch hob die Schultern. »Das Lachen wurde nicht mehr gehört. Aber es ist doch möglich«, er zwinkerte, »dass der Geist den Aufenthaltsort gewechselt hat.«

»Ja, ja, und Stuttgart liegt am Mississippi. Schorsch, Ihr Freund war besoffen, als er Ihnen die Geschichte erzählte.«

»Hm.« Daniel streckte die Beine aus und stützte sich mit den Händen ab. »Nach dem, was ich heute Nacht erlebt habe …«

»Mann!« Penny hob spöttisch die Augenbrauen. »Was HAST du denn erlebt?!«

»Ihr lacht mich aus.«

Penny zog die Augenbrauen hoch, doch Schorsch schüttelte den Kopf. »Es gibt Gespenster«, sagte er nachdrücklich.

28. Kapitel

Daniel fuhr sich durch die Haare. »Die ehemalige Speisekammer ist leer; stimmt's? Nix außer meinem Kram befindet sich darin.«

Schorsch und Penny nickten.

»Kein Schrank, in dem sich jemand verstecken könnte, keine Kommode, nichts außer meinen Kleidern, meinem Waschbeutel, ein paar Flaschen Bier, die meisten davon leer, Pizzaschachteln, Kekse«, zählte er auf. »Jedenfalls – es war so: Weil's ziemlich kalt war, machte ich das einzige Fenster zu und legte mein zusammengerolltes Handtuch auf den Sims. Ich zog mich aus, schlüpfte in den Schlafsack – es war noch nicht Mitternacht, und gerade, als ich am Einschlafen war, hörte ich so eine Art Quietschen.«

»Die wievielte Flasche Bier hast du denn getrunken?«, erkundigte sich Penny lachend.

»Ich hatte nur noch die eine, und ich sag dir, das habe ich bitter bereut. Ich hätte mich mit Freuden bis zur Bewusstlosigkeit betrunken – nachher, nach dem Gespensterbesuch«, erklärte Daniel so ernst, dass sich Penny betroffen auf die Lippe biss.

»Aha«, schaltete sich Schorsch ein, »du warst am Einschlafen, hast eine Art Quietschen gehört ... und was geschah dann?«

»Es war ein leises Quietschen«, erklärte Daniel. »Und weil's noch einmal und dann noch einmal quietschte, hab ich die Taschenlampe angemacht, die Kammer ausgeleuchtet und gesehen ...« Er fuhr sich durch die dunkelblonden Haare.

»Ja?« Penny beugte sich vor. »Was hast du gesehen? Die Gestalt, wie aus Dampfwolken geschaffen?«

»Nein. Aber … das Fenster stand sperrangelweit offen.«

»Och! Wie schade!«, rief Penny. »Du hast es nicht richtig zugemacht, der Wind hat's aufgedrückt «

»Von wegen«, schnitt Daniel ihr das Wort ab. »In dem alten Gemäuer zieht's furchtbar, deshalb hab ich, nachdem ich das Fenster geschlossen hatte, zur Sicherheit sogar daran gerüttelt und zwecks Abdichtung auch noch mein zusammengerolltes Handtuch auf den Sims gelegt. Das, was mich so aus den Latschen kippen ließ, war nämlich die Tatsache, dass der Fensterflügel aufstand, das zusammengerollte Handtuch aber noch auf dem Sims lag. Was ja, wie es jedem einleuchten wird, ein Ding der Unmöglichkeit ist«, setzte er bedrückt hinzu. »Wenn hier ein Geist umgeht, zieh ich nicht ein. Noch so 'ne Nacht, und ich bin ein Wrack. So viel steht fest.«

Penny rutschte vom Sitz. »Ich hätte ja nicht gedacht, dass du ein so feiger Esel bist. Hast du dir nicht überlegt, in der Burg Übernachtungsgäste aufzunehmen? Es wäre doch der ultimative Hit, wenn du Nächte mit Gespensterbesuch anbieten könntest. Stell dir das in Hohenlohe vor – kein Mensch würde mehr Ferien in England machen!«

»Penelope, du übertreibst. Aber …«, Schorsch sammelte die leeren Kaffeebecher ein, »ich glaube Ihnen, Daniel. Weil es, wie ich schon sagte, Gespenster gibt. Oder Geister. Und du, Penelope, würdest deinen Hochmut verlieren, wenn dir der Geist von Burg Dorneck nur ein einziges Mal seine kalte Hand auf die Stirn legen würde.« Er zwinkerte Daniel zu. »Warten wir's ab. Bis dahin schaffen wir weiter. Auf geht's. Die Arbeit erledigt sich nicht von selbst.«

»Alter Sklaventreiber«, murrte Penny und drückte Daniel ihr Handy in die Hand. »Unter *Haghof* ist die Nummer eingespeichert. Ruf an und frag, ob du ein Zimmer haben kannst – am besten das neben dem meinen. Oder noch besser: Lass dir ein Bett in Schorschs Zimmer stellen, dann kannst du zu ihm unter die Decke schlüpfen, wenn das Gespenst wieder mal umziehen und dich am großen Zeh kitzeln sollte.«

»Du glaubst mir nicht, was?«

»Kein Wort!«, rief Penny vergnügt und eilte Schorsch hinterher.

Es wurde ein arbeitsamer Tag. Sie musste Papierbögen so zuschneiden, dass jeder einzelne perfekt in das betreffende Fach zwischen den Balken passte; da sich jedoch die Balken im Laufe der Jahrhunderte verzogen hatten, hatte jedes Fach ein anderes Maß. Erschwerend kam hinzu, dass es sich nicht nur um Länge und Breite handelte; die Balken verliefen ja auch schräg.

Es war eine pingelige Abmesserei und Zuschneiderei. Penny machte sie Spaß, auch wenn sie manchen Bogen ein zweites oder gar drittes Mal zuschneiden musste, weil Schorsch auf jeden Millimeter achtete.

Trotz allem hatte sie Zeit zum Nachdenken; ihr fuhrwerkte nämlich einiges im Kopf herum.

Einmal war's das Versteck, das Ida erwähnt hatte. Vor mehr als sechzig Jahren hatte sie davon erfahren, und in einer so langen Zeit kann sich viel ereignen. Was da versteckt worden war, konnte geklaut worden sein. Die Frage war aber doch auch: Was lag im Versteck? Schmuck, Familiensilber und sonstige Wertgegenstände? Penny schüttelte den Kopf: Die Jungs waren Flüchtlinge, hatten ohne eigenes Verschulden alles Hab und Gut verloren, waren demzufolge bettelarm und hätten vermutlich den einen oder anderen Ring ohne Bedenken an sich genommen und den Schatz totgeschwiegen.

Jedenfalls hätte sie es so gemacht ...

Da die Jungs aber den anderen vom Versteck berichtet hatten, hatte es sich sicher nicht um darin verborgene Wertgegenstände gehandelt.

Penny zog die Nase kraus: Was hieß schon »Versteck«!

Da konnte es sich ja um alles Mögliche handeln. Vom ausgesparten Fach hinter einer Verkleidung bis zum ausgehöhlten Balken oder zum Raum hinter einer doppelten Wand war alles drin. Blöd, dass sie Ida nicht nach der Größe des Verstecks gefragt hatte. Jetzt hatte Daniel ihr Handy, also musste sie den Anruf auf den Abend verschieben.

Zurück zu dem, was im Versteck lag oder hätte liegen können.

Diamanten, Perlen und das Familiensilber schieden aus, ebenso etwas so Riesiges wie beispielsweise das verschwundene Bernsteinzimmer oder ein echter Rembrandt. Penny lachte vor sich hin, wurde aber plötzlich ernst. Auch im gar nicht so entfernten Würzburg hatte es Künstler gegeben. Tilman Riemenschneider etwa: Was, wenn jemand im Krieg einen Altar in Sicherheit gebracht hatte? Oder einen der berühmten Bauernschränke? Oder Krüge und Teller aus der Crailsheimer Fayencefabrik?

Wieder schüttelte Penny den Kopf: Das alles waren Gegenstände, die Jungs nicht interessiert hätten.

Was blieb dann noch übrig? Irgendwelche Dokumente ...

Ja, das musste es sein: Dokumente, die für den Besitzer wertvoll waren, bei anderen aber höchstens ein verständnisloses Stirnrunzeln hervorgerufen hätten.

Sie würde der Sache nachgehen, nahm sich Penny vor und widmete sich dann der Frage nach dem Gespenst.

Es war klar, dass Daniel etwas Außerordentliches erlebt hatte. Aber ein Gespenst? In Penny sträubte sich alles gegen den Gedanken. Gespenster gab's einfach nicht!

Nicht mal in irischen, schottischen oder englischen Schlössern – alles waren nur Hirngeburten wie das Monster von Loch Ness, und einzig dafür geeignet, in Zeitungen die Sommerlöcher zu stopfen.

Einerseits.

Andererseits zweifelte sie nicht an der von Daniel geschilderten Tatsache, dass das Fenster nach einigem Quietschen offen stand, das zusammengerollte Handtuch aber noch wie zuvor auf dem Sims lag. Das war tatsächlich nur von Geisterhand zu schaffen. Andererseits, und das war viel wahrscheinlicher, fantasierte sich Daniel doch etwas zusammen. Obwohl ... Penny gestand sich ein, dass sie Daniel weder für einen Fantasten noch einen Feigling hielt; dazu war er einfach zu sehr ein Mensch des einundzwanzigsten Jahrhunderts. Sie seufzte ein bisschen: Das Ganze war ein Rätsel.

Plötzlich pfiff sie durch die Zähne: Was, wenn sie auf der Burg übernachten würde?

Aber ganz allein?

Nein, dazu hatte sie dann doch viel zu viel Angst. Natürlich glaubte sie nicht an Geister und Gespenster, doch leider hatte sie eine große Portion Fantasie mitbekommen, und was die ihr vorgaukeln würde, konnte sie sich selbst am helllichten Tag vorstellen. Allein zu übernachten kam also nicht in Frage. Ob Daniel mitmachen würde? Wenn sie ihm anbieten würde, ihren Schlafsack neben dem seinen auszubreiten und ihm die Hand zu halten? Bei dem Gedanken grinste sie vor sich hin und stellte dann fest, dass sie einen Bogen falsch zugeschnitten hatte. Sie knüllte ihn zusammen, warf ihn ins Eck und überlegte, welche ihrer Freundinnen sie zum Mitkommen überreden könnte. Keine war darunter, die sich auf ein solches Abenteuer einlassen würde. Schon der Gedanke an eine kalte Nacht voller Zugluft, ohne ein gemütliches kuscheliges Bett sowie ein perfekt ausgestattetes Badezimmer ohne fließendes Wasser, heiß und kalt natürlich, schreckte alle ab. Na, dachte Penny, mal sehen ... Doch dann hatte sie einen Geistesblitz: Mitzi! Und vielleicht auch Felix! Für beide wäre das ein einmaliger Spaß, hundert Pro!

Eines war klar: Die Burg verfügte über ein Potenzial, an das sie im Traum nicht gedacht hatte. Geradezu zärtlich sah sie zu Schorsch rüber – ihm hatte sie die interessanteste Zeit ihres Lebens zu verdanken! Und das in einem gottverlassenen Winkel Schwabens! Was hatten dagegen die Bars in der Stuttgarter Theodor-Heuss-Straße zu bieten – nichts als heiße Luft!

Sie fieberte geradezu dem Abend entgegen, um mit Ida zu telefonieren. Und natürlich mit Mitzi und Felix. Wieder schüttelte sie den Kopf: Wie sich doch alles ineinanderfügte: Der Schorsch, die Burg und Ida mit ihren Erinnerungen aus der Nachkriegszeit. Voll der Wahnsinn ...

Am Nachmittag erschien Daniel, um seine Siebensachen in einen kleinen gemieteten Fiat zu laden. »Hab jetzt ein Zimmer auf dem Haghof«, verkündete er und wich den Papierbögen aus, die am Boden lagen. »Was machst du denn da, Penny?«

»Ich nummeriere die Papiere, damit wir sie den jeweiligen Fächern zuordnen können, für die wir …«

Ein Wagen fuhr in die Einfahrt.

»O Gott! Das ist mein Dad.« Daniel kratzte sich am Hals. »Was will er denn jetzt schon wieder?«

Sie hörten, wie sich unten der alte Dornecker mit den Handwerkern unterhielt, dann stapfte er die Treppe herauf. »Epple! Wir ziehen die Sache durch! … Hoppla! Von Tapezieren war nie die Rede!«

»Na, was haben Sie erreicht?«, erkundigte sich Schorsch.

»Die Hornochsen wollten sich nicht festlegen, also nehmen wir die Sache selbst in die Hand und ziehen sie wie gesagt durch. Ich übernehme die Verantwortung.« Er deutete auf die Bögen und lachte. »Notfalls überkleben wir, bevor die Kontrolle kommt, die Stellen, die Sie unerlaubterweise ausmalen, Epple.« Da erst sah er seinen Sohn, der mit dem zusammengerollten Schlafsack in der einen und der Reisetasche in der anderen Hand an der Wand stand. »Bist also vernünftig geworden und ziehst aus, bis alles renoviert ist?«

Wie schon bei Schorsch ergriff Penny auch hier die Gelegenheit beim Schopf. »Das Burggespenst hat Daniel vergrault«, sagte sie keck.

»Penny!«, protestierte Daniel.

Der alte Dornecker lachte – und stutzte, als er Daniels betretene Miene sah. »Unsinn.«

Niemand antwortete.

Das machte den alten Dornecker erst recht stutzig. »Was ist los? Dani, mach den Mund auf.«

Während sein Sohn widerstrebend schilderte, was ihm in der Nacht passiert war, breitete sich auf dem Gesicht seines Vaters ein ungläubiges Grinsen aus. »Hab ich mit dem alten Gemäuer tatsächlich einen Geist gekauft? Ihn sozusagen als Dreingabe geschenkt bekommen? Ich glaub's nicht.«

»Möglich wär's«, meinte Schorsch knapp.«

»Epple, Gespenster gibt's nicht.«

»Warum übernachten nicht Sie mal in Ihrer Burg?«, schlug Penny vor. »Ich leiste Ihnen Gesellschaft.«

»Penny!«, rief Daniel wieder, und seine Stimme klang ehrlich entsetzt. »Mach das nicht!«

Sein Vater achtete nicht auf ihn. »Eine Nacht mit Ihnen allein?« Er lachte schallend. »Das Angebot schlage ich nicht aus. Dani, ich brauche deinen Schlafsack und die Luftmatratze.«

»Penelope!«, donnerte Schorsch. »Das dulde ich nicht!«

»Aber Schorsch, ich bin erwachsen«, erwiderte Penny mit Unschuldsmiene.

»Umso schlimmer. Du bist ein verrücktes Huhn, und das weißt du. Ich bin verantwortlich für dich!«

»Es geht mir nur ums Gespenst«, versicherte Penny.

»Aber er ...« Schorsch deutete auf Daniels Vater, »sieht das wahrscheinlich nicht so. Stimmt's?«

»Epple, Sie machen natürlich mit«, lockte ihn der alte Dornecker. »Ich sorge für den Wein, wir machen ein Feuer im Kamin und warten auf die Geisterstunde. Abgemacht?« Er schlug Schorsch auf den Rücken. »Ein Gespenst in meiner Burg! Mann, das ist ja wie ein Sechser im Lotto!«

»Wenn das bekannt wird«, meinte Daniel düster, »kann ich die Idee vergessen, Zimmer mit Frühstück anzubieten. Ich jedenfalls nehme ein Gespenst als Untermieter nicht in Kauf.«

Penny schnaubte. »Dani, du bist ein feiger Esel. Denk doch mal nach: Eine bessere Reklame könntest du dir für deine Burg überhaupt nicht wünschen.«

29. Kapitel

Kurz vor dem Dörfchen Orlach hatten Jakob und ich die Hochebene erreicht und wanderten Seite an Seite Richtung Morstein. Die Frühlingsluft war so klar, dass sich die bewaldeten Höhenrücken am Horizont gestochen scharf abzeichneten. Über den Wiesen lag ein leuchtend grüner Schimmer, die Obstbäume hatten dicke Knospen, und einmal, das war in einer Senke, sahen wir ein altes, niederes Bauernhaus mit bemoosten Dachziegeln, vor dem die Bäuerin gerade Wäsche aufhängte: Arbeitshosen, Hemden und Kittelschürzen. Wir winkten ihr zu; es war die einzige Person, die uns auf der ganzen Strecke begegnete. Abgesehen von ihr waren Vögel und erste Hummeln die einzigen Lebewesen, so abgeschieden war die Gegend.

Hin und wieder pfiff Jakob leise vor sich hin. Bis er plötzlich stehen blieb. »Erinnerst du dich an den Roman *Die Heilige und ihr Narr?*«

»Du meinst, an den Inhalt? Nein, ich war damals noch sehr jung, und vieles hab ich wohl auch nicht ganz verstanden. Ich weiß aber noch, dass die junge Frau, das Seelchen, von ihrer Stiefmutter erschossen wurde. Aber warum?« Ich breitete die Hände aus. »Keine Ahnung. Weißt du es?«

»Spieglein, Spieglein, an der Wand: Wer ist die Schönste im ganzen Land?« Mit einem energischen Ruck schob Jakob den Rucksack zurecht. »Es handelte sich ums Übliche: Neid und Eifersucht.«

»Die Stiefmutter, die Frau des Fürsten, war neidisch und eifersüchtig? Weswegen denn?«, fragte ich verblüfft.

»Das Seelchen war jung und schön. Es liebte einen Mann, der es ebenfalls liebte, um nicht zu sagen vergötterte. Es bekam ein Kind und war so sichtbar glücklich, dass es einfach den Neid derer anziehen musste, die mit sich und ihrem Leben unzufrieden waren.«

»Also war die Stiefmutter wohl unzufrieden. Aber warum?«

»Na hör mal! Kannst du dir das nicht denken?«, entgegnete Jakob. »Die zweite Frau des Fürsten war noch jung und schön und erwartete ein glanzvolles höfisches Leben an der Seite ihres Mannes. Keine ihrer Erwartungen erfüllte sich: Dem Schloss mangelte es an Komfort und lag in tiefster Waldeinsamkeit, und der Fürst war längst zum Einsiedler geworden, der in Ruhe seine letzten Jahre genießen wollte. Ihr Gekeife und Jammern ging ihm auf die Nerven, er zog sich von ihr zurück und ritt immer öfter zu Tochter, Schwiegersohn und Enkel auf Schloss Thorstein.

Nun war aber der Thorsteiner der einzig attraktive Mann im weiten Umkreis, und ausgerechnet dieser wollte von der Fürstin nichts wissen. Erstens liebte er sein Seelchen und war sowieso nicht der Typ für ein Abenteuer, und zweitens durchschaute er die Fürstin. Eine Frau wie sie wurde damit nicht fertig; es holte das Schlimmste aus ihr heraus. Dazu kam, dass das Seelchen so herzensgut war – sozusagen widerwärtig seelengut.« Jakob lachte auf. »Die junge Frau wusste, dass ihre Stiefmutter sie hasste. Sie ging auf Distanz, aber genau das reizte die Fürstin noch mehr. So ist das immer«, meinte Jakob. »Gutmenschen sind schlecht zu ertragen. Man sagt aber auch: Neider sind nicht zu beneiden. Die böse Stiefmutter jedenfalls ging an ihrem Neid zugrunde.«

»So ein blödes Klischee – die böse Stiefmutter!«

»Was willst du damit sagen?«

»Na, das ist doch der Stoff, aus dem Märchen gemacht sind: Hier die böse Stiefmutter, da die herzensgute Tochter. Als ob es in Wirklichkeit nicht auch andersrum zugehen würde!« Über uns kreiste ein Vogel. »Sag mal, ist das ein Reiher?«

Jakob kniff die Augen zusammen. »Es ist einer.«

Mir fiel auf, dass er in Gedanken ganz woanders war. »Zurück zum Klischee, Nina. Ich habe einen Freund, der zum zweiten Mal geheiratet hat. Die Ehe ist nicht besonders glücklich, weil seine Tochter der neuen Frau das Leben zur Hölle macht. Ich bewundere die Frau; sie nimmt es gelassen hin. Aber bitte: Was bleibt ihr auch übrig?«

»Wie lange hält sie das durch?«

»Was meinst du? Dass mein Freund nichts unternimmt?«

Ich nickte. »Irgendwann wird sie den Bettel hinschmeißen. Ich jedenfalls würde das tun, und zwar mit Karacho.«

»Du bist nicht in ihrer Situation«, entgegnete Jakob. »Aus der Ferne sieht es immer einfach aus. Und überhaupt: Blut ist dicker als Wasser.«

»Zugegeben.« Sein Ton hatte mich stutzig gemacht. »Kannst nicht du mal mit dem Mann reden? Schließlich ist er dein Freund.«

Jakob schwieg.

»Oder bist etwa du derjenige, der zwischen Tochter und neuer Frau steht?«

»Ich bin Witwer und habe nicht wieder geheiratet«, wich er aus.

»Aber du hast einen Sohn, eine Tochter und eine Freundin?«

Er schwieg verbissen.

»Aha. Du bist also Witwer, jedoch kein Single. Mann, du hast mich angelogen, du Schuft!«

»Man bindet einer Fremden doch nicht gleich alles auf die Nase!«, verteidigte er sich.

»Klar, sonst würde einem ja unter Umständen ein nettes kleines Abenteuer entgehen«, entgegnete ich hitzig. »Mund halten und alles mitnehmen, was sich einem so bietet, was?« Ich blitzte ihn an. »Deshalb also dein Mitgefühl und Verständnis für die rücksichtslose Fürstin, die sich gerne den Mann der Stieftochter geschnappt hätte. Und …«, ich musste verschnaufen, »was deine Tochter betrifft, sprichst du aus Erfahrung, was? Du kapierst durchaus, was sie sich erlaubt, machst aber die Augen zu, um nicht Stellung beziehen zu müssen, weil du der Ansicht bist, dass Blut ja sowieso dicker ist als Wasser. So ist es doch, Jakob, stimmt's?« Ich kickte einen Stein aus dem Weg. »Deshalb also bist du Senior Experte geworden. Das ist nichts anderes als Fluchtverhalten, du Feigling.«

Er antwortete noch immer nicht. »Es geht mich ja nichts an«, sagte ich dann. »Aber ist dir die sogenannte Kindsliebe, die ja im Fall deiner Tochter vermutlich Eifersucht und Besitzdenken ist, mehr wert als ein neues Glück?«

»Meine Tochter ist ein liebes Mädchen; sie wünscht sich nichts anderes, als dass es mir gut geht.«

»Ach ja? Und was ist mit der Frau? Wie es ihr geht, ist dir wohl egal? Machst du die Augen zu, wenn sie leidet? Mensch, Jakob«, ich ereiferte mich richtig, »überleg doch: Das Argument deiner Tochter ist reine Augenwischerei! Damit ihr glücklich seid, muss es euch beiden gut gehen! Und noch etwas, Jakob! Wie oft und wie intensiv kümmert sich deine Tochter um dich?«

»Sie ruft mindestens einmal pro Woche an.«

Ich schnaubte. »Worte, nichts als Worte, Jakob. Auf die Taten kommt's doch an. Wäscht sie deine Wäsche? Kocht sie für dich? Sorgt sie für dich, wenn's dir mal nicht gut geht?«

»Sie ist berufstätig.«

»Und deine Freundin?«

Jakob druckste herum. »Die auch«, knurrte er schließlich.

»Aha. Das dachte ich mir. Ich empfehle dir, deine Tochter nur ein paar Wochen lang in die Pflicht zu nehmen, dann, das schwöre ich dir, gehen dir die Augen auf. Im Übrigen erinnert mich deine Haltung an den alten King Lear – du weißt schon, den König aus Shakespeares Drama –, dessen zwei ältere Töchter ihrem Vater auch Honig ums Maul schmieren. Er kapiert das nicht, wohl aber seine jüngste Tochter, die sich daraufhin zurückzieht. Aber was geschieht? Ihre älteren Schwestern und deren Männer bringen den alten König um Hab und Gut und öffnen ihm dadurch auf höchst brutale Art und Weise die Augen. Na ja ... geschieht ihm recht, schließlich ist er ja auf die Schmeicheleien hereingefallen. Das Ende vom Lied ist, dass er erst als bettelarmer Mann – bettelarm in jeder Hinsicht – einsieht, dass Worte und Taten zwei Paar Stiefel und Schmeicheleien sehr billig zu haben sind. Aber ihr Männer schaltet ja den Verstand komplett aus und glaubt nur zu gerne den übelsten Frauen, wenn sie euch nur so richtig um den Bart streichen.« Ich war wirklich wütend. »Im Gegensatz zu euch durchschauen wir Frauen unsere Artgenossinnen.«

»Ist das so?«, murmelte Jakob.

»Mein Lieber – es ist so, wie ich es sage!«

»Aber Blut ...«

»... ist zweifellos dicker als Wasser, was aber nichts über das Maß an Liebe und, in deinem Fall, töchterlicher Fürsorge aussagt.«

Der Weg schlängelte sich jetzt durch dichten Wald, Jakob ging immer langsamer und hing seinen Gedanken nach, die, dem Gesichtsausdruck nach, nicht besonders erfreulich waren.

Nach einiger Zeit jedoch schüttelte er sich. »Ach, weißt du, Nina», sagte er leichthin und lächelte dabei, »die Sache mit meiner Freundin ist sowieso nur eine vorübergehende Beziehung.«

Mir blieb die Luft weg. »Du Windei! Hoffentlich sieht sie das genauso!«

»Bestimmt«, versicherte er, wobei er die Wanderkarte aus der Hosentasche fischte. »Zwischen uns herrschen klare Verhältnisse: Jeder kann tun, was ihm Spaß macht.«

»Ach! Nur so zu deinem Spaß wolltest du mich also in dein Bett locken?« Ich glaubte ihm kein Wort, es ging mich auch nichts an, wie er seine Freundin behandelte. Aber dass er mich einfach so »en passant« mal gerne flachgelegt hätte, verletzte mich. Ich war doch keine Nutte! »Was bist du nur für ein Lump! Meine Schwiegermutter hätte dich einen Hallodri genannt!«

»Nun sei doch nicht so bieder und selbstgerecht. Wir Männer sind Jäger und Sammler, Nina.«

»Du mit deinen abgedroschenen Gemeinplätzen«, konterte ich und musste wider Willen lachen. »Der Mann, der einsame Jäger. Sag mal, Jakob, fällt dir eigentlich nichts Originelles ein?«

»O doch«, versicherte er und lachte dann so vergnügt, dass ich mich wunderte. »Du glaubst ja gar nicht, auf welche Ideen ich komme!«

Jakobs Benehmen wurde mir immer unverständlicher. Inzwischen bedauerte ich den Schlenker weg vom Jakobsweg und meinem Mann, aber so kurz vorm Ziel wollte ich dann doch nicht umkehren. Ich hing meinen Gedanken nach, während Jakob mal vor sich hinpfiff oder auch mal kurz auflachte. Weil die Wanderung so viel länger war, als ich vermutet hatte, schaute ich auf die Uhr.

»Haben wir uns verlaufen, Jakob?«

»Nein. Aber sieh mal – hier ist ein schmaler Weg eingezeichnet, der zu einem Aussichtspunkt führt.« Er hob den Kopf. »Muss ganz in der Nähe sein.«

Wir gingen weiter, und tatsächlich entdeckten wir nach wenigen Metern ein unscheinbares Täfelchen am Stamm einer Buche, auf dem *Morstein* geschrieben stand.

»Da geht's lang, Nina.«

»Bist du sicher? Da ist doch kein Weg.«

Wir stiefelten durchs Unterholz bis zu einer Kuppe. Hier fiel der Hang steil ab, aber unter uns ragte aus dunkelgrünen Tannen und kahlen Laubbäumen ein wuchtiger quadratischer Turm mit rotem Dach heraus.

»Morstein.« Jakob sagte das fast andächtig. »Der Bergfried stammt noch aus der Stauferzeit. Schade, dass wir das Schloss nicht besichtigen können.«

»Romantischer geht's nicht«, erwiderte ich. »Einsam, aber malerisch. Wie eine Märchenburg. Kein Wunder, dass ihr Anblick die Fantasie dieser Schriftstellerin angeregt hat.«

»Agnes Günther hieß sie«, sagte Jakob, ließ den Rucksack von den Schultern gleiten und breitete seinen Anorak auf dem Waldboden aus. »Zeit für eine kurze Rast.«

Er holte einen Flachmann aus dem Rucksack. »Hier. Nimm einen Schluck, es ist der Selbstgebrannte meines Nachbarn.«

Wir saßen Seite an Seite, der Wind ließ sacht die Wipfel schaukeln. Wir blickten auf Morstein hinunter und leerten ruckzuck den Flachmann.

Jakob stöpselte ihn zu und stülpte sorgfältig den Becher über den Verschluss. Anstatt ihn in den Rucksack zurückzulegen, behielt er ihn in der Hand. »Ich suche eine Frau ohne Anhang«, sagte er plötzlich.

Eine Tannenmeise zwitscherte über unseren Köpfen.

Von dem Schnaps war mir ein bisschen schwummerig im Kopf. »Weil du mit einem Sohn und einer Tochter gesegnet bist? Mensch, Jakob!« Ich schaute zu ihm hinüber. »Das schafft die Probleme nicht aus der Welt. Überleg doch: Eine Zweitfrau wird vielleicht ein eigenes Kind wollen, sie ...«

»Nicht, wenn sie zu alt dafür ist«, fiel er mir ins Wort und schaute mich seelenvoll an. »Ach Nina ... ich will eine Frau, wie du es bist.«

»Ich bin verheiratet.«

»Das lässt sich ändern.«

»Bist du wahnsinnig! Du spinnst ja, Jakob. Im Übrigen habe ich einen erwachsenen Sohn.«

»Wie schön!«

»Ich bin verheiratet«, wiederholte ich, »und du hast eine Freundin. Was sagt sie eigentlich dazu, dass du immer wieder ins Ausland gehst?«

Er schwieg. Legte den Flachmann in den Schoß und zeichnete mit einem Ästchen Schlangenlinien in die dürren Nadeln auf dem Waldboden. »Sie hat mir ein Ultimatum gestellt.«

»Recht hat sie!«, rief ich aus.

»Ihr Frauen haltet auch immer zusammen.«

»Das wohl nicht, aber eines ist sicher: Wir erkennen die Zeichen der Zeit. Was glaubst du denn, weshalb ich mit meinem Alex den Jakobsweg pilgere?«

Jakob hob die Schultern. »Ihr steckt nur in einer kurzfristigen Krise. Ist aber nichts Ernstes, sagt dein Mann.«

Mir blieb die Spucke weg. Im ersten Augenblick hätte ich ihm am liebsten die Episode mit der unheiligen Marie an den Kopf geworfen, hielt aber noch rechtzeitig die Luft an und zählte bis zwanzig. »Wenn das so ist, frage ich mich, weshalb mein Mann Angst hat, mich zu verlieren.«

Jakob druckste herum.

»Sag schon!«

»Er meinte, du seiest eben in den Wechseljahren; das sei eine kritische Zeit, in der man auf die Frauen aufpassen müsse, weil sie zu Blödsinn neigten.« Er legte den Arm um meine Schultern. »Vergiss deinen Alex. Ich hab mir«, er knabberte an meinem Ohrläppchen, »unseren kleinen Ausflug ganz anders vorgestellt. Jetzt, Nina, sind wir allein. Niemand stört uns, niemand erfährt, was wir tun.«

»So nach deinem Motto: Was dein Mann nicht weiß ...?« Ich ließ mich nach hinten sinken und verschränkte die Hände hinterm Kopf. »Na ja, er wird uns nicht gefolgt sein, denke ich mal. Oder hast du merkwürdige Geräusche gehört? Ein ungutes Gefühl gehabt im Rücken, grad so, als würdest du im nächsten Augenblick ein Messer zwischen den Rippen spüren?« Ich lachte, ich war wirklich ein bisschen beschwipst. »Oder willst du dich mit mir an deiner Freundin rächen, weil sie dir ein Ultimatum gestellt hat und dir das überhaupt nicht passt?«

Ich blickte zu den Tannenwipfeln hinauf. Schwankten die im Wind, oder hatte ich ein schnapsbedingtes Karussell im Kopf? Mir war's egal, alles war mir gerade egal: mein Mann, der unsere Schwierigkeiten mit Wechseljahrhysterie abtat und somit mir die Verantwortung zuschob, und Jakobs Probleme gingen mich schon überhaupt nichts an. Die Frühlingsluft war herrlich, zwischen den Wipfeln blitzten die Sonnenstrahlen durch, meine Familie war weit weg und konnte mir gestohlen bleiben – im Moment jedenfalls. Das einzig Blöde war, dass mein Po unangenehm kalt wurde.

Als sich Jakob über mich beugte, schob ich ihn weg. »Moment mal ... Ich brauch erst noch meine kleine Isomatte.«

Er stützte sich mit dem Ellbogen auf und schob mir eine Haarsträhne aus dem Gesicht. »Keine Sorge, Nina. Dir wird gleich warm werden.«

»Mir kann's gar nicht warm genug sein«, widersprach ich und wurde energisch. »Lass mich, Jakob. Dauert doch nur eine Sekunde.«

»Bleib liegen, ich mach das für dich«, flüsterte er in mein Ohr.

Genüsslich schloss ich die Augen. »Na dann ...«

Ich hörte, wie er im Rucksack herumwurstelte, es gluckerte, dann schob Jakob mir etwas Kaltes zwischen die Finger. »Nachschub«, verkündete er. »Echter Marillenschnaps. Nur für besondere Gelegenheiten.«

Ich trank einen tüchtigen Schluck, dann einen zweiten und dritten. Der Schnaps war verdammt gut; meine Schwiegermutter Ida wäre entzückt, wenn sie davon ein Fläschchen bekommen würde. Gerade verstaute Jakob eine rote Alutrinkflasche in seinem Rucksack. »Aha. Also daraus speist sich die Quelle.«

Jakob lachte leise, beugte sich über mich und küsste mich.

Wieder schob ich ihn weg. »Meine Isomatte bitte; dein Anorak lässt die Kälte durch.«

Er seufzte, aber dann zog er meinen Rucksack zu sich her. Ich nahm noch einen Schluck und hörte, wie er vor sich hinmurmelte: »Dein Anorak. Der Pulli. Eine Tube Gehwol. Pflaster, Verbandszeug ... wo ist denn die Isomatte?«

»Such einfach weiter«, sagte ich träge.

»Mach ich ... Da ist ein Beutelchen. Ist die Isomatte denn so klein?«

»Sie ist nur für den Po, außerdem ist sie zusammengefaltet.«

»Und hier hab ich eine kleine Tasche. Rot, mit Reißverschluss.«

»Darin ist der Geldbeutel und mein Ausweis. Und mein Handy.«

»Aha. Moment mal ...«

Ich streckte die Hand aus. »Die Matte bitte.«

Meine Hand blieb leer. Ich öffnete die Augen. Jakob klappte gerade das Mäppchen auf, zog meinen Ausweis heraus und lächelte mein Foto an. »In Wirklichkeit bist du viel hübscher!«

»Hör mal! Das geht dich nichts an, Jakob!«

»Geboren am ... Nina, in Wirklichkeit bist du nicht nur viel hübscher, du siehst auch bedeutend jünger und viel besser aus als auf dem Foto. Der Fotograf ist dir überhaupt nicht gerecht geworden.«

»Gib her!«

»Gleich!«

»Sofort gibst du mir meinen Ausweis zurück!«

Er beugte sich zur Seite. »Nun sei doch nicht so stur!«

»Stur?!« Ich warf mich auf ihn, er wich aus. Das Mäppchen mit dem Ausweis hielt er in der Hand, die kleine rote Tasche flog in hohem Bogen den Hang hinunter.

Marillenschnaps hin oder her: Mit einem Satz war ich auf den Beinen. »Verdammt aber auch! Wie konnte das passieren?«

»Das Täschchen ist rot, das finden wir im Nu«, versuchte er mich zu beruhigen. Der Schuft lachte dabei!

»Das hoffe ich doch!«

Der Hang war steil, die Nadeln rutschig. Ich hielt mich an den Zweigen fest, aber die waren dürr und brachen leicht, sodass ich mehr als einmal auf meinem kalten Po landete, was meine Laune nicht gerade hob. Außerdem war es kein reiner Nadelwald; zwischen den Tannen und Fichten wuchsen allerlei Laubbäume mit dichtem Unterholz, das von Brombeerranken durchsetzt war. Ich fluchte, was das Zeug hielt: In meinem Geldbeutel steckten meine Kreditkarten, die Breuninger-Kundenkarte, der Ausweis für die Stadtbüchereien in Winnenden und Stuttgart und die Karte mit der Telefonnummer meines Friseurs – alles, was ich im Alltag zum Überleben brauchte, war darin!

Auch Jakob fluchte. Ich achtete nicht auf ihn, ich war sauer auf den Grasdackel, den neugierigen. Dem würde ich später was um die Ohren löffeln, aber hallo! Mann, ich war wütend. Und völlig fertig.

Wir mussten das Täschchen unbedingt finden.

Immer wieder blieb ich stehen, schaute nach oben und schätzte die Flugkurve ab. So weit nach unten konnte es einfach nicht gefallen sein, und wenn doch, musste Jakob es richtiggehend weggeworfen haben. »Konntest du nicht aufpassen!?«, wütete ich.

»Ich bin nun mal ein temperamentvoller Mann; und überhaupt! Du hast mich gestoßen!«, verteidigte er sich und umarmte eine Tanne, um nicht abzurutschen.

»Was du nicht sagst ...« Mit den Augen suchte ich den Boden ab. Und da endlich – da sah ich etwas Rotes. »Das Täschchen!« Ich trat die Brombeerranken nieder und zog es aus dem Unterholz.

»Na siehst du, Nina! Kein Grund, dich so aufzuregen!«

Der Reißverschluss war auf, das Mäppchen mit Ausweis und Führerschein lag wohl noch oben auf unserem Rastplatz, der Geldbeutel mit den überlebenswichtigen Karten und Adressen war da. Nur das Handy fehlte. Es dauerte keine Sekunde, bis ich das Ausmaß der Tragödie erkannte.

30. Kapitel

Wir suchten weiter. Wühlten mit Stecken in Büschen, zwischen Brombeerranken und dürren Farnwedeln, bis mir einfiel, dass ich mit Jakobs Handy meine Nummer anwählen konnte; der Klingelton war hoffentlich laut genug, um mein eigenes Gerät zu orten.

Bereitwillig kletterte Jakob mit mir nach oben, zog sein Handy aus dem Rucksack und reichte es mir. Auf den ersten Blick erkannte ich, dass der Akku so gut wie leer war. Trotzdem tippte ich meine Nummer ein, ich hörte den Klingelton, einmal, zweimal, dann war Jakobs Handy tot. Unwiderruflich.

Meine Hände, Arme und Beine waren verkratzt, ich war verschwitzt, müde und komplett fertig.

»Alles meine Schuld«, gestand Jakob zerknirscht. »Weißt du was? Ich kaufe dir ein neues Handy.«

Ich zuckte mit den Schultern. »Das nützt mir jetzt nichts; wie erfahre ich, wo ich Alex heute Abend treffe? Ich muss so schnell wie möglich nach Hall.«

»Das ist überhaupt kein Problem«, meinte er eifrig. »Wir gehen einfach ins nächste Dorf und rufen dort ein Taxi.«

Er wich meinem Blick aus.

»Ahnst du überhaupt, in welche Lage du mich gebracht hast?«, schimpfte ich. »Mein Mann wird annehmen …« Ich stutzte. Jakob schaute mich abschätzend, ja sogar ausgesprochen boshaft an. »Sag mal, das ist jetzt aber kein abgekartetes Spielchen, oder?«, erkundigte ich mich unsicher.

»Wofür hältst du mich?« Er sah zum Himmel hinauf, dabei rieb er sich die Nase.

In diesem Augenblick wusste ich, dass er das Täschchen absichtlich fortgeworfen hatte. »Du Schuft!« Ich sprang auf, schnappte meinen Rucksack und stopfte alles, was von mir herumlag, hinein, warf ihn mir auf den Rücken und rannte los. Zuerst mal gegen den nächsten Baum.

»So warte doch, Nina! Du kennst den Weg nicht ...« In seiner Hast stolperte er über eine Wurzel, fing sich wieder und fischte die Wanderkarte aus der Hosentasche. »Moment mal ... Wo sind wir denn?«

Wohl oder übel blieb ich stehen.

»Morstein«, murmelte er. »Hier ist Süden, dann ist da Westen. Wir sollten«, er runzelte die Stirn, »auf dem Weg bis zur nächsten Kreuzung zurückgehen. Dort kann ich mich dann orientieren.«

»Vorausgesetzt, wir finden den richtigen Weg.« Ich war so wütend, dass ich die Zähne fast nicht auseinanderbekam. »Du bist ein gewissenloser Lump! Du setzt meine Ehe aufs Spiel, weißt du das eigentlich?«

»Übertreib doch nicht so! Dein Mann wird alles verstehen, Nina.«

»So?« Es war müßig, mich mit ihm zu streiten; Jakob, das erkannte ich jetzt glasklar, hatte den Nachmittag genauestens geplant, war zuerst mit Alex gewandert, hatte sich mit fröhlichem Geplauder sein Vertrauen erschlichen und ihm von Mann zu Mann Tipps gegeben. Hatte mit ihm ein Bierchen oder auch zwei gezwitschert und Lumpensupp gegessen. Als ich schließlich angeschnauft kam, waren sie Freunde.

Mich hatte er mit Morstein geködert. Ich Depp hatte den Köder mit Freude geschluckt, hatte meinen Mann nach Hall wandern lassen und war dem falschen Jakob gefolgt. Somit war der aus dem Schneider; er hatte mich ja zu nichts überredet ... Ich stöhnte fast. »Du hast mich manipuliert, du elender Kerl!«

Wir stolperten durch den Wald, fanden zwar ein schmales Pfädchen, das uns allerdings nicht auf den Wanderweg zurückbrachte, trafen stattdessen nach einer kleinen Ewigkeit auf einen Forstweg, folgten ihm ein Stück, drehten um, gingen in die andere Richtung, trafen nirgendwo auf einen Wegweiser und hatten keine Ahnung, ob wir nicht in die grottenfalsche Richtung liefen.

»Wir haben uns verirrt«, stellte Jakob schließlich fest.

»Klar. Das wird uns jeder glauben«, fauchte ich. Plötzlich wurde mir das Absurde der Situation bewusst: Eigentlich war's ja eine Leistung, sich in einem für den Fremdenverkehr erschlossenen Gebiet zu verlaufen, aber wir hatten es mit Bravour geschafft. Und das nicht bei dichtem Nebel, sondern an einem freundlichen Tag im April!

Mein Alex war garantiert längst in Hall, hatte ein Zimmer gesucht und gefunden und sicher schon etliche Male versucht, mich zu erreichen. Mein Handy hatte geklingelt, ich war nicht rangegangen ... Was er dachte – annehmen musste – war ja klar. Wäre Alex mit einer attraktiven Pilgerin vom Jakobsweg abgewichen und hätte nicht auf meine Anrufe reagiert, hätte ich keinen Augenblick an seinen unmoralischen Absichten gezweifelt.

Dabei hatte ich nur einen Schlenker weg vom Jakobsweg gemacht; vom Pfad der Tugend war ich nicht abgewichen. Aber Alex würde mir das nie und nimmer glauben, und ganz ehrlich: Ich konnte es ihm nicht verübeln.

Der Gedanke machte mich fertig.

Das einzig Gute an der verfahrenen Situation war die Tatsache, dass Alex jetzt am eigenen Leib spüren würde, wie sehr man litt, wenn der Partner auf Abwege geriet. Geschieht ihm recht, dachte ich – und blieb stehen. Wieso war er eigentlich so bereitwillig allein weitergegangen, was hatte er sich gedacht? Ich hätte ihn zurückgehalten, wenn ich an seiner Stelle gewesen wäre und er mit einer Hübschen losgezogen wäre. Oder, noch besser, ich wäre mitgewandert – Jakobsweg hin oder her. Na, die Überlegung brachte mich jetzt auch nicht weiter.

Was sagte meine Schwiegermutter immer, wenn sie in eine blöde Lage geraten war und die nicht ändern konnte? Wenn dir das Leben eine Zitrone schenkt, mache Limonade daraus. Erst neulich hatte sie von einer Bekannten erzählt, die sich das Maul zerrissen hatte, weil Alois bei ihr eingezogen war: »Ida, in deim

Alter hört's liederliche Rumpoussiere auf, da lebt mr aschdendig, da goht's em End zu!«, hatte die Bekannte geschimpft.

Obwohl die Nachbarin »a rechte Rätsch« war, hatte Ida gelassen reagiert. »Merkt euch eines«, hatte sie gesagt. »Es ändert nichts, wenn wir uns aufregen. Wenn dir das Leben eine Zitrone schenkt, mache Limonade daraus.«

Noch am Abend desselben Tags hatte sie die Limonade zubereitet: Hand in Hand mit Alois war sie vor der Tür der alten Ratschkachel gestanden und hatte ihr einen selbstgebackenen Gugelhupf überreicht. »Dass nicht nur mir und meinem Alois etwas Gutes geschenkt wird«, hatte sie gesagt.

Einen guten Saft machen … wie konnte ich diesem echt verfahrenen, mit jeder Menge Konfliktpotenzial gepfefferten Nachmittag Gutes abgewinnen? Noch hatte ich keine Idee …

Gerade schnauften wir wieder mal eine unerhört steile Klinge hinauf; oben hoffte ich, mich orientieren zu können. Vielleicht gelangten wir sogar in eine Ortschaft, in der es ein Gasthaus und somit ein Telefon gab! Ich wollte nicht nur ein Taxi bestellen; ich musste unbedingt Ida oder Mitzi und Felix anrufen. Die wiederum konnten Alex erreichen. Dann, wenn ich wusste, wann und wo ich meinem nichtgehörnten Ehemann gegenübertreten würde, war's höchste Zeit, den Saft aus der Zitrone zu pressen.

Ich schnaufte, schwitzte, hatte Hunger und Durst, und dass der falsche Jakob an meiner Seite so überhaupt nicht kapieren wollte, dass ich aus unserer Lage keinen Nutzen zog – in seinem Sinne natürlich – machte die Sache auch nicht besser.

Und warum hörte der Wald überhaupt nicht auf? Nur ein, zwei Autostunden von Stuttgart entfernt konnte man sich doch nicht so verlaufen!

Aber genau das war's. Wir hatten uns sehr gründlich verlaufen, vielleicht eierten wir ja auch im Kreis herum. Tatsache war, dass auch auf der Höhe die Bäume so dicht standen, dass wir keine Wahl hatten und einfach aufs Geratewohl einem Trampelpfad folgen mussten.

Endlich, da war's dann schon kurz vor sechs Uhr, kamen wir aus dem Wald heraus. Vor uns lagen umgepflügte Felder, ein geteerter Weg steuerte auf eine Kuppe zu, und von da aus sahen wir dann in der Ferne die Dächer einer Ortschaft. Eine halbe Stunde später standen wir vorm *Roten Ochsen* in einem Weiler, den wir nur nach intensiver Suche auf der Wanderkarte gefunden hatten. Während Jakob zwei Bier bestellte und die Speisekarte verlangte, rief ich meine Schwiegermutter an.

Nur der Anrufbeantworter meldete sich. Ich legte auf und wählte Mitzis und Felix' Nummer. Auch die waren nicht zu Hause. Ich versuchte es mit Felix' Handynummer. »Sie haben die Nummer … gewählt. Leider ist zur Zeit niemand zu erreichen …« Ich kapierte das nicht. Normalerweise aßen Ida und Alois um diese Zeit zu Abend, und mein Sohn legte sein Handy so gut wie nie aus der Hand. Mir stand der Schweiß auf der Stirn, als ich Mitzis Nummer eintippte. Und die meldete sich.

»Mitzi, wo seid ihr denn? Wo sind Ida und Alois?«

»Nina! Endlich! Seit Stunden versuchen wir, dich zu erreichen!«

Jetzt war nicht die Zeit für langatmige Erklärungen der Art: Verschollen in unbekanntem Gelände. »Mitzi, ich hab's Handy verloren.«

31. Kapitel

Der alte Dornecker schlug seinem Sohn mit Wucht auf den Rücken. »Dani, sei vernünftig. Selbstverständlich wirst du die Burg bewohnen; du wirst dich doch nicht von einem netten kleinen Gespenst ins Bockshorn jagen lassen?«

»Dir ist es ja nicht begegnet!«

»Das kommt noch, und ich freu mich sogar darauf, mein Lieber. Na, wie ist es, Epple? Wann übernachten wir hier?«

Schorsch schüttelte stur seinen Kopf. »Ich übernachte in meinem Bett, genauso wie du, Penelope.«

»Und ich auch«, versicherte Daniel. »Dad, du hast ja keinen Schimmer, wie hilflos du dich fühlen wirst.«

»Pah! Penny, das wird unsere Nacht!«

Daniel verdrehte die Augen. »Was sagst du Mom, wenn du nicht bei ihr im Hotel übernachtest?«

»Was wohl? Die Wahrheit natürlich. Vielleicht kommt sie ja mit«, setzte der alte Dornecker listig hinzu. »Immerhin stammen ihre Vorfahren aus Irland, wo Geister und Gespenster sozusagen die Nachbarn von nebenan sind.« Er runzelte die Stirn. »Ich bin sicher, sie wird hier schlafen wollen. Womit Sie sich, Epple, nicht mehr um die Ehre Ihrer Praktikantin sorgen müssen.«

Schorsch Epple schüttelte den Kopf. »Mir ist es nicht recht ...«

»Kommen Sie schon, Schorsch! Spielen Sie nicht den Spielverderber«, rief Penny. »Ich möchte doch zu gern einem Gespenst die Knochenhand schütteln.«

»Wir sprechen uns noch«, meinte Epple düster und ordnete die Gegenstände auf seinem Arbeitstisch. »Jetzt fahren wir erst mal zum Haghof und essen etwas. Mir hängt der Magen in den Kniekehlen.«

»Jaja«, meinte Mike Dornecker. »Gehen Sie nur. Sie haben den ganzen Tag geschuftet. Ich schau mir noch an, was die Schlitzklopfer fertiggebracht haben, dann fahre ich auch.«

Sie ließen Schorschs Kombi stehen und quetschten sich zu dritt in Daniels kleinen Fiat. Auf dem Beifahrersitz lag Pennys Handy; sie wählte sofort Idas Nummer. »Ida«, platzte sie heraus, »ich hab den geheimen Weg und den Schäferkarren im Wald entdeckt. Hab Fotos gemacht, die maile ich dir sofort. Und noch was: Mein Chef ist begeistert von deinen alten Bildern. Er möchte wissen, ob du noch mehr davon hast, und wenn ja – kannst du sie uns schicken?«

Zuerst antwortete Ida nicht. Dann verlangte sie Epple zu sprechen, und weil Ida keine leise Stimme hatte, konnten Penny und Daniel dem Gespräch folgen.

»Sie sind der Restaurator?«, wollte Ida wissen. »Vermutlich habe ich noch ein paar Fotos, aber dass das klar ist: Es sind private Bilder, die ich wiederhaben möchte.«

Prompt versicherte Schorsch, dass er das von Penelope bereits wisse.

»Gut. Ich such sie gleich heraus und werfe sie noch heute in den Kasten. Oder vielleicht … mal sehen.«

Verdutzt schaute Schorsch aufs Handy. »Sie hat einfach aufgelegt. Ist die Frau immer so energisch?«

»Ida? Meine Großtante lässt nichts anbrennen. Seit ein paar Wochen«, Penny kicherte, »hat sie sich sogar einen Liebhaber ins Haus geholt. Jetzt behandeln sie die bigotten Nachbarn wie ein gefallenes Mädchen. Und wissen Sie was, Schorsch? Sie lacht darüber. Jedenfalls finde ich Ida einfach super.«

Gerade schnurrte der Fiat die Steige nach Vellberg hinauf. »Sag mal, Dani, hast du noch Lust zu einem kleinen Spaziergang?«

»Vor oder nach dem Essen?«

»Danach natürlich. Ich hab einen fürchterlichen Hunger.« Sie steckte das Handy in ihren bunten Beutel, dann schlug sie sich an die Stirn. »Verdammt! Jetzt hab ich Ida nicht gefragt, ob sie mit mir mal auf dem Haghof war. Na, das hat ja noch Zeit. He!«, rief sie dann. »Jetzt bist du an der Abzweigung vorbeigefahren, Daniel!«

»Die kommt erst noch.«

»Nein!«

»Doch!«

»Ich bin erst heute Morgen hier langgefahren!«

»Ich auch.«

»Jetzt sei doch nicht so stur. Ich weiß bestimmt …« Penny drehte sich um und sah aus dem Rückfenster. Gerade verschwand der markante, gestaffelte, weiße Turm der Vellberger Burg hinter den Bäumen, die Straße machte eine Kurve und wieder eine … plötzlich war sie sich nicht mehr sicher. Kam die Abzweigung vielleicht doch erst?

»Komisch«, murmelte sie.

Unbeirrt fuhr Daniel weiter.

»Machen Sie mal gschwind langsamer«, sagte Schorsch plötzlich.

Penny lachte. »Jaja. Gschwind langsamer«, spottete sie. Aber da tauchte tatsächlich links am Straßenrand das Schild *Haghof – Ferien auf dem Reiterhof* auf. Sie biss sich auf die Lippe. Mensch, ihr Orientierungssinn hatte sie nicht mal da im Stich gelassen, als sie den Schäferkarren gesucht hatte. Was war nur los mit ihr?

Daniel lächelte sie an. »Jeder kann sich mal irren.«

»Ich irre mich nie; ich hab sogar die Abkürzung durch den Wald gefunden«, beharrte Penny. Aber klar, gerade eben hatte sie sich geirrt.

Wenig später parkte Daniel den Fiat im Hof, sie stiegen aus, mit bedächtigem Schwanzwedeln und auf staksigen Beinen kam ihnen der Hund, der alte Hektor, entgegen, dann winkte Margarete Lampert aus dem Küchenfenster, die Katze putzte sich auf der Schwelle, ein Mann, das Fritzle auf dem Arm, trat aus der Tür.

Die Katze machte einen Satz und verschwand hinter der Hundehütte.

»Lampert.« Der Mann schüttelte ihnen die Hand. »Wir haben auf Sie gewartet. Das Vesper steht schon auf dem Tisch.«

Das Fritzle krähte und sabberte, in der Küche hockte der Karl auf dem Boden und spielte mit den Legosteinen, und auf der Eckbank saß ein älteres Paar. »Meine Eltern«, stellte Lampert sie vor. »Mittwochs essen sie immer mit uns.«

Nachdem alle Grüß Gott gesagt und Schorsch, Penny und Daniel die Hände gewaschen und sich auf die Bank gesetzt hatten, stellte Margarete eine gusseiserne Kachel riesigen Ausmaßes auf den Tisch. »Heit gibt's Katzegschrei«, sagte sie. »Kenne Se des?«

»Riecht gut«, stellte Penny fest und ließ sich von Lampert den Becher mit Most und süßem Sprudel füllen. »Was genau ist das?«

»Kaltes, kleingeschnittenes Rindfleisch wird mit Zwiebelwürfelchen geröstet. Darüber kommen dann ein paar aufgeschlagene Eier. Mit grünem Salat ist das eine feine Hohenloher Spezialität. Schmeckt gut, wirklich.«

So war es auch. Alle langten zu, der Salat mit ordentlich Schnittlauch und Peterling war »a eichns Gwächs ausm Frühbeet«, wie Margarete versicherte, der Most sorgte dafür, dass man sich schnell näherkam, die alten und die jungen Lamperts waren unkompliziert und kontaktfreudig, später schlief das Fritzle auf einer Decke neben der Legoburg, und dem kleinen Karl fielen auf dem Schoß seines Vaters die Augen zu. Penny und Daniel dachten längst nicht mehr an einen Spaziergang, und so saßen noch alle um den Tisch herum, als es dunkel geworden war.

Da klopfte jemand ans Küchenfenster.

»Wer kommt denn do noch sou schbäd«, fragte der alte Lampert. »Hasch du a Audo ghehrt, Paula?«

Lorenz, Margaretes Mann, stand auf. »I guck amol.«

Sie hörten Stimmen. Alle am Tisch spitzten die Ohren. Auf einmal sprang Penny auf. »Ich glaub's nicht! Das ist die Ida mit ihrem Alois! Und der Felix!«

Da kamen sie auch schon in die Küche. Zuerst Felix, dann Alois, zuletzt Ida mit einer merkwürdigen braunen Handtasche, die Penny noch nie gesehen hatte und für die sie sich Idas wegen schämte.

»Wir wollen nicht stören ...« Ida stutzte. »Ludwig?«

»Ida?«

»Ludwig ...« Langsam ging sie auf den alten Lampert zu, der aufgestanden war und ihr entgegenkam. »Bist du's wirklich?«

Die zwei standen sich gegenüber und starrten sich an. Dann, sehr zögernd, legte Ida die Hand auf Ludwigs Arm. »Mein lieber Herr Gesangverein ... Du bist auch nicht mehr der Jüngste, Ludwig.«

Der schüttelte benommen den Kopf. »Damals warst du ein junges Mädchen, Ida.«

»Jetzt sind wir zwei alte Schachteln.«

Penny räusperte sich. »Sag bloß ... die zwei kennen sich?«

Margarete Lampert hob die Schultern. »Keine Ahnung.«

Paula, Margaretes Schwiegermutter, sagte plötzlich: »Die Ida ist Annes Bäsle. Die Anne war im Krieg auf dem Haghof. Wegen der Bomben. Und weil's in Stuttgart nicht gnug zu essen gab.«

Da drehte sich Ida um. »Paula!«

Paula blieb stur sitzen. »Hast die Anna mitgebracht, Ida?«

Ida streckte ihr die Hand entgegen. »Anna lebt nicht mehr.«

Da erst lächelte Paula und schüttelte Idas Hand. »So? Die lebt also nicht mehr. Aber die Tasche von damals hast du noch.«

Margarete holte Becher aus dem Schrank und schickte ihren Mann zum Auffüllen des Mostkrugs in den Keller. Bevor Ida auf die Bank rutschte, stellte sie Felix als ihren Enkel vor.

Felix lächelte in die Runde und deutete auf Penny. »Das ist mein Bäsle.«

»So?«, wiederholte Paula säuerlich. »Und wer ist der Mann neben dir, Ida?«

Ida hob hoheitsvoll den Kopf. »Das ist Alois.«

»So?« Jeder Satz von Paula begann mit diesem Wörtchen, das sowohl Bestätigung als auch Zweifel ausdrücken konnte. »Mit dem bist du verheiratet?«

Ida schüttelte den Kopf und sagte betont langsam: »Alois ist mein Geliebter.«

Paula schnappte nach Luft.

Ida lächelte Alois zärtlich an. »Schatz, sag du doch auch mal was!«

Alois, der brave Kerl, tat ihr prompt den Gefallen. Er legte seine Hand auf die ihre und sagte mit treuem Dackelblick: »Wenn i di net hätt, Idale – i wiist net, was i dät!«

»Des hob i mir denkt, dass ihr net uffs Gsangbuch gheiratet hebt«, erwiderte Paula spitz. »Du worsch nemlich scho immer a wilde Brummhummel, Ida.«

Ida lächelte nicht. »Aber du hast deinen Ludwig bekommen, Paula.«

»Mir hen gheiert. So wie sich's ghehrt. Der Lorenz isch onser Sohn.«

»Das habe ich mir gedacht.«

Penny hatte die beiden Frauen nicht aus den Augen gelassen. Zwischen denen ist noch eine alte Rechnung offen, dachte sie und zwinkerte Felix zu. »Wieso seid ihr eigentlich hier?«

»Ist ja interessant, dass du schon immer eine wilde Hummel warst, Oma!« Felix lachte. »Es war so: Plötzlich platzte Ida in unsere Wohnung und sagte, sie müsse heute noch ins Hohenlohische, aber weil sie nachts nicht mehr so gut sieht und deshalb nicht mehr fährt, müsse ich das tun. Ich hab ja protestiert, aber wenn sich meine Oma was in den Kopf setzt, kommt man nicht dagegen an.«

»Sou? Des waasch du also aa?« Penny fiel auf, dass Paulas Gesichtsausdruck um ein paar Grade säuerlicher geworden war.

»Warum ist Mitzi nicht mitgekommen?«, wollte sie wissen.

»Die war noch in Stuttgart. Ida wollte nicht warten, deshalb konnte ich für Mitzi nur noch einen Zettel auf den Tisch legen. Ida hatte es so eilig, dass ich in der ganzen Hektik sogar mein Handy vergessen hab.«

»Penny brauchte die Bilder.« Ida wandte sich an Schorsch. »Sind Sie Herr Epple?« Aus ihrer komischen Handtasche holte sie einen braunen DIN-A5-Umschlag und schob ihn Epple zu. »Die Bilder will ich wieder«, wiederholte sie.

Inzwischen hatte Lorenz Lampert die Becher gefüllt, und Margarete reichte sie herum. »Jetzt möchte ich aber doch mehr über euch beide wissen, Ludwig.«

Die Frage war dem Ludwig gar nicht recht. Er druckste herum, schob seine Fäuste auf dem Tisch hin und her und rückte von seiner Frau ab. »Ha no …«

»Des hob i doch scho gsocht«, antwortete Paula an seiner Stelle. »Weil d' Anna im Krieg ufm Haghof war, isch aa d' Ida en de Schulferie kumme. Do hat se d' Hildegard un de Ludwig kennenglernt. Mir zwaa wore domols so guat wie verlobt, gell, Ludwig? Aber des hat Ida net gschert, dia wor ja immer so a wilde Brummhummel«, setzte sie noch eins drauf.

»Zwischen dem Ludwig und mir war damals nichts«, fuhr Ida auf.

»Sou? Des hob i anders gsehe. Du hasch alle Buabe scheene Aache gmacht, net bloß dem Julius.«

»Heilix Blechle«, fuhr jetzt Margarete dazwischen. »Paula, selbst wenn du es anders gesehen hast – die Geschichte ist doch längst Vergangenheit! Seit ewigen Zeiten bist du mit deinem Ludwig verheiratet, und so, wie ich das beurteile, wird sich daran auch nichts mehr ändern.«

Alois räusperte sich. »Wenn's nicht wegen der Rente wäre, hätte ich die Ida längst geheiratet. Aber's Geld ist halt auch wichtig.«

Margarete lächelte ihre Schwiegermutter an. »Dann wäre das geklärt, gell, Paula?«, meinte sie versöhnlich. »Aber was sind das für Fotos? Dürfen wir das wissen?«

Epple zeigte auf Daniel. »Sein Vater hat Burg Dorneck gekauft, ich bin Restaurator und versuche, die Bemalung im großen Saal wieder so herzustellen, wie sie ursprünglich gewesen ist. Zufällig hat meine Mitarbeiterin, Penelope, ihrer Großmutter …«

»Großtante«, verbesserte Penny wieder mal.

»Gut, ihrer Großtante Ida davon berichtet; sie besitzt Fotos, auf denen noch einiges mehr zu sehen ist als heute. Leider sind es Schwarz-Weiß-Fotos. Erinnern Sie sich noch an die Farben?«

Ida zögerte. »Ich war nur einmal auf der Burg; damals war ich jung und habe nicht auf die Wände geachtet.«

»Sou? Des glab i glei. Du hasch bloß d' Mannsbilder im Kopf ghet.« Paula konnte es nicht lassen; sie musste einfach sticheln.

»Aber«, ohne auf Paula zu achten, fuhr Ida fort, »ein bisschen erinnere ich mich schon noch. Es waren rote Rosen und grüne Blätter …«

»Warum kommen Sie nicht einfach auf die Burg?«, fragte Daniel, und Schorsch nickte zustimmend. »Das wäre das Einfachste.«

»Was?«, protestierte Alois. »So eine zugige Ruine ist aber überhaupt nicht gesund. Ida, ich verbiete dir, da reinzugehen.«

»Du musst ja nicht mitkommen«, versicherte Ida, gleichzeitig rief Penny: »In einer Ruine findest du keine Wandmalereien! Geht das nicht in deinen Schädel, Alois?«

»Ich fahre dich wieder hierher, Ida. Wenn's recht ist, erst am Wochenende, dann kann Mitzi mitkommen.« Felix schaute zu Schorsch hinüber. »Oder haben Sie Samstag oder Sonntag schon was vor?«

»Wir arbeiten sieben Tage die Woche«, stellte Penny klar. »Und am besten wär's, wenn du deinen Schlafsack mitbringen würdest. Mitzi den ihren natürlich auch.«

»Warum das denn?«

»Weil …«, sie lächelte knitz, »weil Daniel meint, ein Gespenst habe ihn nächtens besucht. Ich glaub's ja nicht, aber sein Vater und ich wollen in der Burg übernachten, um der Sache auf den Grund zu gehen. Machst du mit? Oder bist du ein Schisshas wie Dani und Schorsch?«

Erst nach einigen Sekunden fielen ihr das betretene Schweigen und die starren Mienen auf. »Ist was? Hab ich was Falsches gesagt?«

»Ha, wenn ich ein Viertele zu viel intus hab, seh ich auch Gespenster. Zumindest eines – da sitzt es.« Alois zeigte auf Ida. »Aber sonst ist mir noch keines begegnet.«

Ida und Ludwig sahen sich unverwandt an, und Lorenz legte seiner Margarete den Arm um die Schulter. »Das stimmt schon«, meinte er schließlich. »Auf Dorneck soll's nicht geheuer sein. Aber Genaues weiß man nicht. Ich jedenfalls hab noch nie eines gesehen.«

»Aber ich«, sagten Ida und Ludwig gleichzeitig.

»So?« Paulas Stimme triefte vor Boshaftigkeit. »Des hasch mir no nie net gsocht, dass du uf dr Burg ibernachtet hasch. Wann wor des, Ludwig?«

»Paula, jetzt lass doch die alten Geschichten«, bat Margarete wieder. »Du siehst doch, dass …«

»Des wor noch nie a Gschicht zwische uns!«, unterbrach sie der alte Lampert. »Bloß glaabt's d' Paula ums Verrecke net.«

Penny tat es leid, dass sie das Thema angesprochen hatte. Aber wie hätte sie wissen können, dass Paula seit fast einem Dreivierteljahrhundert einen tiefen Groll gegen Ida hegte? Auch Dani fühlte sich sichtlich unbehaglich …

»Es gibt ein Gespenst auf Dorneck«, sagte Ida plötzlich. »Uns allen ist es begegnet: Ludwig und seinen Brüdern, seiner Schwester Hedwig, meinem Bäsle Anne. Mir. Und den Flüchtlingen, die damals auf Dorneck einquartiert waren. Sie haben es mehrmals gesehen; wir, der Ludwig und ich, nur in einer einzigen Nacht.«

Epple nickte nachdrücklich. »Es gibt Gespenster.«

»Bevor ich es nicht mit eigenen Augen gesehen habe, glaube ich das nicht«, versicherte Felix. »Penny, ich komme mit Luftmatratze und Schlafsack. Und so wie ich die Mitzi kenne, lässt die sich ein Gespenst auch nicht entgehen.« Er schaute auf die Uhr. »Ida, es ist spät geworden.«

Prompt stand Alois auf. »Ida und ich sind nicht mehr die Jüngsten, wir müssen ins Bett«, verkündete er, als ob am Tisch nicht noch Ältere säßen. »Ida ... kommst du?«

»Einen Augenblick noch«, bat Epple und beugte sich zu Ida rüber.

Während er eins der Fotos auf den Tisch legte und Ida etwas fragte, ließ Felix sich Pennys Handy geben, um Mitzi Bescheid zu geben, wann sie etwa zu Hause ankommen würden. Er tippte auf die Nummer, Penny hörte den Klingelton, und fast im selben Augenblick meldete sich Mitzi. »Penny!«

»Ich bin's, Felix!«

»Gut, dass du anrufst«, rief Mitzi. »Ich weiß nicht, was ich tun soll. Du musst mir helfen; es geht um deine Eltern. Aber wieso benutzt du Pennys Handy?«

»Sie sitzt neben mir.«

»Mensch, ich hab gerade ihre Mutter angerufen. Felix ...«

»Bleib dran, Mitzi. Penny und ich gehen kurz aus der Küche, ja?«

Alois wollte mitkommen, aber Penny hielt ihn zurück. »Es geht um meine Mutter«, sagte sie nicht ganz wahrheitsgemäß, aber Alois, der alte Schwarzseher, konnte unglaublich nervige Fragen stellen. Die wollte sie sich nicht unbedingt antun.

Auf dem Flur verzogen sie sich bis zur Tür, die in den Garten hinausging, und Felix tippte auf die Mithören-Taste. »Jetzt, Mitzi. Sag, was ist los?«

»Es ist kompliziert«, warnte sie die beiden. »Also: Vor zwei, drei Stunden hat Nina angerufen. Sie ist mit irgendeinem Typ zu einem Schloss gewandert, das Alex nicht sehen wollte.

Als sie Rast machten, hat sie ihr Handy verloren und nicht mehr gefunden. Das Dumme ist, dass sie keine Ahnung hat, wo Alex ist und wie und wo sie ihn wieder treffen kann. Und das noch Dümmere ist, dass Alex auf den Typ, mit dem sie unterwegs ist, mordsmäßig eifersüchtig ist und natürlich das Schlimmste annimmt.«

»Wie kommt's, dass Nina bei dir angerufen hat, wo ihr Handy doch verloren gegangen ist?«, hakte Penny nach. »Hat sie das Handy von dem Typen benutzt?«

»Nein, sie hat von einem Gasthaus aus angerufen. Das Handy von dem Kerl war nämlich nicht aufgeladen.«

Felix hob die Augenbrauen. »Sagt wer?«

»Nina.«

»Oh, Oh!«

»Ja. Was soll ich tun? Penny, dein Vater findet die Geschichte witzig, aber deine Mutter ist ausgeflippt.«

»Typisch.« Penny nahm Felix das Handy aus der Hand. »Eigentlich ist es doch ganz einfach. Du rufst Alex an und sagst ihm, dass Nina ihr Handy verloren hat und wissen will, wo sie ihn ...«

»Moment mal«, unterbrach sie Felix. »Ist meine Mutter noch in diesem Gasthaus? Oder wo kann man sie erreichen?«

»Sie ist noch dort.«

»Dann ist es wirklich einfach.«

»Eben nicht!«, rief Mitzi verzweifelt. »Dein Vater geht einfach nicht an sein Handy!«

»Ach du ...«

»Genau. Mensch, wie kann man nur so blöd sein und sein Handy verlieren«, jammerte Mitzi. »Und warum meldet sich dein Vater nicht? Ich hab ihn schon hundert Mal angerufen. Mindestens. Pennys Vater vermutet, er sei versumpft.«

»Wo denn?«

»In einer Schwäbisch Haller Kneipe.«

»Und wo steckt dann meine Mutter?«, fragte Felix. »Auch in Hall?«

»Nein, die ist irgendwo in der Pampa, weil sie sich doch verirrt hat.«

»Wie? Kann man sich hier verirren? Ich glaub's nicht, Mitzi.«

»Behauptet sie aber.«

»Also, wenn es nicht um meine Mutter ginge, würde ich sagen, an der Sache ist was faul«, sagte Felix langsam. »Hat sie dir die Nummer von dem Gasthaus gegeben, in der sie auf Pas Anruf wartet, Mitzi?«

»Ja, hat sie.«

»Dann gib sie mir.«

Penny schrieb die Ziffern auf ihren Handrücken, und nachdem Felix Mitzi eingeschärft hatte, ja in Hörweite des Handys zu bleiben, tippte er die Nummer ein. Ein Mann meldete sich.

»Kann ich bitte Frau Nina Kick sprechen?«

»Des isch fei ka öffentlichs Telefon. Mache Se's kurz.«

Felix verdrehte die Augen. »Natürlich. Selbstverständlich.«

»Hallo!«, hörte er die Stimme seiner Mutter.

»Ich bin's, Felix. Penny steht neben mir. Wir sind in der Nähe von ... wie heißt der Ort nochmal?«

»Vellberg«, soufflierte Penny prompt.

»In der Nähe von Vellberg, weil Ida unbedingt Fotos abliefern wollte. Aber das ist jetzt nicht so wichtig. Was ist passiert, Ma?«

»Hab's Handy verloren und kann deinen Vater nicht erreichen. Mitzi sagt auch, er geht nicht an sein Handy. Ich mache mir Sorgen, Felix.«

»Nimm's mal ganz locker, Ma. Weißt du was? Du rufst jetzt ein Taxi und lässt dich nach Hall chauffieren. Ihr wolltet euch doch in Hall treffen, oder?«

»Ja.«

»Gut. Dort nimmst du dir ein Zimmer, rufst dann Mitzi an, sagst ihr, unter welcher Nummer du zu erreichen bist, schläfst in aller Ruhe, und morgen kommt dann wieder alles in Ordnung. Nimm's sportlich, Ma.«

»Frag sie«, flüsterte Penny, »ob der Typ noch bei ihr ist.«

Felix hob den Daumen. »Du bist doch allein, Ma. Oder nicht?«

Nina zögerte. »N… ja, ich bin allein. Mitzi hört von mir. Bis dann, Felix.«

Verdutzt schaute er aufs Display, weil seine Mutter die Verbindung abrupt unterbrochen hatte. »So was …!«

»Nimm's sportlich, Felix!« Penny lachte fies.

32. Kapitel

Der dicke Wirt, der alte Gauner, stand die ganze Zeit neben mir und bekam jedes Wort mit.

»Den Mou hen Sie verlore«, stellte er fest und grinste lüstern. »Wer isch'n des do dribbe am Disch?«

»Jemand, der den Jakobsweg wandert. Geben Sie mir bitte die Nummer des nächsten Taxiunternehmens.«

»Des gibt's net.«

»Wie?«

Er holte eine Blechbüchse aus einer Schublade, kippte den Inhalt auf den Tresen und suchte eine Karte heraus.

»Schwäbisch Hall!« Ich war ehrlich entsetzt. »Gibt's keines in der Nähe?«

»No.«

»Wie lange dauert es denn von Hall bis hierher?«

»Kommt druff a, wie mer fährt. O Schdund, zwaa Schdunde. Alles isch meglich.«

Mir war jetzt alles egal; ich wählte die Nummer und hatte Mühe, den Mann am anderen Apparat zu überzeugen, dass ich möglichst sofort, auf jeden Fall so schnell es ging, abgeholt werden wollte, obwohl es sich nicht um einen Krankentransport handelte und auch keine Lebensgefahr meinerseits bestand.

Er machte mich dann noch auf den erhöhten Nachttarif aufmerksam, versicherte, dass er den *Roten Ochsen* sowie den Weg dorthin kenne und sich gleich ins Auto setzen und losfahren würde, wenn er getankt hätte. Was er erst morgen vorgehabt hätte.

Die Zeit, die ich fürs Telefonieren brauchte, hatte auch Jakob zum Auftanken genützt; ich zählte drei Striche auf seinem Bierdeckel.

Obwohl es der Kerl nicht verdiente, fragte ich ihn, ob er mitfahren wolle.

»Jetzt noch nach Hall?« Er schüttelte den Kopf. »Oben stehen alle Zimmer leer. Ich bleib hier.« Er kratzte sich am Kopf. »Oder doch nicht … Nina, ich fahre mit.«

Nach mehr als einer Stunde kam das Taxi an. Da hatte Jakob noch ein Bier und zwei Schnäpse gepichelt und hatte Probleme beim Sprechen. »Ich kauf dir ein Handy«, das wenigstens verstand ich.

»Bezahl lieber das Essen und das Taxi, du Schuft!«

Endlich saßen wir im Taxi. Bevor wir den Weiler hinter uns gelassen hatten, schnarchte Jakob auf dem Rücksitz. Ich saß neben dem Fahrer, aber ein höfliches Gespräch zu führen war das Letzte, was ich wollte. Erst kurz vor Hall fragte ich ihn aber, ob er ein gutes Hotel empfehlen könne.

»Wo? Wie teuer?«

»Möglichst Innenstadt. Gehobene Preisklasse.«

Er nickte. »Das *Hohenlohe.* Da bekommt man immer Zimmer. Und eine schöne Aussicht auf den Kocher hat man auch.«

»Einverstanden.«

Plötzlich meldete sich Jakob vom Rücksitz. »Ich will in den *Adelshof.*«

»Wieso das denn? Ein Hotel ist doch wie's andere.«

»Nein. Ich will in den *Adelshof*«, beharrte er stur.

»Was ist daran besser?«

»Weiß ich nicht. Aber ich will in den *Adelshof.* Und du auch, Nina.«

»Mein Gott nochmal … Gut, dann übernachten wir eben im *Adelshof.* Du bezahlst meine Übernachtung.«

Er beugte sich vor zu mir, sein Bier- und Schnapsatem stieg mir in die Nase, was einfach widerlich war. »Klar. Mach ich. Keine Frage«, versicherte er mit schwerer Zunge.

»Du bist betrunken, Jakob.«

Der Kerl hatte Schwierigkeiten mit dem Sprechen. »N… nur ein b… bisschen angesäuselt, N…nina.«

Kreuz und quer, hügelauf und hügelab düste dann der Fahrer, weil es in der Innenstadt eigentlich nur Einbahnstraßen gab, die alle schmal und voller Kurven waren. Aber endlich hielt er dann doch vorm *Adelshof*, einem Fachwerkhaus direkt neben der Kirche mit der großen Treppe.

Es war keine Schwierigkeit, in der Vorsaison zwei Einzelzimmer zu bekommen; das Problem war der besoffene Jakob. Nur mit Hilfe des Fahrers und des Nachtportiers bekamen wir ihn aus dem Taxi und ins Hotel, wo ich ihm den Geldbeutel aus der Gesäßtasche fingerte; dass ich dem Schuft auch noch das Taxi bezahlte, hätte mich vollends erledigt.

Der Portier bugsierte ihn in den Aufzug, ich folgte mit zwei Rucksäcken. Den von Jakob schleuderte ich sofort auf sein Bett, dann schloss ich mein Zimmer auf und stürzte zum Telefon.

Um es kurz zu machen: Mein Alex hatte sich bei niemand gemeldet. Scheiß Jakobsweg!

Verzweifelt kippte ich sämtliche Fläschchen aus der Minibar.

33. Kapitel

Am Morgen hatte ich einen Kopf wie ein Ballon. Meine Hände und Arme waren völlig verkratzt, und als ich unter der Dusche stand und Seife in die Wunden drang, brannten sie wie verrückt. Es war neun Uhr.

Das Telefon blieb stumm, und am liebsten wäre ich schnurstracks nach Hause gefahren.

Stattdessen rief ich Linda an – Linda, mit der zusammen ich die blöde Marie aus Alex' Herz geschubst hatte – nur Linda konnte mir noch helfen.

»Ich hab den Alex verloren«, jammerte ich in den Hörer und hielt mir den Kopf.

»Wer ist das Luder?«

»Ich. Der Alex ist auf dem Jakobsweg geblieben, aber ich bin mit einem anderen nur einen winzig kleinen Schlenker gegangen …«

»… und in seinem Bett gelandet? Das hat der Alex mitbekommen und ist abgehauen? Na hör mal, man lässt sich doch nicht erwischen, Nina!«

»Es war ganz anders, Linda!«, heulte ich.

Es dauerte eine Weile, bis sie meiner Geschichte Glauben schenkte. »Kannst du kommen?«, flehte ich.

»Ist es nicht besser, du setzt dich in den Zug und fährst nach Stuttgart?«

»Ausgeschlossen! Zuerst muss ich Alex finden. Aber dann, Linda! Was mache ich dann?«

»Wo ist der Kerl, der dir den Schlamassel eingebrockt hat?«

»Im Zimmer nebenan.«

»Aha. Wenigstens liegt er nicht neben dir.« Sie schwieg; wahrscheinlich dachte sie nach. »Weißt du was? Du trinkst jetzt erst mal einen Kaffee; ohne was Warmes im Magen kann ja kein Mensch vernünftig denken. Dann rufst du mich wieder an. Einverstanden?«

Natürlich war ich einverstanden; was denn sonst?!

Angeekelt zog ich die verdreckte Wanderhose und das müffelnde rotkarierte Hemd an. Beim Kämmen starrte ich entsetzt in den Spiegel: Mit diesem Aussehen holte sich keine Frau ihren Mann zurück. Der Anblick jagte auch den Gutwilligsten in die Flucht, das war klar. Ich verzichtete sogar aufs Wimperntuschen, holte den Geldbeutel aus dem Rucksack, schluckte ein Aspirin wegen des brummenden Schädels und tappte nach unten.

Schon an der Treppe hörte ich das bekannte Gelächter. Ich glaub's nicht, dachte ich und lächelte gezwungen: Die vier Frauen, die ihren Männern den Puffbesuch heimzahlten, saßen an einem runden Tisch und winkten mir zu.

»Schläft dein Mann noch?«, schrie Sonja durch den Frühstücksraum. »Hast ihn in der Nacht fertiggemacht?«

Ich schüttelte den Kopf. »Der ist weg.«

»Was?« Die dicke Lene setzte die Tasse ab. »Hock dich zu uns.«

Helga, deren Mann Bürgermeister und so deppert gewesen war, dass er beim Powerpoint-Vortrag auf die falsche Taste gedrückt hatte, holte vom Nebentisch einen Stuhl und ein Gedeck. Die dünne Karin schenkte Kaffee in die Tasse. »Berichte. Aber lass ja nichts aus!«

Zum zweiten Mal an diesem Morgen schilderte ich mein Unglück. Dann hielt mir Lene den Brotkorb unter die Nase. »Essen beruhigt!«

»Ich hab keinen Hunger.«

»Quatsch.« Sie schmierte eine Butterbrezel und legte sie auf meinen Teller. »Die isst du jetzt.«

Ich hielt mir den Kopf; ich hätte zwei Aspirin schlucken sollen; die eine Tablette wurde mit dem hämmernden Schädel nicht fertig.

»So schlimm?« Helga holte ein Glas Orangensaft und drückte eine Tablette aus der grünweißen Packung, die sie aus ihrer Handtasche gekramt hatte. Ich schluckte beides, kurz darauf fühlte ich mich tatsächlich besser und aß die Butterbrezel.

»Warum dich dein Mann so ohne Weiteres mit diesem Jakob hat gehen lassen, wo er doch tierisch eifersüchtig ist, wie du sagst, kapier ich einfach nicht. Und dass er auch nicht an sein Handy geht, setzt dem Ganzen ja die Krone auf. Also wenn ihr mich fragt«, die Frau des Dorfpolizisten blickte in die Runde, »dann ist an der Sache was faul.«

Ihre Freundinnen bestätigten ihre Vermutung. »Weil«, setzte Lene noch eins drauf, »komischerweise auch dein Handy verschütt gegangen ist und bei dem von diesem Jakob der Akku nicht aufgeladen war. Meiner Meinung nach sind da zu viele Zufälle im Spiel.«

»Genau«, sagte Sonja.

Die dünne Karin nickte. »Im Grunde genommen müsste dein Mann Himmel und Hölle in Bewegung setzen. Aber was tut er? Er taucht komplett ab. Das ist doch extrem verdächtig.«

Sonja lachte. »Ne, das ist nicht komisch, das ist verständlich. Er glaubt nämlich, dass du genau das getan hast, was er befürchtet hat. Warum soll er sich das auch noch anhören? Oder deine Lügen?«

Sie kreuzte die Arme vor der Brust. »Wir sind ja auch abgehauen.«

»Ja, aber wir hatten Beweise!«, warf Helga ein. »Ninas Mann hat nur Vermutungen. Also ...« Sie verstummte und schaute an mir vorbei zum Eingang.

»Was ist?« Beunruhigt drehte ich mich um. »Heilix Blechle!«

Wer da auf unseren Tisch zusteuerte, war niemand anderes als der falsche Jakob, der recht mitgenommen aussah. Er legte mir die Hand auf die Schulter. »Geht's dir gut, Nina?«

»Frag nicht so blöd. Mir geht's miserabel.«

Die vier Frauen schätzten ihn ab, und was sie sahen, schien ihnen durchaus zu gefallen. Sie boten ihm aber keinen Platz an, obwohl ein Stuhl mehr in die Runde gepasst hätte.

»Hast deinen Rausch ausgeschlafen?«, erkundigte ich mich schließlich.

»Hatte ich denn einen?« Er lachte. »Wenn überhaupt, dann war's nur ein kleines Räuschle. Na ja. Du, Nina, das hab ich heute Morgen in meinem Rucksack gefunden. Gehört das dir?«

Auf einmal lag ein Handy neben meinem Teller. Mein Handy. Ich erstarrte. Dann sprang ich auf und rammte in voller Absicht meinen Stuhl in Jakobs Bauch. »Du Schuft!«, brüllte ich. »Deshalb hab ich's also nicht gefunden, weil du es die ganze Zeit gehabt hast! Wie kann man nur so gemein sein!«

Die Leute im Frühstücksraum schauten interessiert zu uns rüber. Jakob hob die Hände. »Langsam, Nina, langsam. Ich hab wirklich keine Ahnung, wie dein Handy in meinen Rucksack gekommen ist.«

»Dir glaub ich kein Wort!«

Er legte seine Hände auf meine Schultern. Ich schlug sie weg. »Fass mich nicht an!«

Er machte einen Schritt rückwärts. »Ist ja gut, beruhige dich doch. Was hast du heute vor? Pilgerst du weiter?«

»Wenn ja, dann garantiert ohne dich.«

»Schade. Ist das dein letztes Wort? Oder überlegst du es dir noch mal? Ich mein's ja nur gut.«

Was für ein falscher Jakob! »Hau bloß ab«, zischte ich ihn an. »Und dass du mir nie mehr vor die Augen kommst!«

Der Kerl lächelte mich an. »Du übertreibst. Bist du nicht ein bisschen …«

Lene stand langsam auf. »Wird's bald?«

Das Lächeln verschwand aus Jakobs Gesicht; er hob die Schultern und schlenderte gemächlich aus dem Frühstücksraum.

Ich sank auf den Stuhl. Mit zitternden Fingern griff ich nach dem Handy und wollte Alex' Nummer aufrufen, aber leider traf ich nicht die richtige Taste.

»Immer mit der Ruhe«, meinte die dicke Lene und nahm es mir aus der Hand. »Auf ein, zwei Minuten kommt's jetzt auch nicht an.«

Helga massierte meinen Rücken und machte beruhigende Geräusche, Sonja holte noch einen Orangensaft vom Buffet. »Eigentlich brauchst du einen Kamillentee.«

»Pfff!« Es dauerte, bis mein Zittern nachließ.

»Der Kerl«, sagte Sonja versonnen, »sah gar nicht mal so mies aus. Vielleicht ist er sogar ganz nett.«

»Komm schon!« Die dünne Karin strich ihre Haare glatt. »Kann ein Handy vielleicht so mir nichts, dir nichts in einen Rucksack fliegen? Der hat doch gelogen, dass sich die Balken gebogen haben.«

Ich war völlig fertig. »Da such ich über eine Stunde das blöde Ding, kratz mir an den Dornen die Haut auf und was ist? Der Kerl hat sich die ganze Zeit über mich schlappgelacht. Der besteht ja nur aus Boshaftigkeit.«

»Stimmt«, gab Lene mir Recht. »Kann ich das Handy mal haben? Ich will nur was abchecken.«

Neugierig beugte sich Sonja zu ihr rüber. »Was denn?«

»Moment mal ...« Plötzlich rissen beide die Augen auf und schnappten nach Luft. »Hab ich's doch geahnt ...« Lene legte das Handy auf den Tisch. Da sah ich es auch – das Foto, auf dem ich zu sehen war, wie ich mit einem Stock einen Busch auseinanderbog.

»Das ist ja die Höhe!«

»Wahrscheinlich hat er noch mehr Bilder geknipst«, vermutete Karin. Sie blätterte weiter. »Do gucksch!«

Insgesamt waren es zehn Fotos: eins vom Morsteiner Turm, eines, wie ich mit geschlossenen Augen und lang hingestreckt auf dem Waldboden lag, fünf, die mich bei der Suche zeigten, eines, wie ich im *Roten Ochsen* am Telefon hing und mir der fette Wirt zuschaute, und eines von meiner Zimmertür im *Adelshof*. Das zehnte und letzte zeigte mich im Kreis der vier Frauen am Frühstückstisch.

Wir waren fassungslos. Schwiegen minutenlang. Rätselten und kapierten nichts.

»Da steckt Absicht dahinter. Kann mir jemand verraten«, meinte Lene, »was die Fotos zu bedeuten haben?«

Helga bestellte noch eine Kanne Kaffee. »Das sind Beweisstücke«, erklärte sie entschieden. »Dieser Jakob hat genau dokumentiert, was ihr getan habt.« Sie tippte auf das Foto, das mich beim Telefonieren zeigte.

»Aber er war doch total besoffen!«, rief ich aus.

»Quatsch. Das hat er gespielt. Der war nur angeheitert, mehr nicht.«

Mir fiel ein, dass er sich während der Taxifahrt plötzlich vom Rücksitz gemeldet hatte, weil er unbedingt im *Adelshof* absteigen wollte. Da hatte er die Worte astrein artikuliert, aber beim Aussteigen mussten ihm der Fahrer und der Nachtportier helfen. Hatte er nur geschauspielert? Und wenn ja, warum bloß?

Von den vier Frauen war Lene die Hellste. Sie stand auf. »Komm mal mit, Nina.«

Die Blicke aller Anwesenden folgten uns, es war der reinste Spießrutenlauf durch den gemütlichen Frühstücksraum. Dann steuerte sie zielstrebig die Rezeption an und fragte leise: »Dein Nachname, Nina?«

»Kick. Wieso?«

»Wirst's gleich hören. Aber halt den Schnabel; ich rede, du schweigst.« Sie setzte ein sehr liebenswürdiges Lächeln auf und legte die kräftigen Arme auf den Tresen.

»Wir warten auf Herrn Kick«, teilte sie der Dame am Empfang mit. »Entweder hat er verschlafen, oder er hat bereits ausgecheckt und wir haben ihn verpasst. Wenn es so ist, macht's ja keinen Sinn, noch länger hierzubleiben. Ab wann kann man denn ins *Würth-Museum* gehen? Ab neun oder erst ab zehn Uhr?« Sie beugte sich vertraulich vor. »Das wissen Sie doch bestimmt, Frau ... Heidi Pfeifferle.«

Unwillkürlich griff sich Heidi Pfeifferle ans Namensschildchen, das sie an ihr feines schwarzes Jacket gepinnt hatte. Dann schob sie uns einen bunten Prospekt über den Tresen. »Hier finden Sie die Öffnungszeiten«, teilte sie uns mit. »Sie warten auf Herrn Kick? Es sieht so aus, als wäre er noch auf dem Zimmer.«

Lene hatte ein sonniges Lächeln im Gesicht. »Ja, ja, die Viertele ... Wenn man die nicht gewohnt ist, hauen sie einen schneller um, als einem lieb ist. Weißt du was, Nina? Während er sich anzieht und rasiert, trinken wir noch eine Tasse Kaffee.«

Ich nickte benommen.

»Würden Sie Herrn Kick bitte wecken und ihm ausrichten, wir Frauen – er weiß Bescheid – würden im Frühstücksraum auf ihn warten; er solle sich doch bitte etwas beeilen. Sonst ist der halbe Tag rum, bevor wir auch nur eins der berühmten Bilder gesehen haben. Danke, Frau Pfeifferle!«

Bevor Frau Pfeifferle noch was sagen konnte, packte sie mich am Arm und lotste mich mit festem Griff durch die Halle, den Frühstücksraum und wieder zum Tisch. »So«, sagte sie triumphierend, »das wäre geschafft. Wenn wir die Zimmernummer hätten wissen wollen, hätte die Pfeifferle geschwiegen wie ein Grab, weil sie die einem Fremden nicht sagen darf. So was lernt man bei der Polizei.«

»Aber ... aber woher wusstest du, dass Alex hier übernachtet?«, stammelte ich, noch immer völlig überwältigt von ihrer Raffinesse.

»Das lag eigentlich auf der Hand, weil der Jakob ja unbedingt hier absteigen wollte«, erklärte sie obenhin. »Ich hab die ganze Zeit den Frühstücksraum im Auge behalten. Jakob hat noch nichts gegessen, aber rausgegangen ist er auch nicht. Warum? Weil er hier noch was zu erledigen hat.«

»Du bist mir eine ...«

»Ja, unsere Lene darf man nicht unterschätzen«, erklärte Sonja lachend.

Und da, wirklich erst da, ging mir auf, wie sehr ich von den zwei Männern geleimt worden war. »Ich ... ich kann nicht bleiben. Ich muss weg. Unbedingt! Ich muss an die frische Luft!«

Lenes Hand schoss vor. »Du bleibst! Wofür hab ich mich denn so ins Zeug gelegt? Doch nur für dich, du Dummerle!«

34. Kapitel

Am Donnerstagmorgen setzte Daniel Penny und den Schorsch im Burghof ab. Penny düste sofort auf ihrem Roller nach Hall, wo sie die zweite Portion von Idas Bildern zum Vergrößern ablieferte, dann überlegte sie: Kaffee oder *Würth-Museum?*

Beim Aufstehen hatte der Tag ziemlich regnerisch ausgesehen; inzwischen hatten sich die Wolken weitgehend verzogen. Der Himmel war frühlingsfrischblau, es war angenehm warm, und vorm *Adelshof* am Marktplatz wurden die Tischchen und Stühle im Freien von der Sonne beschienen: Es war der perfekte Platz an diesem perfekten Tag für einen Caffè Latte.

Mit den Augen wählte sie einen Tisch aus, der nahe der Wand und somit windgeschützt stand, bummelte gemächlich darauf zu, nahm im Vorbeigehen eine *Bild*-Zeitung mit, die ein Gast auf einem Tisch hatte liegen lassen, nickte der Bedienung zu, dem Aussehen nach war der Mann Italiener, ließ dann ihren bunten Beutel auf den einen Stuhl fallen, setzte sich auf den anderen, schob die Sonnenbrille hoch und musterte ihre Umgebung.

Natürlich – die Michaelskirche! Mächtig, ja erhaben blickte sie wie eine Königin auf ihr Reich vom höchsten Punkt des Hügels hinab auf die Häuser, und die gigantische Treppe rieselte vor ihr runter wie Rüschen an einem langen Rock. Die Häuser, die um den Platz herum standen, waren aber auch nicht zu verachten, obwohl sie es an Grandeur mit der Kirche bei weitem nicht aufnehmen konnten. Aber das stand ihnen ja auch nicht zu, dachte Penny.

Seitdem sie bei Schorsch das Praktikum machte, hatte sich ihr Blick fürs Besondere geschärft, und so rückte sie jetzt ein bisschen von der Wand ab, damit sie das Fachwerk vom *Adels-*

hof besser begutachten konnte. Das interessierte sie, schließlich waren die obersten Stockwerke von Burg Dorneck auch in Fachwerkbauweise entstanden. Sogar mit weitgehend intakter Ruten- und Lehmfüllung in den Zwischenräumen, was bei Schorsch helles Entzücken hervorgerufen hatte. Er hatte sogar ein paar Bröckelchen herausgekratzt und sie zwecks Bestimmung der Zusammensetzung in ein Labor geschickt, das auf Bauarchäologie spezialisiert war.

Penny holte ihren Block aus dem Beutel und zeichnete das Fachwerk auf. Als ihr Latte kam, sagte sie *grazie*.

»Mei family stammt aus Sicilia, aber i kou außer pronto, Pizza e Piccolo ka Wertle Italienisch. Derf i amol sehe, was Se do mole? Sin Se a Künschtlerin?«

Penny schüttelte den Kopf, gleichzeitig hielt sie ihm den Block vor die Augen. »Do gugsch nou! Des isch ja onser *Adelshof*! Warum kaafe S' net glei a Poschtkart? Des wär doch ofacher«, schlug er vor.

»Ich muss Zeit totschlagen«, erklärte sie. »Nach dem Latte geh ich runter zum Kocher und schau mir's *Globe* an. Und vielleicht auch noch das wahnsinnig teure Bild, das in der Johanniterkirche hängt.«

»Des mache Se«, stimmte der junge Mann ihr zu, aber weil er von ungeduldigen Gästen gerufen wurde, sagte er nur noch rasch: »I kumm schbäder noch amol.«

Eine Postkarte zu kaufen, anstatt das Fachwerk zu zeichnen, bei dem sie die Perspektive sowieso nicht hinbekam, war eine grandiose Idee. Penny trank den Latte, liebäugelte sogar mit einem Schokocroissant, verzichtete aber darauf, weil Margarete Lampert ein Frühstück aufgetischt hatte, das – außer eben ofenfrischen Croissants – nichts zu wünschen übrig gelassen hatte. Sie war noch pappsatt.

Und in der *Bild* stand auch nur das Übliche. Scheinheilige Berichte über beschränkte Politiker eben. Uninteressantes über Sternchen vom Typ Busenwunder, ein bisschen Klatsch über einen Adligen – nicht mal der Sexwitz machte an dem Tag was her.

Penny faltete das Blatt zusammen und warf es auf den Nebentisch. Sollte sich doch der Nächste die Zeit damit vertreiben.

Sie nahm ihr Markenzeichen, den bunten Beutel, und ging in die Halle. Dort, nahe dem Tresen, war der Ständer mit den Postkarten.

Zwei wählte sie nach eingehender Betrachtung aus; die eine Karte zeigte den *Adelshof* im Morgenlicht, die zweite die Kirche mit der Treppe. Ich bin ja blöd, sagte sie sich plötzlich. Warum fotografiere ich nicht selbst? Sie steckte die Karten zurück und fischte nach dem Handy im Beutel. Wie immer war's natürlich ganz unten zwischen den Tempotaschentüchern, dem Lippenstift, Kamm, der Wimperntusche, dem Schlüsselbund und Geldbeutel und deshalb schwer zu finden ... Gerade als sie es zwischen die Finger bekam, rempelte sie einen Mann an, der, die Hände in den Hosentaschen, am Eingang stand.

»Tschuldigung!«

Er drehte sich um. »Penny!«

»Alex! Das ist ja der Wahnsinn!«

»W... was denn?«

»Dass du hier bist! Mensch, deine Nina war gestern total verzweifelt, weil sie dich nicht erreichen konnte; sie hatte ihr Handy verloren, und ... He, der Platz ist besetzt! Das sieht doch ein Blinder!«, schrie sie dem Mann zu, der sich auf ihren Stuhl setzen wollte. »Alex, komm mit!«

»Eigentlich hab ich keine Zeit ...«

»Nur eine Sekunde.« Sie zog ihn mit und drückte ihn auf den Stuhl. »Wie habt ihr euch denn gefunden?«, wollte sie wissen. »Über die Mitzi?« Sie musterte Alex, der sich dauernd umsah und sich sichtlich unwohl fühlte. »Jetzt sei doch nicht so nervös. Was ist denn?«

»Nichts.«

Penny schüttelte den Kopf. »Sieht aber gar nicht danach aus. Hast immer noch Stress mit Nina?« Sie hob die Augenbrauen, kippelte den Stuhl nach hinten und hörte ganz deutlich, wie jemand von innen ans Fenster klopfte. »Huch!« Sie drehte sich um. »Ich pass schon auf, dass ich's Fenster nicht eindrücke!«, schrie sie den Frauen hinter der Scheibe zu.

Aber die hatten ganz offensichtlich kein Interesse an ihr; ihre Blicke streiften sie nämlich nur kurz und blieben dann an Alex hängen. Eine zeigte sogar mit dem Finger auf ihn. »Die meinen dich«, sagte sie verblüfft. »Kennst du die Frauen, Alex? Die wollen was von dir.«

»Penny, so gerne ich mit dir einen Kaffee trinken würde – du, ich muss los.«

»Moment mal ... Ich glaube, die Frauen kommen raus. Die wollen zu dir, Alex.«

Da spritzte der vom Stuhl, schüttelte Pennys Hand, drehte sich um ... und stand Nina Aug in Aug gegenüber.

Und die holte aus. Sehr kräftig sogar: einmal, zweimal. Alex' Backen glühten.

»Du Schuft!«

Alex taumelte und stieß gegen eine Wand. Eine Wand aus vier lebendigen Frauen, die ihn zwar vorm Fallen retteten, aber nichtsdestotrotz eiskalt beäugten.

»Du Idiot hast mit dem Jakob gemeinsame Sache gemacht! Was hast du dir bloß dabei gedacht!«, schrie Nina.

»Gib's ihm«, brüllten die vier begeistert. Das Spektakel zog Spaziergänger, Frauen mit Einkaufskörben und Touristen an wie das Licht die Motten.

»Probet di fir a Aufführung em Sommer?«, fragte ein Mann mit einer Stofftasche mit dem Aufdruck: *Auf diese Steine können sie bauen.*

»I glaub scho«, antwortete ihm sein Nachbar.

»Ond wie hoißt des Schdückle?«

Die Fragen brachten Penny zur Besinnung. »Viel Lärm um nichts«, antwortete sie laut, klatschte in die Hände und schob sich durch den Kreis der Zuschauer. »Nina! Das reicht jetzt!«

»Penny!« Zornrot im Gesicht fuhr Nina herum. »Halt du dich da raus; das ist eine Angelegenheit zwischen Alex und mir!«

Alex, der alte Fuchs, nutzte diesen Moment zur Flucht. Die dünne Karin setzte ihm zwar nach, wurde aber von einem Haller aufgehalten. »Lasse Se den laafe; des isch ka echter Schdreit, di schauspielere bloß.«

Nina stampfte mit dem Fuß auf. »Du hättest dich nicht einmischen dürfen, Penny! Herrgottnochmal!«

»Aber Nina, die halbe Stadt hat euch zugeguckt!«

»Na und? Auf eine Tragödie mehr oder weniger kommt's hier bestimmt nicht an«, schimpfte sie weiter. »Meine Familie steht mir bis obenhin!« Sie machte eine entsprechende Handbewegung. »Und du, Penny, gehörst auch zur Sippe. Komm mir bloß nicht so schnell wieder unter die Augen!«, drohte sie noch, dann winkte sie den vier Frauen zu, rief: »Mir langt's!«, und rannte über den Platz zur Treppe hinüber. Da nahm sie zwei Stufen auf einmal, blieb auf halber Höhe luftschnappend stehen, ging dann wesentlich langsamer weiter und verschwand schließlich im Inneren der Kirche.

Die Umstehenden klatschten begeistert. »Des hat echte Pauer ghet«, meinte einer. »Gell, des gucke mir uns ou, Mina.«

»Ubedingt.«

Die Zuschauer verliefen sich nach und nach, die vier Frauen hakten sich unter und verschwanden im *Adelshof*.

Penny war beleidigt.

Zwischen Nina und Alex lief's wohl überhaupt nicht mehr rund, aber keiner weihte sie ein – typisch war das mal wieder. Nur als Sündenbock war sie gut genug ... Sie knallte ein paar Euro für den Caffè Latte aufs Tischchen, hängte sich ihren bunten Beutel über die Schulter und ging zum Fotografen. Aber mit den Vergrößerungen war's nicht vorangegangen; frühestens gegen zwei konnte sie die abholen.

Scheiße ... was jetzt? Ein Museum? Oder lieber die Johanniterkirche mit der Madonna? Oder ein kleiner Bummel durch die Stadt bis hinunter zum *Globe?* Ne, lieber fuhr sie zur Burg, half eine Weile dem Schorsch und fuhr gegen Abend nochmals nach Hall. Oder, noch besser, Daniel holte die Vergrößerungen ab.

Warum hatten Leute wie Nina und Alex ihre Gefühle nicht unter Kontrolle? Mann, alt genug waren sie ja, aber so wie es ihr schien, hieß es bei den beiden: je älter, desto blöder. Mit Felix und Mitzi musste sie unbedingt ein ernstes Wort reden. Mit Ida natürlich auch; die war zwar schon sehr alt, aber ihr Hirn war noch voll intakt. Und mit ihren Problemen ging sie auch nicht hausieren; wenn sie nichts sagen wollte, hielt sie einfach den Mund. So wie gestern Abend, als die keifige Paula ihr mit den depperten Sticheleien auf den Geist ging. Was war damals eigentlich geschehen? So wie sich's angehört hatte, hielten die Jungs aus der Burg und die Mädchen vom Haghof zusammen wie Pech und Schwefel. Paula ... die blöde Paula gehörte aber nicht so recht dazu. Obwohl sie, wie sie behauptete, mit dem Ludwig »so gut wie verlobt« war. Ha! Was hieß das denn im Klartext? Dass sie sich vielleicht verlobt »fühlte«, der Ludwig aber von ihren Gefühlen nix wissen wollte.

Jetzt stand Penny vor ihrem Roller. Sie starrte auf ihn hinunter, als wäre das Vehikel vom Mond gefallen. Ida, dachte sie, mit Ida musste sie unbedingt reden, weil die Haghofzeit eine wichtige, vielleicht sogar die prägendste Zeit in deren Leben gewesen war. Und das nicht, weil es die Nachkriegsjahre gewesen waren, die in den Geschichtsbüchern »Umbruch« genannt wurden, was ja so viel bedeutete wie »kaputt gegangen und auf den Kopf gestellt«.

Sie hatten etwas erlebt, was sie bis zum heutigen Tag nicht vergessen hatten – das hatten ihr Idas und Ludwigs Mienen deutlicher als alle Worte gesagt. Hing das mit diesem Julius zusammen? Oder mit dem verborgenen Schatz? Oder mit beidem? Irgendwie würde sie das rauskriegen, schwor sich Penny.

Sie schaute auf die Uhr. Ne, zu Ida nach Winnenden hin und zurück ging nicht, dafür reichte die Zeit nicht. Aber, jetzt schwang sie sich auf den Roller, den Schäferkarren würde sie Zentimeter für Zentimeter absuchen und nicht eher ruhen, bis sie entweder etwas gefunden oder eben nicht gefunden hatte. Auf jeden Fall wäre sie sich dann sicher, dass es nichts zu finden gab.

Sie schlug sich durch die Felder bis zum Waldrand durch, fand den holprigen Pfad mit den Resten der Stofffetzen an manchen Bäumen – Himmel, ihr Beweisstück steckte noch in der Jeanstasche! – fuhr vorsichtig eine Klinge hinunter und auf der anderen Seite herauf, kam an die Stelle, wo sich die Wildschweine gesuhlt und den Boden aufgewühlt hatten, stieg ab, schob den Roller ein Stück, stieg wieder rauf und legte die restliche Strecke bis zur Lichtung ohne Schwierigkeiten zurück.

Zuerst umrundete sie wieder den Karren, erst dann machte sie die Tür auf, stampfte auf den Boden, wartete, bis sie kein Huschen und Rascheln mehr hörte, öffnete dann die beiden Läden links und rechts und wartete ein zweites Mal – jetzt, bis sich der feine Staub, der im Sonnenlicht tanzte und flimmerte, gesetzt hatte.

Alles war noch so wie bei ihrem ersten Besuch: die Zündhölzer, die Blechschachtel, der Kerzenstumpf, die Becher mit den Dellen. Niemand war da gewesen.

Links oben beginnend rüttelte sie systematisch an jedem Brett an den vier Wänden. Danach klopfte sie diese genauso systematisch ab, aber nirgendwo deutete ein anderer Ton auf einen Hohlraum hin. Danach suchte sie einen dünnen Ast in passender Länge und stieß in regelmäßigen Abständen gegen die Decke. Zum Schluss nahm sie sich die Bodendielen vor und ging noch einmal außen um den Wagen herum. Zuletzt kniete sie sogar nieder, doch die Helligkeit reichte nicht aus, um die Unterseite gründlich zu inspizieren. Hm. Soweit sie es beurteilen konnte, gab es kein Versteck. Demzufolge war auch nichts versteckt worden.

Penny, dachte sie, du hast in deiner noch nicht lange zurückliegenden Kindheit zu viele Abenteuer- und Enid-Blyton-Bücher gelesen. Die haben zwar deine Fantasie zum Blühen gebracht, aber deinen Bezug zum normalen Leben vernebelt: Hier trafen sich nicht die *Fünf Freunde von der Burg* (oder wie viele es eben gewesen waren) mit den *Mädels vom Immenhof,* der in Hohenlohe den Namen Haghof trägt.

Schade. Aber so ist's nun mal …

Auch der Tisch und die Bank gaben nichts her, und so schloss sie enttäuscht die Läden sowie die Tür, setzte sich auf einen Baumstumpf und fischte wieder mal ihr Handy aus dem bunten Beutel.

Als sie es in der Hand hielt, überlegte sie es sich anders. So, wie Ida gemauert hatte, würde sie ihr auch heute nichts verraten. Warum sollte sie auch – es waren ihre Geheimnisse, die nur sie etwas angingen.

Penny schob das Handy wieder in den Beutel: Sie musste es anders anfangen. Und überhaupt sollte sie jetzt wieder nach Hall fahren. Oder auf die Burg. Sie zauderte, dann entschied sie sich für die Stadt. Jetzt hatte sie nämlich Hunger; in Hall konnte sie sich noch ein Stück Salzkuchen kaufen. Besser noch: zwei Stücke, weil nicht sie, sondern der alte Dornecker dafür blechen durfte.

35. Kapitel

Ich wünschte mir wirklich nichts sehnlicher als ein ruhiges Leben, aber bei meiner Geburt muss eine dreizehnte Fee an meiner Wiege gestanden sein und mich mit einem Fluch belegt haben. Und, schlimmer noch, die zwölfte Fee hat den bösen Fluch verpennt und ihren guten nicht nachgeschoben.

Nicht anders war es zu erklären, weshalb mein Leben aus lauter Aufregungen bestand – sie reihten sich aneinander wie verfluchte Perlen an einer teuflischen Schnur.

Warum gelang mir nicht mal ein stressfreies Pilgern? Hatte ich nicht mein Misstrauen besiegen und mit Alex ein neues Leben beginnen wollen? Neue Ideen für ihn sammeln? Und hatte ich mich nicht sogar um einen Termin bei einem Eheberater gekümmert und die Sache pronto durchgezogen, während mein Liebster die Hände in den Schoß legte und verkündete: »Ist doch alles in Ordnung, Nina! Du bist nur in den Wechseljahren, da sind die Frauen eben ein bisschen komplizierter als sonst.«

Sogar auf die bescheuerte Pilgertour hatte ich mich eingelassen – und warum? Nur weil ich für uns alle das Beste wollte!

Mit welchem Ergebnis? Dass ich jetzt im finstersten Eck der Michaelskirche hockte und Rotz und Wasser heulte …

Ich weiß nicht, wie lange ich im Dämmerlicht saß; erst als ich das letzte Tempo aus dem Päckle zog und mich schnäuzte, diskret natürlich, weil man in einer Kirche nicht hemmungslos herumtrompetete, versiegten die Sturzbäche. Aber wütend war ich immer noch. Und eins war mir klar: Alex würde ich zur Schnecke machen. Hatte der mich doch mit Hilfe des dahergelaufenen Jakobs aufs Kreuz legen wollen! Hatte er ihm auch empfohlen, den Hergang lückenlos zu dokumentieren? Oder war das auf Jakobs Mist gewachsen? Wie auch immer –

die Bosheit der beiden war bodenlos. Was hatten die sich nur gedacht!

Ich presste das feuchte Tempo zu einem winzigen Ball zusammen und unterdrückte einen neuerlichen Tränenfluss, weil jemand ausgerechnet auf meine Bank rutschte. Als wär's die einzige in dieser riesigen Kirche.

»Nina …«

Ich zuckte zusammen. Drehte mich weg.

»Nina, ich bin's.«

»Hau ab!«

»Nur mit dir, Nina.«

»Fahr zur Hölle!«, schluchzte ich.

»Pst.« Eine Frau ziemlich weit vorn zischte wie eine Gans, wenn ein Fremder in ihren Hof eindrang. »Psssst!«

»Komm raus, Nina.«

Gut, dachte ich, bringen wir's hinter uns. Ich wischte mir übers Gesicht und stand auf. Tappte brav hinter Alex aus der Kirche. Setzte mich auf die oberste Stufe der Freitreppe – weit weg von meinem Mann.

Er rutschte näher. »Wir müssen reden.«

»Zu spät.«

»Sei doch nicht so humorlos, Nina. Denk einfach daran, dass Murphys Gesetz zugeschlagen hat.«

Ich stutzte. »Murphys Gesetz?«

»Genau. Was schiefgehen konnte, ging schief. Gründlich sogar. Tut mir leid. Wirklich.«

»Alles Ausflüchte.«

Alex schwieg. Er schwieg so lange, dass ich schon dachte, wir würden am Abend noch auf der Stufe sitzen, wo doch mein Po langsam kalt wurde. Genau wie gestern im Wald, nur dass heute die kleine Isomatte im *Adelshof* lag. Im Rucksack in Zimmer 15.

Aus Furcht vor einer ekligen Blasenentzündung fragte ich schließlich: »Wie war denn dein Plan? Und was ging schief?«

»Das mit der Marie war wirklich nichts Ernstes. Na ja, zuerst vielleicht schon, aber ich bin ja nicht blind, ich hab ziemlich schnell verstanden, was sie wollte. Aber du hast das gleich so grundsätzlich gesehen, Nina. Das hat mir mehr zugesetzt als ... ist ja egal. Ich hab verstanden, dass du sauer auf mich warst, ich wollte mein ... meinen Fehltritt unbedingt wieder gutmachen. Deshalb bin ich ja auch mit dir zu dem Eheberater und auf seinen Vorschlag eingegangen. Weil es mir verdammt wichtig ist, mit dir ins Reine zu kommen.« Alex schluckte.

»Und weiter?«

»Wie uns dann der Mitpilger, der Jakob, begegnet ist, wollte ich ...«

»Mir eine Lektion erteilen«, sagte ich mit ätzender Stimme.

»Ja ... wahrscheinlich. Jedenfalls war Jakob sofort dabei. Er sollte dich ein bisschen aufhalten, am Abend würden wir uns im *Adelshof* treffen, ich würde schimpfen: ›Siehst du, wie leicht man verführt werden kann?!‹ Damit hätte es sich gehabt.«

»Richtig verführt? Mit allem Drum und Dran und so?«, fragte ich entgeistert. »Alex, du bist ein Teufel! Das war ein echt unsittliches Angebot!«

»Nein«, protestierte er entschieden. »Ich sagte, einen Kuss würde ich ihm erlauben, aber damit sei Schluss. Glaub mir das, Nina!«

»Vielleicht. Und dann?«

»Ich sag's doch: Murphys Gesetz schlug zu. Es fing damit an, dass Jakob sagte: ›He, du hast doch nichts dagegen, dass ich den Plan noch ein bisschen aufpeppe? Weil: No risk, no fun, alter Junge.‹ «

»Fun für wen?«

»So, wie es sich entwickelt hat, dachte er nur an seinen eigenen Spaß«, gab Alex zu. »Es war nie die Rede davon, dass er dein Handy klaut und damit auch noch Fotos macht.«

»Aber davon schon, dass du nicht zu erreichen bist?«

Er nickte. »Damit wollte ich dir Angst einjagen«, gab er zu.

Ich schob die Hände unter die Pobacken. »Das ist dir perfekt gelungen. Aber eins sag ich dir: Mit einem keuschen Kuss hätte sich der Jakob nicht zufriedengegeben. Dein Glück, dass er das Handy verschwinden ließ.«

»Wie meinst du das?«

»Die Suche hat gedauert, es blieb unauffindbar, ich war verzweifelt und wütend und hab mich überall verkratzt. Guck mal!« Ich streifte den Ärmel zurück. »Dann haben wir uns auch noch verlaufen.«

»Das war laut Plan.«

»Wirklich?« Ich rief mir die Wege ins Gedächtnis zurück. »Es mag ja sein, dass wir uns ein bisschen verlaufen sollten. Aber das lief aus dem Ruder; es dauerte Stunden, bis wir im *Roten Ochsen* landeten.«

»No risk, no fun«, wiederholte Alex. »Jedenfalls seid ihr Stunden später als geplant im *Adelshof* eingetroffen.«

»Hoffentlich hast du dir ein paar kleine Sorgen gemacht – zum Beispiel, dass Jakob sich ein bisschen mehr fun mit mir gönnt als nur ein keusches Küsschen.«

»Er hat mir versichert, eine verheiratete Frau sei für ihn erst mal tabu, außerdem sei er ein Mann mit Prinzipien.«

»Da hast du's, du Bachel!«, schrie ich ihn an. »*Erst mal* tabu … aber wie lange? Und welche Prinzipien hat der Schurke? Dass er prinzipiell jede nimmt, die er kriegen kann?«

»So hab ich ihn nicht verstanden«, verteidigte Alex den Pilgerfreund.

Wie beschränkt war mein Mann eigentlich? »Deine Dummheit ist grenzenlos, Alex. Wie hättest du dich verhalten, wenn er von mir ein Foto gemacht hätte – nackt zwischen zerwühltem Bettzeug? Hättest du ihm anerkennend auf die Schulter geklopft: Hast es ihr so richtig besorgt? Gut gemacht, Kumpel!? Sag mir das, Alex!«

»Sei nicht blöd. Die Frage beantworte ich nicht.«

Ich hielt den Atem an. Dann sagte ich leise: »Du wirst sie mir beantworten. Und zwar so, dass ich dir jedes Wort glaube. Also überleg dir gut, was du sagst.«

»Das ist jetzt nicht dein Ernst, Nina.«

»Es ist mir noch nie so ernst gewesen.«

Ein Mann rannte ganz locker die Treppe hoch, einige Japaner standen auf den Stufen und knipsten jedes Haus am Marktplatz, an den Tischchen vorm *Adelshof* saßen jetzt viel mehr Leute als zuvor, Kinder vergnügten sich am Brunnen, und eine Frau in einem leuchtend roten Kleid führte eine Touristengruppe zum Pranger. Die Frühlingssonne wärmte mein Gesicht. Eigentlich war's ein perfekter Tag zum Wandern. Und ich fror mir auf den berühmten Stufen den Po ab.

»Du bist so verdammt selbstgerecht, Nina.«

Aha! Immer ist der andere schuldig. »Wie meinst du das?«

»Wenn du dich in Jakob verliebt hättest ...« Er zögerte, dann gab er sich einen Ruck. »Wenn dir passiert wäre, was mir mit Marie passiert ist, was, frage ich dich, würdest du jetzt zu mir sagen? Etwa: Ich kann nichts für meine Gefühle? Oder: Tut mir leid, es ist einfach so über mich gekommen; bitte versteh das doch. Oder: Blöd gelaufen, dass du den kleinen Ausrutscher mitbekommen hast. Der hat aber mit uns beiden nichts zu tun.« Er presste die Hände zwischen die Knie.

Der Ausweis in der kleinen roten Tasche! Der Marillenschnaps hätte mich fast zu Fall gebracht, aber mein Ausweis hatte mich vorm Schlimmsten bewahrt. Wenn sich Jakob nicht mein Foto samt Geburtsdatum angesehen hätte, wäre bestimmt alles anders gekommen: Beduselt genug war ich ja. Dazu die laue Frühlingsluft, der sachte Wind, das Vogelgezwitscher, die Einsamkeit im Wald ...

Wäre Jakob nicht so neugierig gewesen, müsste ich jetzt sagen: Blöd gelaufen, tut mir leid. Versteh's halt ...

»Nein«, sagte Alex heftig. »Mir wär's nicht recht gewesen, wenn Jakob dich flachgelegt hätte. Ich wäre verdammt sauer auf dich gewesen, und wahrscheinlich hätte es eine Weile gedauert, bis ich dir verziehen hätte.« Das Wörtchen *verziehen* ging ihm gar nicht flüssig über die Lippen. »Aber ich hätte Verständnis gehabt.«

»Für Jakob? Weil er seinen fun haben wollte?«, fauchte ich.

»Für dich«, entgegnete er ernst. »Weil mich meine Gefühle mal überrumpelt haben. Weil ich weiß, dass so was vorkommen kann, obwohl ich's damals nicht gewünscht oder gar geplant habe – planen kann man so was sowieso nicht. Weil ich ahnte, welchen Rattenschwanz das hinter sich herzieht. Und trotzdem nicht entschieden genug war …«

»Wie du mir, so ich dir? Auge um Auge, Zahn um Zahn? Du wolltest dich rächen, Alex?«

»Rächen? Wie kommst du denn darauf? Ich wollte dir die Augen öffnen!«

Soso. Er wollte mir nur die Augen öffnen, der Gutmensch. »Nach dem Motto: Du bist auch nicht besser als ich?«

»Ja. So in etwa«, bestätigte er lahm.

»Da hast du dir aber eine reichlich drastische Augenöffnungslektion ausgedacht!«

»Wie sonst«, schrie er plötzlich, »hättest du denn endlich mit deinem Lamentieren: ›Ich hab kein Vertrauen mehr!‹ aufgehört!? Sag mir das!«

»Verdammt!«, brüllte ich zurück. »Ich kann halt nicht bei *Aldi* eine Packung Vertrauen aus dem Regal nehmen! Wenn der's im Angebot hätte, hätte ich sie mir ja längst besorgt. Um sicherzugehen, mitsamt einer Nachfüllpackung dazu«, setzte ich leiser hinzu. »Verstehst du nicht? Ich will keinen billigen Sex; ich will dich.«

Wir schwiegen. Lange sogar. Zwei Stufen unter uns aß ein junges Mädchen eine Schneckennudel und streute Krümel, um die sich ein Schwarm Spatzen stritt. Sie tschilpten wie verrückt, streckten die Hälse und verlangten Nachschub. Unten auf dem Marktplatz drehten zwei kleine Buben auf ihren Rädern Runde um Runde um den Brunnen.

»Der alte Bosch soll mal gesagt haben: Lieber Geld verlieren als Vertrauen. Alex, ich hab's Vertrauen eben verloren. Es dauert, bis es wieder nachgewachsen ist.«

»Herrgottnochmal, wie lange soll ich denn noch warten«, rief Alex verzweifelt, »bis du das kapierst, dass ein Seitensprung … dass eine Ehe daran nicht kaputt gehen darf. Ehe – das ist mehr als du und ich. Ehe ist das, was wir zwei gemeinsam geschafft haben. Etwas Neues, Eigenes eben. Etwas, was nicht mal eine Marie kaputt machen kann.«

Eine Frau führte ihren Hund aus, blieb stehen und ratschte mit einer anderen, die auch mit ihrem Hündchen Gassi ging. Die Köter beschnupperten sich, plötzlich riss sich der kleinere los und rannte, die Leine hinter sich herziehend, einem Buben vors Rad. Und schon lag der am Boden und schrie wie am Spieß.

»So schnell kann's gehen …«, sagte Alex leise.

»Eben. Plötzlich fliegt man hin und schürft sich's Knie auf.«

»Genau. Dann ist man froh, wenn einem ein mitleidiger Mensch aufhilft, wenn der ein Pflästerchen über die blutende Wunde klebt und sagt: Heile, heile Segen … alles wird wieder gut.«

»Du sprichst aber nicht von dir, Alex. Oder doch?«

»Natürlich spreche ich von mir. Was denkst du denn, wie oft ich mir schon gewünscht hab, du würdest *Jetzt ist alles wieder gut* sagen. Aber du hast ja noch nie einen Fehltritt begangen. Bist heiliger als der heilige Jakobus«, sagte er hilflos. »Nina, wenn dir nur ein einziges Mal eine männliche Marie über den Weg gelaufen wäre, würdest du anders über mich denken.«

Das ging mir unter die Haut.

Die Ratschkacheln hatten dem heulenden Buben aufgeholfen. Eine lockte den Hund, schimpfte ihn aus und schlang dabei die Leine um ihre Hand. Die andere holte etwas aus ihrer Einkaufstasche, wickelte es aus und steckte es dem Kleinen in den Mund.

»Ich wette, das war ein Gutsle«, sagte ich halblaut. »Was Süßes hilft doch immer.«

»Mensch, Nina! Würde dir ein Zentner Pralinen reichen?«

36. Kapitel

Es war nicht die Aussicht auf die Pralinen – obwohl Alex fähig gewesen wäre, die Wagenladung zu ordern –, es war die Verzweiflung in seiner Stimme, die das Wunder vollbrachte und die Mauer aus Misstrauen und Selbstgerechtigkeit einstürzen ließ, die zwischen mir und meinem Mann stand. Wir schauten uns an, verdutzt, ungläubig zuerst, dann erleichtert, und schließlich lagen wir uns in den Armen.

»Du Kindskopf«, flüsterte ich endlich. »Hör auf, bevor mein Po noch festfriert!«

Hand in Hand und wie benommen vor Glück wanderten wir durch die Altstadt in Richtung Kocher und blieben immer wieder stehen. Bis sich während eines sehr langen, leidenschaftlichen Kusses mein Magen mit einem so lauten Rumpeln meldete, dass Alex erschrocken innehielt. »Hast du heute noch nichts gegessen?«

»Nur eine lumpige Butterbrezel.«

»Kein Wunder ... Worauf hättest du denn Appetit? Ich denke ...«, er küsste mich wieder, »jetzt nicht an mich, ich meine etwas Essbares.«

»Tja.« Ich lehnte mich an meinen Mann. »Eigentlich ist's mir egal, Hauptsache, wir sind zusammen und sitzen im Freien.«

Es war inzwischen so warm geworden, dass ich den Anorak ausgezogen und die Ärmel des karierten Hemds hochgekrempelt hatte. »Aber der *Adelshof* muss jetzt nicht sein.« Ich schluckte; dem Jakob wollte ich nicht begegnen. Wir bogen in eine ziemlich enge Gasse ein, gingen an einem Friseur, einer Metzgerei und einem Fotoladen vorbei und standen kurz danach vor einer kleinen Wirtschaft, die sehr vertrauenerweckend aussah. Die Speisekarte versprach alles, was uns Schwaben den Mund wässrig macht: Kartoffelsuppe mit Majoran, gefüllte Flädle, Rostbraten mit Zwiebeln und Spätzle, Maultaschen, Linsen mit Saiten, Vesperbrettle und Wurstsalat ... Das Beste aber waren die runden Tische, von denen nur noch einer frei war. Leider stand ein »Reserviert«-Kärtchen darauf. Alex schaute sich um, fragte einen Herrn, dessen Geldbeutel neben dem Teller lag, ob er zahlen wolle, und als der es bestätigte, stellte er flugs das Kärtle auf den Tisch des Herrn und geleitete mich zu den frei gewordenen Plätzen.

Die Bedienung, sie trug eine Art Dirndl ohne Alpenzubehör, schaute zwar etwas verwirrt, nahm aber bereitwillig unsere Bestellung auf: zweimal Rostbraten total – also mit gedämpften Zwiebeln, Spätzle und Soße sowie Kartoffel- und grünem Salat. Und natürlich mit einem Trollinger.

Ich streichelte meinen Bauch. »Das gibt ein Speckröllchen zusätzlich, Alex.«

Und der, der mich Anfang der Woche vorm Fettwerden gewarnt hatte, antwortete lüstern: »Zwei mehr wären noch besser.«

Wir prosteten uns zu, setzten wie auf Verabredung die Gläser ab, beugten uns über den Tisch und hätten uns geküsst, wenn ich nicht eine Stimme vernommen hätte, die mich das Küssen auf später verschieben ließ. »Da hört sich doch alles auf. Lebt ihr eigentlich nach dem Motto: Was sich liebt, das streitet sich? Oder habt ihr endlich die Kurve gekriegt und benehmt euch wie normale Erwachsene?«

»Penny!« Auch Alex war nicht besonders glücklich über die Unterbrechung. »Du schon wieder?«

»Allerdings.« Sie warf einen Umschlag auf den Tisch, ließ den bunten Beutel zu Boden gleiten, setzte sich, sagte dabei: »Ihr habt doch nichts dagegen? Und kann ich mitessen? Zwei Stück Salzkuchen machen nicht besonders satt.«

Penny war fast so etwas wie eine Tochter für uns; trotzdem wünschte ich sie in diesem Augenblick überallhin, nur nicht an unseren Tisch.

Sie musste es geahnt haben. »Ich tauche immer im unpassendsten Moment auf: heute Morgen, als du Alex zwei gescheuert hast, und jetzt, wie ihr eure Versöhnung feiert. Like a bad penny!«

In unserer Familie hat das Wortspiel natürlich einen ellenlangen Bart, deshalb ging ich auch nicht darauf ein: »Ich denke, du arbeitest auf einer Burg?«

»Tu ich auch ... Kann ich mir die geschmälzten Maultaschen bestellen, Alex?«

»Wenn's unbedingt sein muss. Ich frage mich, warum du dich in Hall herumtreibst, wenn du eigentlich auf einer Burg arbeiten solltest.« Alex gab der Bedienung ein Zeichen. »Für die junge Dame die Maultaschen bitte. Willst du auch etwas trinken, Penny?«

»Ein großes Apfelschorle bitte«, antwortete sie prompt. »Ich musste für meinen Chef was erledigen.« Sie fuhr sich durch die Haare und platzte heraus: »Für meinen Chef ist die Ida so was wie ein Sechser im Lotto!«

»Du sprichst von unserer Ida?«, fragte Alex ungläubig. »Von meiner Mutter?«

»Ich kenne keine andere«, entgegnete Penny schnippisch. »Wisst ihr eigentlich, dass die Ida eine Vergangenheit hat? Sie hat mal einen Julius gekannt. Aber das war vor der Zeit deines Vaters, Alex. Du brauchst dich jetzt nicht aufzuregen. Und nicht nur das: Sie kennt den Haghof, wo der Schorsch und ich zurzeit wohnen, und – sie war in ihrer Jugend auf der Burg. Das verschlägt euch die Sprache, was?«

»Eigentlich nicht«, meinte ich. »Ida ist über achtzig, da ist es doch ganz natürlich, dass sie das hat, was du Vergangenheit nennst, Penny. Selbst du mit deinen achtzehn Jahren hast eine Vergangenheit, warum also ...«

Penny zappelte. »Sie hat eine ›echte‹ Vergangenheit, Nina!«

»Die du unbegreiflich findest?« Alex stellte die Flasche beiseite, damit die Schüsseln Platz hatten. »Greif zu, Nina.«

Penny schaute uns sehr missbilligend an. »Ich kann die tollen Neuigkeiten auch für mich behalten. Sagt mir's einfach, wenn ich euch auf den Geist geh.«

»Wir werden uns später küssen«, erklärte Alex todernst. »Warum ist meine Mutter ein Sechser im Lotto?«

»Das ist sie nur für meinen Chef. Und für den alten Dornecker natürlich. Sie hatte nämlich Fotos, die für unsere Arbeit unglaublich wichtig sind.« Penny griff in ihren Beutel, zog den Umschlag mit den Fotos heraus und legte sie eins nach dem anderen, es waren vier Stück, auf den Tisch.

»Der Hof mit dem Brunnen ist unverändert«, erklärte sie. »Im Treppenhaus sah man damals noch eine Bemalung, allerdings verblasst, von der heute nichts mehr vorhanden ist. Wir können sie aber anhand der Fotos rekonstruieren. Aber das«, jetzt war das letzte Foto an der Reihe, »ist der Knüller. Das Wappen überm Tor.«

»Was ist daran so Besonderes?«, fragte Alex verständnislos.

»Heute ist das Wappen fast völlig verwittert. Damals erkannte man noch ganz deutlich die Ranke mit der fünfblättrigen Rose über den zwei gekreuzten Klingen. Genau die sind inzwischen so gut wie unsichtbar geworden. Wichtig sind auch die Rosenranken; das Motiv wird im Treppenhaus und im großen Saal aufgegriffen – Burg Dorneck. Kapiert?«

»Doch. Ja«, bestätigte ich. »Aber jetzt iss die Maultaschen, bevor sie ganz kalt geworden sind.«

»Und meine Mutter hatte die Fotos? Komisch«, sagte Alex, »das hab ich nicht gewusst. Du sagst, sie hat eine *Vergangenheit*?«

»Namens Julius«, antwortete Penny mit vollem Mund. »Damals war sie sechzehn.«

Ich staunte mal wieder, wie groß die Unterschiede zwischen den sechziger Jahren und der Gegenwart waren. »Penny! Das war in Zeiten vor der Pille! Damals beschränkte sich die Vergangenheit aufs Händchenhalten und keusche Küsse.«

»Julius war aber ihre große Liebe«, beharrte Penny. »Er war Flüchtling und nicht älter als siebzehn.«

»Eben drum! Die Liebe blieb unerfüllt.«

»Echt? Na ja, kann sein … Auf jeden Fall waren seine und Idas Eltern gegen die junge Liebe«, ergänzte Penny. »Genau wie bei Romeo und Julia.« Sie kicherte. »Romeo und Julia in Hohenlohe.«

»Übertreib nicht so, Penny!«, warnte Alex.

»Ich übertreibe nicht; es gibt sogar noch eine Steigerung.« Penny lud Kartoffelsalat auf die Gabel. »Ida sagt, in der Burg würd's spuken. Und«, sie streckte die Gabel in die Luft, »auch sie hätte das Gespenst gesehen. Deshalb übernachten wir am Wochenende auf der Burg. Der alte Dornecker, Mitzi, Felix und ich.« Erwartungsvoll hob sie den Kopf. »Wie wär's, wenn ihr auch dabei wärt? Überlegt doch: Der Normalpilger trifft auf dem ganzen Weg bis nach Santiago de Compostela nur seine Mitpilger, und das einzig Geistähnliche kommt aus der Weinflasche. Wohingegen ihr einem echten Geist begegnen könntet. Na, das wär doch was!«

Was hatte Mitzi vor kurzem gesagt? *Man würde es ja nicht annehmen, aber unsere Penny ist die geborene Verkäuferin.* »Penny, das müssen wir uns überlegen.«

Ich blinzelte Alex zu, und der spottete sofort: »Meine Mutter hat euch einen schönen Bären aufgebunden. Du darfst Ida nicht alles glauben.«

Penny schob die Vergrößerungen in den Umschlag. »Vielleicht. Vielleicht auch nicht. Und noch was: Bis gestern Abend hab ich jeden ausgelacht, der mir was von einem Geist weismachen wollte. Auch den jungen Dornecker hab ich …« Penny wurde rot.

Dornecker – bei dem Namen horchte ich auf. »Alex, hieß der junge Mann nicht auch Dornecker, dessen Reifen du geflickt hast?«

Alex nickte. »So hieß er. Ist das dein neuester Freund?«

Penny schüttelte so entschieden den Kopf, dass ich mir sicher war: Das Mädchen hatte sich verliebt.

»Ist er nicht!«, protestierte sie viel zu heftig. »Jedenfalls – Daniel, der junge Dornecker also, hat in der Burg geschlafen.

Nachts ist ein Fenster von ganz allein aufgegangen, aber das echt Komische ist, dass das Handtuch, das auf dem Sims lag, nicht runtergefallen ist. Gut«, fuhr sie hastig fort, »ich hab ihm nicht geglaubt. Aber nachdem Ida und ihrem Bekannten, dem alten Haghofbauern, vor vielen Jahren der Geist auch erschienen ist, will ich mir das Spektakel auf keinen Fall entgehen lassen.« Sie warf ihr Markenzeichen, den bunten Beutel, über die Schulter und stand auf. »Danke für die Maultaschen; ich muss jetzt wirklich los. Tschüs!«

Verdutzt schauten wir ihr hinterher. »Glaubst du die Geschichte?«, fragte ich schließlich.

»Es gibt mehr Dinge zwischen Himmel und Erde ... das sagte schon Shakespeare. Aber ein Hohenloher Gespenst? Das wäre dann doch ein starkes Stück.«

»Finde ich auch.«

Nach dem Essen pilgerten wir zur Johanniterkirche. Zum Dank und zur Krönung des besonderen Tages in unserem Leben wollten wir vor der Madonna des alten Holbein auf die Knie sinken – symbolisch gesprochen natürlich. Leider ging das nicht, die Kirche war gerammelt voll. Mindestens drei Führungen gleichzeitig hatten so viele Menschen in die zum Museum umgebaute Kirche gelockt, dass wir, obwohl wir die Hälse reckten, nur den obersten Teil des Gemäldes sehen konnten. »Alex, siehst du die Muschel oben im Bild? Ob das ein Hinweis auf den Jakobsweg ist?«

Obwohl ich flüsterte, drehte sich jemand nach uns um.

»Heiligs Blechle! Der Jakob! Alex, der Schuft klebt an uns wie ein Kübel voll Pech!«

37. Kapitel

Penny tuckerte auf ihrem Roller aus Hall heraus und wusste nicht, worüber sie zuerst nachdenken sollte: über Nina und Alex, die sich wieder vertrugen. Oder über Daniel und wie sie ihn überreden konnte, die bevorstehende Gespensternacht nicht mit der Decke überm Kopf im sicheren Haghof-Bett zu verpennen. Sie würde an seinen männlichen Beschützerinstinkt appellieren. *Beschützen*! Das war doch ein Zauberwort. Bisher hatte sie noch keinen Jungen gekannt, der bei diesem Wort nicht schwach geworden wäre. Ein ängstlicher Gesichtsausdruck, groß aufgerissene Augen und ein flehendes *Bitte lass mich nicht im Stich, ich brauche dich!* – damit hatte sie noch jeden rumgekriegt.

Bei Dani würde das auch funktionieren, wetten?

Ein Mini mit heruntergelassenem Seitenfenster überholte sie, der Fahrer beugte sich zu ihr herüber und rief ihr etwas zu, das sie nicht verstand. Sie winkte ihm lachend und schüttelte den Kopf – auf blöde Macho-Anmache fiel sie schon lange nicht mehr herein.

Was sie auf Ida brachte: Ida und deren Julius.

Wie romantisch! Das Schicksal der Flüchtlinge, die neidische Paula, die geheimen Treffen im Wald, feindlich gesinnte Eltern, ein Bauernhof, ein Burggespenst – alles war vorhanden, was eine saftige Lovestory ausmachte.

Im Burghof stellte sie den Roller neben einem Toyota mit Stuttgarter Kennzeichen ab, daneben parkten der Mercedes des alten Dorneckers und das Lieferwägele der Maurer; Danis kleiner Fiat fehlte. Das war schade.

Sie rannte die steinerne Treppe hoch. »Ich bin wieder da!«

Epple war grantig. »Hast dir mal wieder Zeit gelassen. Hast wenigstens die Vergrößerungen mitgebracht?«

»In bester Qualität«, sagte sie schnell und legte sie auf den Arbeitstisch. Sie begrüßte Dornecker, der sie mit dem anderen Herrn bekannt machte. »Fischer vom Denkmalamt. Es geht um die Wandbemalungen im Treppenhaus und ums Wappen.«

Als Dornecker die Vergrößerung sah, war er nicht mehr zu halten. »Wir haben's! Das lass ich mir sofort aufs Briefpapier drucken, und …«

»Noch ist nichts bewiesen«, bremste ihn Herr Fischer. »Sie können sich nicht einfach ein fremdes Wappen unter den Nagel reißen.«

»Wer will mir das verbieten? Die Familie ist ausgestorben«, widersprach Dornecker.

Im Nu lagen sich die Herren in den Haaren, und als Penny Schorsch fragte, ob sie gehen dürfe oder bleiben solle, machte er nur eine unwirsche Handbewegung. Sie nahm ihren bunten Beutel und holte, noch während sie wieder nach unten ging, ihr Handy heraus. Weil im Erdgeschoss wieder die Schlitzklopfer zugange waren, suchte sie sich im Burghof ein ruhiges Plätzchen und rief Ida an.

»Gut, dass du zu Hause bist.«

»Penny! Was willst du wissen?«, fragte Ida misstrauisch und ohne Umschweife. »Ich bin beschäftigt, also komm gleich zur Sache.«

»Wieso? Was hast du vor?«, versuchte sie Zeit zu schinden. »Ida, ich halte dich nicht auf; eigentlich will ich dir nur sagen, dass ich den alten Schäferkarren Zentimeter für Zentimeter abgesucht habe.« So, damit hatte sie den Köder ausgeworfen; jetzt musste sie nur noch warten, wie Ida darauf reagierte.

Ida sagte erst mal gar nichts. Sie schwieg so lange, bis Penny nachhakte: »Hallo? Ida? Was ist?«

Da räusperte sich Ida. »Warum?«

»Warum was?«

»Stell dich nicht dumm, Penny. Warum hast du das getan?«

»Es war euer geheimer Treffpunkt und ich hab vermutet, dass ihr irgendetwas zurückgelassen habt, was euch wichtig war«, antwortete sie prompt.

»Ihr? Euch? Wen meinst du damit?«

»Auf jeden Fall dich und Julius.« Penny wartete in atemloser Spannung auf Idas Antwort.

Die ließ auf sich warten. »Du hast aber nichts gefunden.«

»Bist du dir da so sicher?«, entgegnete Penny keck.

Das war nicht klug gewesen. »Was willst du eigentlich? Du bist doch sonst nicht so neugierig; sag's mir halt, wenn du etwas gefunden hast.«

Mist aber auch! »Ich habe nichts gefunden«, entgegnete sie kleinlaut.

»Es hätte mich auch gewundert.«

»Das heißt, du hast selbst mal gesucht?« Penny schoss ein Gedanke durch den Kopf. »Wurdet ihr überraschend getrennt? Ich meine, sonst hättest du doch nicht nach etwas gesucht.«

»Wer sagt, dass ich das getan habe?«

»Ida!« Jetzt war Penny in Fahrt. »Ihr habt euch geliebt! Da liegt es doch nahe, dass ihr euch nicht einfach getrennt habt. Es sei denn, ihr hättet euch gestritten. Oder ihr wurdet überraschend getrennt.«

»Wir haben keinen Skandal verursacht, und um Leben und Tod ging es bei uns auch nicht.« Idas Stimme klang hörbar genervt. »Ich verstehe einfach nicht, weshalb du dich für die alte Geschichte so sehr interessierst.«

»Weißt du, Ida«, sagte Penny bedeutungsschwanger, »das Schicksal meiner lieben Großtante geht mir nahe.«

Ida schnaubte. »Du Angeberin! Hör auf, mir Honig um den Mund zu schmieren, darauf falle ich nicht rein.«

Penny lachte. »Schade! Aber kannst du mir nicht wenigstens verraten, ob ihr euch im Streit getrennt habt?«

»Es war ganz anders.« Penny bemerkte Idas Zögern und ahnte, dass sie sie jetzt nicht drängen durfte. »Um es kurz zu machen: Du bist einer heißen Spur gefolgt; wir haben tatsächlich unsere …«, Ida zögerte, »unsere Botschaften …«

»Du meinst: Liebesbriefe?!«

»… im Schäferkarren versteckt«, fuhr Ida fort, ohne auf Pennys Unterbrechung einzugehen. »Die Sommerferien waren zu Ende, ich war längst wieder zu Hause in Winnenden, als Julius mir schrieb, sein Vater hätte endlich eine Anstellung bekommen und die Familie würde, sobald sie eine Wohnung gefunden hätte, nach Würzburg ziehen. Würzburg – für uns lag das damals am Ende der Welt«, erklärte Ida. »Ich hab einen jammervollen Brief zurückgeschrieben …«

»Auf immer und ewig deine Ida?«

»So ungefähr. Was eine verliebte Sechzehnjährige eben so schreibt«, bestätigte Ida und Penny ahnte, dass sie dabei wehmütig lächelte. »Ich erinnerte ihn noch an unser Versteck im Schäferkarren, denn ich wusste ja, dass seine und meine Eltern gegen unsere ›Schwärmerei‹, wie sie es nannten, waren. Meine Eltern hatten auch tatsächlich einen Brief von Julius abgefangen; das gestand mir meine Mutter aber erst am Abend vor meiner Hochzeit mit Alex' Vater: ›Siehst du, es war doch zu deinem Besten!‹, hat sie zu mir gesagt.« Ida, Penny hörte es an ihrer Stimme, hatte den Vertrauensbruch auch nach dieser langen Zeit noch nicht verwunden. »Am liebsten hätte ich die Hochzeit im letzten Augenblick platzen lassen: Es war nämlich der Brief gewesen, in dem mir Julius die neue Adresse mitteilte.«

»Das war gemein!«, rief Penny. »Und dann?«

»Nix und dann. Das war das Ende.« Ida atmete hörbar. »Aber ich greife der Geschichte vor. Kurz nachdem Julius weggezogen war, durfte ich mit meinem Bäsle noch einmal auf dem Haghof Ferien machen. Von seinem Brief ahnte ich ja nichts, deshalb rannte ich sofort zum Schäferkarren. Ich war mir ganz sicher, dass er dort seine neue Adresse versteckt hatte und wusste, ich würde danach suchen – er traute meinen Eltern so wenig wie ich.«

»Und?«, fragte Penny atemlos.

»Das Versteck war leer. Absolut leer. Jemand musste davon gewusst haben.«

»Paula?«

»Penny, ich weiß es nicht.«

Penny rief sich den Schäferkarren ins Gedächtnis zurück. »Wo war euer Versteck?«

»Überm linken Hinterrad«, antwortete Ida prompt. »Julius hatte einen Nagel in den Karrenboden gehämmert; daran hing unser Briefkasten. Es war eine Blechbüchse.«

»Rund, höher als breit?«, fragte Penny gespannt.

»Nein. Rechteckig, ziemlich flach und mit der Aufschrift *Cadbury's-Schokolade.* Ein Soldat hatte sie Julius geschenkt. Es gab auch eine hohe Blechdose ...«

»Die steht auf dem Bord im Karren.«

»Tatsächlich?«

»Es sind sogar noch ein paar getrocknete Blättchen darin.«

»Brombeer- und Pfefferminzblätter«, antwortete Ida prompt. »Die waren für unseren Tee.«

Lange Zeit schwiegen sie. Dann meinte Ida leise: »Wer hätte gedacht, dass du auf Burg Dorneck arbeiten und auf dem Haghof wohnen würdest.«

»O!«, rief Penny. »Das wollte ich dich schon längst fragen: Hast du mich mal mitgenommen? Und wenn, wann war das gewesen?«

»Ja, mitgenommen habe ich dich einmal«, antwortete Ida überrascht. »Das ist lange her ... Du warst drei Jahre alt und erst kurze Zeit im Kindergarten, als die Masern ausgebrochen sind. Suse musste arbeiten; sie hat dich zu uns geschickt, wo du dann prompt die Masern doch bekommen und Felix gleich mit angesteckt hast. Das war einen Tag nach unserem Besuch auf dem Haghof, deshalb erinnere ich mich noch so genau daran. So, jetzt machen wir aber wirklich Schluss, bevor deine Handyrechnung astronomische Höhen erreicht.«

»Ida! Ich hab selbstverständlich eine Flatrate, bitte leg noch nicht auf. Haben die Jungs auf Burg Dorneck tatsächlich ein Versteck entdeckt? Wenn ja, was lag darin?«

Jetzt lachte Ida laut. »Ja, es gab eines, und ja, es lag was drin: Soviel ich weiß, handelte es sich um eine Armeepistole.«

»Och ... so was Blödes.«

»Für die Jungs war das eine tolle Sache«, meinte Ida. »War das jetzt alles?«

»Nein. Eine Frage noch: Ich hab mich an den Saal im Haghof erinnert, aber Margarete meinte, das wäre damals eine Rumpelkammer gewesen.«

»Das stimmt so nicht ganz«, antwortete Ida nachdenklich. »Tatsächlich stand allerlei Unnützes herum, und der Saal wurde nicht benutzt; nur wir hielten uns manchmal darin auf. Aber jetzt muss ich endlich Schluss machen. Alois wartet aufs Abendessen.«

Penny starrte auf ihr Handy. Die Suche nach dem Schatz auf Dorneck konnte sie sich abschminken, und im beziehungsweise unterm Schäferkarren würde sie wohl auch nichts mehr entdecken. Trotzdem – ein letztes Mal würde sie die Büchse suchen. Nur so zur Sicherheit.

Sie fand es sehr beruhigend, dass sie kein »zweites Gesicht« hatte – sie war auf dem Haghof gewesen. Warum sie sich noch lebhaft daran erinnerte, obwohl sie erst drei Jahre alt gewesen war, war zwar rätselhaft, tat aber nichts zur Sache. Eines allerdings stand für sie fest: Paula war die diebische Elster gewesen. So ein Miststück – hoffentlich plagte sie ihr schlechtes Gewissen!

Arme Ida ... sie war einfach zu früh zur Welt gekommen. Heute wäre sie mit einem Handy immer erreichbar gewesen und ihre Eltern hätten ihr das Leben nicht versauen können.

Aber ... aber eine Frage hatte sie noch! Kurz entschlossen tippte sie wieder auf Idas Nummer. »Sag mal, hast du damals auch die Umgebung abgesucht, als die Blechbüchse nicht mehr unterm Karren hing?«

»Du gibst wohl nie auf ...« Ida hustete. »Nein, hab ich nicht. So, Penny. Das war's jetzt wirklich!«

In Gedanken versunken blieb sie sitzen, bis die Maurer Feierabend machten und davonfuhren. Ziemlich bald danach erschienen auch der alte Dornecker und Fischer vom Denkmalamt. So, wie sie sich zum Abschied die Hände schüttelten, hatten sie ihre Meinungsverschiedenheit beigelegt; Fischer hupte und winkte sogar noch, als er mit seinem Toyota an Dorneckers Mercedes vorbei aus dem Hof fuhr.

Als Penny schließlich zu Schorsch ins Auto stieg, war er noch immer grantig. »Nix gegen den Dornecker, aber der Kerl hat nicht alle Tassen im Schrank. Der tut ja grad so, als würd sein Leben von einem Wappen abhängen – einem Wappen, Penny! Was hat er davon? Sag mir das!«

»Keine Ahnung, Schorsch. Warum erfindet er nicht einfach ein Fantasiewappen?«

»Das hab ich ihm auch vorgeschlagen. Aber nein, es muss authentisch sein. Authentisch – als wär damit ein Adelstitel verbunden! Herrschaftssechser!« Er hielt das Lenkrad mit den Knien fest und stopfte die Pfeife. Das Auto fuhr Schlangenlinien. »Pass auf, Schorsch! Fahr rechts ran, sonst landen wir im Graben!«

Er brummte, fuhr aber in einen Feldweg. Als die Pfeife zu seiner Zufriedenheit zog, bog er wieder auf die Straße ein. »Aber ein Gutes hatte der Besuch von Fischer. Nachdem er die Vergrößerungen gesehen hat, hat er die Restaurierung im Treppenhaus abgenickt. Ich sag's ja: Für den Dornecker ist deine Großmutter ein Sechser im Lotto. Und für uns auch: Wir haben mehr und länger zu tun als geplant.«

»Ida ist meine Großtante«, verbesserte Penny zum wiederholten Mal.

»Jetzt sei halt nicht so pingelig«, knurrte Schorsch.

38. Kapitel

Alex und ich übernachteten noch einmal im *Adelshof*, allerdings erst, nachdem mir der Herr an der Rezeption versichert hatte, dass Jakob ausgecheckt hatte. Wir schliefen nicht in getrennten Räumen wie in der vergangenen Nacht; wir schliefen in meinem Zimmer, weil es das schönere war.

Am Morgen wurde ich als Erste wach, und als ich die Vorhänge aufzog, rann das Wasser an der Fensterscheibe herunter: Es regnete in Strömen. »Es ist ja noch dunkel, komm, schlupf wieder zu mir ins Bett«, sagte Alex verschlafen.

Auf seinem Nachttischchen lag der Jakobswegführer. »Es ist schon halb acht, und, falls du pilgern willst«, ich schlug den Führer auf, »stehen uns heute satte fünfundzwanzig Kilometer bevor. Wir sollten nicht herumtrödeln.« Das Bett war eine einzige Verlockung. »Allerdings regnet es.«

»Das ist ja herrlich, Nina.« Er streckte die Arme nach mir aus. »Komm ins Warme.«

Es gibt kaum etwas Schöneres, als sich an einem Regentag in einem Kingsize-Bett an seinen Liebsten zu kuscheln, und als wir uns endlich genug geliebt hatten, war es nach neun, wir waren hungrig, aber der Regen hatte nicht nachgelassen.

»Wir könnten uns erkundigen, wann ein Zug von Hall nach Winnenden fährt«, schlug Alex vor, als ich die schmutzige Wanderhose anzog.

Ich blickte aus dem Fenster. »Schwächelst du?«

»Wundert dich das nach der Nacht und dem Morgen?«

In diesem Augenblick, wirklich in genau diesem Moment, brach die Sonne durch die Wolken. »Aprilwetter! Alex, der Jakobsweg ruft!«

Er legte die Arme um mich. »So ein Pech aber auch … Ich hab mich schon auf eine gemütliche Zugfahrt gefreut. Willst du wirklich pilgern, Nina? Es muss nicht sein; der heilige Jakob hat meine Bitte erhört. Ich hab bekommen, was ich wollte.«

»Nämlich?«

»Dich.«

»Oh.«

»Ja.«

»Ich dachte, du suchst eine Erleuchtung. Willst wissen, wie du dein Rentnerdasein mit Sinn füllen kannst. Zum Beispiel mit einer neuen Aufgabe.«

»Du bist meine Aufgabe.«

Ich musste lachen. »Alter Schlawiner! Komm, während wir etwas essen, überlegen wir, ob wir nicht doch bis Murrhardt wandern – schau nur, wie die Sonne lacht. In Nullkommanix sind die Wege trocken, Bewegung im Freien ist gesund, und …«

Er stöhnte. »Ich hab mich genug bewegt.«

»Sei kein Weichei! Du bereust es deiner Lebtag, wenn du den Jakobsweg nicht wie geplant gepilgert bist.«

So kam es, dass wir nach einem ausgiebigen Frühstück gegen halb elf die Muschel suchten. Was gar nicht so einfach war, denn vom Marktplatz aus mussten wir durch die Heimbacher Gasse, dann folgten wir der Langen Straße bis zu den Ruinen der ehemaligen Stadtbefestigung, gingen danach über die Fußgängerbrücke zum Bahnhof – und da endlich erblickten wir nicht nur ein rotes Kreuz auf weißem Grund, das Zeichen für den Albvereinsweg, sondern auch die gelbe Muschel.

Nachdem wir hoch überm Steilufer des Kochers die Aussicht auf Hall und die kleine und große Comburg bewundert hatten, ging's danach genauso steil bergab. Kurz vor Tullau setzte der Regen wieder ein.

»Wir hätten doch den Zug nehmen sollen«, murrte Alex.

»Komm schon; es ist April, da ändert sich's Wetter schneller, als du denkst«, heiterte ich ihn auf.

»Ich hätte es ja nie gedacht, dass du zu einer begeisterten Pilgerin wirst«, spottete Alex. »Ich habe schon befürchtet, ich müsste dich die meiste Zeit huckepack nehmen. Das wäre gar nicht gut gewesen für meinen Rücken.«

»Es geht eben nichts über eine rücksichtsvolle Ehefrau.«

»Du sagst es.«

Nach Tullau wanderten wir durch herrliche Obstbaumwiesen. Die Apfelbäume standen in voller Blüte, im Gras wuchsen gelber Löwenzahn und helllila Wiesenschaumkraut, der Regen war lau, die Luft mild – da musste jedem Schwaben Mörike einfallen: *Frühling! Ja, du bist's, dich hab ich vernommen ...*

Alex verging das Jammern, der Zauber des Frühlings schlug uns in den Bann ... die rosaweißen Blüten und die zarten grünen Blättchen waren ein Traum, und wir beide hatten uns wieder gefunden. So glücklich wie schon lange nicht mehr wanderten wir Hand in Hand durch eine Gegend, die zu allem Überfluss auch noch Rosengarten hieß.

Auf einmal blieb Alex vor einem Apfelbaum mit der gelben Muschel stehen, wischte mit dem Taschentuch mein Gesicht trocken und küsste mich zärtlich. »Das ist jetzt wirklich der wahre Jakob«, flüsterte er.

»Hmmm ...«

Doch was lehrt uns die Biologie und das Leben? Keine Rose ohne Dornen: Nach den paradiesischen Obstbaumwiesen ging's wieder steil bergauf. Auch das Wetter hielt sich an das stete Auf und Ab. Mal regnete es stark, mal wieder schwächer, mal war's für kurze Zeit trocken. Wir unterhielten uns kaum und machten nur einmal, das war nach einem Dorf namens Sanzenbach und bevor der Weg in den Wald führte, eine kurze Rast. Setzen konnten wir uns nicht; ich lehnte mich an meinen Mann, der mir die Trinkflasche reichte, die kein Wasser, sondern einen süffigen Trollinger enthielt. Wir lächelten uns an: »A Viertele to go, und die Füß laufen wie geschmiert.« Ich wischte mir den Mund ab.

»Heute Abend trinken wir den besten Wein, den wir bekommen können«, versprach Alex.

»Als ob der uns noch glücklicher machen würde …«

Der Regen war in leichtes Nieseln übergegangen; das Wasser tropfte von den Zweigen, der Weg war weich und federte sacht unter den Schuhen, silbergrauer Dunst hing zwischen den Bäumen und machte die Konturen unscharf. Märchenhaft und unwirklich schwebend, so als wäre er aus dem Alltag gefallen, erschien uns der Wald; ich hätte mich nicht gewundert, wenn ein weißes Einhorn zwischen den Bäumen aufgetaucht wäre.

An einem Pilgerrastplatz – so was gab's tatsächlich – blätterte Alex im Büchle. »Hast du's auch bemerkt? Die Landschaft hat sich grundlegend geändert: viele Hügel, immer ein Bach im tiefen Tal, Wälder statt Felder. Wir pilgern jetzt durch den Schwäbischen Wald.«

Und der, stellten wir erfreut fest, war nicht nur einsam und weltabgeschieden; er war dazu auch noch lieblich und idyllisch, war etwas ganz Besonderes.

Wenn man seine Schönheit beschreiben will, muss man tief in die Kiste des romantischen Wortschatzes greifen, um die ausgedehnten Wälder und sanften Wiesentäler, die Schluchten und geheimnisvollen Grotten, die schroffen Klingen und bizarren Felsen, die Bäche mit den alten Sägmühlen, die verträumten Seen, die Klöster, Weinberge und auch die malerischen Gasthöfe zu beschreiben.

Einen solchen suchten wir und fanden ihn in einem Ortsteil Oberrots, in Obermühle. Da aßen wir Saitenwürstle mit hausgemachtem Kartoffelsalat, tranken dazu ein räses Viertele, dampften feucht vor uns hin und dachten keine Sekunde ans Leben mit seinen täglichen Herausforderungen: Der Schwäbische Wald sorgte für Gelassenheit, und glücklich waren wir sowieso.

Doch, wie schon erwähnt, gibt's keine Rose ohne Dornen. Kaum standen wir wieder auf dem Landsträßchen und schauten uns nach der Muschel um, bremste ein silbergrauer Mercedes S-Klasse, der Fahrer ließ die Scheibe herunter und schnauzte: »Sin Sie Pilger?«

Umgehend stellte Alex seine Stacheln auf. »Wer will das wissen?«, fragte er in flüssigem Hochdeutsch von oben herab.

»Du saugrober Bachel, siehsch des net? Des sind doch Touris«, fuhr ihn sein Begleiter an. »Lass mir froche: Hen Se vielleicht vier Fraue gsäh?«

»Nein, leider nicht.«

»Iberhaupt net? Net ufm Weg, nirgends?«

»Heute? Bei dem Regenwetter?« Mit bestem Gewissen verneinte ich die Frage.

Alex lächelte spöttisch. »Sie nehmen sich allerhand vor; zwei Männer – vier Frauen!«

»Mir send dienstlich unterwegs; ich bin Polizist«, erklärte der Höflichere der beiden.

Ich verbiss mir das Lachen. »Sind die Frauen ausgebrochen? Sind sie gefährlich?«

»Gfährlich sin se net grod, aber abghaue sin se scho.«

Der Motor schnurrte im Leerlauf, der grobe Bachel gab mächtig Gas. »Such mr weiter«, knurrte er.

»Moment mal.« Ich beugte mich zum Polizisten herunter. »Was ist, falls wir den Frauen begegnen sollten? Wir haben ein Handy; können wir Sie anrufen?«

»Net nedich. Die kumme uns net aus.«

Wir schauten den Rücklichtern nach. »Beachtlich, wie sich die Frauen ihren Männern entziehen«, stellte Alex anerkennend fest.

»Und noch beachtlicher, dass ihre Helferinnen dichthalten«, fügte ich hinzu. »Solidarität unter Frauen ist selten.«

Eines war sicher: Die vier Frauen bestimmten, wo sie sich »finden« ließen. Das »wann« hing sicher vom Signal einer Verbündeten ab: *Eure Männer haben genug gebüßt.* Doch wehe, wenn das Signal verfrüht kam! Dann hatte die Freundin nichts zu lachen.

»Alex, würdest du die Frauen an die Männer verraten?«

»Nicht, wenn mir mein Leben lieb ist. Und ich sag dir, Nina – es ist mir noch nie so lieb gewesen wie jetzt.«

»Alter Schlawiner«, erwiderte ich liebevoll und zeigte auf die gelbe Muschel: »Hier geht's weiter.«

Wir folgten dem Wegweiser *Zur Ebersberger Sägemühle*. Dort spielte ein kleiner Junge mit einem Rauhaardackel; unermüdlich warf er einen roten Ball bergauf, der Hund jagte ihm begeistert kläffend hinterher, sauste zurück und legte ihn dem Kleinen vor die Füße. Dann begann das Spiel von Neuem. Wir schauten eine Weile zu, dann gingen wir in die Gaststube und bestellten einen Kaffee; nicht weil wir müde waren, sondern weil uns die Mühle so romantisch vorkam. »Bei mir krieache Sie aa an Pilgerstempel«, informierte uns die Wirtin und war fast beleidigt, als wir ihn ablehnten. Dafür erkundigte sich Alex nach dem Namen des Flüsschens. »Des isch die Rot. Wisse Se, des gibt die Schwarze Rot un die Blinde Rot un die Fichteberger Rot, aber älle ghere irgendwie zsamme un hen ihre Mühle. Und Gschichtle gibt's!«

Es nieselte, wir waren die einzigen Gäste und die Wirtin war zu einem Schwatz aufgelegt. Ich zeigte auf den Stuhl. »Wollen Sie sich nicht zu uns setzen?«

»Gschwind halt.«

Das Geschichtle war zweihundert Jahre alt und handelte von einem, der »für andere einstand«: Er ließ sich von reichen Wehrpflichtigen dafür bezahlen, dass er an ihrer Stelle den Dienst leistete. Nun war Johannes Hägele aber keiner, dem die strenge Disziplin leicht fiel, und freiheitsliebend war er obendrein. So kam's, dass er etliche Male Prügel bezog. Verständlicherweise passte ihm das auch nicht; er haute ab und versteckte sich in den Klingen bei Ebersberg. Mutige Bauern versorgten ihn mit Nahrung, gaben ihm auch Arbeit, wenn die Luft gerade rein war, und so wurde der Johannes nie geschnappt.

»Arm isch'r gschdorbe, un krank war er aa, aber wenigschdens wor er an freier Mau«, schloss die Wirtin.

Ich stieß Alex an. »Genau wie die Frauen: lieber arm als schikaniert. Das muss den Bewohnern des Schwäbischen Walds in den Genen liegen.«

»Die Frauen kommen aber aus Hohenlohe.«

»Na und? Geheiratet wurde rüber und nüber.«

»Des schdimmt«, bestätigte die Wirtin. »I kumm ja aa aus Gelbinge bei Hall. Welle Se no a Gschichtle höre?«

»Gerne!«

»Also: Selbigsmol hat mr en Gelbinge Wei oubaut, aber des wor a saurer Simsekräbsler, desweche …«

Leise ging die Tür auf, ein Kopf mit straff zurückgekämmtem Haar erschien, die Wirtin sprang auf, rief: »Seid'r endlich do? I hob Blut un Wasser gschwitzt, weil zwaa von eire Mannsbilder im Karre romfohre un alle Leit froche, ob se eich gseh hen. Jetzt abber schnell rei!«

Die vier Frauen lachten und winkten uns zu.

Die Wirtin war misstrauisch. »Kennet ihr eich?«

Im Nu saßen alle an unserem Tisch und wollten Kaffee und Kuchen, aber die Wirtin rief zuerst den Kleinen in die Stube und schärfte ihm ein, oben an der Wegkreuzung Schmiere zu stehen. »Un wenn an Mercedes siehsch, sausch mit deim Idefix glei zu uns un segsch uns des. Hasch verschdande?«

Der Kleine nickte. »Gibt's noch a Eis?«

»Von jeder onzelne kriegsch ons, un dei Idefix kou sich uf an Knoche freie.«

»Des isch mei Enkele. Johannes haaßt'r, wie dr Johannes Hägele!«, sagte die Wirtin und war sichtlich stolz aufs Enkele. »Des isch a hells Bürschle«, fügte sie dann auch hinzu. »Aber jetzetle guck i nach'm Kaffee.«

Während sie in der Küche verschwand, berichteten wir von den beiden Männern im Mercedes. »Einer war sehr unfreundlich.« Ich blickte in die Runde.

»Des isch dr meine!« Sonja verdrehte die Augen. »Er ist herzensgut, solange es nach seinem Kopf geht. Aber wehe, wenn ich nicht will wie er.«

Die Wirtin stellte Teller, Tassen und einen großen Hefezopf auf den Tisch.

»Der andere war höflicher.«

Die Frauen lachten. »Das war Lenes Mann; er …«

Da platzte das Hannesle in die Stube. »Ein Mercedes!« Idefix, der kleine Rauhaardackel sprang bellend um unsere Füße herum, als wir das Geschirr und den Hefezopf in die Küche trugen. Die Frauen rannten treppauf, die Wirtin, Alex und ich saßen mit harmlosen Mienen beim Kaffee.

Die Wirtin klemmte sich schnell noch den Kleinen zwischen die Beine. »Du hältsch die Gosch!« Hannes nickte. »Des waas i doch!«

Und schon standen die Männer in der Stube. »Sie scho widder?!«

Sonjas Mann sah uns an, als wären wir ein lästiges Ungeziefer.

»Noch immer auf Frauenfang?«, erkundigte sich Alex liebenswürdig.

Die Wirtin blieb sitzen. »Kaffee? Hefezopf?«

Der Dackel bellte.

»Sin des di onziche Gäscht?« Sonjas Mann zeigte auf uns.

Ich trat Alex auf den Fuß. Er hielt den Mund.

Die Wirtin hob das Tischtuch an. »Gucke Se noch undr dr Disch.«

Sonjas Mann kratzte sich am Kopf. »Scho recht. Un drobe isch aa niemand?«

»Net amol mei Mou«, antwortete die Wirtin. »Der isch im Wald un macht Holz.«

»Un i hob net mitderft«, jammerte das Hannesle. Idefix jaulte.

Sonjas Mann wandte sich zum Gehen und zog seinen Begleiter mit. Der drehte sich an der Tür um. »Klooner, warum bisch abghaut, wie du ons gseh hasch?«

»Hä?«

»I will net, dass 'r an dr Schdroß schbielt, desweche.« Die Wirtin streichelte über den Schopf ihres Enkels. »Gell, Hannesle, uf d' Schdroß derfsch net.«

»No, Oma. Des derf i net.«

Als die beiden weggefahren waren, schickte die Wirtin das Hannesle wieder ins Freie. »Waasch, i glaab halt, di Kerlich kommet zrück. Aber spiel jetzt im Hof, no brauchsch bloß ans Fenschder klopfe, wenn se kumme un behaupte, se hätte was vergesse.«

Während der Kleine und Idefix wieder Ball spielten, tappten die Frauen die Treppe herunter.

»I hob denkt, se däde nuffgei«, meinte die Wirtin.

»Das dürfen sie nur, wenn sie einen Durchsuchungsbeschluss in der Tasche haben«, erklärte Lene, die Frau des Polizisten. »Und den bekommen sie nie und nimmer.«

Die Wirtin kam gerade mit der zweiten Kanne Kaffee aus der Küche, als Alex die Frage stellte, die ihn offensichtlich schon längere Zeit beschäftigte. »Wie lange wollen Sie denn noch auf Tauchstation bleiben?«

Die Frauen sahen sich an.

»Das hängt davon ab ...«, wich Sonja aus.

»Mir hen denkt«, meinte Lene, »noch on, zwaa Dooch mache mr weiter. No isch's gnuach, scho aa weche unsre Kinder. Aber 's kummt nadierlich druff ou, ob unsre Kerlch ons fendet.«

»Wie soll das geschehen?«, erkundigte sich Alex interessiert.

Die Frauen lachten. »Ha, des isch kaa Problem. Schwatzbase gibt's überall!«

So gern wir geblieben wären – unser Ziel war Murrhardt, und das lag noch etliche Kilometer entfernt. Wir machten uns auf den Weg, kamen in der Dämmerung an und übernachteten in einem freundlichen Zimmer. Ein süffiger Riesling verhalf uns zur nötigen Bettschwere. »Die Oma hat ihren Enkel zur Lüge gezwungen. Findest du das richtig?« Ich lag in Alex' Armen, und der Regen rauschte vorm offenen Fenster.

»Ach Nina! Im Schwäbischen Wald hat die Obrigkeit noch nie viel zu melden gehabt. Da steht man auf Seiten derer, die das Gesetz zu ihren Gunsten auslegen. Denk nur an den Johannes Hägele, den die Bauern durchgefüttert haben ... Ich finde das sehr sympathisch.« Sprach's, tat einen Schnaufer und fiel in tiefen Schlummer.

39. Kapitel

Am Freitag hielt Schorsch Penny auf Trab. Zuerst suchte er die Wand im Treppenhaus mit der Lupe nach Farbspuren ab, dann säuberte er die Stellen zuerst mit einem feinen trockenen Pinsel, danach musste sie mit einem feuchten nacharbeiten.

Weil Schorsch gründlich zu Werk ging, hatte Penny nichts zu lachen und war den ganzen geschlagenen Tag auf den Füßen. Dazu kam, dass sie Schorschs Grummeln und Knurren zu ertragen hatte; der regte sich nämlich über die Schlitzklopfer im Erdgeschoss auf, die natürlich Staub aufwirbelten. Dieser, das behauptete er wenigstens, setze sich sogar oben zwischen dem zweiten und dritten Stock auf seine kostbaren, wenn auch nur zu ahnenden Bemalungen ab.

Penny kam nicht zum Nachdenken; wenn sich Schorsch in eine Aufgabe verbiss, nahm er keine Rücksicht auf einen knurrenden Magen, müde Beine oder einen schmerzenden Rücken. Er schaffte, und Penny hatte mitzuschaffen. So war das.

Am Abend war sie völlig fertig. Tausend Mal hatte sie treppauf und treppab springen, das Wasser wechseln, Pinsel auswaschen, Schorsch die Lupe, den Meterstab, ein feines Tüchle reichen müssen. Und hungrig war sie! Mein lieber Herr Gesangsverein – einen halben Ochsen hätte sie verdrücken können!

Im Haghof gab's Luggeleskäs, angemacht mit Kümmel, Zwiebelchen und Schnittlauch. Und Backsteinkäse. Und Kartoffeln. Und eigene Radieschen. Und die ersten Eiszäpfle, die kleinen weißen Rettichle. Dazu Most, und zum Verdünnen süßer Sprudel.

Penny seufzte vor Vergnügen.

Später lag sie mit vollem Bauch auf ihrem Bett. Paula und der alte Haghofbauer waren nicht da gewesen, was sie bedauerte, denn sie hätte Paula gerne gefragt, wann sie ihren Mann geheiratet hatte. Eigentlich, grübelte Penny, war die Frage unnötig: Als Ida sechzehn war, konnte sie noch nicht viel älter gewesen sein und daher noch nicht als Bäuerin auf dem Hof gewohnt haben.

Gesetzt den Fall, Paula hatte die *Cadbury's*-Büchse geklaut, dann hatte sie die entweder sofort in der Bühler oder in einem nahen Bächle versenkt. In diesem Fall war sie unwiederbringlich verloren. Oder aber ... Penny runzelte die Stirn. Oder aber sie hatte sie »nur« in der Nähe des Karrens weggeworfen, um nicht als Diebin dazustehen. Vielleicht wollte sie Ida ja nur ärgern?

Oder hatte sie die Büchse doch gestohlen und behalten? Und nach ihrer Hochzeit irgendwo auf dem Hof versteckt? Du liebe Güte ... wo sollte sie suchen? Im Haus? Im Stall, in der Scheune, in einem der Schuppen oder vielleicht sogar im Backhäusle oder der Hundehütte? Es gab so unendlich viele Möglichkeiten, dass sie die Büchse niemals finden würde. Ganz abgesehen davon, dass sie wenig Zeit hatte. Und wie sollte sie die Suche begründen?

Sie schrak zusammen, als ihr Handy klingelte.

»Ma? Was gibt's?«, fragte sie unwirsch.

»Penny, Mitzi hat gerade angerufen und gesagt, dass sie, Felix und Ida am Sonntagnachmittag zu euch kommen, um nachts einer Geisterbeschwörung beizuwohnen. Alois will sich's noch überlegen, ob er nicht doch zu Hause bleiben will. Sag mal, das stimmt doch nicht, oder? So was Verrücktes hab ich ja noch nie gehört.«

Nachdem Penny den Sachverhalt geschildert hatte, rief Suse spontan: »Wir machen mit! Aber Penny, wir kommen schon am Nachmittag. Ist das in Ordnung?«

»Klar. Vorausgesetzt, ich muss Schorsch nicht bis zum Dunkelwerden helfen. Wir haben eine Siebentagewoche, Mama.«

»Nicht schlecht; da kommst du wenigstens nicht auf dumme Gedanken«, entgegnete ihre Mutter trocken. »Und noch was. Ninas und Alex' Freunde wollen morgen die letzte Strecke mit den beiden wandern: von Murrhardt bis Winnenden, aber beide haben ihre Handys ausgeschaltet. Weißt du zufällig, wo sie sind und wie es ihnen geht?«

»Ich hab sie gestern in Hall getroffen. Sie haben sich wieder versöhnt, Mama!«

»Ich hab nichts anderes erwartet«, entgegnete Suse cool. »Wie weit wollten sie heute kommen?«

»Das haben sie nicht gesagt. Das heißt, ich hab sie nicht gefragt.«

»Aber sie wollten doch den Jakobsweg bis nach Winnenden pilgern?«

»Ob sie das immer noch vorhaben, weiß ich auch nicht«, entgegnete Penny genervt. »Doch wie ich den Alex kenne, zieht der die Tour durch. Was bedeutet, dass sie heute in Murrhardt abgestiegen sind.«

»Warum melden sie sich dann nicht?«

»Weil sie ihre Versöhnung feiern; deshalb!« Penny grinste. »Wer sind die Freunde, die mitwandern wollen? Linda und Rob?«

»Ja. Und Kathrin mit ihrem Mann.«

»Okay. Die sollen einfach die Hotels und Gasthäuser anrufen. Oder da warten, wo nach Murrhardt der Jakobsweg weitergeht. Ist doch kein Problem.« Penny rieb ihren Ellbogen. »Oder es, wenn sie morgen früh in Murrhardt ankommen, noch einmal versuchen.«

»Was versuchen?«

»Ob sie ihre Handys wieder eingeschaltet haben, Mama!«

»Ach so ... Ja, das ist eine gute Idee. Ich ruf jetzt Linda an, Kleines. Wir sehen uns dann am Sonntag. Küsschen!«

»Moment mal!«, rief Penny. »Sag Papa, dass ich doch kein zweites Gesicht hab – ich war mal mit Ida auf dem Haghof. Damals, als ich dann die Masern bekommen hab.«

»Was? Du hast das zweite Gesicht? Warum weiß ich das nicht?«

»Ich hab's nicht!«, rief Penny.

»Warum sagst du dann, du hättest es?«

»Hör mir doch zu: Ich hab gesagt, ich hätte es nicht!«

»Das hätte mich auch gewundert. Penny, in unserer Familie ...«

»Ist ja gut, Mama. Reg dich ab!«

Penny legte das Handy auf den Nachttisch. Mütter ...! Die ewigen Nervensägen.

Sie zog sich aus, putzte die Zähne und kroch stöhnend ins Bett; jeder Knochen tat ihr weh. Und morgen ging's weiter, am Sonntag auch, am Montag sowieso ... Im Augenblick konnte ihr die *Cadbury's*-Büchse gestohlen bleiben. Weiß der Geier, wann sie mal ein paar Minuten Zeit für die Suche hatte. Jetzt wollte sie nur eines – lange schlafen.

40. Kapitel

Am letzten Tag unserer Wanderung auf dem Jakobsweg kamen Alex und ich nur schwer aus den Federn. Satte einunddreißig Kilometer lagen an diesem Samstag vor uns, und ehrlich gesagt: Wir hatten keine rechte Lust mehr.

Beim Frühstück mit Brezeln, röschen Wecken, selbstgemachter Himbeermarmelade und dem besten Quittengelee, das wir je gegessen hatten, brütete Alex über der Wanderkarte und meinte schließlich: »Weißt du, Nina, wir könnten jetzt, wo der heilige Jakobus uns gottlob wieder zusammengeführt hat, den Tag gemütlich ausklingen lassen. Wir wandern bis zu den Dresselhöfen, wo wir am Nachmittag ankommen sollten, und lassen uns dort von Felix abholen. Was meinst du? Wäre das nix?«

An der Ferse meines linken Fußes hatte sich eine Blase gebildet; die spürte ich bei jeder Bewegung, obwohl ich ein Pflästerchen drübergeklebt hatte. Die Kratzer an meinen Armen juckten, und meine Frisur war schon lange nicht mehr so, wie ich es gerne gehabt hätte. »Du willst den Heiligen bescheißen, Alex? Ich sag dir eins …« Ich lehnte mich über den Tisch, gab meinem Mann einen Kuss und tupfte ihm dann einen Tropfen Himbeergsälz vom Kinn. »Ich bin dabei!«

Es war ein typischer Apriltag: windig, frisch, mit dicken Wolken, kurzen Regenschauern und immer wieder einer sonnigen Phase dazwischen. Ideales Wanderwetter also, doch wer je auf dem Jakobsweg von Murrhardt Richtung Süden gewandert ist, der weiß, was uns blühte: ein absolut schweißtreibender Anstieg.

Das Städtchen lag nämlich wie ein Ei im weichen Nest in einem von Hügelchen und Bergen umstandenen Tal, das schon den Römern wegen seiner Schönheit aufgefallen war. Als sie ihren Limes durch unser Land bauten, hatten sie dort ein Kastell errichtet, um das im Lauf der Zeit eine kleine Siedlung entstand. Als die Römer dann ein paar hundert Jahre später wieder abgezogen waren oder, was manchen erstrebenswerter erschien, sich doch lieber mit einer schnuckligen Schwäbin verheiratet und der alten Heimat für immer Ciao gesagt hatten, kam der eine oder andere Siedler hinzu, bis schließlich ein paar Benediktinermönche mit Sinn für das schöne Fleckchen ein Kloster errichteten.

Alex und ich nahmen uns vor, die Stadtkirche, die auf dem ehemaligen Boden des Klosters stand, sowie die einem Walterich geweihte Kapelle unbedingt mal zu besichtigen; die Bauwerke galten als die absoluten Highlights der Stadt. Doch am letzten Tag unserer Pilgertour lockte uns der heimische Herd mehr als jede Sehenswürdigkeit, weshalb wir bergauf den Wegweisern *Idyllische Straße/Jakobsweg* folgten.

Für mich war's mit der Idylle nicht weit her. Neben dem Wandern in gesunder Luft wollte ich ja von Alex Näheres über den Senior Expertendienst erfahren, aber für eine Unterhaltung fehlte uns einfach der Atem, und die Blase an meiner Ferse brannte wie Feuer. Wir keuchten bergauf.

Die hügelige Gegend mit ihren dichten Wäldern hätte idyllischer und malerischer nicht sein können; allerdings trübte mir der Schweiß in den Augen nachhaltig den Blick. Bei mir war's aus mit der Zwiesprache zwischen Mensch und Natur; an diesem Morgen wünschte ich mir, wir würden auf der wanderfreundlichen Hohenloher Ebene pilgern. Die linke Ferse plagte mich immer mehr, und als sich dann auch noch eine dicke Wolke vor die Sonne schob und ein Schauer niederging, der sich echt gewaschen hatte, war für uns das Maß voll.

»Du humpelst ja, Nina. Schaffst du's überhaupt noch bis zu den Dresselhöfen? Der Eschelhof liegt näher; was hältst du davon, wenn wir dort Felix anrufen?« Mein Mann ähnelte mit der Kapuze überm Kopf und seinem Mehrtagebart einem Räuber.

»Einverstanden.«

»Ist mir auch recht.« Alex zeigte auf seine Schuhe. »Ich hab schon ganz nasse Socken; die Treter lassen das Wasser durch. Während wir auf Felix warten, bestellen wir uns etwas zu essen und zu trinken. Ist heute nicht Samstag?«

»Ja. Warum? Ist das wichtig?«

»Glück muss der Mensch haben! Im Büchle steht: Bewirtung nur am Wochenende.«

Mit frischem Schwung pilgerten wir weiter, ließen wenig später die Abzweigung nach Siebenknie – was für ein schöner Name! – links liegen, fluchten herzhaft, weil der Weg noch immer anstieg, und erreichten dann – der Regen hatte aufgehört, vom blankgewaschenen Frühlingshimmel strahlte die Sonne – eine gerodete Fläche mitsamt einem Hof namens Hasenhof. Kurz danach waren wir wieder im Wald. Das Wasser tropfte noch von den Zweigen, aber Meisen zwitscherten, und dann, ganz in der Nähe, rief ein Kuckuck.

»Das ist doch eine Wucht, Nina. Es sind Hunderte, die auf dem Jakobsweg nach Santiago pilgern, aber im Herzen Schwabens sind wir beide mutterseelenallein. Ist das nicht herrlich?« Alex zog mich an sich. »Es ist schön mit dir.«

Der Weg beschrieb eine scharfe Kurve, in der sich rechter Hand ein aus Baumstämmen gezimmerter Unterstand für Wanderer befand. Alex legte seine Hände um mein nasses Gesicht …

»Huhu!«

Wegelagerer rannten hinter der Hütte hervor, wir fuhren auseinander, Alex stellte sich todesmutig vor mich, und wenn er ein Messer gehabt hätte, hätte er's gezogen, »Nur über meine Leiche!« gebrüllt und unser Leben bis zum letzten Tropfen Blut verteidigt.

Es wäre nicht nötig gewesen.

Meine Freundin Linda umarmte mich. »Ihr habt euch Zeit gelassen!«

Rob und Arnd, die Männer von Linda und Kathrin, schlugen Alex auf den Rücken. »Hast bis jetzt durchgehalten! Sauber, sauber …«

»Woher wusstet ihr …?«

»Wir hatten doch versprochen, ein Stück mit euch zu wandern«, erklärte Kathrin. »Also haben wir uns bei Mitzi erkundigt, wo ihr am Samstag lospilgern würdet. Aber dass wir über eine Stunde auf euch warten mussten – also damit haben wir nicht gerechnet. Schöne Pilger seid ihr, das muss ich schon sagen. Gottlob haben wir vorgesorgt und an ein zweites Frühstück gedacht.«

Unsere Freunde lotsten uns in die Hütte.

Nach den wenigen Butterbrezeln, die noch auf einer roten Papierserviette lagen und der leeren Flasche nach zu urteilen, hatten sie sich's beim Warten gutgehen lassen. Arnd öffnete eine blaue Kühltasche und zeigte auf zwei Trollinger. »Wir sind ja nicht knickrig!«

Rob füllte sechs Plastikbecher. »Auf's Wohl unserer Jakobspilger!«

In der Hütte, die eigentlich nur ein Unterstand mit drei Wänden und einer umlaufenden Bank war, zog's durch alle Ritzen, wieder ging ein Schauer nieder, doch wir saßen im Trockenen und wärmten uns von innen. Ida hätte ja auf einem Schnäpsle bestanden, aber ein Trollinger tat's zur Not auch. Wie die Landschaft aussah, wie's Wetter war, wen wir getroffen hatten, mit wem wir uns unterhalten, wo und wie wir übernachtet und ob wir gut gegessen hatten – alles interessierte unsere Freunde. Nur eine Frage stellten sie nicht: ob Alex und ich zueinandergefunden hatten.

Nachdem auch die dritte Flasche leer war, schien wieder mal die Sonne.

Die Männer packten den Müll in ihre Rucksäcke. »Auf geht's! Bis Winnenden ist's noch ein schönes Stück!«

»Wir wollten nur noch bis zum Eschelhof«, gestand ich.

»Kommt überhaupt nicht in Frage«, rief Arnd. »Wir sind heute Morgen in aller Früh aufgestanden, und das nur wegen euch! Wir freuen uns aufs Wandern, und überhaupt: Euretwegen lassen Rob und ich sogar ein VfB-Spiel sausen!«

Arnd war ein Fan des Stuttgarter Vereins und besaß seit Jahren eine Dauerkarte.

»Denen kannst du doch nicht zujubeln, bei denen kommt's doch knüppeldick, die hocken doch bis zum Hals in der Scheiße«, ereiferte sich Alex. Es war offensichtlich: Der Trollinger hatte seinen Kreislauf tüchtig in Schwung gebracht und seinen schwäbischen Fußballstolz in heiligen Zorn versetzt. Die Männer liefen los und erhitzten sich weiter über die haarsträubend schlecht spielenden Fußballer, die beim letzten Spiel dreimal die Latte, einmal den Pfosten und keinmal das Tor getroffen hatten. Sie lamentierten über deren kreative Armut, prognostizierten, dass der Verein niemals wieder in die Gänge kommen würde, solange er außer der Einbildung auf die goldene Vergangenheit nichts aufbot, und stellten Prognosen an, die allesamt vernichtend waren.

Wir Frauen folgten unseren Männern, und kaum waren die außer Hörweite, wollte Kathrin wissen, wie's zwischen Alex und mir denn jetzt liefe. »Hast ihm endgültig verziehen?«

»Darum ging's ja nicht. Die Affäre mit Marie ist längst vorbei und Alex trauert ihr auch nicht nach. Ich war's, die damit nicht fertig geworden ist. Aber es stimmt tatsächlich: Beim Pilgern kommt man mit sich selbst ins Gespräch.«

Kathrin schnaubte. »Und? Was hast du dir denn so gesagt?«

»Du, das ist nicht lustig«, schaltete sich Linda ein. »Mir ging's wie Nina: Irgendwann wusste ich, dass Rob nichts lieber wollte, als dass ich wieder nach Stuttgart und zu ihm zurückkomme. Aber ich konnte nicht ... wirklich, Kathrin, ich konnte es nicht. In mir war eine Mauer; auf der einen Seite saß ich, auf der anderen Rob. Punkt.«

Ich nickte. »Mit Vernunft bringt man die Mauer nicht zum Einstürzen.«

»Nein«, bestätigte Linda. »Man kann nur warten, ob sich vielleicht mal irgendwo eine Lücke auftut. Vielleicht ein loser Stein rauspurzelt, dem andere folgen ... Bei mir hat das

Warten fünf Jahre lang gedauert. Du warst schneller als ich, Nina.«

»Dank des heiligen Jakobus?«, lästerte Kathrin. »Ich glaub's nicht.«

Ich zog die Kapuze über den Kopf, weil es wieder tröpfelte. Meine linke Ferse tat verdammt weh, und auf einmal wünschte ich mir die Stille der letzten Tage zurück. Die Einsamkeit der Landschaft. Die Ruhe, die mich beim Wandern erfüllte. Die Monotonie der Schritte. Die Kleinigkeiten, die mir beim Gehen auffielen: die geschlossenen Blüten der Anemonen, das intensive Gelb der Schlüsselblumen, der zarte, unverwechselbare Duft der Veilchen, das Rosa der Apfelblüten, das Wiesenschaumkraut, das wie ein hellblauer Schleier überm Grün der Wiese schwebte, der Kuckuck, die Meisen und Spechte ... und immer wieder die Blicke in die Klingen und verwunschenen Täler mit windschiefen Häusern, deren niedere moosbedeckte Dächer von alten Holunderbüschen beschützt wurden.

Oder diese überwältigenden Ausblicke auf die Höhenrücken! Der Blick auf Morstein, märchenhaft und wie nicht von dieser Welt. Der Nebel zwischen den Bäumen, das Glitzern, wenn die Sonne durch die Wolken brach und die Regentropfen an den Zweigen zum Funkeln bringt, das Spiel von Licht und Schatten auf dem Waldweg ...

Oder die Erleichterung, wenn ich nach stundenlangem Wandern hinsitzen konnte.

»Pilgern hat was. Am ersten Tag findest du es einfach idiotisch und willst heim, aber im Lauf der folgenden Tage ändert sich so nach und nach was in dir. Vielleicht, weil du wirklich allein mit dir bist und dich niemand beim Denken stört. Und du keinem Fremden begegnest – jedenfalls nicht in Hohenlohe im April.«

»Aber du warst doch mit Alex zusammen«, warf Kathrin ein.

»Nicht immer. Und wenn doch, dann haben wir uns zuerst angeschrien und gestritten. Danach ist jeder für sich allein gewandert. So war das.«

»Und du hast wirklich keinen einzigen Menschen getroffen? Ich meine, wir sind hier ja nicht in der Sahara.«

»Gelegentlich ist ein Mann mit uns gewandert. Ein Jakob.«

»Wie sinnig!«, spottete Kathrin. »Und? Hast wenigstens mit ihm ein paar Worte gewechselt? So in der Art: schön kalt der Regen heute, was?«

»Ich habe ihn geküsst.«

Meine Freundinnen blieben stehen. »Ich glaub's nicht«, platzte Linda schließlich heraus. »Blieb's dabei? Oder war da noch mehr?«

Kathrin nickte wissend. »Du hast dich gerächt.«

Wie kann man seinen Freundinnen in wenigen Worten erklären, was sich in der Seele während einer Woche Wandern tut? »So einfach war's nicht, und ehrlich gesagt möchte ich nicht darüber sprechen. Es ist ...«, ich überlegte, »es ist noch zu frisch.«

»Oje.« Kathrin warf Linda einen besorgten Blick zu. »Dann war's was Ernstes.«

»Du hast einfach den genialen Durchblick, Kathrin!« Ich zog meine Freundinnen weiter. »Es war tatsächlich was Ernstes.«

Kathrin zwinkerte mir zu. »Wie war er denn so im Bett?«

Linda schüttelte den Kopf. »Hör doch auf, nur an das eine zu denken. Ich wette, Nina meint etwas ganz anderes.«

»Stimmt. Trotzdem spielte Jakob für Alex und mich eine bedeutsame Rolle. Als Senior Experte ist er weltweit unterwegs; allerdings immer nur für einige Wochen. Jedenfalls hat er Alex auf neue Ideen gebracht und ihm gesagt, wo er sich informieren kann. Alex wird der Sache nachgehen.«

»Hast du nichts dagegen?«

»Überhaupt nicht. Alex braucht Herausforderungen; für ein geruhsames Rentnerleben ist er noch lange nicht reif.«

»Aha. Und welche Rolle spielt der komische Jakob in deinem Leben?«

»Tja ... er war sozusagen der Grund für den Mauerfall.«

»Wie bitte?«

Linda stieß Kathrin in die Rippen. »Hör doch auf mit dem Nachbohren, wenn Nina nichts sagen will.«

»Aber …«

»Nein!«

»Ich denke, wir sind Freundinnen.« Kathrin war echt verschnupft.

»Und als solche respektieren wir Ninas Wunsch«, fuhr Linda sie an. »Kapiert?«

Lindas Beistand tat mir gut; wir lächelten uns an und zogen Kathrin mit, die beleidigt zurückbleiben wollte.

Noch hatten wir den Scheitelpunkt des Hügels nicht erreicht; Kathrin, die nicht sehr sportlich war, schnaufte und schwitzte, jammerte über den Trollinger, der ihr in die Beine gesackt war und wollte pausieren. Mir war's recht, denn ihre Frage hatte mich ins Grübeln gebracht: Welche Rolle spielte Jakob Schätzle in meinem Leben?

Die der männlichen Marie? Nein, dank des kalten Pos auf dem aprilfrischen Waldboden war ich ja nicht vom Tugendpfad abgewichen.

Weil ich rechtzeitig erkannt hatte, dass er zur Sorte Mann gehörte, die zu keiner Frau nein sagt?

Ich schüttelte den Kopf.

Weil ich durch ihn kapierte, dass mein Alex anders war als er?

Nein, das war's auch nicht.

»Es war einfach nicht der wahre Jakob.« Ich holte tief Atem. »Wenn ihr versteht, was ich damit meine.«

Kathrin schnaufte. »Dann war's also der falsche Mann zur falschen Zeit.«

Ich lächelte. »Vielleicht. Ich weiß nicht. Auf jeden Fall lag's an ihm, dass Alex mir erklärt hat, was unsere Ehe ausmacht. Das …«

»… hat dann die Mauer zum Einstürzen gebracht«, sagte Linda. »Ist es nicht komisch, dass Männer erst dann nachdenken und reden, wenn das Kind im Brunnen zappelt? Bei deinem Alex war es so, und bei meinem Rob auch.«

»Moment mal.« Ich band die Kapuze unterm Kinn fest, denn jetzt war ein kräftiger Wind aufgekommen. »Das ist nicht alles, Linda. Vergiss eines nicht: Uns beiden ist bisher eine männliche Marie erspart geblieben.« Ich bohrte den Zeigefinger in Kathrins Busen. »Und dir auch, meine Liebe. Wer weiß, was uns dreien noch blüht, also werdet nicht hochmütig und urteilt vor allem nicht so selbstherrlich.«

»Heida Schtuagert«, rief Kathrin verblüfft. »So kenne ich dich ja gar nicht, Nina.«

»Eben! Ich hab dir einiges voraus: Im Gegensatz zu dir bin ich auf Sankt Jakobs Straßen gewandelt.« Lachend zog ich meine Freundinnen weiter.

Es dauerte noch einige Kilometer, bis wir den höchsten Punkt der Tagesstrecke erreicht hatten. Dort warteten unsere Männer neben einem Wegweiser, auf dem erwartungsgemäß *Zum Eschelhof* stand.

»Wie ist es? Kehren wir ein oder habt ihr noch keinen Hunger?«, erkundigte sich Rob.

»Natürlich kehren wir ein. Mein Magen hängt mir bis in die Kniekehlen«, jammerte Kathrin. »Euch geht's doch wie mir, stimmt's?«

Alex und ich sahen uns an. »Wir sind genug an der frischen Luft gewesen ...«

»... und haben das Wanderziel erreicht«, setzte Alex bedeutungsvoll hinzu. »Also ...« Ein Mercedes hielt neben ihm, ein Mann ließ die Scheibe herunter.

»Hen Se vier Fraue gseh? Ach, Sie scho widder ...«

»Sie sehen's ja. Wir sind's, und unsere Freunde sind mit uns gewandert«, erklärte Alex höflich.

»Also hend Se niemand gseh ...«

»Nicht mal einen Fuchs oder einen Hasen.«

»Mensch, dreh um«, raunzte Sonjas Mann, der heute neben Lenes Polizisten saß.

»Wart doch gschwind, vielleicht sitze se en dr Schdub – i moon, bei dem Wetter wär des doch meglich.«

»Meglich, aber net wahrscheinlich. Dreh um.«

Lenes Mann drehte um und brauste bergab, Oppelsbohm zu.

Unsere Freunde schüttelten die Köpfe. »Wer war denn das?«

»Das erklären wir euch in der Stube.« Alex lachte. »Wir haben nämlich vier energische Frauen getroffen, die es ihren Männern heimzahlen!«

41. Kapitel

Am Samstagmorgen musste Penny alle Stufen kehren, vom Erdgeschoss bis hinauf zur großen Halle, und als sich der Staub gelegt hatte, fing's wieder von vorne an: Wasser holen, Pinsel reinigen, dem Schorsch das Handwerkszeug reichen … Von morgens um neun bis um die Mittagszeit war sie ununterbrochen auf den Beinen. Damit hatte sie ja gerechnet, aber das Blöde war, dass sie das Vesperpäckle vergessen hatte, das Margarete Lampert ihr immer mitgab. Sie hatte einen Mordshunger, und wenn sie hungrig war, sackte ihre Laune in den tiefen Keller, aber das nahm der Schorsch nicht zur Kenntnis. Erst als sie sich weigerte, mit dem Dreckwasser aus dem Eimer den Holunder im Hof zu wässern und mit frischem wiederzukommen, schaute er auf die Uhr. »Wie die Zeit vergeht, wenn man schafft«, spielte er den Naiven. »Penelope, bis so um drei Uhr reißt du dich noch zusammen; danach kannst du für heute Schluss machen. Einverstanden?«

Penny riss sich zusammen, schaffte und schwor sich, oben auf der Bühne ein Essensdepot anzulegen; bei *Aldi* gab's Brot in Dosen. Ein paar Wurstbüchsen würde sie auch kaufen, und Cola. Dosen waren wichtig; das Blech hielt den Mäusen stand.

Doch dann entdeckte Schorsch, nachdem er vorsichtig eine Schicht Staub und Schmutz weggepinselt hatte, eine vollständig erhaltene Rosenranke – jedenfalls handelte es sich um die Ahnung einer solchen. So begeistert, als hätte er einen Goldklumpen gefunden, vergaß er sein Feierabendversprechen. Penny musste fotografieren, Wasser holen, Pinsel waschen, es wurde drei, dann halb vier. Da war ihr ganz schwindlig vor Hunger, doch gerade, als sie meutern und endgültig streiken wollte, kam Daniel.

»Margarete Lampert schickt mich. Penny, du hast die Vesperbrote vergessen. Möchtest du nicht mal Pause machen?«

»Ne«, schimpfte sie. »Pause ist nicht. Ich mache Schluss für heute.«

»Aber Penelope, ist es denn schon Mittag?«

»Fast Abend ist es, Sie Sklaventreiber!«

Schorsch hatte ein Einsehen. »Dann geh halt.«

Penny setzte sich mit Dani in den Hof. Vor kurzem hatte es geregnet, jetzt schien wieder die Sonne, und in ihrem Winkel war es sogar windgeschützt. Nachdem sie einige Radieschen, zwei dicke Leberwurstbrote und eins mit Schinken gegessen und verdünnten Most dazu getrunken hatte, ging's ihr besser. »Sag mal, Dani«, meinte sie nachdenklich. »Wenn du im Wald eine Büchse finden würdest, die du nicht wegwerfen, sondern nur an einem anderen Ort verstecken möchtest – würdest du sie dann vergraben?«

»So, dass ich sie wiederfinden könnte?«

»Genau.«

»Das soll im Wald passieren?«

»J...ja.«

»Warum?«

»Weil ... nimm mal an, die Person, die die Büchse findet, ist ungefähr siebzehn, achtzehn Jahre alt. Sie wohnt zu Hause bei den Eltern, wo es kein sicheres Versteck gibt. Vielleicht hat sie neugierige Geschwister oder eine Mutter, die ihre Nase überall reinsteckt. Also bleibt ihr nur der Wald. Denkt sie jedenfalls. Kapiert?«

Daniel nickte. »Aber um dir einen Rat zu geben, müsste ich den Wald kennen. Man müsste nach einem markanten Baum Ausschau halten. Vielleicht gibt's ja auch einen Fuchsbau oder einen Felsen ... Wann hat die Person die Büchse versteckt? Erst neulich?«

»Kurz nach dem Krieg.«

»Oje. Nach so langer Zeit hat sich vieles geändert, Penny.«

Sie knüllte das Butterbrotpapier zusammen und warf's in einen Container. »Kommst du mit?«

»In den Wald?«

»Wohin sonst? Wir nehmen meinen Roller.«

»Penny, du bist verrückt.«

»Wieso? Hilf mir halt, den markanten Baum oder das Fuchsloch zu finden. Das macht Spaß und ist besser als nur herumzuhocken, Dani.«

»Ich soll nach einer alten Schrottbüchse fahnden? Komm schon, Penny! Wenn sich's wenigstens um eine Schatzsuche handeln würde …«

»Aber darum handelt es sich doch! Wirst schon sehen – die Büchse enthält einen Schatz!«

»Wie groß soll die Büchse denn sein?«

Penny schob die Unterlippe vor und wiegte den Kopf hin und her. »Es war eine Büchse für Briefchen und Zettelchen. Ich vermute, sie war ziemlich klein, aber gut zu erkennen, weil *Cadbury's* draufstand. Mit deiner Hilfe finde ich sie bestimmt, Daniel! Und vergiss nicht: Sie enthält einen echten Schatz.«

»Ich glaub dir kein Wort.«

Trotzdem schwang sich Daniel auf den Rücksitz. »Hast du einen Helm für mich?«

Penny drehte sich um. »Siehst du einen?«

»Nur den auf deinem Kopf.«

»Eben. Aber das macht nichts, ich fahre langsam.«

Das tat sie, aber nicht aus Sorge um Daniel, sondern weil der Pfad voller Wurzeln war. Nach einer guten Viertelstunde waren sie am Schäferkarren; sie stiegen ab, und Penny lehnte den Roller an eine Fichte.

Vorm linken Hinterrad des Karrens fiel sie auf die Knie. »Hier«, sie deutete auf die Unterseite des Karrenbodens, »haben Jugendliche nach dem Krieg die Büchse für ihre geheimen Botschaften versteckt. Da! Gib mir deinen Finger – fühlst du den Nagel? Daran hing sie, die Büchse. Jemand wusste vom Versteck, klaute sie …«

»… und hat sie irgendwo vergraben, anstatt sie mitzunehmen? Und die willst du suchen?« Daniel zupfte sich am Ohrläppchen. »Du spinnst.«

»Moment mal.«

Penny und Daniel setzten sich auf eine der morschen Karrenstufen. »Wenn du die ganze Geschichte kennst, wirst du begreifen, dass wir – vielleicht – doch Glück haben könnten. Die, von der ich annehme, dass sie die Büchse geklaut hat, wollte einer anderen einen üblen Streich spielen. Es ging ihr nicht darum, die Büchse komplett verschwinden zu lassen; im Notfall wollte sie *Hallo! Was haben wir denn da?* sagen können.«

»Um nicht als Dieb dazustehen?«

»Richtig. Jedenfalls vermute ich das«, schränkte Penny ein. »Wo also hättest du eine Büchse versteckt, wenn du das böse Mädchen gewesen wärst?«

»Hätte es schnell gehen müssen?«

»Nein. Du hättest auch zuerst ein einfaches und später dann ein besseres Versteck wählen können. So hätte ich es gemacht.«

»Du wärst also nicht nur ein böses, sondern auch ein raffiniertes Mädchen gewesen?«, stichelte Daniel.

»Dani! Ich spreche von einem Mädchen, das meinte, die andere würde ihr den Freund ausspannen, obwohl es wusste, dass jene in einen anderen verliebt war. So eine denkt nicht rational ... Was hältst du von der Tanne dort links?«

»Nichts; vor sechzig Jahre war das ein kleiner Kümmerling. Ich hätte einen unscheinbaren Baum ausgesucht und den markiert. Komm mal mit.«

In weitem Umkreis suchten sie die Lichtung ab, doch nirgendwo entdeckten sie einen markanten Baum oder einen, der Farb- oder Kerbspuren aufwies. Große Steine oder gar kleine Felsen leider auch nicht; nach einem über sechzig Jahre alten Fuchsloch zu fahnden, hatten sie sehr schnell aufgegeben.

Nachdem sie auch noch jeden Zentimeter unterm Schäferkarren untersucht hatten, setzten sie sich wieder auf die morsche Stufe, überlegten von neuem und kamen schließlich zu der Erkenntnis, dass sie entweder den gesamten Boden umgraben, was unmöglich war, oder aber eine neue Überlegung anstellen mussten.

»Warum bist du eigentlich so scharf auf die alte Büchse?«

»Weil sie etwas enthält, das für meine Großtante sehr bedeutsam ist«, antwortete Penny spontan.

»Du sprichst von der weißhaarigen Dame, die mit ihrem alten Geliebten auf dem Haghof aufgekreuzt ist?«

»Richtig. Es ist die, von der auch die Fotos sind, die deinen Vater zum Ausflippen bringen.« Penny fröstelte; der Wind hatte aufgefrischt, dunkelgraue Wolken verbargen die Sonne. Schon fielen die ersten Tropfen, und dann, fast ohne Übergang, setzte der Regen ein.

»Mein armer Roller«, jammerte Penny, als sie im Karren auf der Bank saßen und durch die offene Tür auf den Regen hinaus blickten, der wie ein Vorhang vom Himmel fiel. »Wenn ich nur die Plastiktüten über die Sitze gestülpt hätte! Ein nasser Po ist so ungemütlich, Dani.«

»Wir warten eben, bis sie von der Sonne getrocknet sind«, meinte Dani und wollte sie damit trösten.

Der Versuch ging völlig schief. »Weißt du nicht, wie spät es ist? Eher geht der Mond auf, als dass die Sonne heut noch scheint.« Penny stand am Eingang und lugte zu ihrem Roller hinaus. »Ich schieb ihn hinter den Karren, da ist er wenigstens ein bisschen geschützt. Hilfst du mir?«

»Warum nur hinter den Karren, warum holen wir ihn nicht ganz herein?«

»Wie soll das gehen? Das Ding ist bleischwer.«

Dani streckte den Zeigefinger aus. Am Rand der Lichtung hatte jemand Holz aufgeschichtet, mit einer grünen Plane abgedeckt und diese mit Brettern beschwert; vor langer Zeit musste das geschehen sein, das Holz war grau vor Alter.

Gerade schien der Regen etwas nachzulassen; mit einem Satz war Dani draußen, rannte über die Lichtung, schnappte ein Brett, sprintete zurück und legte es über die drei Stufen. »Jetzt können wir den Roller raufschieben.«

»Bist eben ganz schön clever«, lobte ihn Penny.

»Das finde ich auch.« Daniel legte Penny den Arm um die Schultern. Sie schüttelte ihn ab und gab ihm einen Schubs.

»Hör mal! Erst die Arbeit, dann das Vergnügen!«, sagte sie lachend und rannte los.

Es war verdammt schwer, den Roller über den unebenen, aufgeweichten Boden und dann auch noch übers Brett zu schieben. Das gelang erst, nachdem Dani das eine Ende in den Boden gerammt hatte, damit es nicht mehr wegrutschen konnte. Aber dann war der Roller im Trockenen, und sie plumpsten wieder auf die Bank.

Penny schüttelte ihren Anorak aus. »Jetzt hätte ich gerne ein Handtuch.«

»Und ich trockenes Holz. Dann würde ich nämlich im Ofen ein Feuerchen machen, wir könnten die nassen Jeans trocknen ...«

»... und Brombeerblättertee kochen.« Penny zeigte auf die Kanne und die Dose. »Alles ist da, sogar Streichhölzer und ein Kerzenstummel. Der Karren war damals nämlich der Zufluchtsort der Jugendlichen, zu der auch meine Großtante gehörte.«

»Wie lange war der Ofen nicht mehr in Gebrauch? Sechzig Jahre lang? Ich schätze, in dieser Zeit haben Generationen von Vögeln im Rohr ihre Nester gebaut. Bevor wir Feuer machen, muss das gereinigt werden, sonst zieht der Rauch nicht ab.« Daniel runzelte die Stirn. »Mein Vater sammelt englische Krimis ...«

»Aha«, unterbrach ihn Penny. »Daher die Begeisterung für ruinöse Burgen und sagenhafte Gespenster?«

»Kann schon sein; wahrscheinlich sogar. Was ich sagen will ...«

»Komm zur Sache, Daniel Dornecker.«

»Du bringst mich aus dem Konzept. Wenn du mich so anschaust ... Penny, ich muss dich zuerst küssen, bevor ich ...«

»Worauf wartest du? Küss mich halt«, flüsterte Penny.

Erst als ein Windstoß die Tür zuschlug, fuhren sie auseinander. »Für einen alten Auswanderer war das nicht schlecht«, lobte ihn Penny und schob ihn von sich. »Was wolltest du sagen?«

»Nichts. Überhaupt nichts will ich sagen.« Daniel zog sie wieder an sich.

»Doch. Wolltest du. Es ging um einen englischen Krimi«, erinnerte ihn Penny. »In Verbindung mit Feuer und Ofenrohren.«

»Ach ja … Die Story ging so, dass im Kamin eines englischen Landhauses …«

»… ein Skelett baumelt?«

»… eine Pistole gefunden wurde.«

»Die Leiche gleich mit?«

»Nein, die hing in einem Wandschrank.«

»Aha. Und der ausgekochte Schurke hat das Mordinstrument an einen Nagel im Kamin gehängt? Ganz schön clever, Dani.«

Er strich eine Haarsträhne aus Pennys Gesicht. »Er brauchte weder Hammer noch Nagel. Er stieß die Pistole in die Schlacke und verstopfte das Loch mit einigen Sofakissen.«

»Wie?« Jenny lachte. »Der Mörder war wohl völlig durchgeknallt, was? Kissen brennen …«

»Der Kerl war raffiniert«, widersprach Daniel. »Er wollte, dass die Pistole schnell gefunden und der Verdacht auf jemand anders gelenkt wird. Es war nämlich nicht die Mordwaffe. Was ich sagen wollte – wenn der Ruß nicht regelmäßig entfernt wird, setzt er sich als beinharte Masse an den Kaminseiten ab, wodurch der Abzug nach und nach so verringert wird, sodass das Feuer, wie gesagt, nicht mehr zieht. Außerdem nimmt die Gefahr einer Rauchvergiftung zu … Hast du mit deinem Freund endgültig Schluss gemacht?«

»Was soll der Themenwechsel? Ich habe keinen Freund«, entgegnete Penny verdutzt. »Das weißt du doch.«

»Du hättest es dir anders überlegen können.«

»Sei kein Depp, Daniel.«

»Also hast du gerade keinen Freund?«

Penny klimperte mit den Wimpern, reden konnte sie erst nach dem langen Kuss. »Nein. Hab ich nicht.«

»Gut«, sagte Daniel und beugte sich wieder über ihr Gesicht. »Dann such nicht lange. Nimm mich.«

Der Regen prasselte aufs Dach und das gleichmäßige Rauschen, das von draußen hereindrang, ließ sie meinen, sie wären die einzigen Lebewesen auf einer einsamen Insel. Doch nach und nach wurde es nicht nur dunkel, sondern auch so kalt, dass ihnen trotz der heißen Küsse die Kälte in die Knochen kroch und Penny flüsterte: »Mir ist ka…«

In diesem Augenblick hörten sie ein sachtes Knirschen, dem ein sattes Krachen folgte. Unterm Gewicht des Rollers war das Dielenbrett eingebrochen. Der Roller neigte sich nach rechts und fand am Ofen Halt. Dabei löste sich das Rohr aus der Halterung und hing jetzt schräg zwischen Ofen und Decke.

Nach der ersten Schrecksekunde holte Penny – allzeit bereit! – ein Feuerzeug aus ihrem bunten Beutel. Sie zündete den Kerzenstummel an, und gemeinsam beäugten sie den Schaden.

»Schlimm ist's ja nicht«, meinte Penny und versuchte den Ofen zurück und das Rohr wieder in die Öffnung zu zerren. Was ihr nicht mal mit Danis Hilfe gelang. »Vielleicht lohnt sich's ja nicht mehr, aber trotzdem fände ich es schade, wenn der Schaden nicht repariert würde. Wem gehört wohl der Karren? Den Lamperts? Was meinst du?«

Dani wischte sich die Hände an der Jeans ab. »Vielleicht gehört er sogar uns.«

»Du meinst: deiner Familie?«

»Ja, mein Vater hat ja nicht nur die Burg, sondern auch den dazugehörenden Grund und Boden gekauft …«

»… damit du Landwirt spielen kannst. Ich erinnere mich.« Penny grinste ihn liebevoll an. »Könnte dein Vater den Karren reparieren lassen? Ich finde, bei dem, was allein die Restaurierung der Bemalung kostet, wäre das ein winziger Kla… Hallo! Was war das? Da ist was durchs Rohr gerutscht. Hast du das Scheppern auch gehört?« Sie rüttelte am Rohr. Staub und Schmutz rieselten aus der Öffnung. Sie husteten. »Dani, da ist was drin. Hilf mir doch, ich muss wissen, was Sache ist, und zwar jetzt, sonst schlafe ich heut Nacht keine Sekunde.« Energisch zog sie das Rohr zu sich heran – und stand in einer Wolke aus Rauch und Staub, vermischt mit Vogelfederchen, trockenen Hälmchen, Steinchen und allerlei anderen Dingen, von denen sie gar nicht wissen wollte, worum es sich handelte. Das Rohr ragte zwar noch durchs Dach, aber das untere Ende hing in der Luft. »Und jetzt?«

»Wenn dir der Dreck nichts ausmacht, Penny … Moment mal.« Mit einem Satz nahm Daniel die drei Stufen und kehrte mit einem langen Ast zurück.

»Ich hab's heute schon mal gesagt! Du bist clever. Sag mal, denkst du an den englischen Krimi?« Sie sah zu, wie er im Rohr herumstocherte. Die Wolke nahm an Dichte und Intensität zu, sie hielten sich ihre nassen Taschentücher vor Mund und Nase, bis zuerst ein paar vergammelte Holzscheite und danach etwas Eckiges auf die Dielenbretter fiel.

»Die Dose!« Penny hielt das Feuerzeug daran. »Mensch, Dani! Da steht tatsächlich *Cadbury's* drauf!«

»Dann haben wir den Schatz also gefunden?« Daniel nahm Penny die Dose aus der Hand wischte mit dem Ärmel den gröbsten Schmutz vom Deckel. »Willst du sie nicht aufmachen?«

»Klar doch! Wir müssen ja wissen, was drin ist, sonst können wir die Höhe des Finderlohns nicht bestimmen, oder?«

42. Kapitel

Der Aprilwind hatte die dicken Wolken weggefegt, die Luft war kühl und roch nach nasser Erde und frischem Grün.

»Was für ein herrliches Fleckchen hier oben auf dem Berg«, sagte Linda entzückt. »Und das nur eine gute Stunde von Stuttgart entfernt. Wir sollten viel öfter aufs Land fahren, Rob!«

Das Fleckchen auf dem Berg, wie Linda es nannte, wurde vor rund sechshundert Jahren gerodet. Ein Hans zu Eschelbach baute auf dem von dichten Wäldern umgebenen Grund seinen Hof, im Lauf der Jahrhunderte kamen drei weitere Häuser hinzu, von denen eines später als Forsthaus, ein anderes als Schulhaus diente, bis dann der Schwäbische Albverein gegen Ende des letzten Jahrhunderts das Forsthaus zum Wanderheim Eschelhof ausbaute.

Ganz ehrfürchtig blickten wir auf die drei Fachwerkhäuser und das vierte, das Wanderheim, das einer langgestreckten Scheune ähnelte. Die Wetterseite der vier Gebäude wurde dank der Weitsicht früherer Bewohner von Bäumen geschützt; die Häuser selbst umstanden einen Hof, auf dem für Wanderer, wie wir es waren, Tische und Bänke unter noch kahlen Bäumen warteten.

»Im Sommer muss es hier traumhaft sein«, schwärmte Linda weiter. »Schaut euch doch nur mal richtig um! Nix als Streuobstwiesen und drumherum der Wald! Wenn erst die Blüten vollends aufgegangen sind, ist das ein Paradies!«

Bei Kathrin war's mit der Romantik nicht so weit her. Sie brummte, ihr sei's im Freien einfach zu nass und zu kalt und steuerte entschlossen energisch auf eine offen stehende Tür zu, die, wie es sich herausstellte, in den Gastraum führte.

Ich überflog noch rasch die Speisekarte: Schnitzel, Maultaschen, Bauernknacker, Schinkenwurst, Presssack, Salate – für den schwäbischen Magen war bestens gesorgt, stellte ich zufrieden fest. Ich folgte Alex und meinen Freunden – und dann klappte mir die Kinnlade runter: Da saßen die vier.

»Hallo Nina!«

Sonja, die Frau mit den tollen dunklen Locken, trug ein feuerrotes Wickelkleid, Karin ein edles Twinset in Lavendelblau, Helga, die Bürgermeistersfrau, zum schwarzen Rock eine weiße Leinenbluse, und Lene, die eine gut gepolsterte Figur samt üppigem Busen besaß, ein Dirndl in Grün. Und alle waren sie beim Friseur gewesen.

»Jetzt ist es so weit; ihr wartet auf eure Männer, stimmt's?«

»Siehst du doch, Nina.«

»Hoffentlich wissen sie auch, wo sie euch finden. Weil – gerade haben uns zwei eurer Männer gefragt, ob wir euch gesehen hätten.«

»Mach dir da mal keine Sorgen«, meinte Lene. »Du weißt doch: Wenn wir was organisieren, dann richtig.« Sie zwinkerte mir zu. »Wir sind ja nicht so deppert wie unsere Männer!«

Die vier lachten schallend. »Keine Jagd ohne Hindernisse, Nina. Wir hetzen sie nur noch ein bisschen durch die Gegend. Du weißt schon: hier eine falsche Auskunft, da ein zweideutiger Tipp. Aber«, Sonja schaute auf die Uhr, »in spätestens einer halben Stunde sollten sie hier sein. Das wird ein Spaß, mein lieber Scholli!«

Lene klopfte auf die Bank. »Setz dich zu uns, Nina.«

Weil ich zögerte, drängte sie: »Nur eine Sekunde; wir wollen doch hören, wie es zwischen dir und deinem Mann steht. Vertragt ihr euch wieder?«

Ich nickte. »Ich hab auch was dazugelernt.«

Karin schnaubte. »Dass du deinen Alten fester an die Kandare nehmen musst?«

»Daran werde ich denken, Karin. Aber man muss auch dafür dankbar sein, was einem an Versuchungen erspart bleibt.«

»Aha«, nickte Helga, »du hast jetzt Verständnis für deinen Mann, an dem der Kelch nicht vorübergegangen ist? Mensch,

Nina! Ein Kelch hat ja keine Beine; man muss schon selbst an ihm vorbeigehen, oder?«

»Sicher. Aber woher willst du wissen, welcher mit quellfrischem Wasser und welcher mit einer sündigen Brühe gefüllt ist?«

»Du meinst – man kann ja einen Schluck nehmen ...«

»Genau. Es kommt darauf an, ob man den Kelch bis zum letzten Tröpfchen leert ...«

»... worauf man ganz wirbelig im Kopf wird und in den Dreck hagelt, was einem recht geschieht. Oder ob einer nach dem ersten Schluck erkennt, dass das Gesöff ihm granatenmäßig schadet.«

Helga öffnete noch einen Knopf ihrer weißen Bluse und fächelte sich Luft zu. »Was genau heißt das, Nina?«

»Dass es immer auf die Menge ankommt. Im Fall meines Alex' und eurer Männer: wie viel sie gesüffelt haben. Einen Schluck, zwei ... oder den ganzen Inhalt.«

Lene schob den Ausschnitt ihrer weißen Rüschenbluse noch ein, zwei Zentimeter nach unten. »Und diese Erkenntnis hast du dir erwandert? Alle Achtung, Nina. Mädels ...« Sie klopfte auf den Tisch. »Wir empfangen unsere Männer mit offenem Herzen. Einverstanden?«

Sonjas Wickelkleid legte ein schönes Stück ihres Busens frei. »Ich hab nichts dagegen. Und du, Helga?«

»Ich bin dabei.«

Karin machte den obersten Knopf ihres Twinsetjäckles zu. »Mal sehen ...«

Sonja stupfte sie. »Jetzt sei doch nicht so bockig, Karin. Freu dich halt auf deinen Alten!« Sie knöpfte ihr das Jäckchen auf und zog es der Widerstrebenden aus. »Mach dich frei; du willst doch nicht im entscheidenden Augenblick unter einer Hitzewallung leiden und mit rotem Kopf dahocken?«

Lachend humpelte ich zum Tisch rüber, an dem Alex und unsere Freunde auf mich warteten. Ich setzte mich so, dass ich den Eingang und die Frauen im Blick hatte. »Wir haben schon erfahren, dass ihr den Frauen auf dem Jakobsweg begegnet seid und was sich ihre Männer geleistet haben«, sagte Arnd und schob mir die Speisekarte zu. »Wir nehmen die Maultaschen mit Salat. Was möchtest du?«

»Dasselbe.« Ich zog meinen Wanderschuh aus. »Tut mir leid, aber ich hab eine satte Blase an der Ferse.«

»Zeig mal.« Mit geübtem Griff hob Arnd mein Bein hoch und zog den Socken herunter. Das Pflaster war abgegangen. »Ui, das sieht aber gar nicht gut aus, Nina.«

»Lass sehen.« Kathrin beugte sich über den Tisch. »Mensch, Nina, mit dem Fuß kommst du nicht mehr nach Winnenden. Arnd, hol das Verbandszeug aus dem Rucksack.«

»Bin schon dabei.« In Nullkommanichts schmierte er Salbe über die Wunde und legte einen professionellen Verband an. »Aber gewandert wird nicht mehr. Hörst du? Alex, du solltest ein Taxi rufen«, sagte er bestimmt und zog mir den Socken wieder an.

In diesem Augenblick betrat ein Mann den Gastraum. Er trug gestrickte Kniestrümpfe zur alten Wanderhose aus Cord und unterm Fleecepulli ein rotkariertes Hemd. Den Anorak hatte er um den Bauch gebunden.

Im ersten Moment wäre ich gerne untern Tisch gekrochen, im zweiten überlegte ich's mir anders. »Jakob! Bei uns ist noch ein Plätzchen für dich frei!«

Kathrin war nicht gerade begeistert. »Wer ist denn das?«

»Der Mitpilger. Der falsche Jakob«, flüsterte ich ihr zu. »Passt auf; mit dem hab ich noch ein Hühnchen zu rupfen.«

Die Männer rückten zusammen, Jakob schob einen Stuhl an den Tisch. »Hallo! Schön, euch noch mal zu sehen«, meinte er ganz unbefangen, setzte sich und fragte, als ob er schon immer zu uns gehört hätte: »Habt ihr schon bestellt? Ich hab draußen die Speisekarte gelesen und nehme die Maultaschen mit Salat.«

»Da bist du in guter Gesellschaft.« Ich lächelte ihn liebenswürdig an. »Na, wie war der heutige Muschelgang?«

»Abgesehen von der schönen Landschaft ohne jeglichen Reiz. Mir fehlt deine Gesellschaft, Nina.«

Alex runzelte die Stirn. Die Männer schwiegen, Kathrin machte »hmfff!« und Linda kniff ein Auge zu.

»Ach Jakob«, sagte ich und hoffte, dass in meiner Stimme nicht zu viel Wut auf den Kerl mitschwang, der mich so manipuliert hatte, »du weißt gar nicht, wie sehr ich mir gewünscht habe, dir noch einmal zu begegnen.«

Seine Augen leuchteten auf. »Das freut mich zu hören.«

»Ja, nicht wahr?«, entgegnete ich spöttisch. »Erinnerst du dich noch an das, was du uns am Sonntag in Rothenburg mit auf den Weg gegeben hast? Du hast zitiert:

Man muss wie Pilger wandeln
Frei, bloß und wahrlich leer.
Viel sammeln, halten, handeln
Macht unsern Gang nur schwer.«

Ich hielt den Atem an und sammelte Kraft für den finalen Tiefschlag. »Ich, mein lieber Jakob, hab Ballast abgeworfen. Dass ich das konnte, verdanke ich dir. Genau das wollte ich dir noch mit auf den Weg geben, damit du über etwas nachzudenken hast.«

»Ich versteh nicht so recht …«

»Solltest du aber, Jakob. Na, vielleicht erpilgerst du dir ja ein bisschen Weisheit auf der Strecke, die du noch gehen willst. Im Grunde genommen reicht es auch, wenn Alex und ich wissen, worauf es ankommt. Stimmt's, Alex?«

Die Stimmung am Tisch war sehr frostig geworden, doch Jakob schien es auf einmal so warm zu sein, dass er den Pulli auszog. Und eine Sekunde später aufstand. »Na dann … dann wünsche ich allseits noch einen guten Tag.«

Weg war er.

»So«, sagte ich zufrieden und kreuzte die Arme vor der Brust. »Das hat gutgetan. Dem Bachel musste ich einfach den Marsch blasen; hat der doch versucht, mich mit Marillenschnaps zu beduseln, um mich dann flachzulegen. Was sagt ihr dazu?«

Niemand sagte etwas, konnte es nicht, denn plötzlich stürmten vier Männer die Stube, und wenn ich sage, sie stürmten – so ist das wörtlich zu verstehen. Vier Männer, jeder von kräftiger Statur und mit substanziellem Bauch, stapften mit grimmigen Mienen herein. Ich hätte mich nicht gewundert, wenn sie Säbel und Degen geschwungen hätten.

Vor dem Tisch der vier Frauen blieben sie stehen; die blieben eisern sitzen, schauten ihnen fest und ohne mit der Wimper zu zucken in die Augen – und schwiegen.

Dann tat sich erst mal gar nichts.

Bis Lene mit zuckersüßer Stimme fragte: »Hebt 'r Duurscht?«

Offensichtlich war es das ausgemachte Stichwort, denn prompt stellte eine kräftige Bedienung im geblümten Kittelschurz ein Tablett mit acht Bierkrügen auf den Tisch. »Sodele.«

Die Frauen erhoben sich, Lene griff nach einem Krug und stand auf. »Etzetle.«

»Langet ruhich zue«, forderte Sonja die Männer auf.

Lenes Mann, der Polizist, fuhr sich über die Haare. »No welle mr amol.«

»Do soche mir net no«, ergänzte Helgas Bürgermeister.

»Gwieß net«, meinte der Dritte, der mit Karin anstieß, und der Vierte ließ sich auch nicht lumpen. »Also no ...«

Die Männer tranken auf ex, dann stellten sie wie auf Kommando die Krüge ab, holten sich je einen Stuhl und setzten sich neben ihre Frauen.

Wir spitzten die Ohren.

»Habt'r 's Esse scho bschdellt?«

»Acht Schnitzel mit Kartoffelsalat«, antworteten die vier Frauen gleichzeitig.

»Des isch uns reecht.«

»Hemmer gwisst.«

»Mir kenne uns ja aa scho a Weile«, sagte Lenes Mann. »Do waaß mr, was oner mooch un was net.«

»'s gibt Ausnahme«, entgegnete Karin spitz.

»Moonsch?«, erwiderte Sonjas Mann. »Ha, wenn's bei onere halt bleibt …«

»Nix Gwieß waaß mr aber net«, meinte Helga und öffnete noch einen Knopf ihrer Seidenbluse.

Die Frau im Kittelschurz stellte eine Platte mit mehr als nur acht Schnitzeln auf den Tisch und schleppte anschließend zwei riesige Schüsseln mit grünem und Kartoffelsalat an. Die acht bedienten sich und aßen schweigend, bis Lenes Mann Messer und Gabel auf den Teller legte. »'s isch gut, aber dahom schmeckt's halt am beschte.«

»Isch des dei Ernscht?«

Der Mann nickte. »Beim Eichene waaß mr halt, was mr hat un wo mr drou isch. Stimmt's?«

Die Männer nickten feierlich.

Lenes Mann nahm Messer und Gabel wieder auf. »No isch des jetzt aa gschwätzt.«

Endlich kam auch unser Essen, und während wir die Schüssel mit Kartoffelsalat herumreichten, lächelten wir uns an. »Jetzt isch des au geschwätzt«, wiederholte Arnd. »Was meint ihr? Wartet auf die Männer zu Hause ein Donnerwetter?«

»Nein«, entgegnete Rob entschieden. »Was gschwätzt ist, ist gschwätzt – und damit hat sich's.«

Die Gäste am Nebentisch bezahlten, zogen ihre Jacken und Anoraks an, wünschten uns einen guten Heimweg und gingen zur Tür – um sich nach kurzem Blick nach draußen wieder zu setzen. »Es gießt! Wir warten noch eine Weile, wahrscheinlich lässt der Regen bald nach.«

Er ließ aber nicht nach; ein Kännchen Kaffee plus ein Stück Käse-Sahne-Torte später hatte es sich erst so richtig eingeregnet, und auch unsere Freunde dachten nicht mehr ans Wandern.

Aber Arnds Auto stand in Murrhardt. »Ist doch kein Problem«, sagte Alex mit einer großzügigen Handbewegung. »Felix fährt zuerst hier herauf und bringt euch nach Murrhardt. Dort kehrt er um und holt uns ab.«

»Moment mal!« Ich humpelte zur Tür, lugte raus in den Regen – und da parkte, wie ich's angenommen hatte, ein Busle mit den Kennzeichen einer Kreisstadt im Herzen Hohenlohes. An der Seite stand in schönen rostroten Lettern: *Hölzle – Ihr Schreiner aus Leidenschaft*

Die acht waren inzwischen vom Bier zum Viertele übergegangen.

»Du humpelst, Nina«, sagte Sonja. »Willst du ein Stück mit uns fahren?«

»Ich nicht, aber das Auto unserer Freunde steht in Murrhardt. Könntet ihr einen der Männer mitnehmen und dort absetzen?«

Lenes Mann hob sein Glas. »Koi Problem. Mir trinket no aus, no fahret mr.«

»Danke. Das ist sehr entgegenkommend von Ihnen.«

»Gern gscheh ... Mr hilft sich, wemmer ka.«

Während wir warteten, sagte Alex plötzlich: »Eigentlich schade, dass der Jakobsweg im Regen endet.«

»Und mit einer mordsallmächtigen Blase an der Ferse«, setzte ich hinzu. »Ich hatte es mir so schön vorgestellt: Im goldenen Licht der untergehenden Sonne wandern du und ich Hand in Hand gen Winnenden, sinken in unserer Schlosskirche vorm Jakobsaltar in die Knie und zünden aus Dankbarkeit für unsere glückliche Heimkehr ein oder zwei Kerzchen an. Jetzt muss Felix uns abholen. Ich finde, das ist ein unrühmliches Ende einer ereignisreichen Woche.«

»Na hör mal!«, rief Kathrin. »Die Woche endet erst morgen!«

»Wie bitte?«

»Der Clou, der Höhepunkt oder der Knaller, egal wie ihr's nennen wollt, erwartet uns doch erst morgen!«

Alex fasste nach meiner Hand und zitierte den klassischen Satz: »Uns sagt ja keiner was.«

Linda legte die Arme auf den Tisch. »Also: Penny hat Suse angerufen. In der Burg, in der sie arbeitet, spukt's. Den Geist lassen wir uns nicht entgehen; wir übernachten in der Burg. Von Sonntag auf Montag. Rob und ich können's einrichten, Matti und Suse haben sich den Montagvormittag freigenommen, und Arnd und Kathrin öffnen die Praxis ausnahmsweise erst am Nachmittag.«

»Ihr rechnet tatsächlich mit einem Gespenst?«, erkundigte sich Alex verblüfft. »Das ist nicht euer Ernst.«

»Das Ganze ist natürlich ein Witz«, entgegnete Arnd grinsend. »Selbst wenn ein Gespenst auf Dorneck umgehen sollte, ist es ja nicht gesagt, dass es uns ausgerechnet in der einen Nacht heimsucht. Aber wir haben halt mal wieder Lust auf ein Matratzenlager; stell dir doch vor, Alex: eine Nacht wie in unserer Jugend! Seid ihr dabei?«

Ganz verdattert schüttelte ich den Kopf. »Ich muss doch in die Wilhelma.«

Linda lachte. »Du fährst erst wieder am Dienstag nach Cannstatt. Ida hat das organisiert; sie kommt natürlich auch mit. Nur ihr Alois hat sich noch nicht entschieden.«

13. Kapitel

Natürlich hielten Alex und ich das Ganze für eine spinnerte Idee, und auch meine Schwester Suse glaubte nicht wirklich an ein Gespenst auf Burg Dorneck. Das vertraute sie mir an, als ich sie Sonntag früh nach einer herrlichen Nacht im eigenen Bett mit anschließendem langen heißen Bad mit viel Lavendel- und Arnikaessenz – das eine zwecks weiterer Entspannung, das andere für meine strapazierten Muskeln – anrief. »Wir kommen Penny zuliebe, außerdem wollen wir wissen, ob der alte Sack, der Epple, wirklich so anständig ist, wie sie behauptet. Es ist auch eine gute Gelegenheit, den alten Dornecker kennenzulernen; möglicherweise wird sogar seine Frau da sein. Dann gibt's auch noch einen jungen Dornecker, über den Penny so gut wie nichts sagt, was ja ein sehr beunruhigendes Zeichen ist. Ich will nicht, dass sie sich Hals über Kopf in einen Mann verliebt, von dem wir überhaupt nichts wissen.«

»Alex und ich haben den jungen Dornecker zufällig auf dem Jakobsweg getroffen. Alex hat ihm den Reifen geflickt; er scheint sehr nett zu sein.« Dann erinnerte ich mich an Pennys Bruno. »Was ist eigentlich aus dem geworden?«

»Ach, der Bruno!« Suse lachte. »Der ist längst Schnee von gestern. Aber genau deshalb bin ich ja so beunruhigt: Kaum geht Penny dem Epple zur Hand, schickt sie ihren Studenten in die Wüste. Na ja ... ein netter Kerl war er ja, aber die Welt wird Bruno nie aus den Angeln heben. Penny sagte, er sei ein alter Langweiler gewesen.« Suse seufzte. »Zurück nach Hohenlohe, wo das Setting einfach zu romantisch ist, um ungefährlich zu sein: ein alter Restaurator und ein junger Herr auf einer maroden Burg am rauschenden Bach im tiefen, tiefen Wald. Und nur eine liebliche Maid, so weit das Auge blickt. Verstehst du mich jetzt? Als Mutter macht man sich da Sorgen.«

»Oje …«

»Du sagst es. Wir fahren schon am frühen Nachmittag, weil Ida ja noch einen Jugendfreund auf dem Haghof besuchen möchte. Du ahnst ja nicht, was sich in der einen Woche alles getan hat. Die Ida hat sich beim *Breuninger* in der Dessous-Abteilung ein jungfräulich weißes Satinnachthemd gekauft, gesäumt mit echter Sankt Gallener Spitze – bittschön, man gönnt sich ja sonst nichts. Ihr Alois leidet unter Liebeskummer. Meine Penny hat sich vermutlich in einen reichen Ami verliebt, erzählt was von einem Schatz, den sie finden will oder gefunden hat, und das Sahnehäubchen auf der Torte ist natürlich das Gespenst. Mein lieber Herr Gesangsverein! Was für ein Schlamassel!«

»Ich kapier's nicht: Was hat Idas Spitzennachthemd mit dem Gespenst zu tun?«

»Hast du dein Hirn versehentlich auf dem Jakobsweg liegen lassen?«, rief Suse empört. »Deine Schwiegermutter wird sich in das sexy Nichts hüllen, wenn sie die Nacht mit ihrem Jugendfreund verbringt – heute Nacht, in der wir aufs Gespenst warten!«

»Die beiden lieben sich in einem Chambre Séparée? Du, wenn der Jugendfreund so alt ist wie Ida, bleibt das ohne Konsequenzen.«

»Gottlob aber auch«, brummte meine Schwester. »Jedenfalls – Matti hat einen Kleinbus aufgetrieben und holt uns ab: zuerst Linda und Rob, dann fahren wir zum Luginsland zu Kathrin und Arnd, dann nach Winnenden, wo ihr mit Ida, Mitzi und Felix zusteigt. Hast du schon mit deinem Sohn gesprochen? Er hat von etlichen Kumpels Luftmatratzen und Schlafsäcke ausgeliehen; nehmt Leintücher mit, wenn ihr's hygienisch haben wollt.«

»Was ist mit Alois?«

»Keine Ahnung; er ist eifersüchtig und liebeskrank. Frag ihn halt, ob er seine Ida beschützen will oder ob er's lieber der Konkurrenz überlässt.« Suse lachte. »So ein alter Bachel! Ach ja, noch etwas: das Schminkset und die Zahnbürste kannst du vergessen. Es gibt nur einen Kaltwasserhahn für alle, sagt Penny.«

»Und ein Klo? Hat's das wenigstens?«

»Muss wohl, aber ich schätze, es ist ein hölzerner Abort, wo alles in die Tiefe plumpst. Was Besseres kannst du auf einer mittelalterlichen Burg nicht erwarten.« Suse kicherte. »Es wird rustikal zugehen; im Vergleich zu Dorneck ist eine Jugendherberge auf der Alb ein Sechs-Sterne-Hotel.«

»Heiliger Jakob ... Wer außer uns und den Dorneckers wird denn noch auf dem Fußboden kampieren? Weißt du das?«

»Der Wilhelm, der auch Idas Jugendfreund ist, und vielleicht noch der eine oder andere vom Haghof. Mehr weiß ich auch nicht.

»Wir sind acht, dazu kommen Ida und vielleicht auch der Alois, dazu Felix und Mitzi, Penny, drei Dorneckers, ein Wilhelm. Macht zusammen siebzehn Personen. Plus eine unbekannte Anzahl Hofbewohner.«

Ich zog den Bademantel enger um mich, denn allmählich wurde mir kalt. »Was ist mit Essen? Soll ich für alle einen Gaisburger Marsch kochen? Im Gefrierschrank hab ich noch ein schönes Stück Siedfleisch, und Kartoffelschnitz und Spatzen sind gleich gemacht. Lediglich ...«

»Penny hat gesagt«, unterbrach mich Suse, »der alte Dornecker würde für Essen und einen guten Tropfen sorgen. Sag der Ida, sie soll ihren Zwetschgengeist mitbringen. Der wärmt von innen, und wenn uns das Gespenst tatsächlich erscheinen sollte, brauchen wir was Stärkeres als Wein.«

»Ich kümmere mich darum, Suse. Aber du glaubst doch nicht im Ernst an ein Gespenst, oder?«

»Ich bitte dich, Nina. Nie im Leben!«

»Eben. Die Nacht allerdings«, ich lachte, »weißt du, Suse, auf die Nacht freue ich mich. Ein gutes Essen mit guten Weinen, wir in unseren Schlafsäcken, und draußen, vorm Fenster, ruft ein Käuzchen.«

»Wie gruselig!«

Lachend legten wir auf.

Ich föhnte die Haare, zog mich an und ging einen Stock tiefer. Ida saß am Frühstückstisch. Allein.

»Wo ist Alois?«

»Der schmollt.«

»Aha. Gibt's dafür einen Grund?«

»Unsinn.«

»Er kommt also mit?«

»Weiß ich's?«

Mehr war aus meiner Schwiegermutter nicht herauszubringen, aber sie versprach, ans Zwetschgenwasser zu denken.

Mitzi und Felix sahen der Nacht mit dem größten Vergnügen entgegen. Die Schlafsäcke und Luftmatratzen störten sie so wenig wie das kalte Hahnenwasser, und die Aussicht auf einen – möglichen – Gespensterbesuch war für sie überhaupt der ultimative Hit. Sie fanden's nur schade, dass sie ihre Freunde nicht einladen durften. »Aber jetzt, wo sich Penny den Daniel gekrallt hat, wird sie mal eine Nacht für uns organisieren. Sie meint, das wäre die beste Werbung, die sich Dani für seine Burg wünschen könnte.«

»Dani? Ist das der junge Dornecker?«

»Richtig.«

Mit gemischten Gefühlen packten Alex und ich das Allernötigste zusammen: einen Jogginganzug für die Nacht, dicke Socken, frische Unterwäsche, Zahnpasta, Zahnbürste, Seife. Ein Handtuch für beide. Für Notfälle einen Flachmann.

Dann zogen wir warme Skipullover, Jeans und gefütterte Stiefel an und legten unsere Fellwesten und Daunenjacken über die Reisetasche, denn Suse hatte gesagt, auf Dorneck wär's vermutlich kälter als am Nordpol. Als Matti gegen vier Uhr tüchtig hupend in unsere Einfahrt fuhr, waren wir bereit.

Felix und Mitzi stiegen als Erste ein, wir folgten. Dann kam Ida in einer neuen, sehr flotten dunkelblauen Hose, einem weißen Hemd und knallroter Strickjacke – lauter Kleidungsstücke, die ich nicht kannte.

Wir machten uiuiui!, und Matti pfiff anerkennend. »Ida! Heute bist du ja schön wie der junge Frühling!«

»Danke, mein Lieber.« Verschämt setzte sie sich auf den Beifahrersitz. »Fahr los, Matti; worauf wartest du?«

»Auf deinen Alois.«

»Den Spinner will ich nicht dabeihaben.«

»Bist du sicher?« Matti drehte den Zündschlüssel, legte den Rückwärtsgang ein – und da tatterte er aus dem Haus, der Alois.

Hob die Hand und schrie: »Ida! Du brauchst mich doch!«

Sie öffnete die Tür. »A Bähmulle hat uns gerade noch gefehlt, Alois!«

»Ida!« Alois zitterte ein bisschen. »Fahr nicht ohne mich; ich muss dich doch beschützen.«

»Dann steig halt ein.«

Alois quetschte sich neben Ida. »Des isch a bissle arg eng«, sagte sie gleich. »Setz dich nach hinten. Und wo hast dein Gepäck?«

»Das steht gleich hinter der Tür. Gell, Matti, du holst doch meine Guck?«

Matti grinste, verschwand im Haus, kam mit einer prallvollen Plastiktüte heraus, knallte die Tür zu, schloss ab, kam zum Busle zurück, schwang sich auf den Fahrersitz, warf Ida den Hausschlüssel in den Schoß – und damit begann das Abenteuer, das wir unser Lebtag nicht vergessen sollten.

44. Kapitel

Matti fuhr bei Ludwigsburg auf die Autobahn. Wir fanden das richtig, und doch war es die falsche Entscheidung, denn am Weinsberger Kreuz, kurz bevor wir von der A 81 auf die A 6 hätten fahren können, waren fünf Autos ineinandergerauscht. Ruckzuck hatte sich ein Stau gebildet, die Polizei war noch nicht vor Ort, und so, wie die Fahrzeuge aussahen, würde sogar ein Rettungshubschrauber zum Einsatz kommen.

Wir fluchten. Suse ließ eine Tüte Zitronenbonbons rumgehen, und Matti trommelte aufs Lenkrad. Dann widmete er sich abwechselnd dem Navi und der Straßenkarte, schaute auf die Uhr – inzwischen war eine gute halbe Stunde vergangen – und wollte schließlich wissen, ob wir uns an der Strafe beteiligen würden, wenn er von der Autobahn herunter und auf dem nächstmöglichen Feldweg Richtung Landstraße fahren würde ...

»Frag nicht. Tu's einfach. Wir legen zusammen, wenn wir erwischt werden«, sagte Arnd. »Wir werden aber nicht erwischt; die Polizei parkt auf der Autobahn.«

So war es auch.

Trotzdem kostete uns der Stau einige Zeit, sodass wir nicht gegen halb sechs, sondern erst kurz vor sieben in Richtung Vellberg fuhren. Ida wollte unbedingt zum Haghof, aber wir überstimmten sie, und Suse lotste uns mit Hilfe von Pennys Wegbeschreibung zur Burg, die an keiner dem Navi bekannten Straße lag.

Im Hof stellte Matti das Busle zwischen einem ausladenden Holunderbusch und einigen Containern für Schutt und Gerümpel ab, vorsichtshalber in Fahrtrichtung, weil er ja nicht wusste, was auf uns alle zukommen würde. Links und rechts des Eingangstors prangten zwei Lorbeerbäumchen in schlosstauglichen gusseisernen Kübeln, und die Herrschaften, standesgemäß in Tweed, Flanell und Kaschmirjäckchen gekleidet, lächelten uns erwartungsvoll entgegen.

Das gegenseitige Begrüßen und Bekanntmachen dauerte, denn nicht nur Mike und Caithlin, seine Frau, standen im Burghof. Idas Jugendfreund Wilhelm, dessen sauertöpfische Frau Paula und Lorenz, der Sohn der beiden, schüttelten uns die Hände. »Meine Frau Margarete muss auf unsere Kinder aufpassen. Sie wäre gerne mitgekommen, aber so ist's halt«, erklärte Lorenz, während Penny mit ihrem neuen Freund Daniel duldsam lächelnd in einer windgeschützten Ecke wartete, bis wir Zeit für sie hatten.

Als wir die Schlafsäcke und Taschen aus dem Bus luden, hielt Penny Ida am Arm fest. »Ich hab was für dich.«

Meine Schwiegermutter griff sich an den Hals.

»Wirklich, Ida. Dani und ich haben was gefunden.« Dani legte den Arm um Penny. »Sie gibt den Fund aber nur gegen einen entsprechenden Finderlohn her.«

Sofort wurde Ida geschäftsmäßig. »In welcher Höhe?«

»Ich würd mal sagen«, meinte Penny cool, »die Höhe richtet sich danach, was dir die Erinnerungen wert sind.«

»Aha. Wie oft, sag mir das, hast du bei mir zu Mittag gegessen, Kaffee getrunken, Kuchen und Proviant entgegengenommen, als Kind das Knie verpflastert, Hustentropfen verabreicht, die Rotznase geputzt, das Fahrrad aufgepumpt bekommen – was hab ich vergessen? Ach ja: die Nachhilfestunden, die Unterstützung bei diversen Hausaufgaben …«

Penny fiel Ida um den Hals. »Okay, wir sind quitt!«

»Dann gib mir die Büchse.«

»Sie ist oben. Niemand außer mir hat den Inhalt gesehen. Nicht mal Daniel.«

Mir fiel auf, dass Wilhelms Frau dem Gespräch höchst interessiert folgte – allerdings: Hören konnte sie nicht viel, dazu machten wir viel zu viel Lärm.

»Wo hast du die Dose gefunden?«

»Im Schäferkarren. Jemand hat sie in das Ofenrohr gesteckt und Holzstücke nachgeschoben, damit sie nicht runterfällt. Wenn sich Dani nicht an einen englischen Krimi erinnert hätte, hätten wir das Versteck wahrscheinlich nicht entdeckt.«

Ida drehte sich um und fixierte Paula mit einem Blick, den man nur Todesblick nennen konnte. »Aha. Hast gewartet, bis sich niemand mehr an den Schäferkarren erinnert.«

Paula senkte den Kopf.

»Weißt du«, Ida fasste Penny am Arm und zog sie ein Stück zur Seite, »die Paula ist eigentlich ein armer Mensch; sie hat sich damals eingebildet, jede von uns hätte es auf ihren Wilhelm abgesehen. Gut, dafür hab ich zur Not noch Verständnis; aber unsere Dose zu verstecken … Das geht und ging zu weit.«

»Bist du sicher, dass sie es war?«

»Schau sie dir nur an, Penny!«

Ich hatte einen Gutteil des Gesprächs mitbekommen. »Was ist das für eine alte Geschichte, Ida?«

»Später, Nina. Wenn wir wieder zu Hause sind, wirst du alles erfahren.«

In diesem Augenblick klatschte Mike Dornecker in die Hände. »Mit dem elektrischen Licht hapert es noch, deshalb möchte ich euch durch die Burg führen, bevor es dazu zu dunkel wird.«

Er hielt eine Stalllaterne hoch. »Folgt mir!«

»Die Laterne ist aus Wilhelms Stall«, sagte Penny zu mir.

»Wo ist eigentlich dein Chef, der Schorsch Epple?«

»Der Feigling kneift.«

»Wie bitte?«

»Der Schorsch behauptet, er habe Angst.«

»Wovor denn?«

»Vorm Gespenst natürlich.«

»Der macht wohl Witze, was?«, fragte Suse, die neben uns die Treppe hochging.

»Nein, macht er nicht«, entgegnete der junge Dornecker heftig. »Am liebsten wäre ich ja auch auf dem Haghof geblieben, aber ich muss Penny beschützen. Sie hat ja keine Ahnung, auf was sie sich einlässt!«

Er klang so besorgt, dass Suse ihn zurückhielt. »Warum sagen Sie das?«

»Weil ich weiß, wovon ich spreche; mich hat das Gespenst nämlich schon einmal heimgesucht. Und ehrlich gesagt will man eine solche Erfahrung nicht zweimal machen.«

Suse und ich ließen die anderen vorangehen. »Glaubst du dem jungen Mann?«

Ich hob die Schultern. »Eigentlich schon. Nur – Gespenster gibt's einfach nicht.«

»Eben.«

Meine Schwester und ich bekamen von der Besichtigung nicht besonders viel mit. Wir kamen überein, unseren Männern nichts von Daniels Erfahrung zu sagen; dafür wollten wir unsere Schlafsäcke Seite an Seite ausbreiten, um uns, falls wider Erwarten doch nötig, seelischen Beistand geben zu können. Und unsere Männer, auch das planten wir, mussten sich auf unsere andere Seite legen. »Als Bollwerk«, sagte Suse. »Was ist mit unseren Kindern? Sollten wir die nicht auch schützen?«

»Du meinst, dass sie sich wie früher zwischen Mami und Papa ins Gräbele legen? Felix würde mir den Vogel zeigen. Der Junge soll nach Mitzi schauen, und Penny hat den Daniel.«

Wir hörten überraschte Ahs und Ohs, rannten die steinernen Stufen hoch und in einen riesigen Saal, an dessen einer Seite ein gewaltiges Feuer in einem Kamin loderte, in dem man gut und gerne ein ganzes Kalb braten konnte. Im Halbkreis davor standen Bänke und drei Biertische mit weißen Leinentüchern. Gläser funkelten, weißes Geschirr und silbernes Besteck glänzte, ein Braten von etlichen Kilo Gewicht duftete, Brot und Salate standen bereit, und überall brannten Kerzen in kleinen und großen Leuchtern.

»Mike hat einen Caterer aus Hall kommen lassen«, erklärte Penny. »Und wir, Dani und ich, mussten fürs Holz sorgen.« Sie zeigte auf einen ordentlich aufgeschichteten Stapel Äste, jeder armdick und einen halben Meter lang.

Es wurde ein gemütlicher Abend. Vorm Eingang in den Saal schützten dicke Pferdedecken vor Zugluft, und auf jedem Fenstersims lag eine ordentlich zusammengerollte Decke. Das Feuer spendete genug Wärme, sodass wir die Skipullis auszogen und Alex sogar die Hemdsärmel hochrollte.

Caithlin berichtete, wie ihre Urgroßeltern infolge einer Hungersnot aus Irland nach Amerika auswanderten und wie sie Mike kennengelernt hatte. Der wiederum erzählte von seinen Bäckereien, was Alex natürlich interessierte; wir steuerten die Jakobsweg-Story der vier Weiber bei, die es ihren Männern heimgezahlt hatten, und so verging die Zeit im Nu. Der Wein floss in mehr als ausreichender Menge, und als Mike seine Armbanduhr in die Höhe hielt und verkündete, jetzt sei gleich Mitternacht und somit die Geisterstunde gekommen, wollten wir's ihm nicht glauben.

45. Kapitel

Mitternacht kam und ging vorüber, und nichts tat sich. Es wurde eins, dann halb zwei …

Wir hatten gut gegessen und mehr getrunken als sonst. Der Schlaf übermannte uns nach und nach, uns allen fielen die Augen zu. Alois hatte sich längst in seinen Schlafsack verkrochen, und auch wir standen auf.

Das Gespenst war nicht erschienen; okay, damit hatten wir gerechnet. Jetzt waren wir todmüde. Wir schoben die Tische in die Mitte des Saals, um für die Schlafsäcke Platz vorm Feuer zu schaffen. Um mehr kümmerten wir uns nicht. Nicht um die kreuz und quer stehenden Stühle, nicht um die Reste des Essens, die Gläser mit den allerletzten Schlucken, die leeren Flaschen, die Aschenbecher voller Kippen. Caithlin hatte während des Abends immer wieder die heruntergebrannten Kerzen ersetzt; die noch glimmenden Stummel bliesen wir nicht aus.

Wir holten unsere Schlafsäcke und breiteten sie im Halbkreis ums Feuer aus. Zogen uns bis auf die Unterwäsche aus und die Jogginganzüge und Trainingshosen an. Ida, das sah ich im Halbschlaf, streifte sich keineswegs ihr sündiges Nachthemd über. In züchtig schwarzer Strumpfhose legte sie sich zwischen Alois und Wilhelm zur Ruhe. Schläfrig wünschten wir uns eine gute Nacht. Ich sah, wie Alex und Matti einen Blick tauschten und wie mein Mann unsere große Taschenlampe, die immer an der Kellertreppe hing, in Reichweite unter den Schlafsack legte und Matti verlegen grinsend sein aufgeklapptes Fahrtenmesser neben sich platzierte. »Ihr seid ja blöd«, murmelte ich und hörte noch, wie Alex »Für alle Fälle« wisperte.

Eine nach der anderen erloschen die Kerzen; nur das Feuer loderte so hell wie zuvor, weil Daniel Holz nachgelegt hatte.

Ich kuschelte mich an Alex, tastete nach Suses Arm, streichelte ihn langsam, machte die Augen zu und war im Nu eingeschlafen.

Ich wurde wach, weil's mich fror. Mir war so jämmerlich kalt wie noch nie in meinem Leben, deshalb drehte ich mich nach links, wo ich Alex und menschliche Wärme wähnte – und griff ins Leere.

Ich blinzelte. »Alex?«

Er war da, saß kerzengerade neben mir, starrte Richtung Kamin, von dem nur ein kaum wahrnehmbarer Schimmer ausging. Ein eiskalter Luftzug streifte mein Gesicht; die Luft war so eiseskalt, dass meine Haut schmerzte. Ich schauderte. »Alex?«, wisperte ich.

Mein Mann hob die Hand. »Schhhh.«

Wie gebannt starrte ich zum Kamin hinüber; da war aber nichts Ungewöhnliches. Die Tische und Bänke standen zwar wie besoffen im Raum, aber sie waren am alten Platz ... und doch ... da musste etwas sein ... eine Gestalt? Nein ...

Trotzdem war ich mir sicher, so sicher, als würde ich die Gestalt mit meinen Augen sehen und mit den Händen greifen, dass jemand im Saal war ...

Da war aber niemand ... Wieder streifte mich der eiskalte Hauch und drang mir bis ins Mark. Ich schlotterte und spürte eine Gänsehaut am ganzen Leib, dazu fühlte ich eine so unsägliche Angst, ein so umfassendes Grausen, ein so totales Ausgeliefertsein, dass ich laut stöhnte und meinte, im Bruchteil der nächsten Sekunde das Bewusstsein zu verlieren.

Plötzlich gellte Caithlins Stimme durch den Saal: »Geh weg! Geh bloß weg!«

Dann Mikes tiefe Stimme: »Wir tun dir nichts.«

Penny schluchzte.

Flaschen, eine nach der anderen, kippten um, rollten über die Tische, fielen zu Boden und zerschellten. Ich sah, wie die Scherben in alle Richtungen spritzten.

Und wieder Mike: »Wer bist du?«

Es knirschte, als würde ein Gegenstand aus Metall über den Steinboden gezogen. Suse wimmerte; ich klammerte mich an Alex.

Jetzt zitterte Mikes Stimme. »W...wer bist du? Was willst du?«

Jemand, es musste Paula sein, schrie hysterisch: »Ich will da raus! Lass mich, nimm die Hand weg! So lass mich doch!«

Dann ein Poltern ... der Stapel Brennholz stürzte ein, ein Scheit rutschte über die Steinplatten bis vor meinen Schlafsack.

Schlurfende Schritte ...

Ich sah niemanden. Keine Gestalt. Kein nichts. Und doch war da jemand. Ging an meinem Schlafsack vorbei. Ein Eishauch wehte über mich, streifte meine Haare, reflexartig hob ich die Hand ... da war was ... Ich griff ins Nichts.

Und dann ...

... öffneten sich einer nach dem anderen die Fensterflügel ... Langsam, ganz langsam ... Die eingerosteten Scharniere quietschten ...

Und wieder Schritte ...

Eiseskälte ...

Ein Laut ... war's ein Seufzer? Oder der Wind, der in den Saal drang ...?

Schritte, die über Stein schlurften ...

Eine schwere Tür wurde zugezogen. Ganz deutlich hörte ich das Knarren und wie der Riegel einschnappte.

...

Plötzlich, als hätte jemand einen Schalter umgelegt, loderten die Flammen im Kamin.

Und Alex' Taschenlampe leuchtete.

Matti, das Fahrtenmesser noch in der Hand, strich über Suses Haare. Paula drückte ein dickes Buch ans Herz, vermutlich war das eine Bibel, und ihr Wilhelm umfasste die angezogenen Knie, als müsse er sich daran festhalten. Arnds Gesicht war weiß wie die Wand, Kathrin keuchte, Daniel hielt Penny in den Armen und wiederholte unablässig: »Hab ich's nicht gesagt? Hab ich's nicht gesagt …?«

Als das Licht der Taschenlampe auf Ida fiel, trug ihre Miene einen Ausdruck tiefster Genugtuung. Sie nickte mir zu und hob den rechten Daumen.

Caithlins Wangen waren feucht; sie hatte einen Schluckauf und hielt ein Taschentuch vor den Mund.

Die Fensterflügel standen sperrangelweit auf. Auf jedem Sims lag, säuberlich zusammengerollt, eine Pferdedecke aus dem Stall der Haghofer.

Das Feuerholz war noch so ordentlich aufgeschichtet, wie wir's vorm Einschlafen gesehen hatten, die Flaschen standen unversehrt auf den Biertischen, und von einem schweren Gegenstand aus Metall war nichts zu sehen.

Mit unsicheren Schritten tappte Mike zum Kamin. Vorsichtig, als fürchte er, in ein Nichts zu greifen, nahm er ein Scheit in die Hand. Er drehte und wendete es, nahm es von der einen in die andere Hand und warf es schließlich in die Flammen.

»Um zwei haben wir uns schlafen gelegt; jetzt ist kurz danach. Kann mir einer sagen, wieso das Feuer vorher nicht mehr brannte? Und wieso«, er zeigte auf die Steinplatten vorm Kamin, »hier eine Schleifspur ist, die …« Er schluckte so krampfhaft, dass sein Adamsapfel auf und nieder hüpfte.

Ein Schlafsack raschelte.

»Was'n los?«, ließ sich Alois nuschlige Stimme vernehmen. »Ida, reich die Schnapsflasche rum, damit die Leute endlich Ruhe geben.«

Er brach den Bann.

Als Einziger hatte er den Geist verschlafen, doch wir anderen waren hellwach, niemand – außer Alois natürlich – hatte den Mut, den Mund auf- und die Augen wieder zuzumachen.

Keiner traute sich, den anderen anzusehen.

Der eine oder andere legte sich wieder hin, aber niemand sagte etwas über das gerade Erlebte. Niemand. Außer Penny:

»Ich hab dir nicht geglaubt, Dani; jetzt tu ich's. Es war ... es war grauenhaft. Einfach out of time.«

Genau so war's gewesen – out of time.

Übernächtigt und noch leicht benommen, doch ordentlich vermummt, pilgerten wir im frühesten Morgengrauen auf dem geheimen Pfad zum Haghof. Die Bäume, Büsche, Blumen und Gräser sahen aus wie immer. Der Morgenwind wehte, wie wir es gewohnt waren, er schob leichte Schleier über einen zartgrauen Himmel, der im Osten schon einen rosa Hauch ahnen ließ. Nichts, aber auch gar nichts erinnerte an das Grauen, das wir vor wenigen Stunden empfunden hatten und das so wirklich gewesen war wie die schmerzende Blase an meiner linken Ferse.

Es tat gut, die frische kühle Luft zu atmen; Meisen zwitscherten, ein Specht hämmerte, ein Kuckuck rief. Einmal hoppelte ein Häschen vor uns über den Weg, ein andermal raschelte es heftig im Gebüsch und Penny meinte, das seien Wildschweine.

An einem vor sich hinrottenden Schäferkarren machten wir Halt.

»Hier«, sagte Penny, »haben sich die jungen Flüchtlinge aus dem Osten, die auf Dorneck einquartiert waren, mit denen vom Haghof getroffen. Das hat mir Ida berichtet.« Sie öffnete die Tür.

Daniel zeigte auf ein eingebrochenes Dielenbrett und ein in der Luft hängendes Ofenrohr. »In diesem Rohr wurde damals etwas versteckt. Hätte sie es damals gleich gefunden, wäre ihr Leben vermutlich anders verlaufen. Wir haben es gefunden – Paula! Paula, bleib hier!«, rief Penny. »Warum haust du ab?«

Paula antwortete nicht. Sie blieb nicht stehen, sie stolperte, hastete vorwärts, schlug mit beiden Armen Zweige aus dem Weg und war weg.

Ida legte ihre Hand auf Wilhelms Arm. »Wer darf schon darüber urteilen, ob sich ein Leben durch eine Tat zum Guten oder zum Schlechten gewendet hat? Ich bin dankbar für mein Leben. Wilhelm, es war gut gewesen. Und ...«, die Augen meiner Schwiegermutter leuchteten, »es ist noch immer sehr gut. Hier drin …«, sie zeigte ins staubige Karreninnere, »haben wir Jugendliche uns getroffen. Manchmal auch mit dem einen oder anderen unserer Besatzer.« Sie lachte Mike Dornecker an. »Und waren selig, wenn sie uns ein Stück Schokolade oder einen rosa Kaugummi schenkten. Mike, es wäre jammerschade, wenn du den morschen Schäferkarren abfackeln lassen würdest.«

Der alte Dornecker versprach, den Karren um der Erinnerungen willen herrichten zu lassen. Was blieb ihm auch anderes übrig?

Im Haghof tappte uns das Fritzle mit hoch erhobenen Ärmchen entgegen, der Paul baute eine Zugbrücke an seine Legoburg, und Hektor blieb am warmen Herd liegen, wedelte aber mit dem Schwanz.

Margarete hatte ein üppiges Frühstück vorbereitet. Wir langten auch zu, schraken aber zusammen, als sie nach einer Weile fragte: »Sagt es mir endlich: Wie war denn so eure Nacht?«

Wir schauten auf unsere Teller, als wären es unbekannte Flugobjekte.

»Ach, Margarete«, ihr Mann legte ihr den Arm um die Schultern, »das willst du gar nicht wissen …«

Ich räumte die Rucksäcke aus. Dabei fiel mir auch mein Täschchen mit dem Geldbeutel, dem Handy und dem Mäppchen in die Hände. Das klappte ich auf, nahm die Schlüsselblume heraus und wollte sie schon in den Papierkorb werfen, als ich es mir anders überlegte. Die Schlüsselblume war platt gepresst und nicht mehr ganz so leuchtend gelb, aber immerhin – es war eine Schlüsselblume. Ich würde sie aufbewahren. Vielleicht ein echt kitschiges Rähmchen kaufen und das auf meinen Schreibtisch stellen. Zur Erinnerung an eine Woche, die mein Leben zum Guten verändert hatte.

Dann stopfte ich die Wanderkleidung in die Waschmaschine und hängte die Rucksäcke an ihren Haken im Keller.

Am Abend würden wir alle zusammen essen: Ida, Alois, Felix und Mitzi, Alex und ich.

Ich hatte die Knochen und das schöne Stück Siedfleisch aus dem Gefrierfach genommen und eine gute Brühe gekocht. Jetzt war das Fleisch kalt, sodass ich es in Würfelchen schneiden konnte. Ida hatte Spätzle geschabt, Mitzi Kartoffeln geschält und in Schnitze geteilt, Felix den Schnittlauch aus dem Garten geholt und fein gerädelt, und Alex war für den Wein zuständig.

Doch vor dem Gaisburger Marsch kam der Spaziergang durch den Winnender Park. »In Rothenburg ob der Tauber haben wir den Jakobsweg in der Jakobskirche begonnen, in Winnenden werden wir ihn auch in der Jakobskirche beenden«, hatte Alex kategorisch erklärt. Wir besorgten uns an der Krankenhauspforte den Schlüssel und setzten uns in die erste Bank.

Der dreiflügelige geschnitzte Altar aus dem sechzehnten Jahrhundert war dem heiligen Jakobus gewidmet, der natürlich den Platz auf der mittleren und größten Tafel einnahm. Ich schaute dem Heiligen in die hölzernen Augen und rief mir unsere Pilgertour ins Gedächtnis zurück.

»Alex«, flüsterte ich, »ist dir ein Licht aufgegangen?«

»In Bezug auf was?«

»Man wird doch erleuchtet, wenn einem ein Licht aufgeht, stimmt's? Also – hast du deine Erleuchtung bekommen? Weißt du jetzt, womit du deine Tage ausfüllen könntest? Außer dass du dich um mich kümmerst.«

»Natürlich.«

»Was meinst du?«

»Ich hab eine Idee ... aber Nina, die muss noch reifen.«

»Gut. Lass dir Zeit.«

Die Kirche roch nach Kirche: nach Feuchtigkeit, kaltem Stein, Staub, und Kerzenwachs. Kein Geräusch drang von außen herein, kein Mensch außer uns beiden war im Raum. Ich schaute auf meine Hände, die in meinem Schoß lagen; wann hatte ich die gefaltet? Ich wusste es nicht, aber es war in Ordnung.

»Alex, zuerst habe ich mich ja über den Eheberater geärgert. Ich hielt ihn für eine völlige Niete. Weißt du noch, was er uns empfohlen hat?«

Alex streckte die Beine aus. »Etwas zu unternehmen, was wir so noch nie getan haben.«

»Genau. Er sagte, Erlebnisse schweißen zusammen.«

Alex drehte sich zu mir um. »Und?«

»Frag nicht so blöd.« Ich lächelte ihn an. »Aber ich wette, der Mann hat weder an einen lüsternen Mitpilger noch an vier erboste Frauen und schon gar nicht an ein Gespenst gedacht. Was meinst du?«

Danksagung

Ich danke Herrn Gräter sehr herzlich für alle Informationen über Hohenlohe.

Literatur

Gräter, Carlheinz: Hohenloher Raritäten. Geschichte und Geschichten. Silberburg-Verlag, Tübingen.

Gräter, Carlheinz und Lusin, Jörg: Burgen in Hohenlohe. Geschichte und Geschichten. Silberburg-Verlag, Tübingen.

Naturführer Schwäbischer Wald. Verlag Regionalkultur, Ubstadt-Weiher.

Schüßler, Herbert: Im Herzen Hohenlohes. Bd. I und II. Hohenloher Druck- und Verlagshaus, Gerabronn und Crailsheim.

Herbers, Klaus: Wol auf sant Jacobs straßen! Schwabenverlag, Ostfildern.

Adam, Hans Karl: Das Kochbuch aus Schwaben, Hölker, Münster.

Günther, Agnes: Die Heilige und ihr Narr. Bd. I und II. Steinkopf, Stuttgart.

Der Jakobsweg von Rothenburg ob der Tauber bis Rottenburg am Neckar. Bezugsquellen u. a.: Hans-Jörg Bahmüller, Petristraße 15, 71364 Winnenden.

Und: diverse Infos über Jakobswege aus dem Internet.